新潮文庫

光の犬

松家仁之著

新潮社版

11975

光の犬

添島始《そえじまはじめ》は消失点を背負っていた。

猫背ぎみの肩甲骨《けんこうこつ》のあいだから、見えない直線を五メートルほどうしろへ引いた中空に、それは浮かんでいる。

就寝時にはベッドマットを通り抜け、床下をつらぬき、ミミズもモグラもいない湿った関東ローム層に沈む。背中を起点にした消失点は無意識のうちの寝返りにあわせ、振り子のような弧を描いて止まり、いびきの波形で震える。

木曜日の朝、添島始は勤務先の大学に向かう東海道線に乗っていた。八人分の座席があるセミコンパートメントの進行方向右側、日の当たらない席を選んで座ると、iPodのイヤフォンをつけて音楽を聴きはじめる。背後の壁をへだてた向こうにある、せまい個室のメタリックな便器から三十センチほど上に、消失点は浮かんでいる。しかし自分のうしろに消失点が迫っていることを添島始は知らない。

「マックスウェルズ・シルヴァー・ハンマー」のゆらぐシンセサイザー音を聴くうちに、このアルバムをＬＰで買った四十年ほど前の、ぼんやりした不安がよみがえる。

小学校から中学校に上がるころ、始の不安は先に待ちかまえている何かではなく、たったいまの自分だった。

寿命がつきる瞬間を想像するのは、宇宙の果てをこの目で見ようとすることに似ていた。それははるか遠くの不可知の出来事だった。いずれたどり着く消失点よりも切実でリアルだったのは、自意識の手がかりであるはずの自分の輪郭がゆがんだり滲《にじ》んだりし、中心にあるべき軸も定まらず、降ろすべき錨《いかり》もなく、あてどなく漂う感覚だった。わが身が浸されているのは透明で冷たい渓流ではなく、ふかぶかとした大海でもない。淡水と海水が混じりあう、浅く、平べったく、酸素不足の澱《よど》んだ汽水域だった。

昼も夜もとても口外できない妄想が浮かんでは消え、また浮かんだ。音楽を聴いているときだけ、そのもやもやが音の幕の向こう側に隠れて見えなくなる。自分はただの耳になる。音楽が息つぎになり、アイマスクになる。しかし音楽の時間が終われば、ふたたびぬるい汽水域の水面でパクパク口をひらいては閉じている自分を、今度は誰かがじっと見ている——始はしばしばそのように感じ、話すことばも身振りもいっそうぎこちなくなっていった。

鼻の下や顎《あご》の先端には、やるせなくふえた男性ホルモンがひよひよした髭《ひげ》となって姿をあらわし、それはまるで悪事や隠しごとを告げるしるしのようだった。洗面所でこっそり父親の電気剃刀《かみそり》を当ててはみたものの、細い髭はまるで腰がなく剃《そ》ることもできず、鼻の下がひりひりするばかりだった。

中学二年の秋、初めてデートをした。背が高く、髪と目の色が淡く、どこか大人びたところのある同級生だった。函館に住む母方の曾祖父《そうそふ》が、ロシア革命から逃れてきた白系ロシア人だとしばらくあとで知った。「白系」の意味も知らないまま、八分の一の血のつながりがあるロシアに行ってみたいとおもうこともあるのかと、始は紺色のセーラー服を着た彼女の背中を授業中になめうしろから見ながらぼんやり考えた。

デートといっても枝留《えだる》のレコード店、名響堂に入ったり、町立図書館で並んで座って本を読むくらいのことにすぎなかった。名響堂では彼女はさほど迷わず「サタデイ・イン・ザ・パーク」の入ったシカゴの新しいアルバムを選んで会計をした。店を出たとたん、どうしてビートルズのレコードのラベルは青いリンゴなの？　と彼女は訊《き》いてきた。ルネ・マグリットの絵の青いリンゴがヒントだったみたいだよ、と音楽雑誌で仕入れたばかりの話をそのまま伝えた。何日かあと、マグリットの画集を図書館で引っぱり出して彼女に見せた。添島くんはなんでも知ってるのね、と感心しているのかいないのかわからない声で彼女は言った。

ふたりで何度か、智脚岩《ちきゃくいわ》にものぼった。遊歩道を歩くあいだも頂上にも、あたりには誰もいなかったが、一度も手をつなぐことはなかった。ふたりのあいだには三十センチ定規ほどの距離がつねに保たれていた。頂上に着くと枝留の町をしばらく見渡して、とりとめのない話をした。玩具《おもちゃ》のように小さいディーゼル車が駅に入って止まり、また出ていくのを見た。湧別《ゆうべつ》川の光る水面は流れているようには見えなかった。音も聞こえなかった。

毎日、手紙を交換した。手のひらに入るほど小さな封筒に折りたたまれた便箋《びんせん》が入っていて、上野にやってきたパンダのことや懐《なつ》いて家に出入りするようになった野良《のら》猫《ねこ》の話など、他愛《たわい》のないおしゃべりが書かれていた。

軽やかで几帳面《きちょうめん》な万年筆の青い文字で書かれた手紙の文章は、落ちついていてユーモアがあり、風とおしがよかった。彼女自身がそのような人だからだと始は思い、自分にはとてもこのようには書けないと感じた。卒業すると彼女は父親の転勤先の札幌の高校に進み、やがて連絡が途絶えた。もう数の増えない手紙の束は、家に誰もいないときに庭で燃やした。北海道犬のジロだけが不審そうな顔で炎を見ていた。ひらいた手紙は黒く燃え残り、文字をそのまま読むことができたが、水をかけるとくずれて跡形もなくなった。

中学生だった始には五十歳を過ぎた自分など想像もつかなかった。こうして五十半ばとなるまでに、不安を紛らわせる知恵はついたかもしれない。それでも、いまいるここが安全地帯かなど、なんの保証もないと始は知っていた。いつどこで床をふみ抜くかわからない。年相応の不安が日頃の用心深さにつながっていた。始は臆病《おくびょう》な自分に少しうんざりしてもいた。

大教室での講義を終えた始は、化粧っ気のない、姿勢のいい女子学生の質問を教壇のかたわらでかがみこむようにして聞いていた。静かだが聞き取りやすい声だった――あの、活版印刷が発明された結果、紙も羊皮紙からふつうの紙に移行していったというお話でしたけれど……そうすると羊皮紙の職人は仕事がなくなって、失業したり廃業したりしたんでしょうか。

見てきたわけではなくても躊躇《ちゅうちょ》せず澱みなく答えたほうがいい、それによって学生に疑問や反発、異論が生じれば、それこそが教育というものだ――この大学に始を呼んでくれた恩師はそう言った。しかしいまだに躊躇する始は、調べてきた話を控えめの抑揚で正確に伝えようとした。

——活版印刷でつくられた本は、修道院の書士《エクリヴァン》が一文字ずつ羊皮紙に書いていた写本のいわばまがいいもので、書体も装幀《そうてい》も、お手本にした写本をそっくり真似《まね》したコピーですから、あとから発明された紙も、当初は羊皮紙以下の二級品の扱いだったわけです。公文書はそのあともしばらく羊皮紙に限るとされていたし、本格的に紙にとってかわられるのには、それなりの時間がかかったでしょう。羊皮紙は本のほかにも、画材や楽器、装身具にも使われましたから、一気に廃業の憂《う》き目《め》にあったわけではないはずです。いまでも羊皮紙はつくられているわけだしね——。

羊の胎児や生まれてまもない子羊の皮でつくられる最高級の羊皮紙、ウテリン・ヴェラムのように薄く白い頬の女子学生の目を、始はほとんど直視しなかった。後方のドアからつぎつぎに出てゆく学生の流れを見るともなく見ながら話す始の脳裏によみがえったのは、羊皮紙工房の内部を描いた百科全書の銅版画だった。役割分担をした職人たちが、現代では見ることのなくなった道具を使い、感興とは無縁の表情で羊皮紙をつくる作業工程を描いたもの。

質問に答え終わったことに区切りをつけるように、かがんでいた姿勢から背を伸ばして「いいかな」と始は言った。まっすぐに視線をあわせながら「ありがとうございました」という彼女の声よりもその表情に始はうろたえた。周囲におよぼしはじめた思いがけない影響に気づき、それを他人事《ひとごと》のように愉《たの》しんでいる顔だった。他人から寄せられる関心がきっかけで自分に与えられた価値を知るのは二十代の特権かもしれない。彼女は、そうしたあらたな事態をひそかに畏《おそ》れてもいるらしい。ふたつの感情がうらおもてになって重なっている。それがはっきり見えるのは彼女がまだ大人ではないからだ。

くるりと背を向けて去っていく生真面目《きまじめ》なうしろ姿を見送らず、始はノートパソコンの白い電源コードをくるくる巻きとると、出席カードの束をいつもより強くトントンと机の上に打ちつけて角をそろえ、係の学生に手渡した。ためば本より薄いMacBook Airを鞄《かばん》の内側に滑りこませてバンドで固定する。木曜日の最後の講義が終わると、両足が床から浮かぶ感覚に襲われる。人前で話しつづけた澱《おり》がいつのまにか背骨のなかに詰まり、浮かぶからだは重い。

階段教室の遮光ブラインドの昇降スイッチに始は人差し指で触れた。天井まである窓から遅い午後の淡いオレンジ色の光があふれ、階段教室に満ちてゆく。数名ぱらぱらと残っていた学生の横顔にいっせいに光があたる。まぶしそうに窓を見あげ、それを合図に立ちあがる学生もいた。絵のようだとおもう。百科全書の銅版画に描かれた羊皮紙工房の職人たちがふたたびよみがえる。大きな明るい窓から射《さ》しこむ光のなかで彼らは慣れた作業の手をとめたままぴくりとも動かない。

壇上からわずか三段の階段をおりる足もとがふわふわと心もとないほど始は疲れていた。顔見知りの学生とすれちがっても立ち止まらないですむよう、伏し目がちに研究室へ歩いてもどるうちに、脳内のモノクロームの銅版画が別の銅版画に入れかわった。おおきな魚に頭から呑《の》みこまれ、お尻《しり》と両脚だけを口からはみ出させている人間。はじめて見たのはやはり四十年ほど前、美術の教科書でだった。自分のなかに強く動くものを感じた中学生の始は、その日のうちに学校の図書室で画集をさがした。見あたらずに落胆したものの、下校途中に遠回りして町立図書館に立ち寄り、本の匂《にお》いの立ちこめる館内で、ずらりと並ぶ美術全集の一巻にその名前を見つけた。

大判の重い本を引きだすと、貸出カードには鉛筆で一行だけ「工藤一惟《いちい》」という名前が書かれてあった。枝留教会のすぐ裏の牧師館に住んでいる牧師の息子で、名前のイチイは木にちなんでいると、姉の歩《あゆみ》から聞かされたことがあった。歩と一惟は同級生だった。イチイは北海道ではオンコと呼ばれ、赤くうすす甘い実がなる。工藤一惟が木のように背が高く物静かだったこともあり、名前とセットになった印象が始の脳裏に残っていた。

勉強部屋の木の机のうえで、ブリューゲルの画集を開いた。毎日ページをめくるうちに、魚がうつろな目であれこれ呑みこんでいる銅版画よりも、さまざまな人の姿や日常がこと細かに、愚かしさもそのままに描かれた油彩画のほうに、より惹《ひ》かれるようになった。とりわけ気に入ったのは、雪景色の絵だった。疲れた様子で背中を見せる狩人《かりゅうど》よりも、遠景の氷上で滑って遊んでいる人々への興味と親しみがわいた。小さな歓声がときおり聞こえてくる、しんとした北国の景色。

北海道東部で生まれ育った始にとって、スケートは冷え切った乾いた空気に頬を刺されながら、広い空の下で滑るものだった。東京の大学に入って初めて屋内スケートリンクで滑った始は、天井に蓋《ふた》がされている息苦しさにおどろいた。

ブリューゲルのおおきな魚の絵や風景画からは、生臭いような焦《こ》げ臭いような、皮革製品の脂《あぶら》じみた匂いが漂ってくるようだった。陰毛や腋毛《わきげ》が生えてきた自分のからだにもそんな匂いがにじみ出ているかもしれない。風呂《ふろ》に入るたびに念入りに泡をたて、からだを洗うようになった。

中学生のころ繰りかえし見た夢は、思えばこのブリューゲルの絵がきっかけだったのではないか。当時の両親よりはるかに年上になっている始は、いまごろになって空からゆっくり答えが舞い降りてきたかのように、四十年あまり前の奇妙な夢の因果関係に、遅まきながら気がついた。

夢のなかで始は、ブラシつきノズルを外した巨大な掃除機の丸い筒に下半身をすっぽり呑みこまれている。埃《ほこり》っぽく生温かい空気が下へ下へと吸いこまれ流れるなか、筒のふちに両腕をかけてこらえていると、血液が足もとに集まって、重だるくじんじん脈打ちはじめる——。もうひとつは、同じパターンで絵柄の異なるものを何度となく見た。昼間の野球場。外野の奥深くに打球が転がる。球のゆくえを見て、打者である始は二塁を踏み蹴《け》って三塁をめざし（ときに本塁をめざし）、全力で駆けこむ。滑りこむその瞬間、グラウンドが生きもののように口をあけ、歯のない顎状の暗闇《くらやみ》が下半身をくわえ込み、ゆっくり呑みこもうとする——。

どちらも夢のほうから不意にやってきた。望んで見たわけではない。ところがいったん頭のなかにそれらふたつのイメージが居座ると、夜がふけ、パジャマに着替え、ふとんをかぶって眠りにつくとき、暗い部屋のなかで始はわざわざそのイメージを呼びだしては、掃除機の生温かい空気やしっとりと湿り気のあるグラウンドの感触を甦《よみがえ》らせ、味わおうとした。吸いこまれ呑みこまれることへのおそれと期待。そのイメージにつつまれながら始はひっそりと鳥肌を立てていた。

「あなたは逆子だったの。でもそのときにはおばあちゃんは亡《な》くなってたから、とりあげてはもらえなかったんだけど」

助産婦だった姑《しゅうとめ》をめぐる記憶を語るとき、姑の母はいつも意外なほど屈託のない声をだした。嫁と姑の確執めいたエピソードを聞いた記憶もない。秋の日ざしの射すリビングで母は、日なたくさい洗濯物をたたむ手を休めることなく、まだ小学生だった姑に気楽な声で話しつづけた。

「歩ちゃんも逆子だったのよ。でもおばあちゃんが両手をお腹《なか》にあてて、そっちじゃないよ、ほらほらこっち、ってお腹をすりすり撫《な》でながら話しかけて、ゆっくりまわすようにするとね、言ってることが聞こえるのかしら。ぐううんと自分で動いて、ちゃんと頭を下向きに変えたの。おばあちゃんの言うことちゃんと聞いて、わかって動いたのよ」

母はそこでくすりと笑った。

「でもね、歩ちゃんはいつのまにかまた逆子にもどっちゃうの。そのたびに同じことをおばあちゃんにやってもらってね。おかげさまで安産だった」

長女の歩を取りあげてからおよそ三年後に、助産婦の祖母は亡くなった。脳溢血《のういっけつ》だったという。姉と四つ年の離れた始はまだ影もかたちもないころだ。

「だからあなたは枝留中央病院の産婦人科で生まれたの。家で産むのとはずいぶん違ってね、男の先生だし、ベッドみたいなところに上がらされて。でも生まれるまでずーっと目をつぶっていたから、なにがどうなってたのか全然わからない」母はまた同じように笑った。「あなたは生まれてもすぐには泣かなくて、先生にポンポンってお尻を叩《たた》かれてから、おそるおそるふにゃあって泣いたのよ」

逆子の意味をはっきり知ったのは、始が六年生のころだったろうか。低学年のあいだは漠然と、母親のお腹が桃のように割れて生まれたのかと思っていた。まだ風呂にいっしょに入っていたときには、母の腹に縦にきざまれた妊娠線を、かつて出産のために口をひらいた傷口なのではと思いながら、なにか違うような気もしていた。

小学生の男子に関しては、まともな性教育などほとんど行われないにひとしい時代だった。と同時に、母親が何かの折りに、「お腹が割れて」というようなその場しのぎの説明をしたのかもしれない。荒唐無稽《こうとうむけい》な説明を、諺《ことわざ》でも唱えるように朗らかに口にしてはばからないのが始の母だった。

祖母を知らない始に、祖母の亡霊がついてまわることもあった。

小学生の始が枝留の町を歩いていると「こんにちは」とどこからか声がかけられる。「始ちゃん、大きくなったわね」誰だかはっきりとはわからない、なんとなく見覚えのあるおばさんが遠慮のない笑顔で始を見ている。あとになってわかったのは、声をかけてくるのはほとんど添島助産院で出産した人か、その母親、なのだった。始は本人の知らないところで「添島さんちの孫」になっている。祖母に守られて、というよりは、見えない遺影を背負って歩いているような気がした。

立ち往生している弟を、姉の歩は何度も見かけていた。家に帰ってくると、「始ちゃんは話しかけたくなる顔をしてるんじゃないの」とからかうように言った。「そんなことない」と赤い顔をして言うのがやっとで、始には反撃のすべもなかった。通りすがりに声をかけられるくらいで終わるのならまだしも、立ち止まって呼びかけられるのが何より嫌だった。それは多少時間をかけてでも話をしようという意思表示だからだ。始は無言で素早くお辞儀をして、そそくさと立ち去った。中学生になると、外にでかけるときには歩くのをやめ、もっぱら自転車に乗るようになった。遠くからこちらへ視線を向けてくる大人を見かければ、すぐにハンドルを傾け直近の路地を曲がり、おばさんとの接近遭遇を回避するようになった。

そのたびに、枝留の横道に入って走った。親に連れられて歩くのではない町を始はしだいに発見していった。間口の狭い古本屋の前を通り、煙草《たばこ》くさいポスターが隙間《すきま》なく店内に貼《は》られたロックとジャズのレコード店、名響堂や、サイフォンとネルのフィルターが目新しいコーヒー専門店、昼間だから人の気配のない、看板の文字や色づかいがどこかあやしげなバーの店先を横目で見ながら走りすぎた。そのうちに自転車をとめ、古本屋や名響堂にひとりで入るようになり、やがて足繁《あししげ》く通いはじめた。

小学校六年のとき、父親が突然ステレオを買って居間に配置した。テクニクスのプリメインアンプとチューナー。ビクターのレコードプレーヤー。ダイヤトーンのスピーカー。渓流釣りと北海道犬が趣味だったはずが、なにがきっかけで、しかもメーカーの異なる組み合わせまで考えてステレオコンポーネントを揃《そろ》えようとしたのか。当時はなんの不審も覚えなかったが、いま思えば父親らしからぬ行動だった。しかも父親が買ったLPはイ・ムジチのヴィヴァルディ「四季」一枚きりで、数回聴いたあとは棚に差しこまれたままとなり、ステレオを聴くのは大雨に降られて釣りには出られない日曜日の午後に限られた。放送が開始されたばかりのFMの、番組欄に「立」と四角いマークのついたステレオ放送を選んでは、母に淹《い》れさせた紅茶にブランデーを数滴落として黙って口に運びながら、肉声よりも低く響くアナウンサーの声を聴いていた。

ステレオの登場で興奮したのは子どもたちだった。高校一年だった姉の歩はマイルス・デイヴィスの「天国への七つの階段」を買った。「ねえ知ってた？　マイルスはお父さんと同い年なんだよ。信じられる？」と歩は何度も言った。

弟の始が買ったのはビートルズの「アビイ・ロード」だった。聞いたことのある曲ばかり収録されたベスト盤「オールディーズ」を買おうとしていたのだが、いっしょに名響堂の店頭にいた歩が「買うのならアビイ・ロードよ」と言いだし、よくわからないまま従ったのだ。中学に入学して小遣いが増額されるまで、始はこの二枚をとっかえひっかえターンテーブルにのせ、くりかえし聴いて飽きなかった。

昭和三十二年の夏に祖母が亡くなった。家にはまだモノクロテレビすらなかったはずだ。スイッチを入れ温まってくるとコンデンサーの金属くさい甘い匂いがしてくる古ぼけたラジオは茶簞笥《ちゃだんす》のうえにあった。それ以外に音を立てるものはといえば、冬の石炭ストーブくらいだったろう。おおきな薬罐《やかん》がチンチンシューシュー鳴って、焚《た》き口の蓋をひらくと赤々とした石炭の炎がゴーと低い音をあげる。静かなようで、騒々しくもある冬の音。いまでも「アビイ・ロード」を聴くと、ストーブの炎と音、雪明かりで白々とまぶしい玄関先の光景がよみがえる。

枝留町の西側に住む女性は添島助産院でお産をするか、あるいは祖母が妊婦の家に出向いて出産を介助するのがあたりまえの時代だった。祖母が亡くなったのは、助産婦の役割や立場に変化の兆《きざ》しが見えはじめた時期だったのかもしれない。始は後年そう思いあたり、大学の図書館で助産婦の歴史が書かれた本を借りてきたことがある。

昭和三十年代の半ばを過ぎると――つまり一九六〇年代に入ると――助産院は出産の中心から周縁部へと押しだされ、病院の産婦人科との提携、あるいは傘下という位置づけを受け入れざるを得なくなる。助産院と助産婦はあくまでも正常な分娩《ぶんべん》の介助を行う場であり役割であって、母体や胎児に危険が及ぶ可能性が少しでもある場合には医師が分娩にたちあい、助産婦は補助的な存在とされるようになった。

助産婦が使った「逆子」ということばも、医学的には「骨盤位」と呼ばれることを始は知った。経験豊富な助産婦にとっては腕の見せどころのひとつだったが、産婦人科の現場では死産や脳性麻痺《まひ》につながりかねない「異常分娩」の範疇《はんちゅう》に入れられてしまう。じっさいに帝王切開が選択されることも少なくなかった。

逆子だった始はどのように生まれたのか。分娩台の上で出産するまでずっと目を閉じていたという母は、何も見ていない。お尻から生まれたのか、足から生まれたのか。いずれにしても頭から生まれたのではなく、最後に出てきたのが頭、ということになるのか。

逆子で生まれたことが自分にどんな痕跡《こんせき》を残したのか、始は考えてみたこともなかった。幼稚園から小学校四年生まで悩まされた小児喘息《ぜんそく》が治癒して十年あまり経《た》ったころ、始は思わぬめぐりあわせで、喘息と逆子の因果関係を知ることになる。古本屋でたまたま手にした雑誌に「気管支喘息論」というタイトルの不思議な論文が掲載されていた。それは「論」とあるように、気管支喘息の医学的所見と治療法というよりも、思想や文学に重きをおくらしい医師の、独特な仮説が述べられたもののようだった。しかし数行読んだだけでも、臨床経験から導きだされた医師としての確信のようなものがはっきり伝わってくる説得力があった。

その「論」は始にとって意外なものだった。読み進めてゆくのは、白い駒《こま》が波をうって黒い駒へと変わってゆく光景を見ているような、ずっと閉じていた窓が開かれあたらしい空気にさらされるような、爽快《そうかい》さをともなう経験だった。

小児喘息と診断されたのは幼稚園に通いはじめたころで、母親が喘息の治癒を願い、なにかのおまじないか祈禱《きとう》を頼んだ結果、文机《ふづくえ》に置かれたお札《ふだ》の前に正座させられ、どんぶり一杯の水を飲まされたこともあった。効果がないとわかると今度は汽車に乗って隣町の病院に通い、注射を打たれ、ブドウ糖を飲まされる治療が数年にわたってつづけられた。家で発作がおこると、ガラス製の吸入器を真夜中にくわえ、ボスミンを吸入してしのぐ。しかし、ほんとうの原因からすれば、解決にはほど遠い対症療法だったのではないか――この医師の文章を読んだ始は週に一回お尻に打たれていた太い注射の痛みがまるで無駄だったのではと疑った。

「気管支喘息論」の連載されていた雑誌は、都内をあちこち引っ越しするうちに行方不明になってしまったが、始の記憶によれば、およそこのような説明だった。

――胎児から赤ん坊になるときの最大の難関は、出産と同時に始まる肺呼吸への転換である。羊水に満ちた胎内では、胎盤を通じて酸素と二酸化炭素の交換が行われる。肺はまだ本格的には機能していないし、子宮のなかでは肺呼吸はできない。しかし出産が始まり子宮の外に出て外気に触れるなり、すみやかに肺呼吸を始めなければならない。赤ん坊の出産直後の大泣きは、肺呼吸の本格的な開始を意味する。羊水につつまれていない環境、肺に乾いた空気が急激に入ってくる肺呼吸には、泣き声があがるほどの身体的な驚きがあるはずだ。

　ところが、なんらかの理由によって難産を余儀なくされた場合――そこには当然、逆子がふくまれる――「呼吸に至る過程は、長く苦しく困難なもの」という初源的な恐れが刷りこまれてしまう。

　そしてまた、胎児にとって出産という経験は、気温と湿度の急激な変化にほかならない。難産だった乳幼児は、気温や湿度の急激な変化を感じるたびに、体感的な記憶を引きだされ、呼吸に困難を覚える喘息発作という身体的現象が再現される、というのである。つまり喘息はときに、出産時の困難に由来するのだと。

たしかに始の喘息の発作は、夕方になって気温が急激に低下したり、秋冬の空気の極端な乾燥がきっかけになっていた。深い呼吸をしたとき、気道がぜろぜろと鳴る。それが苦しい発作へと転がり落ちてゆくのに、さほど時間はかからない。気道が狭くなり、思うように呼吸ができない恐怖を、始はいまでもありありと覚えていた。

研究室の窓から階下を見おろすと、次の時限が始まったらしく、学生の姿はまばらになっていた。秋の夕方の空気は乾いていた。

机に向かって座りパソコンをひらく。窓の外に設置されたエアコンの室外機とビルの外壁の隙間でカワラバトが鳴いているのが聞こえてくる。めったに窓を開けず、ブラインドも上げないせいか、一年を通して二度、三度と室外機の陰にカワラバトが巣をかける。繁殖力は旺盛《おうせい》だ。カワラバトのようには群れず、つがいで行動し、警戒心の強いキジバトのほうが始の好みだったが、キジバトは樹上に巣をつくるから、窓辺で営巣し抱卵することはない。

新着メールを確認していると、窓の外から妙に興奮した鳴き声が聞こえてくる。学生からのメールは三通だった。開いて読む気力がないので、件名だけチェックし、本文はあとまわしにする。パソコンをシステム終了にして、画面が暗転するのを待つ。画面の中央で時計回りにくるくるまわるマークが、暗転と同時に消える。

　こうして研究室に座っているあいだも、始の消失点はドアの向こう、薄暗い廊下の中空に浮かんでいる。消失点から始の研究室を見渡せば、左右に並ぶ書棚にはほとんど本がない。引き戸つきの戸棚にも、なにも入っていないのが見えるだろう。机の引き出しにも、ティッシュボックスと未使用の割り箸《ばし》、小銭が数枚、目薬、朱肉と印鑑。小さな冷蔵庫には白い霜のかたまりだけが残って、がらんとしている。

　始はまもなくこの研究室を明け渡すことになる。カワラバトがこれまでどおり、巣を撤去されることなく抱卵できるかどうかは、つぎに入る教員の関心の有無と寛容の度合いによるだろう。

　大学を辞め、北海道の枝留に帰ることについて、妻の久美子《くみこ》に相談をもちかけたとき、自分の提案が唐突なものだと始はよくわかっていた。しかし相談もせずにひとりで故郷に帰るわけにはいかない。久美子からどのような反応があるかは聞くまでもなくはっきりしていた。北海道に同行する可能性はないだろう。その意思をことばにして、お互いが確認する手続きが必要なだけだった。

久美子の回答は予想以上に短く、呆気《あっけ》ないものだった。

「わたしは行けない。撮影があるから」

数年前、映像制作会社の制作部門の責任者になった久美子が、自分から望んで現場の担当も兼ねることになった今回の撮影は、北アルプスに生息するニホンライチョウの生態を追うものだった。これからもさらに撮影はつづくという。始からの話をさほど重大なものだとはとらえない態度で、ちょうどいい機会だと言わんばかりに、久美子はニホンライチョウの撮影について澱みのない説明をはじめた。

季節ごとに数日間、北アルプスに滞在しているのは、カメラマンにアシスタントがふたり、そして久美子の四人。特別天然記念物のニホンライチョウの保護と研究活動を行うＮＰＯ法人の全面的なサポートを得ていること、ニホンライチョウがつよい警戒心をもたないこともあって、撮影はいまのところきわめて順調だという。

ちいさなウズラのようにも見える茶色いヒナが親鳥の背中にのっている写真を、生きものに対してかわいいという反応をめったに示さない久美子にしてはめずらしく、iPhoneの待ち受け画面にアップしているのも見せられた。ハイマツのあいだに親子の姿が見え隠れする動画や、抱卵中の巣にならぶ茶色い卵の写真の上を、久美子の人差し指が右、右、と画面を払うように動く。指先も手の甲にも細かな皺《しわ》がふえ、水気を失っているのがわかった。間近に久美子の手を見たのはいつ以来のことだろう。久美子のうえにも始のうえにも時間が流れていた。

久美子も始も、いつのころからか、お互いの仕事には最低限の関心しか示さないようになっていた。久美子が北アルプスに通っていることを始は知っていたが、ニホンライチョウが被写体だということすら知らなかった。

雪山での撮影に向け、装備と日程の調整がはじまったばかりだという。始が北海道に帰るとしたら、早くても来年の五月か六月以降になる。ニホンライチョウの仕事に区切りがついていたとしても、並行して進んでいる仕事が久美子にはまだいくつもあるだろう。

実家にそのまま間借りするのではなく、枝留で家を探すつもりだった。しかし久美子がいっしょでないとはっきり決まれば、しばらくは実家の二階に残されたままの自分の勉強部屋で事足りる。膨大な本とＣＤは当面、東京の家にそのままにしておけばいい。

「それに、何度も言って申し訳ないけれど」

久美子がめずらしく「申し訳ない」と言ったことに始は不意をつかれ、その先につづくことばをあやうく聞き損ねるところだった。「わたし、猫や犬の毛のアレルギーがあるでしょう。同居するのはそもそも無理だとおもう」

はじめて枝留の家に泊まったとき、母の登代子が道端で弱っているのを拾ってきた黒い仔猫《こねこ》が家のなかで飼われていた。最初の晩、とつぜん久美子はぜいぜい喉《のど》を鳴らしはじめ、みるみる顔色を失った。久美子も小学生のころ、小児喘息患者だったのだ。ちょうど自動車の排ガスによる公害問題がピークになったころの東京で、久美子の住むマンションは幹線道路が交差する下り坂の交差点から百メートルと離れていないところにあった。医師から「もしも可能なら転居なさったほうが」と言われ、郊外の公団住宅に引っ越して半年もしないうち、喘息の発作はおさまったという。しかし三十歳を過ぎてから、同じ室内に猫や犬がいると、ふたたび発作を起こすようになっていた。

枝留の家は父の眞二郎《しんじろう》が小まめに掃除機をかけてきれいにしていたが、細くやわらかな猫の毛はあちこちの隙間に紛れこんでいるだろう。

久美子は逆子ではない。結婚してまもなく、「ぼくは逆子だったんだよ。あなたはどうだった？」と始が聞いた。久美子の答えは素気なかった。

「うん、するする生まれたって」

研究室のドアをノックする音がした。

「はい」

反射的に返事が口から出た始は自分の声のボリュームに少し驚く。

半分だけ脱いでブラブラさせていた靴をはき直し、消失点が浮かんでいるであろう廊下に、ドアが開くのを待っている不意の訪問者に声をかける。

「どうぞ」

開いたドアの向こうに、大教室で質問をしてきた女子学生が立っていた。白いウテリン・ヴェラムの頬の持ち主。始はあえて訝《いぶか》しげな顔をする。教員のページには、研究室への訪問は事前のメールでの承諾を必要とする、と注意書きをしてあった。

「あの、もうひとつだけ質問があるんですが、いいでしょうか……さきほどメールをさしあげたのですが」

始はメールを読んでいないことは言わず、研究室の時計を見あげた。時計を見る必要はなかった。時間はたっぷりとある。つとめて無表情に「いいですよ」と答えた。始のなかで小さな警報が鳴った。彼女は軽そうなリュックを左肩にかけ、布製の手提げを持っていた。室内で話すのが当然という顔をして、さほど遠慮のない声で「失礼します」と言いながら研究室に入ってきた。

始はいつものようにドアを開け放したままにしておく。女子学生はそのことを気にする様子はない。始は自分の椅子《いす》にもどり、彼女には少し離れた四人掛けのテーブルの席をすすめた。質問は一七世紀のヨーロッパで書籍の運搬に使われた樽《たる》についてだった。

「細かいことですみません。製本されていない、刷ったままの状態で運ばれるときは、ふつうに梱包されただけだったのに、どうして製本された本だけ、わざわざ樽に詰めて運んだんですか。四角い本が樽にきれいにおさまるのかなと思って」

――製本され装幀された本は高価なものだったから、濡《ぬ》らして駄目にするわけにいかなかったんですよ。ふつうの紙は羊皮紙よりもはるかに水気を嫌いますから。樽はワインのような液体を漏らさずに保存できるものでしょう。つまり樽に詰めて密閉すれば、中身は濡れない。遠い国の書籍商には、船で運ばれることが多かったですからね。……そうか、本の詰めかたは調べたことがなかったな。

質問に答えられない部分があってかえって楽な気持ちになった始は、冗談を言うようなつもりでつづけた。

「樽をあけると、インクと紙と革の匂い、木の樽の匂いが混じりあって、なんともいえない、いい匂いが立ちのぼってね」

「匂いをかいだことがあるんですか」

女子学生が真顔で聞いた。

「まさか」生真面目な女子学生らしい反応に始は笑顔でつづけた。「だけど、たとえばオークの樽なんか、ほんとうにいい匂いがしますよ。運ばれているあいだにオークの香りが本にうつって、その匂いもふくめて、本の魅力だったかもしれない」

やりとりを終えると、彼女は促されるまえに席を立ち、礼を言い、軽く会釈《えしゃく》をして研究室を出ていった。閉めたドアの向こうから聞こえてくる足音には、なんの躊躇もない。誤作動した警報は、早々に解除された。

始はひとり芝居のように咳払《せきばら》いをし、ティッシュを二枚ひきだして洟《はな》をかんだ。ほとんどゴミの入っていない円筒のゴミ箱を研究室の外に出し、ドアを閉め、鍵《かぎ》をかけた。

暗い廊下の奥に伸びている消失点と、始までの距離がわずかに短くなっていた。

1

裏庭のかえでの木陰にハルがいた。

ハルはいつのまにか老犬の気配を帯びるようになっていた。毛艶《けづや》が失われ、後ろ脚のはりが落ちていた。

食欲はある。鼻も耳もおとろえていないのは、見ていればわかる。匂《にお》いや音をともなう生きものの気配にむかって、注意深く、曖昧《あいまい》にも見える顔を向けると、小さく咳《せ》きこむように吠《ほ》える。それでも納得がいかないのか、しばらくのあいだひとりごとをつぶやくように鼻を鳴らしている。

去年までは名前を呼べばすぐに立ちあがり、眞二郎に近づいてきた。いまは申しわけ程度に顔をあげるだけの場合もある。昔と変わらないのは、まぶたの下でなにかを問い、伝えようとする黒い目が、まっすぐ眞二郎を見あげることだった。

ハルのそばを通りすぎながら「散歩にいくか」と眞二郎は聞く。本気ではない挨拶《あいさつ》より、たったいまアゴや眉間《みけん》、耳のうしろを撫《な》でてほしい――ハルの目を見ればそうとわかるが、眞二郎はあえて鈍感をよそおい立ちどまらない。しゃがみこむだけで腰が痛いからだ。

尻尾《しっぽ》を一回、パタンと力なく打ったハルは、乾き気味の鼻とアゴを前脚の上にのせ、鼻から小さなため息をつく。ため息は耳の遠い眞二郎に届かず、雨の気配のただよう空に消えてゆく。

母屋《おもや》の勝手口に隣接する小屋の戸口へ、眞二郎が入ってゆく。ハルがその背中を目で追う。

入口の一坪ほどのたたきの部分は、夏のあいだは引き戸を開け放してある。杉板の壁に、ながらく大切にあつかわれてきたものが掛けられている。鍬《くわ》、鋤《すき》、スコップ、熊手《くまで》、苅込鋏《かりこみばさみ》、ホース、脚立《きゃたつ》、帽子、ロープ。棚にはハルの毛を梳《す》く金属製のブラシ。その下の床には、さほど大きくはないクーラーボックスが置かれてある。なかは空だ。ときおり眞二郎の椅子《いす》がわりにもなる。

内側のドアを開けた向こう側は、船室のようにコンパクトなワンルームになっている。天井に近い壁に、横長のサッシ窓が並んでいる。昼のあいだは母屋よりはるかに明るい。

部屋のつきあたりに据えられたチェスト型冷凍庫の上蓋《うわぶた》をあければ、ヤマメ、アメマス、ニジマス、オショロコマ、そしてイクラでいっぱいになったジップロックが整理整頓《せいとん》されて眠っている。冷凍庫の上の壁には、切りとられた五線譜のように、飴色《あめいろ》の釣《つ》り竿《ざお》が五本かけられている。

冷凍庫の右側の壁にそって、ステンレスのシンク、調理台、一口のガスコンロが並んでいる。釣った魚の処理を終えるたび、眞二郎は汚れをこまめに洗い流し、クレンザーで磨き、仕上げに乾いたふきんをかけ、シンクの中の水気まで拭《ふ》きとってしまう。つるつるの表面を眺めてやすらかな気持ちになるのは眞二郎の性分だった。

上等な鮨屋《すしや》のように清潔なシンク、調理台、ガスコンロを、それぞれ三姉妹に見立てたのは、口下手な眞二郎のひとり言めいた意趣返しだった。姉の一枝《かずえ》と妹の智世《ともよ》が、眞二郎に相談もせずに墓を買ったのが発端だった。「お姉さんとお墓を買ったから、もう誰にも世話にならずにあの世にいける」と眞二郎のいない時間を見計らったようにわざわざ智世がやってきて、登代子にそう言ったのだという。その夜、説明を聞こうと眞二郎は隣の家を訪ねたが、かえってふたりにやりこめられ、反論できないまま帰ってきた。翌日、小屋でスモークサーモンの下ごしらえをしながら、姉と妹の物言いを反芻《はんすう》しているうち、浮かんできた連想だった。

泥や砂、うろこ、魚の血……流れてくるものを見咎《みとが》めることなく、そのますみやかに排水口へ運ぶシンクは、鷹揚《おうよう》でマイペースの長女、一枝。もの言わぬ調理台はおとなしい次女の恵美子《えみこ》。ボーと音を立てて青い火をあげ、薬罐《やかん》の笛をやかましく鳴らすのは三女の智世。われながらうまい配役だと思ったものの、賛同してくれる誰かがかたわらにいるわけではない。登代子に言ったとしても不興を買うだけだ。ましてや本人たちに面と向かって言えるはずもない。

では——と後ろめたい気持ちで眞二郎は考える——自分は何に似ているだろう。魚をさばくことは得意だが、刃物ではなかろう。物事を思い切りよくさばいたり断ったりするのは苦手だ。それよりも刃物を受けとめ細かな傷を負う俎板《まないた》のほうが似合う。もうひとつ思いつくのはガスコンロのうえで沸騰《ふっとう》する寸胴鍋《ずんどうなべ》。智世をガス台に見立てているのだから、これでは冗談にもならない。

いずれにしても自分から働きかける能力、機能はなく、工夫や調整の余地のない台所用品ばかり思い浮かぶ。場所をとり、重く、使わないときは邪魔なもの。どうやら自分は、三人姉妹のなかでは「ものいわぬ調理台」の次女、恵美子に近いかもしれない。

恵美子は一年前に亡《な》くなった。

かわいそうなことをしたと思うが、特別養護老人ホームに入ってからは、自分にできることはなにもなかった。一枝と智世は交替でバスに乗って通っていた。手伝えと言われたとしても、自分のことだけで精一杯だった。反応も動きも遅くなり、日常の雑事をこなしているうちに一日が終わってしまう。八十を過ぎた自分には誰かのために時間をとる気力も体力ももはや残されていない気がした。

恵美子が亡くなり、三人の老姉妹はふたりになった。調理台のない、シンクとガスコンロだけの台所になったというわけだ。つなぎの面が消え、いったん保留にしておくスペースもなくなった。あきらかに窮屈な眺めだった。登代子が身構えることなくやりとりできる相手は恵美子だけだったから、一枝と智世ふたりと登代子のあいだのクッションも失われた。恵美子にも恵美子なりの役割があったのだ。

恵美子が特養に入って何年か経《た》ったころ、眞二郎になんの相談もないまま、一枝と智世が購入を決めた永代供養《くよう》の墓は、町外れの寺にあたらしくつくられたものだった。婿《むこ》養子である後継ぎの住職のアイディアだという。一枝から手渡された二つ折りのパンフレット——表紙には「いつまでも続く安心を」とあった——を見れば、お寺の本堂に隣接し、斎場のようにも見えるコンクリート造の建物があり、それが永代供養の納骨堂らしい。

恵美子ひとり分の骨が納められた真新しく白い骨壺《こつつぼ》に、いま肩を並べる骨壺はない。それは恵美子らしい寂しい光景ではないか。最後まで恵美子を案じていた両親の骨壺も、そこにはないのだ。いずれ一枝と智世の骨壺が隣に並ぶのだとしても、いつになるかは誰にもわからない。三姉妹の骨壺が並んだら、そのあとはもう増えない。最後の納骨を見届けるのは誰になるのか。眞二郎は自分ではない気がしていた。

恵美子の納骨には姉からも妹からも声がかからず、いまだに墓参りもできないままだった。熱をおびた骨を火葬場でひろいあげ、骨壺に入れたのが最後だった。係員は磁石のついた器具で骨に混入している金属類——棺に使われていたネジや釘《くぎ》のようだ——を集めてから、破片や粉状になった骨と灰を専用のブラシとちりとりを使ってきれいに集め、骨壺に丁寧に流し入れた。眞二郎は係員の慣れた手つきをじっと見ていた。

「わたしたちは添島の墓に入れないって、お寺さんから直接言われたんだから、しかたないじゃない」

眞二郎が問いただした永代供養の墓の購入について、智世はいつもどおりの喧嘩《けんか》腰《ごし》で切り返した。いつのまにか眞二郎は守勢にまわっていた。智世は一枝や恵美子とちがって弁が立ち、よく通る声で滔々《とうとう》と自説を述べ、押しが強く、一歩も譲らない。白髪になり皺《しわ》がふえても丸くなる気配はない。

「オレは聞いてないよ。だったら寺に言われたとき、オレに言ってくれりゃよかったんだ」

智世の挑発にのらぬよう眞二郎はつとめて抑えた声で言った。

「じゃあにいさんに言えば、わたしたち添島の墓に入れたの？　にいさんだって、将来誰が添島の墓を守ってくれるか、ちゃんと考えたことあるの？　始ちゃんは東京で、跡継ぎもいないんだから、どうなるかわかりゃしないじゃない」

反論などできるものかと言わんばかりに智世は語尾を笑い声で包んだ。これもまたいつもの智世式の話術だ。眞二郎は黙って腕を組み目をつぶった。何十年と変わらない、おなじみのやりとり。審判がいれば、眞二郎が黙って目をつぶった瞬間、パッと赤旗をあげるだろう。智世の判定勝ち。

口にはしない答えが眞二郎のなかにはあった。自分が死んだらあとのことは残った人間がどうにでもすればいい。草でぼうぼうになり墓石が倒れ、苔《こけ》むそうがかまわない。いつか墓が処分されようが知ったことではない。死んだらそれでおしまいだ。ただそれを誰かに声高に言いつのるつもりはない。墓をめぐって智世と議論するなどまっぴらだった。先へ先へとはしこく考えて、頭に浮かんだことがすべて正しいとばかりそれを口にするうちに、智世は自分で自分の首を絞めている。柱につながれた犬が興奮して走りまわるうち、身動きがとれなくなるのと同じだ。それでも自分の勝ちと思いたいなら思えばいい。

一枝と智世の顔を見ているうちに、墓にふりまわされるのはどうしても女だ、と眞二郎は思う。結婚した相手が長男であれば、会ったこともない知らない先祖といっしょの墓に入ることになる。お経も、葬儀や法事のしきたりも、馴染《なじ》みのないやりかたにすり合わせていかねばならないのは、いつも女だ。一枝と智世はその経験をしないですんだともいえる。しかし自分たちの入る墓は自分たちで用意するほかなかった。ふたりの骨壺を添島の墓に入れるには、眞二郎が菩提寺《ぼだいじ》と交渉し、いずれ登代子の了承も得なくてはならなかったろう。そう想像すると、自分は両サイドから焚《た》きつけられ、なすすべもなく噴きこぼれるただの鍋だ。事態を冷静に把握するにしたがって、一枝と智世の勝手なふるまいに結果的に救われた気がしてくる。

旭川《あさひかわ》で生まれ育ち、枝留に来て働くことになり、添島眞二郎と出会って結婚した登代子は、五人きょうだいの末っ子だった。満足にできるのは裁縫とそろばんくらいと見た義母のよねは、衣食住から冠婚葬祭まで、自分の流儀をはりきって教えこもうとした。ところが助産婦の仕事はつねに受け身の臨戦態勢だから、じっくり教える時間などあってなきがごとしだった。そもそもよね自身が、落ちついて家事をする時間も余裕もないまま四人の子どもを産み、育て、生きてきたのだ。料理といえば、焼き魚に煮魚、漬物に味噌汁《みそしる》、大鍋でたっぷりこしらえた煮物など、手のかからないものばかりだった。

手のかからないといっても慣れない登代子には難題で、台所で姑《しゅうとめ》の横に立って懸命に覚えようとしても、よねは声がかかるや説明もそこそこにお産の現場に駆けつけてしまう。ただでさえのみ込みの遅い登代子はますます混乱し、立ち往生する。いつからか登代子は小さな手帖《てちょう》をしのばせ、断片的に教えられたことを鉛筆で書きつけるようになった。ときおりそれを開いては、黙って空《くう》を睨《にら》むようにしている姿を眞二郎は見ていた。しかしなにか手伝ってやることなど思ってもみなかった。家事が苦手な登代子を不憫《ふびん》に思う瞬間がないわけでもないが、困ったものだという苦々しい思いのほうが先に立つ。

登代子の生みの母キミヱは、五人きょうだいの末っ子の登代子を軽んじていた。長女や次女にくらべて出来も悪いし器量も悪い、と本人に向かって言うのを憚《はばか》らなかった。なにかにつけて登代子を叱《しか》ったのも、それが教育だと考えていたからではなく、感情にまかせた理不尽なものと登代子には感じられた。

　計理士事務所を営む父、林美喜男は、登代子にそろばんと帳簿のつけかたを教えた。登代子は女学校を卒業する直前、従業員宿舎つきの枝留薄荷《はっか》株式会社が女子社員を募集していることを友だちの姉から教えられ、さほど迷うこともなく、単身で枝留にやってきた。湧別川が流れ、オホーツク海からもさほど遠くない枝留は、盆地の旭川よりのびのびとひらけた土地に感じられた。寂しさや心もとなさより、口うるさい母から離れられたよろこびがうわまわった。

　母の叱責《しっせき》から逃れるために旭川を出るほうがいいと思ったのは、登代子ばかりでなく、じつは父の美喜男も同じだった。面と向かってかばうことはしなかったものの、母に手ひどく叱られたあと、なにか別の話題をみつけてやさしい声で登代子に話しかけるのが、いつもの美喜男の遠回しの慰めだった。

「枝留薄荷」の社名を聞くなり、「あの会社は評判がいいし、いい相手が見つかるかもしれないよ」と母は言い、めずらしく笑顔で登代子を見た。戦前、道東地域の薄荷の生産は、世界市場の七割以上を占め、増産態勢を組んでも追いつかない活況を呈していた。戦時下の強制減反を経て、いったんは大幅な縮小に向かい、あと半年戦争が続いていたら会社は事実上倒産していただろう。戦後まもなく、停止していた機械を次々に点検修理し、保存されていた種根を植えたり、品種改良した種子を育成したりして薄荷畑を再生させ、生産ラインを整え人員を配置し、枝留の基幹産業として再出発をめざした。町に活気がもどり、枝留の人口も右肩あがりに持ち直していった。他の町から流入する人口のひとりが登代子だった。枝留の出産件数もしだいに増え、義母の忙しさにも拍車がかかっていた。

眞二郎は枝留薄荷の電気技師として働いていた。登代子は総務係として働きはじめたが、一年後にそろばんの能力を買われて経理課に異動になった。同じ建物の同じ二階で働くふたりが、そこで出会うことになった。

それから四十年あまりの時が流れた。

長男の始の結婚が決まり、婚約者の久美子とふたりで枝留の実家にもどったとき、夕食の席でひとり妙に上機嫌だった登代子は、自分の「恋愛結婚」について突然語りだし、「あのころは娯楽なんてない時代だったから……恋愛が唯一《ゆいいつ》の娯楽でね」と言った。始と久美子はとっさに反応ができず、眞二郎は誤魔化すように短く笑った。始はその後しばらく、露悪的に母のセリフを冗談の材料にした——なにしろぼくは娯楽の産物だから。

眞二郎は小屋を出て、鍵《かぎ》をかけた。あちこちから虫の鳴き声が聞こえてくる。やがてこの鳴き声も間遠になり、冬の風が吹けば虫は死に絶え、アカゲラやカケスのけたたましい鳴き声が響きわたるだろう。

三人姉妹が結婚していたら、いまごろはどうなっていたか——眞二郎は果てしなく繰りかえしてきた仮定をふたたび頭のなかに引っぱり出す。登代子がそうであったように、一枝にも智世にも、見知らぬ一族の墓に至る道が用意されていただろう。しかし一枝も智世も未婚のまま、恵美子だけはいちど短い結婚生活を送ったものの、ほどなく離婚をし、家に戻ってきた。

眞二郎たち四人のきょうだいは、生まれたときの苗字《みょうじ》のまま、生まれ育った土地と家に暮らし、何十年もいっしょに法事の席に並んで座ってきたのだ。一枝と智世だけでなく、眞二郎もまた、姉妹たちも両親と同じ墓に入るものと漠然と思っていた。姉と妹が住職といったいどんなやりとりをしたのか。話のもっていきようはあったはずだ、とその場にいなかった眞二郎は思う。智世がどこか癇《かん》に障《さわ》る言い方で住職にものを言ったのではないか。そのせいで、ないわけでもなかった可能性をみずから断ってしまったのではないか。そもそも墓の住人は住職が決めるものなのか。しかしいまさらそれを言っても詮《せん》ない話だった。永代供養のあらたな墓が用意され、ひとり分の骨が納められているのだから。

眞二郎がハルを連れて近くの山のなかを歩かなくなって二年あまりがたつ。ハルが山道をよろこばなくなったからだ。以前は山菜採りにも連れていった。山道をはずれてゆるやかな沢をくだるとき、ハルはいきいきと先を駆けおりてゆく。十メートルと離れないところでいったん立ち止まり、眞二郎をふりかえる。眞二郎はハルの顔にむかって「クマはいないな」と声をかける。ハルは草や石の匂いを嗅《か》ぎながら先へ進む。山に入るときにはかならず、眞二郎は腰に鈴をぶらさげた。遠くに人の気配がすればクマは逃げる。とはいえ、ハルがかたわらにいてくれたほうが安心なのはたしかだった。

添島家の歴代の北海道犬のなかで、クマに対しもっとも勇敢だったのは、四代目のハルではなく二代目のエスだ。北海道犬の獣猟競技会に出場するたびに、檻《おり》のなかのヒグマに歯茎をむきだして吠えかかり、一歩も引かなかった。檻の向こうのヒグマが辟易《へきえき》とした顔になるのを見るのが眞二郎のひそかな楽しみだった。ハルも若いころ檻のヒグマにむかって吠えはした。しかしエスほどでなかった。それはハルが賢すぎるせいかもしれなかった。ヒグマは檻のなかにいて、どうせこっちには来られない、とでも言いたげな顔をしていたからだ。性格のちがいはあるだろう。しかし、山をなかば走るように登ることのできた若かった頃の自分と、ゆっくり山菜採りをするのがせいぜいの老いた自分と、飼い主の様子を見て犬もそれに合わせているのかもしれないと眞二郎はおもう。

来年からはもう川には入れない――眞二郎がそのように判断したのは先週のことだった。風の温度が急につめたく感じられた日の終わりに、近くの川の岩場で足をすべらせ、横倒しに転んだのだ。幸い腕をすり剝《む》き、大腿部《だいたいぶ》に痣《あざ》をつくっただけですんだが、何百回、いや何千回と往復し、慣れ親しんだ川での失態だった。これまで年相応を心がけ用心深くやってきたが、足をすべらせた途端、ただ倒れるしかない自分を見ていた。浅瀬であっても転んで動けなくなったら命にかかわる。勢いよく流れる水面が目と鼻の先に迫っていた。

眞二郎は慎重で怖がりだった。朝に晩に血圧を測る。細かく震えるようになった手で手帖に数字を書きこむ。服用する薬も多い。自分の弱っているところ、具合の悪いところを注意深く探りだすと、週に一回通う枝留中央病院の院長に伝え、悪い病気の兆候ではないかと確かめないではいられない。引退間近らしい院長はいつも「格別悪いわけじゃないですから、だましだまし様子をみましょう」と告げる。根本的な対策を打ちださず、あらたな薬は必要ないという顔をする。家に帰ってくると、登代子のまえでは機嫌の悪さをあらわにする。病院はなぜ病気を認めようとしないんだ、と言わんばかりの態度だ。登代子は「薬ばかり出す医者は藪《やぶ》医者だって、お義母《かあ》さんが言ってたわよ」と院長の肩を持つが、すでに薬はたくさん処方されているのだから、だとすればやはり院長は藪医者ではないか。

山での渓流釣りはやめても、家から歩いて行ける湧別川の、何か所かのポイントでの釣りはつづけていた。さほど速くない流れでも水が押してくる力は重く、強い。膝《ひざ》下《した》の水位でも、ひとは溺《おぼ》れることがある。丸石を踏む足もとがぐらりと揺れるようになったのは丸石が不安定だからではなく、自分の勘と筋力が落ち、平衡感覚が衰えたせいだとわかっていた。その時はその時だ、と覚悟を決めて釣りを続けるほどの度胸はない。この夏かぎりで釣りはやめる。眞二郎はあっさりと結論をだした。

登代子に言えば、安心するだろう。そう思っても、こうと決めたことをすぐには登代子に言わないのが眞二郎のよくない癖だった。「言えない」といったほうが正確かもしれない。

言うべきことを棚上げにしているとき、眞二郎は新聞や茶碗《ちゃわん》に目を落とし、なるべく登代子が視界に入らないようにした。その振る舞いからよからぬことが進行しているのではと案ずる登代子には、眞二郎の一挙手一投足、新聞をたたむ音や席を立つ音、咳払い、洟《はな》をかむ音までがいちいち気にかかる。とはいえ「なんですか」と登代子から問うことはない。本人たちが気づかないだけで、眞二郎と登代子は似たところがある。ふたりはなにも言わないまま、日が陰るように不機嫌になってゆく。

東京で働いている始は、しだいに日の陰る時間が延びていることを知らなかった。家が静かになったのは、自分たち子どもの不在のせいか、両親の老いとともにおのずとそうなってきたのか、年に一、二度の帰省では見当もつかなかった。姉の歩は、家のなかが三十年後、四十年後に不機嫌な気配とともにほの暗くなってゆくことをどこかで感じていたのではないか。聞いて確かめることのできない水際《みずぎわ》に立たされて、始は目の前の大きな海ふかく沈んでしまった記憶に目をこらし、耳を澄ませる。

札幌の国立大学に通っていた歩は、夏休みに一週間ほど帰郷して、ふたたび札幌にもどろうという日、散歩がてら駅まで送っていった高校一年の始に、「わたし、お父さんとお母さんの面倒はみられないから、始ちゃん、たのむわよ」と言った。突然何を言うのかと始はいぶかしく思った。なんとも答えようがないまま黙っていた高校一年の自分をけしかけて、「どうしてそんなことを言うんだよ」と姉に聞きかえしたとしたらどうだったろう。歩ははぐらかすように「べつに」と答えただけだろうか。

歩にあって、始にはないもの。そう考えると、たくさんありすぎて気が沈む。しかし歩にはあって添島の人間にはないもの、と見方を変えれば始ひとりの弱点ではないから気は少し楽になる。まず浮かぶのは、意志のつよさ。ひとりでなにかを大胆に決めると、そこへ向かって計画を立て、実行する。笑顔がいつも晴れ晴れしていて機嫌がいいこと。自分の笑顔を写真で見ると、姉のように晴れやかではなく、どこかゆがんでいて、こころの底から笑っていない。

天が歩だけに与えたのはもうひとつ、犬のように敏感で、アレルギーにも悩まされない鼻だった。隣に住む伯母の一枝がしばらく家でお茶をのんでいくと、学校から帰宅するなり、「一枝おばさん来てたの?」というほど歩は鼻がきいた。中学三年だった始が、深夜に二階の自室の窓をあけ、一本だけタバコを吸った翌朝には、母が台所で皿を洗う音にまぎれて「吸ったでしょ」とささやく。

雪が降りだすまえに匂いをかぎつけ、「雪のにおい」と誰にともなく言う。一時間もしないうちに雪が降りはじめる。ジロの食欲が落ちると、歩は両耳の下を撫でながら匂いをかぎ、ジロに向かってなにかを言う。どんな匂いをかいでいるのか。医者に連れていったほうがいい、というのは、たいてい眞二郎か歩のどちらかだった。

始は鼻が悪かった。小児喘息《ぜんそく》が治ってしばらくすると、ひどい鼻炎に悩まされた。点鼻薬や飲み薬でしのいでも、リバウンドで鼻の両方が詰まってしまい、口で息をしなければならないほどだった。悪化するたびに通った耳鼻科ではアレルギー性鼻炎と診断された。小児喘息の治療で週に一回、尻《しり》に注射をされ、注射のあと、大きなコップ一杯のブドウ糖を飲まされていたが、ひどい鼻炎は、注射や発作時の吸入薬の副作用ではないかと始は疑っていた。高校にあがったころ、漢方薬に切り替えて数年飲みつづけるうち、慢性的な鼻詰まりからは解放された。それでも埃《ほこり》や花粉には敏感で、すぐに鼻水をたらし、いっぽう匂いには鈍感なままだった。

父の眞二郎も鼻が悪かった。ときおり洟をかむことで、不具合な鼻がそこにあることをわざわざ確認するような、弾《たま》もないのに無理やり空砲を撃つような、気ぜわしいかみかただった。「眞《しん》ちゃんはもう洟ばっかりかんでて、受験勉強してるときだって机のまわりは鼻紙だらけだったわよ」その場にはいない弟を軽んじるように笑いながら伯母の一枝は言った。眞二郎を「眞ちゃん」と呼ぶのは一枝だけで、恵美子も智世も「にいさん」と呼んだ。

長い休みのたびに札幌から枝留に帰ってはきたが、歩はしだいに両親とゆっくり話をする気配をみせなくなった。あからさまに拒否していたわけではなく、大学の話をしてもしかたないとおもっていたのかもしれない。歩は短命だった二代目のエスのつぎにやってきた三代目の北海道犬、ジロを散歩に連れて行きがてら枝留教会に顔をだしたり、地元に残っている高校時代の友だちと外で会ったり、昼間はなんやかやと機嫌よく外出していた。眞二郎も登代子も詮索好きな親ではなかった。顔を見ていればだいたいわかるとでもいうようなかまえにも見えた。

数か月ぶりで歩に会ったよろこびをあられもなく全身であらわすのは白毛のジロだけだった。いや、ジロばかりではない。飼われてきた北海道犬はみな、ほかの誰より歩に懐《なつ》いた。

歩が小学生から中学生のころにかけて、三年だけ飼っていた二代目のエスも、やはりそうだった。黒っぽい虎毛《とらげ》で、立派な脚をして、胸をはり、三角のぶ厚い耳をまっすぐに立てた姿は仔犬《こいぬ》のころからで、エスの持ち合わせた特別な風貌《ふうぼう》だったが、歩の前ではその凜々《りり》しさのなかにはっきり甘えの表情や身ぶりが入ってくる。

エスにとって歩は姉のような存在だった。いっしょに散歩にでれば、眞二郎とのお決まりのコースを外れて、もっとずっと先まで歩いてくれる。気が向けば湧別川沿いの道を小走りでゆくこともある。人影がなければ、川沿いの広場で引き綱を外してしばらく好きに遊ばせてくれもする。首のまわりや喉《のど》もとをたっぷり撫でてくれる。爪《つめ》や目や耳をチェックして、具合の悪いところはないか調べるのも得意だった。

まだ二か月に満たない仔犬のエスがもらわれてきたとき、しばらくじっと様子を見ていた歩は、「この犬はどうして、困ったかなしい顔をしているの」と登代子に聞いた。

「そうねえ。やっぱりお父さんとお母さん、きょうだいと別れてきたからじゃないかしら。それは途方に暮れるわよ」

「とほうにくれるってなに？」

「どっちにいけばいいのか、どうしたらいいのか、わからなくなることかな。一度も行ったことのない知らないところで日が暮れて、あたりが真っ暗になったら、どうすればいいかわからないでしょう」

歩はどこかわからない、真っ暗ななかに立っている自分を想像した。

「一匹になって連れ出されたら、まわりから親きょうだいの匂いがしなくなって、匂いがしなければ心細いでしょう」

登代子は歩の泣きそうな顔を見て、明るい声に切り替えて言った。

「だから歩ちゃんの匂いをいっぱいかがせてあげたらいいじゃない。歩ちゃんがエスのお姉さんになればいいのよ」

歩は、その日からエスにたくさん触り、撫で、顔を近づけ、できるだけ一緒にいるようにした。あまりに可愛《かわい》がるので、それを見ていた弟の始がしだいに不機嫌になり、喧嘩が増えたほどだった。登代子はそうと気づいても、なにも言わなかった。

エスが順調に育ち、出場するようになった展覧会で高い評価を受けるようになると、眞二郎のもとに交配の問い合わせが頻繁に寄せられるようになった。眞二郎はお茶を濁すように笑って、相手の前のめりの勢いをかわした。

エスに展覧会での弱点があるとすれば、それは顔つきだった。臨戦態勢から解かれて息を抜き、待機する場面になると、どこか途方に暮れた目になる。エスの最高位が準優勝にとどまったのも、この憂《うれ》いをふくんだ目もとがブレーキになっていた。審査項目のひとつである「顔貌《がんぼう》」には目の表情もふくまれていたからだ。すぐれた北海道犬の目は「溌剌《はつらつ》として、注意深く、大胆」でなければならなかった。

展覧会に何度となく出場するうち、エスは思わぬ相手に見初《みそ》められることになった。エゾシカ猟の名手として知られ、渓流釣りの仲間のあいだでも一目おかれていた岩村繁雄《しげお》から、ぜひ譲ってくれないかと声がかかったのだ。

岩村は眞二郎もよく知る人物で、渓流釣りの腕も一級だった。釣り仲間から聞こえてくるのはいい話ばかりだった。街のレストランにいくつもの得意先を持つ腕前だったが、鹿《しか》狩りを生業《なりわい》としているのは、稼ぎのためというよりも鹿狩り自体が好きなのだと言っていた。どっしりとした体格と口数の少なさが、修練をかさねた身体能力と判断力、人柄をそのまま伝えてくる。その岩村が惚《ほ》れこみ、熱を入れる特別な資質が、エスにはあったのだ。

眞二郎は最初、申し出を断った。しかし岩村は一度の返答では諦《あきら》めなかった。得意先から送られてきたと言って、クッキーの詰め合わせやチョコレートを手土産にエスに会いに来る。眞二郎もエスの資質を見抜いて惚れこんでくれたことを誇らしく思っていたから、二度、三度の訪問にも嫌な顔をしなかった。鹿狩りの現場で北海道犬がどれだけ必要不可欠な存在であるか、説得というよりも独り言に近い岩村の訥々《とつとつ》とした話を聞くうちに、エスの資質をさらにおおきく開花させるには、この鹿撃ちのもとで生きてゆくほうが幸せなのかもしれない、と思うようになっていった。うちで飼いつづけたら、宝の持ち腐れになる。才能は伸ばせるだけ伸ばしてもらったほうがいい。犬も人間も同じことだ。眞二郎はそう考えた。

眞二郎のその判断は、歩の猛反発を受けた。

家でのんびり飼われていてどうして悪いの、犬は人間といっしょにいるだけで幸せなんだよ、鹿狩りなんて人間の都合で働かせるだけでしょ、エスがよろこぶかどうかなんて、お父さんにどうしてわかるの、とつよい口調で言うのだった。

歩は最初の興奮を自分で鎮《しず》めるようにしてつづけた。「岩村さんが来ると、エスが不安そうな顔をしているのがわかる。嫌がっているんだからやめて」

すでに返事をしてしまった眞二郎は腕組みをし目をつぶる。

「だいたいどうしてエスを人にあげなきゃいけないの。エスはうちの犬でしょ。エスがかわいそう。どうしてもというなら、エスが仔犬を産むまで待ってもらって」

歩の主張にはいつも耳を傾ける眞二郎が、なぜかエスの譲渡については聞きいれなかった。始は姉の気持ちを察してか、エスを不憫に思ってか、口論の横でただめそめそと泣くばかりだった。登代子もじつは譲渡に反対だったが、夫がこうと決めたら動かないことを知っていた。ここで歩に加勢しても収拾がつかなくなるだけだと考えて、眉《まゆ》をひそめて黙っていた。

やってきたばかりのエスは、幼い歩の手でも軽々と抱えられるほど小さかった。玄関のたたきの上を無闇《むやみ》に走りまわっているその横腹を軽く押せば、なんなくコロンと転がりそうな足どりだったが、爪が見え隠れする脚はしっかりと太く、虎毛の毛なみはみっしりと緻密《ちみつ》で、たくましい北海道犬の気配がすでにうかがえた。

親をさがしているのか、玄関のガラス戸の、わずかな隙間《すきま》に鼻をつけ、くんくん鳴いている。

「エス！　エス！」

歩は玄関におり、父親の大きなサンダルをつっかけた。エスにむかって、しゃがみこんだ。

「エス！　エス！」

エスの尻尾は三角錐《すい》のように根もとが太い。歩はエスの胴体をゆっくりと両手でつつんで、そのままひざに抱きかかえた。

「おまえは今日からうちの子だよ。ごはんをたくさん食べて、いっしょにあそぼうね」

歩はエスの首や顔のまわりに鼻を押しつけた。エスからは、乳くさいような甘い匂いがたっていた。自分よりあたたかい犬の体温。エスが歩の手の匂いをかいでいるのを、眞二郎がうしろから見ていた。

「おねえちゃん。ぼくにもさわらせて」

やや離れて見ていた始がたたきにおりて、手を伸ばそうとした。歩は始が伸ばす手のほうにエスを差し出した。エスが始の小さな手を一瞬甘噛《あまが》みしようとしたので、始は驚いて手を引いた。

眞二郎は笑った。

「噛みついたりしないから大丈夫だ。仔《こ》っ子《こ》どうしがじゃれあって噛むのと同じだから、痛くないさ」

始は半信半疑でもう一度手を伸ばした。

エスは始の手を甘嚙みした。あたたかい濡《ぬ》れた口が始の人差し指と親指のあいだを嚙んでいる。太くてまだ短い尻尾がちぎれんばかりにふられていた。

エスが、添島家の二頭目の北海道犬となった最初の日の光景を、歩はずっと忘れなかった。眞二郎も、始も、登代子も同じだった。

エスは、たった四年で死んだ。

岩村にもらわれてちょうど一年が経つころ、綱を解かれて放たれていたエスは、山《やま》裾《すそ》に撒《ま》かれてあった野犬狩りの毒饅頭《どくまんじゅう》を食べたあと、なんとか家まで帰りつき、口から泡をだして玄関先に倒れていた。岩村が見つけたときには、すでに息がなかった。

死んだエスは、眞二郎だけが見にでかけた。

岩村と交代で墓を掘り、黒い土の底に横たわらせた。眞二郎は家の庭からつんできたフデリンドウの花をひと束、その上にのせた。ポケットにしのばせて持ってきた、仔犬のころエスがよく遊んでいたボールも口もとに置いた。

しばらく手をあわせてから、眞二郎は黒い土をかけた。

2

遠くから、声が聞こえてくる。

何の声かはわからないのに、歩にはわかっていた。

夜だった。雑草一本見当たらないほど手をかけられ、整えられた庭を、おおきな月が照らしていた。隣の家の急傾斜の赤い屋根も、月の光に浮かんでいた。目を見ひらいた二歳の歩は、暗い天井と壁の不定形な模様をながめていた。となりの母も、その向こうにいる父も、ふとんの山の下で寝息を立てている。

両親が生きているのはたしかでも、意識を失うように眠っているのは、生きていないのに似ていた。娘である歩が、たったいまとなりに眠っていることなど宙に消え、父である眞二郎も、母である登代子も、たんなる眞二郎と登代子にもどっている。自分の娘が目を覚ましていることはもちろん、眠っている自分がいまどうなっているかも、わかっていない。

歩はひとりで目をあけていた。わずかに盛りあがったかとおもうと、ゆっくり沈みはじめるふとんの不確かな山の向こうから、ピンと張った糸のように、細く長いまっ直《す》ぐな声が聞こえてくる。それを聞いているのは、歩だけではなかった。祖母のよねと、知らない女の人はいま、その声のただなかにいる。

いつもなら歩は、その声を耳にするなり反射的に涙がこぼれはじめるのに、この満月の夜は泣きたい気持ちにならなかった。泣けばぎゅっと目をつぶってしまうのに、泣かなかったから目はあいていた。見ひらいた目の青白くつやつやと濡《ぬ》れた眼球の、外界とのやりとりに用意された瞳孔《どうこう》は、薄暗闇《うすくらやみ》のなかに沈んでいるものすべてをとらえようといっぱいにひらいていた。瞳《ひとみ》が音をもとらえ、瞳そのものがなにかを考え、呼吸しているかのようだった。

ぼんやりした闇のなかに赤ん坊の泣き声が聞こえてくる。身に覚えのある泣き声が自分の内側からではなく外から聞こえてくると、それは頼りなく、はかなく響いた。赤ん坊の泣き声がしだいにおおきくなり、知らない女の人の甲高い声が消えている。畳の部屋と板張りの部屋をみしみし行き来している音。泣き声に混じる、くぐもった低い祖母の声は、抑えながらも弾んで明るい。

「今日は満月だからね、生まれるよ」

かすれたような祖母の声は、歩の記憶がつくったまぼろしだろうか。満月や満ち潮が、出産にどう結びついているかを知ったのは、はるかのちのことだった。それでも歩の耳は、あの日の夕暮れどきに、祖母のよねが誰に言うでもなくそう言ったのを聞いたようにおもう。

月の光に照らされた庭の隅で、北海道犬のイヨも起きだしたらしい。ざらざらと鎖を引きずる音がした。歩と同じように赤ん坊の泣き声で目を覚まし、小屋の外に出て耳を立てているのだろう。イヨは吠《ほ》えない。ふだんからよほどのことがないかぎり吠えないイヨの、猟犬として考えればマイナスになる性格を、父は悪からず思っていた。理由は単純だった。イヨを猟犬として飼っていたわけではないからだ。

イヨの静かな気配に守られるように、歩はふたたび眠りのなかへひきもどされてゆく。

寡黙《かもく》な父が寡黙なイヨを好んだのは、相性のよさもあったろう。それから十年、二十年と時間が流れ、イヨのあとにやってきた北海道犬をそれぞれ大事に飼いながら、なにかのおりに思いだしては、「イヨは吠えなかったな」と懐《なつ》かしさを隠さない声で言うのを、歩はいくたびも聞いた。

吠えないかわり、イヨは音に対する感度がおそろしいほど高かった。あまりにも耳がいいから、自分の吠える声などうるさくて耐えられなかったのかもしれない——あとになって歩がそう考えたくなるほど、イヨの耳は近くより遠くに向けられていた。みっしりと密度のある赤毛におおわれた三角の耳は、七百メートル先の枝留高校のグラウンドの角を曲がる眞二郎のクルマの音をとらえたし、湧別川の土手の上で友だちとおしゃべりをしている小学校三年の歩の笑い声を聞きつけては、立ち上がって背中全体を緊張させながら尻尾《しっぽ》を何度もつよくふった。

母の登代子はそんなイヨをたびたび目にしていた。もちろん登代子には歩の笑い声など聞こえない。「歩ちゃんの声だとわかってる顔をしてたからね」と大真面目《おおまじめ》な顔で歩に説明する。一瞬、歩が母に向かって口にしそうになり黙ったのは、イヨにならなにを聞かれてもいい、もしも叶《かな》うなら、わたしの気持ちを全部イヨに聞いてほしい、ということだった。

枝留小学校に通う九歳の歩は、仲のいい芙美子《ふみこ》と放課後に湧別川まで歩いていった。芙美子はハードルが得意な俊足で頭のいい子だった。ずっとショートヘアで通し、男子にも平気ではっきりとものを言うさっぱりした性格だ。歩と芙美子のふたりは、川の音と川風を感じながらとりとめのない話に夢中になった。話に勢いがついてくると、芙美子の顎《あご》があがり、早口になり、目がきらきらしてくる。自分こそクラスでいちばん勉強ができ、体育も得意で、女子にも人気があると自認する男子の、本人は気づいていない口癖を芙美子が大げさに真似《まね》しはじめると、歩は大声で笑った。家まで急いで歩いても五分はかかるし、ふたりからちょっとでも離れれば、川の音にまぎれて何を話しているかは聞こえなくなる。それでもイヨの耳には歩の声が聞こえる——鼻はきいても聴力に特筆すべき能力があるわけではない歩は、イヨに近づいてしゃがみこみ、「イヨ、えらいね、イヨ」と言って、耳の下のあたりを撫《な》でた。イヨの口が少し横にひらき、笑ったような顔になる。

川沿いの道で、自分の笑い声は遠慮なく大きかった。クラスメートを馬鹿《ばか》にする会話に夢中になっていたのだから、後ろめたさを感じないわけではない。それでも母から話を聞くと、自分の声にきき耳を立てているイヨの姿や顔が思い浮かび、胸がいっぱいになる。家にイヨがいてくれるのはなんて安心なんだろう。歩はそうおもった。

イヨはよねにとっても幸運を呼ぶ犬だった。

犬がお守りしてくれる添島助産院は安産——イヨを飼うようになって、そのように言われることが増えた。祖母のよねは評判をまんざらでもなく思い、母屋《おもや》とは別になっている助産院の分娩室《ぶんべんしつ》に、張り子の犬を飾るようになった。くりくりした丸い目と、真っすぐに立った赤い耳。でんでん太鼓を背負って笑っているように見える顔が、妊婦を迎え、母と子を見送った。よねが突然亡《な》くなり助産院を閉じたあと、登代子は張り子の犬を引き取って、自分の家に飾った。「最初は犬じゃなくて、猫かと思ったのよ」と笑いながら言うのを聞き、これは犬だったのかと歩はおもった。

満月の夜。

父も母も弟も眠りについたあと、十五歳の歩はひとりで洗面所に立っていた。二歳のころのほんとうかどうかわからない記憶を頭に思い浮かべながら、時間をかけて歯を磨いていた。

二歳のときに並んでいた乳歯は、永久歯に生えかわって久しい。鏡のなかの自分が、乳幼児だったことなどどこにも見いだせない顔かたちになっているのか、それとも大人というのには程遠い幼さなのか、じっと鏡を見ても、まるでわからなかった。小学校六年の始は声変わりをし、いつも不機嫌だ。弟の成長と変化はよく見える。自分のことは二歳からいままで途切れずにつながっていて、一度もからだの外に出てみたことがないから、かえってわからない。たしかなのは、歯を磨いているとき、弟も自分も子どもじみた顔になるということだった。

何度も口をすすぎ、歯ブラシをきれいにし、顔を洗い、タオルでよく拭《ふ》いてから、用意してあったチリ紙で鏡の水滴を拭《ぬぐ》った。生まれたばかりのころからずっと、幼稚園、小学校としだいに大きくなってゆく歩を、イヨは見ていた。歩が四年生のとき、イヨは病気で死んだ。まもなく父が手に入れたエスは猟師にもらわれていき、誤って毒饅頭《どくまんじゅう》を食べて死んだ。どちらも牝《めす》だった。いま家で飼われている牡《おす》の北海道犬ジロは、歩の小さかったときを知らない。

二歳の記憶が断片的ながら、いまもはっきり残っている。オーバーコートの前に一対で下がっていた丸いボンボンの、ひんやりした手触り。イヨをつないでいた鎖の感触。古い平屋の家の、ガラス戸と戸走りの風雨にさらされた木目。台所のテーブルに敷いてあったギンガムチェックのビニールクロス。三角の耳を引っぱっても嫌がらなかったイヨの匂《にお》い。

歩が三歳になる前に、よねは脳溢血《のういっけつ》で亡くなった。最後の助産を終えた半日後のことだった。よねがどのような手順でお産を介助していたのか、何かを見た記憶はもちろんない。おそらく子どもは立ち入らないようふだんから厳しく言い渡されていただろうし、父や母が産院に向かう後ろ姿すら見たことがない。叱《しか》られたり追いだされたりした記憶もなかった。ただ近づきがたい雰囲気が産院の一角に漂っていた。産院のまで手前の柱に「整理、清潔、整心」と手書きの貼《は》り紙がしてあった。家が取り壊されるまでそのままになっていた、よねの書いた墨の文字。

分娩室は、平屋の東の離れにあった。母屋の台所とは別に、小さな炊事場のような板張りの部屋が平屋側にあり、よねはそこで水を使い、お湯をわかした。大きな琺瑯《ほうろう》のたらいや水差し、へその緒を切るハサミなどを煮沸《しゃふつ》するおおきな鍋《なべ》。よねが後片づけをしているとき、カチャカチャと硬いものがぶつかる音がここからしきりに聞こえてきた。白く塗られたガラス張りの棚には、聴診器などが並んで置かれていた。ほかにどんな器具があったのか。白い上っぱり、白い帽子のようなもの。おおきな包帯。

匂いの記憶はもっとはっきりしている。消毒液の匂い。お湯を沸かすガスの匂い。妊婦の額を濡らし、髪を濡らし、あちこちからにじみでる汗や上気して立ちのぼるまぼろしのような記憶の匂い。匂いのつぶにかたちがあるとしたら、それは三角や四角ではなく丸だった。それが無数に浮かんで、産院の天井と床のあいだを病院とはちがう甘やかさで包んでいた。

歩がいま住んでいる家は、産院があった古い平屋を祖父の眞蔵《しんぞう》の死後、取り壊して建て替えた、あたらしい二階屋だった。眞二郎と登代子の一家が住む家と、眞二郎の姉妹三人が住む家とがちょうど半分半分の大きさで一軒につなぎ合わされ、二階建ての棟割長屋のようなつくりになっていた。一枝、恵美子、智世の三人姉妹が住む家が東側、眞二郎、登代子、歩、始の家族が住む家が西側だった。

二階にあがると、階段の左右に分かれてひとつずつ部屋があるのはどちらも同じ構造だった。西側が歩、東側が始の部屋。隣の二階部屋は、東側が長女の一枝と三女の智世、西側は次女の恵美子がひとりで寝起きする部屋になっていた。

かつて産院があった一階の東は、三女の智世の希望で炉が切られた茶室が設けられていた。新築早々、気まぐれに始めた茶道教室には、週に何日か「生徒さん」が集まってきていたが、ほどなく茶室はその役目を終え、「札幌まで行って手に入れてきた」漆塗りの座卓が炉の上に据えられた。水屋は、来客があるときにだけ、丈の長い花をおおきな花瓶に生けるのに使われた。

眞二郎は毎朝、この家から枝留薄荷株式会社に出勤する。一枝は町はずれにできたばかりの老人ホーム「はまなす園」に職員として働きにゆく。三女の智世も会社勤めをしていたが、せいぜい二年もいると辞めてしまい、べつの会社に入り直すことを繰り返すようになる。登代子は専業主婦だった。

次女の恵美子は一度も働きに出たことがない。恵美子は一度、結婚した。お正月に夫とともに家にやってきたことを歩は覚えている。和服を着た男は酒に弱いのか赤い目をし、赤い頰をして、「ははあ、あんたがあゆちゃんか」ととろんとした親しげな声をかけてきた。歩はこわいものを見たように感じ、居間には入らないで後ずさると、母のいる台所に急いでもどった。背中から笑い声と「恥ずかしいのよ」という智世のよく通る声が聞こえてきた。義理の叔父を見たのは、それが最初で最後だった。恵美子はやがて離婚し、もどってきた。それからは一日、家のなかで過ごすようになり、働きに出ることもなかった。たまに見かけると、ぼんやりと所在なげな顔をしていた。

助産婦を母にもつ三人姉妹は、誰ひとり子どもを産むことがなかった。結婚もしていない。歩が小学生から中学生、高校生と成長するあいだに、三人姉妹は少しずつ年をとっていった。

枝留教会の牧師の長男、工藤一惟と歩は小学生のころから顔見知りだった。それにもかかわらず、同じ中学や高校ですれちがうとき、お互いを知らないような顔のままでいたのは、幼なじみの照れ隠しだけでない感情がふくまれていたからかもしれない。

歩が枝留教会の日曜学校に通うようになったのは、小学校四年生の春からだった。伯母の一枝に何度か誘われていたものの、最初のうちはあまり気乗りがしなかった。学校ということばには勉強や宿題がついてまわる。これ以上、出席をとられたり成績をつけられたり、長い時間じっと椅子《いす》に座っているのは嫌だった。しかも日曜日に「学校」に行くなんて。

歩は勉強がよくできた。友だちとの揉《も》めごともなく、女性の担任教師にも、あからさまなほどに可愛《かわい》がられた。かといって、面と向かってクラスメートから嫉妬《しっと》されることもなかった。学期ごとの通知表の評価欄には、「協調性があり」「級友への思いやりにあふれ」「よく気がつき、総合的な判断ができる」などと枠内いっぱいに書きこまれていた。それでも歩自身は、先生に気に入られていることもふくめ、学校で過ごす時間をこころから楽しんでいたわけではなかった。

最初に枝留教会に行ったのは、三年生のときのクリスマス礼拝だった。二日間降りつづいた雪がやみ、分厚い雲がすっかり東に流れ去って、嘘《うそ》のように晴れわたった日だった。

夕方が近づくとぐんぐん気温が下がっていった。玄関前の道の雪かきの仕上げを竹《たけ》箒《ぼうき》で終えた父が、「車庫の温度計、マイナス十度だ」と言いながら、おそろしく冷たい空気をまとって部屋に入ってきた。父自身が冷気のかたまりになったようだった。鼻も頬も、いつもより赤い。

「クリスマスツリーがね、それはそれはきれいなのよ」と邪気のない笑顔で、伯母の一枝が声をかけてきたのは先週のことだった。去年も同じように誘われたが、やはり午後から吹雪になり、父が「やめておけ」と言って行かずじまいになっていた。「雪もやまないし、無理しないほうがいいんじゃない」ときのうまでの空模様を見て母はそう言っていたものの、これほどの晴天になれば、もう雪を理由にするわけにはいかなかった。「クリスマスツリー、見てみたい」とあらためてつよく歩が言うと、「じゃあ行くのなら始もつれていってあげて」と母はしぶしぶ言った。父は黙って新聞を読んでいた。

一枝を助手席に、歩と始のふたりを後部座席に乗せて、父は教会まで送りとどけた。もしも始が喘息《ぜんそく》の発作を起こしたらどうしようと歩は気が気でなかった。秋や冬のほうが、発作を起こしやすいと知っていたからだ。それでも不安な様子は見せず、始に「たのしみだね」と笑顔で言った。クルマを降りた始は、まっすぐ教会の入口に向かい、小さな長靴できゅうきゅうと雪を踏みしめながら白い息を吐き、姉の先を歩いてゆく。

始は礼拝堂に飾られたおおきなクリスマスツリーを見上げると、しばらく口をあけたまま動かなくなった。隣に立った歩は、なにかに吸いとられたような始の顔を見て、笑いだしたくなる。始の目にツリーの光が映りこんでいた。

木は本物のエゾマツで、つんと青い匂いが漂っていた。いちばんてっぺんにある金色の星、あちこちにぶらさがっている赤い球、白いドレスに銀の粉をちらした天使、電気の炎が灯されたロウソク、ツリーをらせん状にまわる色とりどりの電球……すべてここではないどこか別の世界からやってきたもののようだった。

「このお嬢さんと坊やは、添島さんの姪御《めいご》さん、甥御《おいご》さんですね」

頭の上のほうから声が聞こえたので振りかえると、うしろにいた一枝が、「そうなんですよ」と声の主にむかって笑顔で答えていた。

「歩ちゃん、始ちゃん、牧師先生ですよ」

歩はすぐに「こんばんは」と挨拶《あいさつ》した。始はなにも言わない。牧師はよく響く声で「どうぞお入りください。一惟がご案内しますから」と言った。

近づいてきた少年に「何年生だったかしら」と一枝がたずねた。内気そうな細い声で「三年生です」と答えがかえってきた。「あら、うちの歩と同じ。仲良くしてくださいね」

工藤一惟ははにかんだ顔でうなずく。濃紺のセーターの両腕の先から白いシャツの袖《そで》がのぞいている。黒いズボンの裾《すそ》もやや短い。灰色の厚手の毛糸の靴下。ひょろりと伸びる手足をもてあましたような出《い》で立《た》ちだった。同じクラスの男の子と印象がちがうのは、見た目だけではなさそうだ。少年は一転して大人びた顔を歩に向けると、「こちらへどうぞ」と言った。始はクリスマスツリーに目をうばわれ、一惟のことをろくに見ていない。

日曜学校の子どもたちは、すでに礼拝堂の木のベンチに前列から詰めて座っていた。おとなしく座っている子もいれば、突つきあって笑っている子もいる。その一列うしろの、長いベンチのあいだを横歩きしながら入ってゆく。端の席におとなしそうな女の子がひとり座っていた。「こんばんは」とたがいに挨拶する。少し緊張して座ると、目の前に状差しのようなくぼみがあり、クリスマス礼拝のしおりがさしてあった。

一惟はふたりの隣には座らず、いちばん前の席の左端に座った。マッチ棒のような黒い頭と細い首、小さな耳を、歩はじっと見た。枝留に三つある小学校のうち、歩とは別の学区、枝留南小学校に通っているとあとでわかった。昨年、東京からやってきた転校生なのだということも。

家に帰ってふとんをかぶり目をつぶると、目の前にツリーのオーナメントが光って見えた。お腹《なか》にまで柔らかく響くオルガンの音もよみがえった。はじめて聴いた賛美歌に歩は耳をうばわれた。ワラ半紙にガリ版で刷られた青い手書きの文字を目で追いながら、二番から小さな声で歌った。歌いはじめた姉を見て、始は不安そうな声で囁《ささや》いた。「ぼくも、うたうの?」歩はわざと弟を見ずに小さくうなずいた。すると始なりにふらふらと歌いはじめた。歩の顔が自然とほころんでゆく。

学校の椅子よりさらに堅い教会の椅子に座って牧師の話を聞くのは、思っていたほど退屈なことではなかった。知らないことばがときおり出てきて、よくわからないところもあったが、生まれたばかりのイエスさまが布にくるまれ飼い葉桶《おけ》をベッドがわりにねかされたと聞いたとき、飼い葉桶なら知っている、と歩はおもった。父に連れられていった牧場に飼い葉桶があり、おおきな牛が濡れた鼻を押しつけて牧草を食べていた。歩の鼻の奥に香ばしい匂いがよみがえる。赤ちゃんならあんなに狭い飼い葉桶でもベッドになるんだ、とおもい、もしも自分が赤ん坊にもどれたら、飼い葉桶の乾いた牧草のうえで、布につつまれて眠ってみたいとおもった。

「東方の三賢人」が赤ちゃんを拝みにきたこと、その三人からの贈りものが、「黄金」と「乳香《にゅうこう》」と「没薬《もつやく》」だった、と聞いても、どれひとつとして見たことがなかった。「乳香も没薬も、独特なよい匂いがします。薬にもなるたいへん貴重なものでした。そして黄金の匂いは」と牧師はいったんことばを区切り、「残念ながら、かいだことがないのでわかりません」と言って笑顔になった。教会の空気が控えめの笑い声でさざめいてゆるんだ。牧師が冗談を言ったのだとわかって、歩はうれしい。始は真面目な顔をしたままぴくりとも動かない。

乳香と没薬は日本では生育しない樹木からとれるものだということ、イエスの磔刑《たっけい》の場面、イエスが埋葬される場面でも、没薬が出てくると知るのは、歩が中学生になってからのことだった。そして実際に、歩がその匂いをかぐことになるのは、さらに長い歳月を経たのちのことになる。

「イエスさまをお守りするために、なにかお役に立つものをとお渡ししたのが、この三つの品でした。お母さんが子どもを産むことは、いまもそうですが――」と言いながら牧師は咳《せき》ばらいをした。「……昔はいまよりもはるかに、命にかかわる一大事でした。マリアさまにとって、出産は初めてのことでしたから、体力も精神力もつかい果たしたことでしょう。三つのプレゼントはイエスさまへの捧《ささ》げものとはいえ、乳香はこれを焚《た》けば、マリアさまの心身のお疲れを癒《い》やすことができます。ですから私はマリアさまへの心づかい、プレゼントでもあったと考えています。

今日ここに集まられたみなさんも、お母さんが生んでくださってこの世に生を享《う》けました。そう言われても、覚えていないひとがほとんどかもしれませんね。じつはわたしも覚えていません」

歩のうしろの席に座っている老婆《ろうば》がふふふと笑った。

「この世に生を享けることが、あらゆる人にとっておおいなる祝福であると、今日のこの日にあらためて思いをいたせば、イエスさまの生誕の日を深いよろこびとともにお祝いできますね」

歩は牧師のことばを聞くうちに、自分がまだごく幼いころ、離れの産院から聞こえてきた妊婦の、甲高い叫び声が耳の底によみがえった。マリアさまにはお産婆さんがいたのだろうか。産湯《うぶゆ》をつかってくれる人はいたのだろうか。飼い葉桶に寝かせられたのだから、お産婆さんなどいなかったし、産湯もなかったのかもしれない、と歩は想像した。

「今日ここに集まってくれた子どもたちは、クリスマスプレゼントをたのしみにしていることでしょう。三賢人のプレゼントを考えるに、受けとる人がほんとうはなにを必要としているか、そしてこの先にあったら役に立つものはなんだろうか、これをまず、よくよく考えて選んでこそ、いいプレゼントになります。みなさんのプレゼントを開けてみて、勉強に関するものばかり入っていたとしたら、どうでしょう？　それはみなさんにとっていまもっとも必要なもの、という、どなたかからの、ふかい思いやりかもしれません」

日曜学校の子どもたちがもぞもぞと動き、ざわついた。「シッ」とたしなめる小さな声も漏れてくる。牧師先生は真面目な顔でおもしろいことを言う。歩はじっとその顔を見ていた。

話し終えて頭をさげた牧師の、どことなく動きのかたい感じが一惟によく似ていた。ふたたび立ちあがって賛美歌を歌いはじめたとき、静かな驚きが歩のなかに満ちていった。これまで歩のなかで息を潜めたまま動いたことのなかった細胞が、見えない指で押されて突然動きはじめたかのようだった。

教会全体につつまれる感覚がひろがる。かいだことのない乳香や没薬の匂いがした。不意に涙ぐむような気持ちになった。牧師のおもしろかった話がなぜか急速に意味をうしない、牧師の口からこぼれたことばが霞《かす》みのように空中に立ちのぼって消えた。礼拝堂の壁の上に並ぶ縦長の窓を白く曇らせるもののなかに、そのわずかな痕跡《こんせき》が残っているばかりだった。

教会の外に出ると、父が迎えにきていた。父のクルマを先頭に、何台ものクルマが控えていた。父のクルマのうしろから、雲のように白い排気があふれて立ち昇っていた。外に出たとたん、頬と耳が冷気でぴりぴりした。

一枝が助手席に座って「はい、ありがとう」と言った。始とふたりで後部座席に座った歩は、始がかすかながらはっきり、ひゅーひゅーと喉《のど》を鳴らしているのに気づいた。歩は「だいじょうぶ？」と小さな声で始に聞いた。始はこくんとうなずいて、声は出さなかった。暖房が最大になっていて、暖気が勢いよく吹きだしていた。父と一枝は久しぶりに会った誰かについて上機嫌な声で話していた。始のことはいま父にではなく、家に着いてから、母に言ったほうがいいと歩はおもった。

クルマで揺られながら、弟を心配している自分はいつなんどきも姉であり、自分は心配されるのではなく心配する立場なのだと、これまで以上に感じた。始が小児喘息を悪化させ、幼稚園をときどき休むようになり、母といっしょに汽車に乗って病院に通うようになると、母の時間、母の目、母のことばの向かう先が、どんどん始に集まるようになっていた。寂しく思っても、それは変えようがない。

放課後は学校の図書室に残って、帰り際《ぎわ》に何冊か借り出して、自分の家でつぎからつぎへと本を読むようになった。ロシアの動物記、あしながおじさん、ファーブル昆虫記、若草物語、アーサー・ランサム全集、名探偵カッレくん、キュリー夫人の伝記……脈絡なく、書棚に並んでいる本の背に手を伸ばしてぱらぱらとめくっては、自分なりの直感で本を選び、読みすすめていった。

父は、家ではほとんどなにもしゃべらない。夜六時のこどもニュースまでには会社から帰宅して、作業服を脱ぎ、ふだん着に着替えて、まず犬小屋に行く。イヨにブラシをかけてやり、餌《えさ》を与え、水を替えてやる。ひと言ふた言、声をかけているのが聞こえる。部屋にあがってくると、黙ってごはんを食べ、母が一方的に今日あったことを父に伝える。父はただ聞いている。食べ終わるとしばらく横になり、テレビを見て、風呂《ふろ》に入る。いつもどこか心ここにあらずの顔だった。早朝にイヨを連れて散歩に行くのが日課だったが、その時間は、歩も始も深い眠りのなかにいたから、父がどんな顔でイヨを連れて歩いているのかを知らなかった。

父の顔つきがあきらかに変わるのは、休日に隣の姉妹の家にあがりこんで話をするときだった。自分の家にいるときよりはるかに快活な態度で、笑顔でいることが多い。ちょっと相談してくると登代子に言いおいて、一時間経《た》ってももどってこないとき、母にことづけられた歩は、隣を訪ねる。「お父さん、そろそろ昼ごはんだって」と玄関で声をかける。そのとき立ち上がって姉妹に声をかける父の様子を見て、いつも家で黙っている父とちがうのに驚き、少し理不尽な気持ちになった。

家では不機嫌で、隣の家にいると楽しそうなのはどうしてだろうと歩はおもった。母がかわいそうだとおもった。父にも母にもなにも言わないまま、ずっとそうおもっていた。

父が機嫌よく夢中になって動くのは、北海道犬の展覧会の準備や、釣りの準備をしているときだった。釣りの前日には、夕食もそこそこに小屋に入りこみ、糸や針、竿《さお》を手にして、なにか作業をしている。ラジオを小さくかけ、風力だのミリバールだのを単調に読み上げる気象情報を聞いている。準備が終わってもどってきたかとおもうと、風呂に入って寝てしまう。翌朝が早いからだった。

歩が日曜学校に通うようになって半年ほど過ぎたころのことだった。

日曜学校が終わって帰宅して、昼ごはんを食べたあと、教会の二階の部屋にお財布を入れたポーチを忘れてきたことに気づいた。

歩はまた自転車を漕《こ》いで、教会にもどった。教会の入口に立つと、朝とはうってかわって誰もいないガランとした礼拝堂に、心臓がトクンと小さく打つような緊張をおぼえた。教会の木の匂い。裏手の牧師先生の家に声をかけようとおもったが、わざわざ来てもらうほどのことでもないとおもいなおし、歩はそのまま黙って教会に入り──牧師先生は「教会はいつでもだれでも、入ることができます」と言っていた──日曜学校のグループ活動で使っている二階への階段をのぼろうとした。

鼻をすするような音がした。

歩は階段をのぼりかけた足をとめた。

誰かが泣いている。

ひょっとすると、三年生の玲子《れいこ》ちゃんだろうか。今日はなんだか元気がなかった。口数も少なかった。お父さんに叱られて家に帰るのが嫌なのかな。だったら、いっしょに帰ってあげてもいい。玲子ちゃんがそうして、と言ったらだけど。

「レイコちゃん？」

椅子を引くような音がした。

「ごめんね。わたし、忘れ物しちゃって、取りにきたんだけど、あがってもいいかな」

明るい声を出してみた。返事はなかった。椅子から立ち上がるような音がして、また鼻をすする音。

「だいじょうぶ？」

といいながら、そっと階段をのぼりきったところで、二階の部屋の反対側の隅が目に入った。

一惟が立っていた。

しばらく泣いていたのを、いまはなんとかこらえようとしている。歩はただ立ち尽くした。やっと声がでた。

「……ごめんね」

歩の小さな声に、一惟はかすかにうなずいて、手の甲で目のまわりをいそいでぬぐった。

次の週の日曜学校で、一惟から封筒を手渡された。

なぜ東京から北海道に越してくることになったのか、言葉たらずではあるものの、歩に伝えようとする懸命さにあふれていた。歩には荷の重い手紙だった。それでも読むことができてよかったと思い、この手紙のことは父にはもちろん、母にも言わない、自分だけが読んだ手紙にしようと歩は思った。

自分の母親が突然死んでしまうなどということを、いったいどうやったら受けとめられるのか、歩にはとうてい想像できなかった。でもそれは、一惟の身に現実に起こったことだった。あらたな事態をまえにただ動けずにいるとき、父から「北海道の教会に移ることになった」と聞かされたのだ。一惟は東京を離れたくなかった。

母親が眠る場所から千キロ以上も離れた土地で、まだ現実ではないような日常を父とふたりだけで送ることについて、歩はくりかえし想像してみた。これまで読んできた本のなかにも、その手助けになるものはないような気がした。

手紙を読んだ日の夜、先週の日曜学校で見た紙芝居を思いだしていた。枝留高校の美術部の生徒がつくったものだった。

十二歳だったイエスさまが、両親といっしょにナザレの家をあとにして、エルサレムの「過越しの祭り」に出かけ、そのまま姿を消してしまう。牧師先生が物語を読みすすめ、十二歳のイエスのセリフを、一惟が読んだ。両親がやっとイエスを見つけたとき、イエスは神殿で学者に取りかこまれ、つぎつぎに浴びせられる質問に淀《よど》みなく答えていた。母親が駆けより、どれだけ心配したか切々と語りかける——。一惟がイエスのセリフを読む。

「ぼくをさがしていたのですか。ぼくがここにいるのは当然なのです。なぜならここは、ぼくの父の家なのですから」

落ち着いた静かな声で、一惟はそう言った。

3

五男四女の末娘として信州の追分宿に生まれた中村よねは、まもなく満一歳になろうとする明治三十五年一月、本人の知らぬまに里子に出されることになった。里親となる日本橋区蠣殻町《かきがらちょう》の町医者、吉田鍬太郎《よしだくわたろう》には嫡子《ちゃくし》も庶子もなかった。鍬太郎は、よねの父通泰《みちやす》の医学校時代からの旧友だった。

出発の日の朝、吉田鍬太郎は診療所を三日間休診にし、散髪して入念に髭《ひげ》を剃《そ》らせ、一着だけ所有するツイードのスーツを着た。妻みすずにはあたたかい地厚の縮緬《ちりめん》を選ばせた。女中のしほをともない鉄道に乗り、軽井沢から追分の中村家まで馬車に揺られ、夫婦そろってよねを迎えにでかけた。到着した日の夜は、旅籠《はたご》油屋に泊まった。

よねは前日から、ぐらぐらしながらもつかまり立ちをはじめていた。八人目ともなれば声援も拍手もなかったが、長男の恒善《つねよし》はちゃぶ台のそばで横になり肘《ひじ》をつきながら、ひとまわり以上年下のよねを黙って見守っていた。

翌朝の追分は、夜明け前から雪模様だった。重く湿った東京のぼたん雪とはことなり、細かく軽い雪がさらさらと降っていた。植えこみや門柱の根元にのぞいていた黒い地肌も、早朝には白くおおわれた。

よねは迎えにきた吉田夫妻を見ても泣かなかった。玄関先で見送るとき、よねの父と母も涙を見せなかった。よねを抱いた吉田夫妻と女中のしほを乗せた馬車は、白い道に切れ目のない長い轍《わだち》をつけながら遠ざかっていった。あっけない別れだった。馬が走りながら糞《ふん》をして、それが湯気を立てた瞬間をよねは覚えている。その光景はたびたび、なんの脈絡もなく記憶によみがえった。東京で添島眞蔵と出会って結婚し、一枝《かずえ》を産み、北海道に移ってからは、眞二郎、恵美子、智世を産み育てた。そのあいだにも前触れなく白い湯気をまとった糞が脳裏に立ちのぼった。五十代半ばで脳《のう》溢血《いっけつ》に倒れる日の朝も、同じものを見た。たったいま馬車に揺られているかのようなめまいを覚えながら、頬をさす冷気、馬の匂《にお》い、首にまかれたマフラーと帽子の感触、ヤスリをかけて磨いたような養父の声、馬から出てきて湯気をあげるもの。満一歳になろうとしていたよねの、ほんとうかどうかわからない冬の記憶だった。

明治三十五年一月の、降りつづく雪でしんと静まりかえった軽井沢駅から、木と鉄と油の匂いのする汽車に乗った四人は、半日近くかけて東京に向かった。よねの記憶はここで途切れ、空白になる。日本橋区蠣殻町での暮らしは穏やかにはじまり、おおきな出来事に見舞われることもなく、穏やかなままつづいていった。

しかし五年後、よねは生家にもどることになった。里子に出された事情はもちろん、この年でもどされた理由も、よねは知らされなかった。養父から「追分の家」に帰ることになったよ、と聞かされたとき、よねが最初におもったのは、追分にいるというほんとうの父や母に会うのがこわいということだった。「おいわけ」という地名まで、耳におそろしげに響いた。

しかし生家にもどってほどなくすると、よねは実の父と母のもとで暮らすことにあっさりと慣れた。すでに長兄は二十歳で、いちばん年若い四男でさえ、よねとは四つ年齢が離れていた。姉たちは十六歳と十四歳。よねは「みそっかす」に過ぎず、彼らをおびやかすことはない、と見なされた。よねが中村家にすみやかに溶けこんだのは、兄や姉たちの寛大なふるまいと、人をいたずらに刺戟《しげき》しない生来のよねの性格ゆえだった。

生家に慣れてしまえば、もどることになった理由をあれこれ考える気はほとんど失《う》せてしまい、関心のきざすことがあっても、目をつぶって蓋《ふた》をするようにした。解かれないままの謎《なぞ》は近寄りがたい黒い穴に変わってゆく。

蠣殻町の家への愛着はひきはがされようもなく残った。養父や養母への慕わしさはもちろんのこと、暮らした家屋の記憶もそう簡単に消えるものではない。さほど広くはない中庭を囲むようにしてある磨きこまれた廊下の、春のぬくみや冬の冷たさ。ひと節ごとに引き抜いて遊び、しまいには叱《しか》られたトクサの手触り。池のなかの緋鯉《ひごい》の口の動き。三輪の彼岸花。黒い鼻緒のおおぶりの下駄《げた》がおかれてある沓脱《くつぬ》ぎ石。塵《ちり》ひとつ落ちていない畳。つぎはぎのない、まっさらな障子。気配を消して歩く黒猫「シルク」のつややつやと光る毛なみ。青味を帯びた緑色の瞳《ひとみ》。

追分に帰るときに持たされた使い慣れた茶碗《ちゃわん》やお箸《はし》、着物は、「これは大事なものだから、しまっておきましょう」とやさしい声で母が言い、納戸《なんど》にまとめて納められた。「使いたかったらいつでもいいなさい」と言われたものの、あらかじめ用意されていた茶碗やお箸の柄や厚み、手触り口触りが、よねのあらたな日常だった。姉たちふたりが共有して使っている櫛《くし》は、よねが養母から持たされたみねばりの手挽きの櫛よりも歯の数が少なく、しかも何本か欠けていた。吉田家の養母に持たされた櫛はふだんは巾着《きんちゃく》にしまい――これを使うことについては、なぜか母は黙認したが――姉たちの前ではなるべく出さないようにした。姉たちは気づいていたものの、なにも言わなかった。十数年後に東京で眞蔵と結婚することになったとき、小さな手放せないものを三つ、よねは婚家に持参した。追分にもどるまえに養父母と三人、日本橋の写真館で撮った家族写真。みねばりの櫛。びっしり文字が書かれた緑色の手帖《てちょう》。

追分にもどって半年も過ぎると、足の裏に細かな土埃《つちぼこり》を感じる黒々とした板貼《いたば》りの廊下や建てつけの悪い雨戸が、よねには親しい眺め、親しい肌触りになった。食べ終わった茶碗に、あたりまえのようにお湯をさし、飯粒やわずかな味噌《みそ》しょうゆの溶けた白湯《さゆ》を飲む習慣に最初はぎょっとしたが、それをおいしいとおもうようになっていった。よねは吉田家で暮らしていたときよりはるかに口数が少なくなった。自分にだけ視線が集まるわけではない子だくさんの家の寂しさのなかに、ひとりでいられる気楽さがあることを、幼いよねはまだ気づいていなかった。

最初はよそよそしかった兄たち、姉たちも、慣れてくるにしたがってあれこれかいがいしく世話を焼きはじめ、大事なことから瑣末《さまつ》なことまで、手とり足とり教えようとした。勘のいいよねは、吉田よねのうえに中村よねのふるまいをつぎつぎと貼り足していった。

町医者の父はそのうちに、姉たちをさしおいてよねを可愛《かわい》がるようになった。姉たちに比べとりわけ器量がよかったわけではない。よねは口数が少なく、無愛想だった。

親や兄、姉たちの言うことをしっかりと聞いて腑《ふ》に落ちるまで口を真一文字に結び、生返事をしない。蟻《あり》の巣穴の前にしゃがみこんで蟻の出入りする様子をじっと見はじめると、声をかけられるまで動かない。川にかかった橋のうえから水面を見下ろしていても同じだった。どこか知恵が足りないのではと心配する親族もいたが、目を見れば聡明な子であることはあきらかだった。

父は自分の気質を受け継いだのは四女のよねだと感じていた。吉田鍬太郎のように は冗談も言えなければ気の利《き》いたことも言えない、ただ目の前にあることを隙《すき》なく見極める性格。楽天的な母の気質を受け継いだのは次女のせんで、言動は明瞭《めいりょう》、快活で、今日の気分がそのまま顔に出る。長女のしのはいたって長女らしいのんびりした性格ではあったが、忙しい母の目の届かないところで、あれこれよねの面倒を見た。しのはいったん里子に出したことへの父の後ろめたさを推しはかり、末の妹にそそがれる愛情を理屈で理解しようとした。

よねが十歳になったばかりのころ父は、「おおきくなったら、とうさんを養ってくれるか」と里子に出したことなどなかったかのように、まだ小さな頭に柔らかな手をのせて声をかけた。それを見て、ちょうど嫁入りが決まったばかりのしのは思わず涙ぐんだ。父の面倒を見ることは自分にはもうできない。幼いころからこれまで、父が頭に手をのせてくれたことなど一度もなかった。

よねが生まれたのは、ちょうど二〇世紀になった年だった。死産などめずらしくない時代だった。無事生まれても、さまざまな病気が待ちかまえ、乳幼児を間引いてゆく。最初の七五三を祝うことができたときの親の安堵《あんど》ははかりしれなかった。その先の無事もほぼ神頼みだった。

よねが中村家にもどってくる前年、二歳上の姉である三女の路《みち》が破傷風で亡《な》くなった。それまでに、次男の信寧《のぶやす》は結核で、五男の保《たもつ》は腸重積で、それぞれ亡くなっていた。九人兄妹のうち三人が亡くなり、よねがもどってきたときには六人兄妹となっていた。

「なんでそんなに死んじゃったの」

よねの長女、一枝が枝留の尋常小学校に通っていたころ、母の思い出話を聞きながらたずねた。中村家と断絶したわけではないのに、追分の生家について何であれ、よねはめったに話をしなかった。よねの子どもたちは、親が子ども時代の話や、自分の親について、あれこれと話すものだと知らなかったから、とくに不審にはおもわなかった。

どうした風の吹きまわしか、長女の一枝にはこのとき一度だけ、兄や姉、弟の死について口にしたのだ。その数日前に一枝が「お医者さんになるにはどうすればいいの」と突然質問したことが、追分の家を思いださせるさそい水になったのかもしれない。母が九人兄妹の末の妹だということが一枝にはそもそも驚きだったし、しかもそのうちの四人がすでに亡くなっているとは知らないままだったから、てっきりなにか特別な悲劇が中村家を襲ったのかと思いめぐらせた。同級生のきょうだいが仏間で幼い遺影となって置かれているのがめずらしくもない時代だったが、一枝の弟妹はひとりも亡くなっていなかった。よねはかすれた笑い声をあげた。

「昔はね、きょうだいの半分くらい亡くなっても、なんもめずらしいことじゃなかったんだよ。いまよりずっと死産が多かったし、生まれたとしても、たくさん病気があったから」

「いい、しざんってなに」

「生まれたときにはもう亡くなっていること。でもね、無事に生まれたとしても、赤ん坊が重い病気にかかると、昔はまず助からなかった」

「おじいちゃんが治せばよかったのに。お医者さんでしょう」

よねは困ったような顔になり、言った。

「いまみたいにいい薬はなかったし、手術をするような病気の、おじいさんは専門ではなかったから。いざとなれば富岡や高崎の病院に移して診てもらっていたの。子どもの病気は足が速いから、あっと思ったときにはもう、だいたい手遅れで」

よねが生家にもどって最初に座った座敷には、おおきな仏壇があった。そのなかに見憶《みおぼ》えのない兄と姉、弟の写真があった。自分がこうして死なずにすんだのは、しばらくのあいだ追分の中村家を離れ、蠣殻町の吉田家で育てられたおかげかもしれない、そう思うようになったのは、よねが産婆《さんば》になってからのことだった。

尋常小学校の五年にあがると、よねは父のような医者になりたいと願うようになった。よねがいちばん好きだった国語科の大屋なほ先生は、女性も農業や家事ばかりでなく、教育や医学など、さまざまな分野で働くことができる、これから世の中はどんどんそうなってゆく、と教科書から離れて語ることがあった。大屋先生が離婚して子ども三人をひとりで育てている、と知ったのは母がそう言ったからで、よねは母の伝えかたが気に入らなかった。いつかなにかの拍子で自分も家を出ることになるかもしれない、そのためには賢くなければいけない、自分で働いて生活を成り立たせなければならない、とよねはおもい、熱心に勉強に取り組むようになった。成績はおもしろいように上がってゆき、もしも自分ひとりで生きてゆくことになったとしても、父のような医者であれば、なんとかやっていけるにちがいないと、よねなりの人生の方針が定まっていった。

よねは高等女学校を総代で卒業した。しかし医学への道は断念することになった。中村家の長男が医学を、三男が土木工学を、四男が法律を学ぶあいだに、よねを女子医専に進学させる経済的な余裕はもはや残されていなかった。五十歳を過ぎた父は、大病から恢復《かいふく》したばかりで、体力も気力もめっきり落ちていた。診療所は実質的に長男の恒善に引き継がれた。父は、どうしても診てもらいたいという昔からの患者を診るほかは、おたふく風邪やはしかに罹《かか》った子どもの往診を引き受けたり、自分の机と椅子《いす》を運びこんだ第二診察室にこもって、長らく読みたいとおもっていた漢籍を読みながら、独学で漢方を学んだりしはじめていた。

長女と次女はそれぞれ県内に嫁いだ。三男と四男は東京と横浜で所帯を持っていた。中村家には恒善の一家五人と両親、よねが暮らし、よねは診療所の手伝いをするようになった。気の合うよねをそばにおいておけるのは老いた父のよろこびであると同時に、進学を諦《あきら》めさせることになったことへの罪滅ぼしの気持ちもあっただろう。

診療所の手伝いをしばらく続けるうちに、よねは産婆になろうとおもうようになった。近隣の産婆に弟子入りして学ぶのは容易なことではないと知り、よねは父の意見を求めた。父は吉田鍬太郎に相談をもちかけた。鍬太郎はよろこんで、数日後には大学附属病院内におかれた産婆講習所に話をつけてしまった。上京したよねは試験を受け、まもなく入学が許可された。父と鍬太郎はお互いなんの遠慮もなかったから、蛎殻町の鍬太郎の家に下宿することも早々に決まって、よねは産婆講習所に通いはじめた。

ふたたびもどった蛎殻町の家は、記憶よりもひとまわり小さかった。茶碗や箸の手触りや口あたりに懐《なつ》かしさはよみがえらなかったが、養父と養母のよねに対する愛情深い態度は昔と変わらず、自分がなぜ生家にもどされることになったのかは依然わからないままだった。わかったのは、父と養父とのあいだにはなんのわだかまりも残っていないということだけだった。

よねが生まれる少し前、明治時代後期に、古くから伝統的に受け継がれた「産婆」の技術はいったん非公式のものとなり、西洋医学に基づいた教育制度が整えられた。産婆はその制度のなかで、あらたな役割を与えられ、よねはその最先端に飛びこむことになった。

産婆講習所では人体のしくみに、妊娠分娩《ぶんべん》の全般、診断法を学ばせたうえ、西洋医学の観点からみても問題のない、江戸時代には完成していた実際的な技術に関しては、

「産婆術」という枠組みで実習に組み入れた。官製のいわば和魂洋才の教育が産婆の世界をも覆《おお》っていった。

免状を与えられると、つづいてもうひとり、「この先生について勉強しなさい」と鍬太郎から指示されるままに、よねは谷中《やなか》の一軒家を訪ねて通うことになった。「眉《まゆ》につばをつけたくなることもあるかもしれない。しかし、あの先生はほんものだ。天才ということばはあの人のためにあるようなものだ。わたしが弟子入りすることはできないが、きみはできる。先生には話をつけた。騙《だま》されたとおもっていってみなさい」

それから一年ほどのあいだ、よねは谷中の岩崎和弥《かずや》先生のもとに通った。指示される雑事をこなしながら、その診断や処置を間近で見ることになった。同居する四人の弟子は全員が男だった。先生には妻も子もあったが、敷地内にある別棟で暮らしていたから、ほとんど顔をあわせることはなかった。弟子入りは断られたものの、毎日通い、手伝うことは許された。いわば特別の客にすぎなかったけれど、弟子たちと分け隔てなくあつかわれていることを肌で感じた。緊張感は途切れなかったが、不思議な居心地のよさがそこにはふくまれており、よねの気に入った。

「整心整軀《せいしんせいく》研究所」の小さな表札が柱にかけられた冠木門《かぶきもん》から入り、ゆるやかな曲線を描く飛び石づたいに進むと、平屋の日本家屋がある。ガラスの引き戸を開ければ、左手の下駄箱の上の壁に一輪挿し、正面の壁際《かべぎわ》には、白い壁とは対照的に濃い茶がかった茄子紺《なすこん》のおおきな茶壺《ちゃつぼ》がおかれてある。受付も待合室もなく、なんの貼り紙もない漆喰の白い壁と板の間が、清々《すがすが》しい静けさと濃密な気配を漂わせていた。そこに流れる空気は、甘みを感じさせるものだった。空気を甘く感じるのはなぜだろうとよねは不思議におもった。

東にまっすぐのびる廊下の右手は丹精された庭、左手に障子によって閉ざされた三つの部屋がある。障子をあければ、畳が敷かれてあるだけの、座布団《ざぶとん》も文机《ふづくえ》もない、がらんとした部屋があった。いちばん奥の和室には、病院にあるような白い寝台が置かれてあり、よねはこの部屋が使われるときだけ、先生の手伝いをした。

その部屋に先生が入るのは、妊婦がやってくるときだった。一日にひとりはかならずやってくる。まだお腹《なか》の目立たないひともいれば、臨月のひともいる。先生は寝台のうえで妊婦を仰向けにさせたり横向きにさせたりして、背骨にそってゆっくり手のひらや指先をあてると、足首やくるぶしを握り、指で押し、向こう側からの微弱な信号に耳を澄ませるようになにかを診ている。両脚の内側をゆっくり押して弾力をみる。腕に手をあて、耳をすますようにじっと脈をはかる。後頭部や首にも念入りに触れる。

「赤ん坊はいい塩梅《あんばい》だ。ただちょっとあなた自身のからだがなまっている。あと三か月だから、大事に大事にと思わないで、もう少しからだを動かして、歩いたほうがいい。買い物とは別に、目的をもたず、荷物ももたず、ただ散歩をなさい。自分の気持ちのいい速さでいい。急ごうとおもわなくていい。ただ、ぽかんと歩く。行き帰りをあわせて三十分くらいでかまいません。四十分、一時間と歩きたかったら歩いていい。ただし、人と連れ立って歩かないこと。歩調がくずれるし、横を向いてしゃべりながら歩くのでは上の空になる。転んだりぶつかったりするのは、上の空で歩いているときだけです。犬は歩いても棒にあたったりはしない。棒にあたるのは人間だけです。自分のいいように、ひとりで歩くのが肝心です」

聴診器もあてず、お腹も触らない。妊婦のなかにいる胎児が直接触れることのできない鉱脈ででもあるかのように、そこへたどりつく道筋を調べている気配だった。

よねが最初に叱られたのは、動作についてだった。

「人肌くらいにあたためたコップ一杯の水をもってきなさい。それから洗面器も」

先生に命じられ、となりの台所に急いでむかい、お湯を少量わかしそれを水で割り、コップを両手でにぎって温度を調整した。部屋にもどった。先生は渡されたコップを両手で握って頷《うなず》くと、妊婦に手渡した。「まず、このぬるま湯で口をゆっくりすすぎなさい。すすいだら、洗面器に出す。もう一回、おなじようにすすいで出す。それから残りのお湯を飲んでください。こうすれば、からだの乾きが芯《しん》からうるおうようになる。いきなり水をがぶ飲みしても、胃がちゃぽんちゃぽんと鳴るだけで、欲しいだけ沁《し》みてはいかない」

妊婦が帰ったあと、先生がふりむいて言った。

「きみはまったくだめだ」

よねはびくんとして、畳のうえに立ったまま身を縮ませた。

「なにがだめか、わかるかね」

お湯の温度が適温ではなかったのか。コップが少し濡《ぬ》れていたのか。それ以上、頭がまわらない。先生は怒るでも笑うでもない表情をしていた。割れた茶碗のかけらをひろいあげ、見ているような顔だった。

「はやさだよ」

先生はそれだけ言って黙っていた。頷くこともできず、よねは先生をじっと見た。

「分娩にもっともふさわしくないのは、はやさなんだ。もちろん、分娩にかぎらない。さっき君が開け閉めして、出ていった足音。それから障子の音――音とはなにか、考えてみたことはあるかい」

よねは黙ってわずかに首を傾けた。

「音ははやさだ。はやさが音になるといってもいい。障子をはやく閉める音ははやい。ゆっくり閉める音はゆっくりだ」

先生は障子の前に立ち、右手でさっと開き、さっと閉めた。空気を直線のような音がよぎる。今度はゆっくり開き、ゆっくり閉める。畳のうえを這《は》うようにしてやがて沈んでゆく音。

「急ごうが急ぐまいが、結局かかる時間は二秒と変わらない。だのに、急いで開け閉めをする。急いでると自己主張しているだけだ」

眠っている赤ん坊を起こすには、窓や障子をすばやく開け閉めするだけでいい。赤ん坊にとって、はやい音は不快である。はやく、という考えかたは、出産を遅くするためのまじないにしかならない。出産が間近になったとき、いまかいまかと待つ産婆は百害あって一利なし。肉親がそばにいるのも余計なことだ。野生動物の牝《めす》は、群から離れてひとりで仔《こ》をうむ。牛や馬に難産があるのは、家畜化されたからだ。人に知られたくない出産をひとりでするとき、ほとんど難産にならないのも同じ。産婆は、ひとりで産むひとの、ただそばにいて、機が熟すのを待つのが仕事だ。他人のおせっかい、さあがんばれという干渉こそが安産の大敵なのだ、と先生は言った。

先生は禁欲的ではなかった。

四時には仕事をやめて着替えると、唯一《ゆいいつ》ある洋間のソファでパイプに火をつけ、イギリスから輸入したおおきな蓄音機で夕食の時間がくるまで音楽を聴いた。よねは生まれてはじめてクラシック音楽を聴き、シャンソンを聴いた。敷地の北側の車庫には輸入車のシトロエンが待機しており、ときには二、三日休診にすると、家族を乗せて箱根や日光までのドライブをたのしんだ。牛肉や羊肉を好み、着物や洋服にも出費を惜しまなかった。かといって、金満家の風貌《ふうぼう》はどこにもない。「いいかい。ためこんだってなにもいいことはない。気持ちもお金もすぐに出し、すぐに使う。食べたいときに食べたいものを食べるのがいい。ついでに言うが、食べものはよく嚙《か》め、というのは間違いだ。草ばかり食べている牛じゃないんだから。嚙みすぎると胃の力が弱ってしまう」

研究所には、身なりのいい、見るからに裕福な階層のひとたちが多く集まってくるいっぽうで、おなじ料金を払えるとはおもえない患者もしばしば現れた。彼らには別の料金表で対応しているらしいことを、よねは薄々気づいていた。

よねは先生から聞いたことばを、緑色の手帖に書きつけていった。

生理や出産と連動する左右の骨盤のひらきかた、閉じかた。足首やかかとの動き、柔軟性と、骨盤の呼応関係。女性の胃痛は生殖器に由来する場合がある。妊娠がわかったら、夫や姑《しゅうとめ》の言うことに耳を貸してはならない。耳を傾けるべきは自分のこころとからだである。自分が欲するものに素直にしたがう。いらないものを捨てたくなったら捨てるべし。暗いところで眠りたくなったら暗いところで眠るべし。酸《す》っぱいものが食べたくなったら飽きるまで酸っぱいものを食べてよい（酸っぱいものを欲するのはカルシウム不足が原因だが、栄養は頭で考えるのではなく、あくまでからだの要求にしたがうこと）。料理やのみもの、菓子には白い砂糖は控え、はちみつや黒糖をつかうこと。

食欲が減退したら、無理して食べなくてよい。栄養量をおとすことも、ときに必要である。犬は毛の抜けかわる時期には食欲が落ち、生えかわりを促進するが、自分を人間の仲間と思いこむ犬は、人間とおなじように食べ過ぎてしまう。栄養過多になると毛の生えかわりが滞って、皮膚病になる。

つわりは骨盤と腰椎《ようつい》の調整でおさまることがある。出産まで三か月となったら、欲するままにからだを動かすこと。とくに歩くことが望ましい。手足に冷えを感じるときは、足湯や肘湯をすること。途中でお湯を足し、温度が下がらないようにすること。妊娠中は腎臓《じんぞう》が最大限に働くので、背中や腰を冷やさないようにし、腎臓がつかれてきたら内腿《うちもも》や脇《わき》の下をゆっくりさすり手であたためること。出産が近づいてきたら、背中とは反対に、表側のお腹はときどき空気にさらし、あたためすぎないようにすること。お腹をさらして気持ちがいいあいだは、出していてかまわない。新聞や雑誌など小さな文字を長時間読みつづけないこと。縫いものなどの針仕事も同じ。どうしても目を使わずにいられなかったときは、蒸しタオルであたため、耳たぶをもみほぐすこと。

出産が佳境にさしかかったら、産婆は肛門《こうもん》を押さえ、脱肛にならないように注意する。赤ん坊は時計回りに回転しながら出てくる。まっすぐにひっぱるのではなく、時計回りにまわしながら介助すること。出産しても息をしない場合は、赤ん坊を逆さにして胸骨を軽く叩《たた》けば、のみこんだ羊水を吐き出し、呼吸がはじまる。へその緒は軽く手で握り、拍動を感じるあいだは切らないで待つこと。

産婆講習所で学んだことと重なるのは、赤ん坊が時計回りに回転しながら出てくる、ということころだけだった。

手帖にはさらに、出産後の骨盤の調整の方法、初乳、母乳の与えかた、離乳の時期と方法、乳幼児の下痢や便秘の原因と調整の方法など、産婆の仕事は誕生で終わるのではなく、その後もしばらく続くものである、という先生の考えかたがつづられていた。

西洋医学の産婦人科の知見ではなく、長年蓄積されてきた産婆の知恵の体系とも異なるもの。自分の目で見、触れながら観察し、その現象を分析し、それぞれの部分で起こることと全体との関連を有機的に結びつけて考えぬかれた体系が、先生のなかにかたちづくられていた。西洋医学も参照していることは、洋間の書棚を見ればあきらかだったが、「西洋医学っていうのはずいぶん野蛮なものだよ。瀉血《しゃけつ》が治療になると信じていた人たちが主流だった時代もある。外敵を排除すれば解決するという発想は、いまも根本に残っている。それは間違いだ。人間のからだは、敵と味方が毎日、役割を交替して、せめぎあう複雑な均衡を保ちながら成り立っていると考えたほうがいい。たとえば高熱は症状であると同時に、治療の働きでもある。具合が悪くなったら、よくなる機会、よくなるための現象だととらえる考えかたのほうが、現実のからだに近い」

では兄や姉や弟は、なぜ良くならずに死んだのですか。よねは先生に訊《たず》ねようとしたが、どうしても声には出せなかった。とりかえしのつかない病はある。よねが助産院をひらいてからも、その思いは変わらず残った。

よねは研究所で何度も出産に立ち会うことになった。そして十人いれば十通りの出産がある、とわかったが、先生の介助によって生まれる赤ん坊にはあきらかにひとつの傾向があった。誕生直後に激しく泣かないのだ。先生の介助は、母にも子にも負担が少ない。おのずと生まれ出るための流れや波を誘導しているように見える。声をかけることも少ない。自分が産婆になってから、先生が見守ってすすんでゆくようなおだやかな出産、母子ともに深く満足してもらえるような出産に立ち会えたのは、数えられるほどしかないとよねは思っていた。

研究所ではじめて出産に立ち会ったときの赤ん坊が、一年後に母にともなわれてやってきたとき、よねは自分のなかで失われたと思っていた乳幼児期の記憶が、目の前に突然現れた気がし、深いところにある感情をゆさぶられた。毎月定期的に先生を訪ねてきていたので、成長する姿をおりおりに見てはいたが、間もなくつかまり立ちをしようという赤ん坊を目にして、よねは不意をつかれた。

生まれてからの一年、自分は過不足なく幸せに育てられた。生みの母から離れ、養父母に育てられた五年は、東京というあらたな環境で、やはり大過なく育てられ、こうして岩崎先生に出会うことにつながった。これは生みの親だけではなく養父母のおかげでもあった。生みの親と育ての親がどちらも自分にとって欠くことのできない存在だった。そしてふたたび自分は追分にもどった。とりかえられたから、かえってかけがえのない存在になる。よねは自分に四人の親がいることを受けいれ、感謝しながら、誰からも遠く離れてしまった寂しさをはじめて感じた。

その日の夜、よねは吉田家の屋根の下の、自分にあてがわれた部屋で、ふとんをかぶり、からだの奥で記憶しているその匂いに包まれながら、溢《あふ》れてくる涙をただそのままにしていた。

先生との約束の期間が終了する日がめぐってきた。よねは四人の弟子たちといっしょにテーブルを囲み、夕食をともにした。先生が箸を置いて言った。

「人間が普通に意識にのぼらせることのできる記憶は、だいたい三歳以降のものだ。からだがそうであるのと同じように、脳も成長する。頭のなかにあった記憶が、そのときに箱のようなものに入れられて、いったん閉じられているらしい。あまりにもおおきなものがふくまれているから、いったんカバーをかけ、しまっておいたほうがいい、とからだが判断するのかもしれない。実の親子の関係がこじれて固結びになることがある。これはたいてい三歳になるまでの時間のなかに、こじれる原因が隠れている場合がおおい。かといって、思いだせば解決するというものでもない」

「死産や乳幼児の病気が減るにしたがって、子どもの数はこれからかえって減ってゆくだろう。そもそも人間のからだには、ふたつある乳首のほかに、退化した六つの乳首の痕跡《こんせき》がある。人間には犬とおなじように八つの乳首があるんだ。妊娠すると、その六つの見えなくなった部分の反応が敏感になる。どうして乳首が消えたのか。消えたのにどうして消えずに残っているのか。人間のからだはきわめて合理的だ。遠い将来にまだ人間が存在していたら、六つの乳首がよみがえることもあるかもしれない。そう考えてもよいほど、人間のからだは可変的なものなんだよ」

「血のつながった親子は、じつはやっかいだ。血のつながりのない他人に愛されて育てられたら、かえってほんとうの信頼を育てられるかもしれない。子どもをほんとうの意味で自由にするものがなんであるか、正解はないと思ったほうがいい」

弟子たちに向かって話をしながら、先生は自分に向かってこの話をしているのではないか。よねはそう感じた。

ちょうどそのころ、吉田鍬太郎の紹介で当時は内務省の衛生試験所技師だった添島眞蔵と出会い、よねは結婚した。翌年、一枝が生まれた。先生がするりと一枝をとりあげてくれた。

同じ年の九月、東京全域を関東大震災が襲った。

吉田家は全焼し、養父母は亡くなった。岩崎先生の研究所は屋根瓦《やねがわら》が落ちガラス戸が割れ、冠木門が開かなくなったが、先生と家族は全員無事だった。追分の両親、きょうだいのうち、内務省土木局に勤めていた三男が大やけどを負い、二週間後に亡くなった。これでよねのきょうだいは五人となった。

震災の一か月後、再開した研究所に呼ばれたよねに、ふだんの何倍もの患者をかかえていた先生は、めずらしく疲れてうるんだ目を向けると、突然、決断をうながす声で言った。

「北海道へ行きなさい。産婆が急死して困っている町がある。きみは東京よりも北の土地で、いい仕事ができる。きみの追分の血も伸びやかになる。そもそも人間に潜在する能力は、北に行けば行くほど伸びるんだ。冬生まれのきみの場合は、とくにね。訪ねるべき人はここに書いてある。その人にこれを渡しなさい」

よねは一通の封書を渡された。

先生は帰り際のよねの背中に向かって言った。

「これからもっと子どもを産むといい」

4

昼と夜の別が曖昧《あいまい》になっていた。

血圧や心拍数、血中酸素濃度を測る計器類から、断続的な音が聞こえてくる。気がつくといつの間にか鼻と口を覆《おお》う透明の酸素マスクがかけられていた。プラスチックでできた軽いふたのようなもので、鼻の脇《わき》や口の脇から酸素がシューシューもれている。これでだいじょうぶなのか先生に訊《たず》ねたい気がするけれど、声をだす気力はなく、ナースコールのボタンを押す指の力も残っていない。頭のうしろの壁のあたりから、ポコポコと泡のたつ音がする。テレビの音も、クルマの音も、街の雑踏も聞こえない病院の個室に、無口で生真面目《きまじめ》な小さな生きものが住みついているようだった。なにかに反応し、それを測り、繫《つな》いで記録する機械音。まだ意識のある歩のからだに、何本もの線や管が繫がっていた。

右脚の大腿部《だいたいぶ》がおおきく腫《は》れあがって熱をもっていた。右目の視界が半分欠けている。呼吸は浅くしかできない。つねに酸素が足りないとからだが訴えている。痛みはなかった。ふわりとからだが軽くなったかと思うと、めまいのような睡魔が押し寄せてくるときがある。点滴にモルヒネのようなものが加えられているのを歩は知っていた。

まもなくわたしは死ぬだろう。まもなくが一日なのか二日なのか、一週間なのか一か月なのか、わからない。そもそも一日も一週間も、いまやほとんどおなじだった。時の流れがわからない。看護婦さんが急ぐ足音と、ベッドを囲むカーテンが開かれたり閉じたりするシャーシャーいう音と、緩慢に落ちてゆく音のない点滴のリズムだけが、病室のなかの変化だった。時計はなかった。

まもなく死ぬのだとわかったのは、たしかきのうのことだった。弟の始が見舞いにきた。ひとりだった。先生がいつもより時間をかけて診察をしているとき、看護婦さんが病室に入ってきて、ドアの向こうの廊下に始が立っているのが見えた。こちらを見ている始と目があった。始があんな目をしているのをはじめて見た。始はわたしがまもなく死ぬとわかっている目で、わたしを見ていた。

ページをめくるとぱたぱた音のする真新しい教科書の匂《にお》い。体になじまないセーラー服、履きなれないローファー。つるつるして硬いままの通学鞄《かばん》がずっしり重い。学校に着いて階段をあがり、机のうえに置くころには、鞄を持っていた歩の手は血の気が失《う》せ、白っぽくなっていた。

入学した高校に特別なにかを期待していたわけではない。それでも五月の連休が明けると、潮が満ちるように浮かない気持ちがひたひた寄せてくる。「加藤くんはもう彼女いるんだって。伏枯《ふしこ》中の同級生」……「ラグビー部の12番。見てないの？　かっこいいんだから」……「こんどの日曜日にね、札幌に転校した彼がね」……うしろの席から、休み時間のトイレで、廊下をすれちがいざま、小声で語られる熱心な話に、歩は耳ざとかった。自分には関係のない、遠い話ばかりがよく聞こえてくる。

小学校、中学校、高校と進むあいだに、授業は専門的になっていった。それに反比例して、生徒に対する教師の熱量は下がっていった。勉強するもしないも生徒しだいという淡々とした感じがどの教師にも共通していた。生徒の側も教師と距離を保つようになり、「××先生」とは誰も言わなかった。気弱そうな子もふくめて男子は全員、陰では教師を苗字《みょうじ》で呼び捨てにしていた。大人になるというのは、両親や教師と自分のあいだにある距離をだんだんと広げてゆくことなんだと歩は律儀《りちぎ》に考えていた。

母が毎日つくってくれる弁当はおいしかった。ふきや笹竹《ささたけ》、鶏肉《とりにく》の煮物、こごみのゴマ和《あ》え、アスパラガス、卵焼き。父が燻《いぶ》したスモークサーモン。水筒にはほうじ茶がはいっていた。

枝留で暮らしているのは親に養われているからで、学費を払ってもらい学校で勉強しているのは、自分が望んだことというより親の望んだことを無自覚になぞろうとしているだけかもしれなかった。セーラー服を着ているのは、目には見えない誰かにそのことを忘れないように与えられたしるしみたいなものだ。

不満があるわけではなかった。歩にとっては添島眞二郎と登代子の娘であることがなによりも優先していた。そんなふうに考える自分は、少し変わっているのかもしれない。いつまでも娘のままではいられないだろうけれど、ひょっとすると結婚をしなければ永遠にそのままかもしれない。自分のなかに、そう願う気持ちがないとはいえない――歩は自分の頭のなかの漠然とした霧のなかからゆっくり後ずさるようにして、いったん考えを止める。

歩は枝留が好きだった。父と母はこれから先もずっとここから出ることはないだろう。だからこそ自分は一度は枝留を離れて、ちがう土地に行き、その空気を吸ってみたい。見知らぬ土地を想像する――カケスがジャージャー鳴きながら飛ばない空。熊《くま》よけの鈴もつけず、どこまでも歩くことのできるヒグマのいない森。鮭《さけ》のいない川には、鮭のかわりに、見たことのない小さな銀色の魚の群れが音もなく泳いでいる。いや、魚など棲《す》めない川かもしれない。光を浴びて黄葉するポプラも、セスナのエンジン音が降りてくる乾いた空も、たぶんそこにはない。一階の窓がおおわれてしまうほどの雪も、春先のぬかるんだ道もない、コンクリートばかりの町。

川べりの道のない暮らしも、夜になっても真っ暗にならない暮らしも、たぶんちがうおもしろさがあるにちがいない。人がたくさん集まるのは、そこがおもしろいからだ。高校の美術室に貼《は》ってある色とりどりの細い縞《しま》だけで構成されたポスターは、ニューヨークやパリや東京の空気を吸っている人が描く絵だと歩はおもう。ブリジット・ライリーという画家がどこで生まれた人で、どこであのような絵を描いているのか、歩は知らない。学校の図書室にも町の図書館にも彼女の画集はなかった。幾何学的で、単調なようでいて、いつ見ても気持ちのざわつく絵だった。つよく惹《ひ》かれながら、見ているうちに自分の胸のなかに小さなトゲのような反発もうまれてくる。歩はときおり、ほとんど夢のように外国に住む自分を想像することがあった。

海外旅行に何度もでかけている隣の伯母たちは、枝留をどう思っているのだろう。何を見に行こうとして、飛行機に乗るのだろう。海外から枝留に帰ってきたとき、何をおもうのだろう。あれこれ思いをめぐらせてみても、歩にはうまく想像できなかった。

独身の伯母たちは、ふたり子どもがいる眞二郎、登代子の家にくらべれば、生活にゆとりがあった。一枝と智世の姉妹ふたりが海外のパックツアーに出かけているあいだ、いつもひとりで留守番しているのは真ん中の叔母の恵美子だった。本人が行きたくないと言ったのか、働いていないのは恵美子だけだったから、家計を支えている姉と妹に遠慮して留守番をするしかなかったのか、理由はよくわからない。いつも少し眠たそうな目をして、気だるいゆっくりした声で「飛行機はこわいよね」と言うのを聞いたことがあるくらいで、留守番させられていることについて、どう思っているのかはわからなかった。

父に命じられた母が、多めにつくったおかずや、食べやすく切ったくだもの、ちょっとしたおやつを隣に届けにいくのもいつものことだった。

「うちに呼んで、いっしょに食べてもいいんじゃないか」と父が言うと、「届けますから。うちに来たって、落ち着かないでしょう。恵美子さんはいつもより穏やかに暮らしてますよ」と母が議論の余地のない声で答えるなかに、旅行に出た伯母たちへの間接的な批判がふくまれているのはすぐにわかった。

帰国すると疲れた顔も見せず上機嫌なのは智世だった。玄関で「お兄さん」とひと声はかけるものの、返事も待たずにずかずかとあがりこんできて、「はい、これお土産。トヨコちゃんには、バッキンガム宮殿の近衛兵」とせっかちに言うと、ハロッズの包みのまま、登代子にポンと手渡す。登代子は「それはそれは、どうも」と礼を言うが、さほどよろこんでいるようには見えない。「ありがとう」と言わない母に、歩は少しどぎまぎする。いつも子どもじみたお土産を手渡される母が、どこか侮《あなど》られているようでかわいそうだとおもう。母にそのような感想を伝えたことはない。居間のガラス戸つきの戸棚に、母が自分で手に入れた小さな人形と伯母たちからのお土産とが並べて置かれてあるのは、眞二郎の手前というばかりでなく、それなりに気に入っているのかもしれない。歩には、そのような母の気持ちを丸ごとは理解できなかった。悔しい気持ちがあったとしても、すうすうと抜けていってしまうところが登代子にはあった。それはただ迂闊《うかつ》な性格に由来する美質なのか、眞二郎と暮らすようになって身につけた知恵なのか、歩にはわからなかった。自分には歩と始という子どもがいて、伯母たちには子どもがいない。そのことをけっして口にはしないものの、目には見えない頼みの綱にしていたのかもしれない。

歩へのロンドン土産はテディベア、始にはロールスロイスのミニカー、眞二郎には

「ジョニ黒」だった。お土産の由来を説明する智世の芝居がかった声はいつまでも続いたが、姉の一枝は「そんなたいしたもんじゃないんだから」と、とりなすような笑顔でやんわりと言い、「じゃあ、そろそろ」と智世をうながすと、ふたりして隣の家にもどっていく。

わたしたちはいつだって、好きなときにどこへでも行ける――伯母たちはそう思っているのだろうか。老人ホームの副園長を務める一枝と、どこかの会社で経理をしている智世の給与だけで、年に一度は海外旅行に行き、季節ごとに札幌に行き、贔屓《ひいき》の洋品店でブラウスやスカートを買い、レストランでコース料理を食べて帰ってこられるものなのか――それを不審に思うほどには、歩の経済観念はまだ育っていなかった。新聞をよく読み、記事を切り抜いてスクラップブックに貼り、「婦人公論」や「暮しの手帖」を愛読し、眞二郎より何年も前にステレオを買って、黒い函《はこ》入りのクラシック全集をずらりと揃《そろ》えている伯母たちが、すべてにおいて、眞二郎の家よりも余裕があり、知的に見えることはたしかだった。

眞二郎の家にはあって、伯母の家にはないものがひとつだけあるとすれば、それは犬だった。犬どころか、小鳥も金魚も、鉢植えの草花もない。伯母たちの家には、生きものの影がない。一枝も智世も不思議なほどジロに関心をしめさなかった。歩がジロをつれて散歩しているときに道で出会っても、歩の顔をニコニコ見ながらあれこれ言ってくるのに、まるでジロなどそこにいないかのように視線を下ろさない。

恵美子だけはちがった。ときおりサンダルをつっかけて庭に出て、犬小屋のそばにやってきてしゃがみこむと、聞き取りにくいしゃがれた声で、ジロになにか訊ねるようにしている。ジロは小さく尻尾《しっぽ》をふり、戸惑ったような顔で恵美子を見あげる。

歩のクラスの四分の一は、同じ中学校の卒業生だった。ちがう制服を着たとたん、以前よりなぜかよそよそしくなる友だちもいないではなかったが、両耳が見えるショートヘアも、笑わせてくれる辛辣《しんらつ》な冗談も、小学校、中学校とほとんど変わらない芙美子とは、相変わらず遠慮のないつき合いがつづき、湧別川の川沿いの道を並んで歩きながらおしゃべりをした。

芙美子はクラブ活動にまよわず硬式テニス部を選んだ。歩にもテニス部に体験入部してみようという動機が、あるにはあった。それはテレビで見たイボンヌ・グーラゴングというオーストラリアのテニス選手だった。

グーラゴングは小柄だった。素早く振り切るきれいなバックハンド・ストロークをはじめ、コートを敏捷《びんしょう》に軽々と動き、無駄のないショットをあざやかに決める。容貌《ようぼう》もプレーも、キング夫人やマーガレット・コートとは似ても似つかない。力ずくでおさえるようなプレーではなく、リスなどの小動物を連想させるプレー。もし力で劣る部分があったとしても、確実な反射神経でカバーしているように見えた。そしてなにより惹かれるのは、プレー以外の姿だった。コートチェンジで休息するベンチでドリンクを飲み、オレンジのようなものを齧《かじ》ったりし——口元をさりげなく隠している——、タオルを使ったりする仕草が年下の自分から見てもかわいらしくみえ、歩はプレーのときにもまして、コート脇のベンチに坐《すわ》っているときのグーラゴングに注目した。白いウェアもソックスも清潔そのものだった。芙美子に聞くと、「かわいいよね、グーラゴング。たぶん生まれつきテニスがうまいんだとおもう。キネズミが幹をかけのぼったり、飛び移ったりするみたいで、本能的なの。天才だとおもう。キング夫人は努力、努力でしょ。泥くさいったらありゃしない。誰にもできない、すごい努力だけど」と言った。高校生になった芙美子の観察眼はさらに磨きがかかっていた。

ところがテニス部に体験入部をしてみると、想像よりはるかに長時間の走りこみや筋力トレーニングを課せられ、息があがって最後には吐きそうになるほどだった。終わって着替えた帰り道、「きついね」と歩をねぎらうように芙美子は言ったが、中学時代に陸上部にいた芙美子にとっては、予想の範囲のトレーニングであるらしい。しかもボールを打つことなど夏休みが終わるまで到底できそうにない。三年生の女子の腕の太さはあきらかに左右で違っていた。ラケットを握る手も少し腫れたように肉厚になっているのがわかった。歩は早々にあきらめ、「ごめん、わたしにはとてもついていけない」と芙美子に言った。

入部希望届の提出期限の前日、歩の頭にとつぜん美術室のほの暗い部屋と壁に貼られてあるブリジット・ライリーのポスターが浮かんだ。やる気のない顔を見せることに躊躇《ちゅうちょ》がなく、もともとそういう表情の持ち主なのか、生徒の前ではそのようにふるまっているだけなのかよくわからない美術教師の宗田達也の顔も浮かんだ。生徒の一部からは苗字ではなく、ソータツと呼ばれるままにしているところもほかの教師とはちがっていた。最初の授業で退屈そうな顔をしたソータツがボソボソ言っていた話も歩のこころに残っていた。

「絵にうまい下手なんてないんだ。自分は絵が下手だと思ってる奴《やつ》がいるとしたら、それはちゃんと見て描いてないだけなんだよ。わかるか？　ちゃんと見ない奴は、いつまで経《た》ってもちゃんと見ない。見たくないんだろうね、たぶん。その気持ちはオレにもわかる。見えないほうが楽だからね。見渡す限り、なにもかもピントがぴったりあって見えてしまったら、頭がおかしくなって当然なんだ。人間は適当に間引いたものしか見ない。なんとかやっていけるのは、そのおかげでもある」

美術室に行くと、二年生も三年生もなく適当に散らばって、それぞれ勝手に絵を描いたり作業をしたりしていた。あいた窓の向こうからサッカー部の練習する音が聞こえてくる。抽象画らしきものを油で描いている人がいる。英語の文字がはいったポスターのようなものを描いている人がいる。トルソの前でデッサンをしている人もいる。二つ折りにした画用紙をひらくと折りたたまれていた立体が現れる仕掛けをぱたぱた動かしながら、ソータツに意見を聞いている人もいる。ソータツがニコリともせずに、「そこが直ったらスムーズになるけど、つまらなくなるね」とそっけない声で言うのが聞こえた。

みなバラバラに気ままにやっているように見えた。干渉されず、好きなことをしていいこの雰囲気なら、自分にもできる、でもなにを描こうか、とおもった。

背後に気配を感じてふりかえると、窓際《まどぎわ》に工藤一惟が坐っていた。一惟はとっくに気づいていたはずなのに、歩に声をかけるわけでもなく、ただスケッチブックに向かって黙って手を動かしていた。もう美術部員の顔をしているのがどことなくおかしく、歩の頬が自然にゆるむ。

一惟の前にはサボテンの鉢が置かれてあった。全体に白く細い棘《とげ》がひろがっているサボテンで、短く刈り込まれた白髪の頭のようでもあり、白カビの生えたおおきなチーズのようにも見えた。

歩は遠慮なく一惟に近づいて、「見ていい？」と聞いた。一惟は、うん、と言った。

「まだ全然できてないけど」

一惟のうしろにまわって、歩はおどろいた。細い鉛筆で描かれているサボテンは、目の前にあるサボテンそのものに見えた。光を受けて明るくみえるところと、陰で暗くみえるところ、その中間のグラデーションも、見たままだった。この一本の鉛筆だけで描いたのだとしたら、明るい部分はどうやって表現するのだろう。

「上手ね……昔から描いてたの？」

話しかけられたらあきらめるしかない、という顔をして一惟は鉛筆を机の上におき、スケッチブックを閉じた。一惟はこういうときでも音を立てないように物をあつかう。その静けさを破るように、ゴールが決まったらしいグラウンドから何人もの歓声が束になって聞こえてきた。

「図工の時間に描いてただけだよ」

「すごくちゃんと見て、描くのね」

一惟は黙っていた。ソータツのことばが頭に残っていてそう言ったのだが、一惟がどう受け取ったかはわからない。すると突然あることに思い当たり、歩の声はひとりでにおおきくなった。

「教会の、お知らせの絵も描いてるの？」

礼拝堂の入口の脇に毎週、画用紙に書かれた枝留教会からの「お知らせ」が貼りだされる。歩はいつも、お知らせの内容より先に、下の余白に描かれた絵に目が吸いよせられた。一惟が生真面目な顔と手つきで傾きがないように貼り替えているのは何度も見ていたが、絵を描いているのが一惟だとは思いもよらなかった。牧師先生が描いているのか、輪読会に誰か絵のうまい人がいるんだとばかりおもっていた。筆書きの文字は工藤牧師の筆跡だった。

不思議なのは、聖書に関係のあるものが描かれているようには思えなかったことだ。どんぐり、水差し、一部にあざやかな青がさすカケスの羽根、河原の丸い石、とんぼの羽根、といった静物が背景もなく、そのまま細密に描かれていた。傷のある黒革の古い聖書が描かれていたこともあったが、あとはいつも単なる静物だった。聖書も、静物のひとつとして描いていたのではないか。

一惟とは中学校からいっしょだったが、同じクラスになったことがなかったので、とびぬけて絵がうまいとは知らなかった。日曜学校で週に一回、顔をあわせていたけれど、一惟は無口だったし、歩はどこかで一惟になれなれしくしないように遠慮していた気もする。日曜学校に通いはじめたころ、一惟からもらった手紙が、ふたりを微妙に遠ざける結果になっていたかもしれない。

歩はいままでになく、気安い声で一惟に聞いた。

「どうしていつも、ああいう絵を描いてたの」

一惟は腕組みをして答えた。

「そのへんに落ちてたものをひろってきて描いてただけだけど」

そう言っていったん口を閉ざしたが、もう一段小さな声で「……きれいだなと思って」とつけくわえた。

歩がお知らせの絵を見ていたことを知って、一惟はわずかに表情をゆるませたように見えた。

歩はこの日、美術部に入ることに決めた。美術部に入って、自分もデッサンをしてみたいとおもったのだ。

毎週、ソータツの許可をもらい、外でデッサンをするようになった。校舎の階段の古い手すり、下駄箱《げたばこ》の蓋《ふた》、跳び箱、水道の蛇口、用務員のおじさんの乗っている古い自転車の革のサドルを描いたりした。一惟の絵の真似《まね》をしていろいろなものを描いてみたら、どんどんおもしろくなっていった。

美術部員のうち一惟と歩だけが、ひたすらデッサンをつづけていた。抽象画を描いたりポスターを描いたりしているほかの部員にはどんくさく見えていたかもしれないが、歩はそんなことはどうでもいいとおもっていた。見せたいものを描いているのではなく、描きたいものを描いているのだから。

夏休み明けの最初のクラブ活動の日だった。終了間際に、ソータツが突然、一惟と歩に声をかけ、自分の机に呼んだ。

「おまえらのデッサンは、うまいのはうまい。それは認めるんだけど、写真で撮ったほうがもっと似てるじゃないかって言われたら、なんて答えるんだ」

歩は「おまえら」という言いかたに少しムッとして、イボンヌ・グーラゴングのバックハンドのように即座にラケットを振りぬき、ソータツにボールを打ち返した。

「写真は全部写ってますけど、絵はほんの一部しか描いてないし、ぜんぜんちがうとおもいます」

歩はそう答えてから、ソータツの質問への答えになっていないのに気づいたが、黙ってそのままにした。一惟も黙ったままだった。

「工藤はどう思う」

一惟は腕組みをした。なにかを考えているようだった。ソータツはすぐに答えを求める教師とはまるでちがうから、一惟がなにか言うまで、首をぐるぐるまわしたり、頭を掻《か》いたり、ほかの生徒に「トルソ、もとの位置にかならずもどせよ」と怒鳴ったりしていた。一惟がやっと口をひらいた。

「見た目はたしかに写真のほうが現物に近いです。でも、写真のピントは厳密に言えば、一か所にしか合っていません。レンズを絞らないで開放で撮ったら、輪郭さえボケてしまいます。ぼくの絵も、添島さんの絵も、全部にピントがあっているという意味では、カメラにはぜったいできないことをやっているとおもいます」

ソータツは一惟をじっと見て、呟《つぶや》くような低い声で言った。

「そのとおりだ。……じゃあまた来週な」

ソータツはさっさと机から離れて、美術室のカーテンを閉めはじめた。スケッチブックと鉛筆と消しゴムを、ゆっくり手提げカバンにしまう一惟の手もとを、自分も片づけの手を動かしながら歩は見ていた。一惟の耳のふちが、うっすらと赤らんでいた。

校門の手前にある駐輪場までいっしょに歩いた。自転車で帰る先は、湧別川にかかる大きな橋の手前で分かれる。歩が鞄を荷台に載せていると、一惟は言った。

「じゃあ」

歩が「また明日ね」と言うなり、一惟はすぐさま立ち漕《こ》ぎをはじめ、スピードをあげてぐんぐん遠ざかっていった。歩はしばらく自分の自転車にまたがったまま、そのうしろ姿を見ていた。

翌週の金曜日、午後から空気が乾きはじめ、空には見とれるほどきれいな雲が浮かんでいた。クラブ活動の時間になる前に、歩は空を描くことに決めた。美術室で会った一惟にそう言うと、「ぼくもそうしようかな」と素直なトーンの声が返ってきた。

一惟の目を覗《のぞ》くように見ながら歩は訊《き》いた。

「雲って描いたことある？」

一惟は一瞬、意外そうな顔で歩を見た。なにに反応してそんな顔になっているのかわからなかったが、一惟にしては無防備に、うろたえた顔をそのまま変えずにいる。

気を取り直したように一惟は口をひらいた。

「ない。……雲は、ないな」

スケッチブックを抱え、校舎の屋上にあがる階段をふたりでのぼっていった。

北海道の秋とはいえ、日光にあたためられた校舎の暖気が屋上にむかう階段室で行き場を失い、ムンとふくらんで澱《よど》んでいた。

鉄製のドアを開ける。階段室の暖気が待ちかねたようにふたりのあいだをすり抜け、屋上の空へ逃げてゆく。屋上ははるかに涼しく、空気も乾いていた。

屋上のいちばん離れた向こうの端に人影があった。女子生徒がひとりで、金網に左手をかけたまま、外を眺めていた。右足のつま先を立て、こちらに上履きの裏を見せている。深刻な事態ではなさそうだったが、見えない顔が泣き顔であってもおかしくはなかった。髪型からすると同じクラスの子ではないようだった。ドアの開く音が聞こえたかもしれない。それでもこちらをふりかえらなかった。ふりかえれないのかもしれない。

歩は声をださず、一惟の学生服の袖《そで》をそっと引っぱって、彼女には背中を向けるようにしながら、校舎の反対側に行こうと合図をした。一惟は素直にしたがった。がさつな男子とちがって音を立てない一惟でよかったと歩はおもう。

階段室の出口を境に、L字形の屋上は直角に曲がっているので、向こう側の短い直線部分にいけば、ふたりの姿は彼女からは見えなくなるはずだった。

階段室の向こう側にまわると、フェンスよりに細長いベンチのようなものが雨ざらしで置かれてあった。緑色のペンキがほとんど剝《は》げている。体育で使われていた初心者向けの背の低い平均台だった。

歩と一惟は黙って左右に分かれ、シーソーの端に座るようにそれぞれ腰かけた。

スケッチブックを膝《ひざ》の上にのせて、歩は空を見上げた。青々としていたはずの空はすでに夕暮れの赤みに近づいていた。白い雲も、西に向かうにつれてだんだんと橙色《だいだいいろ》を帯びてゆく。遠くでカケスがジャージャー鳴いているのが聞こえた。カケスのどんぐり拾いには、まだ少し季節が早い。

ぽかりと止まって浮いているように見える雲も、よく見ているとじわじわ動いてかたちを変えているのがわかる。いつものように見たままを描くことができないとわかり、歩は戸惑った。それでも、見た瞬間の雲のかたちは描くことができると思いなおし、そのまま描きつづけた。雲は西から東へ、沈む太陽から少しずつ遠ざかろうとしていた。歩の描く雲は、刻々と変化する雲の断片をつなぐ、パッチワークのようなものだった。スケッチブックをひらいた全体のなかに、五十分間の雲の変化が描かれていた。

一惟の気配を向こうに感じながら、歩は雲を描くことに集中していた。時間の経つのを忘れていたところへ、突然、足元のあたりから湧《わ》きだすようにチャイムが鳴り響いた。

「終わり」

歩は諦《あきら》めたように呟くと、スケッチブックを閉じた。

一惟はまだ背中を見せたまま腕を動かしているようだった。そばに行き、後ろからのぞくようにして見た。

一惟のスケッチブックに、雲は描かれていなかった。

目と鼻の先にある屋上のフェンスの金網が、いつものタッチで丹念に描かれていた。女の子が手をかけていたのと同じ金網。菱形《ひしがた》が交差してひっぱりあう部分や、コーティングが剝がれて少しサビが出ているところなど、いつにも増して、繊細な立体感のあるディテールだった。

歩はデッサンについてなにも言わずに、「行く?」とだけ声をかけた。

一惟はめずらしく、パタンと音を立ててスケッチブックを閉じると、黙って立ちあがった。

階段室のドアの前に立ったときには、向こうのフェンス際に立っていた女子生徒の姿はすでになかった。空気はすっかり冷えこんで、階段室に入ったとたん、歩を暖かい空気がつつんだ。ほっとしてからだがゆるむのを感じた。一惟は美術室にもどるまで、一言も口をきかなかった。

高校二年になるのを待ちかねたように、一惟はバイクの免許をとった。中古でバイクを手にいれると、あんなに熱心に参加していた美術部まで、さっさと辞めてしまった。約一年間かけて描いた二十数枚のデッサンは、美術部を辞めることを許可する条件に、全点ソータツに預けられることになった。一惟のデッサンは、楓《かえで》の部材を細く切り出したソータツの手になる額縁に入れられ、月替りで飾られることになった。最初に選ばれたのは、金網のデッサンだった。隣に並んでいるブリジット・ライリーのポスターに、一惟のデッサンはまったく引けを取らないと歩は思った。ソータツもおそらく、そう考えたにちがいない。

一惟が辞めても、歩は美術部を辞めなかった。

飽きもせずにひとりでデッサンをつづけていた。雲を描いてから動いているものを描くことがおもしろくなり、ソータツの許可を得て、部活動の時間になるたびに急いで家に帰り、ジロを描くことにした。

三代目の北海道犬のジロは白毛だった。はじめての牡《おす》で、性格は温厚だった。耳が大きく、立ち姿が安定していて、胸のあたりの張りも立派だった。「牡らしさがたっぷりあるんだ」と父が言っているのを聞いて、どういうことかと思っていたが、両手で抱くと、骨と筋肉の強さが伝わってくる。牡というものはこういうものか、と歩ははじめて触れた感触で腑《ふ》に落ちる気がした。散歩のときに川岸を走らせても、弓なりにピンと張った背中はそのままに、ジロはまっすぐに前を見て、堂々と駆けた。

ジロのデッサンが溜《た》まっていった。正面から、真横から、ほとんど腹ばいになりそうな低い位置から見あげるように描きながら、父の言う北海道犬の細かな審査基準が少しずつわかるようになっていった。母は「ジロちゃん、よかったね描いてもらって」と言った。デッサンを見たソータツは、「美術部辞めることになったら、額装してやるから」と言った。うまいとも、ここをこうしろとも、批評めいたことはなにも言わなかった。


歩の両腕のなかに一惟の背中があった。晩春の土曜日の夕方だった。茶色い革のジャンパーを着た一惟は、枝留高校の山桜の幹と同じくらいの胴回りがあった。骨と筋肉を感じた。聞こえてくるのはバイクの排気音だけで、鼻には革ジャンの匂いだけが感じられた。風を切って走るのはスリルがあっておもしろいけれど、排気音だけはどうしても好きになれなかった。

一惟のバイクのタンデムシートにまたがって乗るのは、これで二度目だった。ヘルメットをかぶり、同じく革ジャンを着て、二人乗りでバイクに乗っていれば、恋人同士にしか見えないはずだった。おそらく枝留町の誰かしらは、二人乗りのバイクが誰と誰であるか、すでに話題にしているだろう。歩はまだ自分が一惟の恋人だとはおもっていなかったが、そうとられてもべつにかまわないと、なかばひらきなおっていた。一惟はといえば、歩に頼まれて仕方なくバイクを走らせているつもりだった。ほんとうは、夕焼でいちめん金色のように見える牧場が頭にあったのだが、目指しているのはその反対側の、枝留の町はずれにある農場学校だった。

農場学校に行ってみたい、といいだした歩に、「二人乗りで行くようなところじゃないから」と一惟はいったん断った。

農場学校は、全国から集まってくる非行少年の更生教育のために建てられた私設の学校だった。歩の父が生まれるよりも前から農場学校は枝留にあった。うしろを山にして、その懐《ふところ》に抱きかかえられるように広がる一三〇万坪もの敷地には、寮があり、農場があり、礼拝堂、教室、作業場、博物館、バター工場などが点々と建てられていた。小学校の三年生の遠足ではじめて行ったときには、そこがそのような施設だとは思ってもいなかった。歩には、きれいに整えられた礼拝堂の前の芝生でお弁当を食べた記憶しかない。そのときにはおそらく、そこで学びながら働いている生徒たちには出会っていなかっただろう。少年院ではなかったから、寮にも校舎にも寮父母と教師だけがいて、看守のような監視人はいなかったし、少年がもし学校を脱けだそうとするなら、外に出ることはいつでも可能だった。枝留小学校もそのような施設であることの意義を認め、その歴史に敬意を払って、遠足の場として選んでいたにちがいなかった。

工藤牧師は、農場学校のなかにある礼拝堂の運営と、農場学校の柱であるキリスト教教育に協力者として携っていた。高校にあがってから一惟は、牧師の助手としての仕事とは別に、ひとりでも農場学校に通うようになり、何かの手伝いを始めたようだった。バイクを買ったのも、美術部を辞めたのも、そのことと関係があったのかもしれないが、一惟はなにも言わなかった。

あたりはすっかり西陽におおわれて、まだ葉が伸びきっていない森の山肌を明るく照らしていた。農場学校の正門の前でバイクを停めると、一惟はすぐにエンジンを切った。

校門の先にまっすぐ続く道はゆるやかな上り坂になっている。山のなかに点在するように、いくつもの建物が見えた。おそらく何棟かに分かれた寮だろう。薪《まき》ストーブの煙のようなわずかな匂いを歩の鼻はとらえた。人の姿は見えず、人の声も聞こえない。歩はしばらくのあいだ、一惟の背中にからだをもたせかけるようにしたまま、その光景を眺めていた。

5

石川毅《たけし》の顔には、たくさんの傷痕《きずあと》があった。

たまたま町ですれ違ってふいに目にしたら、反射的に視線をそらせてしまうだろうと思えるほどの傷だった。気づかないふりをしたとしても、かえって相手にさとられるのではないかと二重にうろたえながら、十六歳の工藤一惟は、ひなたに出れば毛細血管が透けて見えるほど白い顔を不自然に紅潮させて通りすぎたろう。じっさいに石川毅に会ったのは偶然のすれ違いではなかったから、一惟は正面からその顔を見ることになる。

「バターを教会で売ってみたいのなら、まずは農場学校に聞いてみなさい」

父である工藤牧師にそう言われたのは金曜日の夜のことだった。翌々日の農場学校での礼拝のあと、一惟はさっそく酪農部の部長、名木野に声をかけた。ころころとした体格の名木野は、礼拝堂ではバリトン歌手のようにのびのびと気持ちよさそうに賛美歌を歌うから、最初から印象に残っていた。賛美歌を歌うことに抵抗を覚える生徒がいたとしても、名木野の声は無邪気にカーテンをあけはなち、あたりを明るくするいきおいがあった。内気な一惟でも気がねなく「名木野先生」と声をかけられた。

農場学校の生徒がつくる業務用バターは品質の高さで知られていた。牧場で飼育されるジャージー種の乳質がバターに適していることがなによりおおきかったが、「農場バター」への評価が届くようになると、校内における酪農部の地位が高まり、生徒の律儀《りちぎ》ともいえる手作業をはげまして、品質と生産量の向上につながっていった。

ジャージー種が導入されたのは、農場学校の創立者が明治時代に留学したアメリカ東部で、日常的に馴染《なじ》んでいた乳牛だったからだ。ホルスタインよりも小柄で、褐色のからだはひきしまり、つぶらな目が鹿《しか》のようにも見えたから、世話をする男子生徒たちの行き先のない愛情を、無言で引き受ける役割も兼ねることになった。

ジャージー種はやや神経質なところがある。世話はおのずと丁寧にせざるをえない。爆発する機会をうかがう生徒たちの攻撃性は、牛の前ではまったくの無効だった。気長で忍耐のいる牛の世話をするうちに、少年のささくれ立った神経も否応《いやおう》なく和らいでゆく。教師たちがその因果関係に気づくようになると、生徒たち全員に牛の世話がゆきわたるよう計画が練りなおされることになった。

いっぽうで、馬の世話や乗馬は攻撃性を助長する場合がある——そのような対照的ともいえる結果が見えてきた。馬に乗ってそのまま脱走する生徒があらわれるのも毎年の恒例行事で、しかし外では餌《えさ》にありつけないことを知っている馬はかならず帰ってきた。こうして馬の飼育と乗馬の授業は、徐々に縮小してゆく方向へと転換していった。農場学校に視察に訪れる教育関係者に、更生教育における酪農の効用を説明するくだりにさしかかると、教員の声は一段とはりを増した。

農場バターの全生産量の八割近くは、学校への大口の寄付者でもあり、何人もの卒業生を受けいれてきた北見の菓子メーカー、マルキタ製菓が看板商品のバタークッキーの原材料に使用していた。農場バターは学校にとって安定した収入をもたらす重要品目のひとつだったから、あらたな工夫が歓迎される余地はほとんどなかった。評判のいいバターを家庭用サイズに包装して枝留教会で販売する——一惟の孤独なアイディアに誰かが賛同して実現に動く可能性は低かった。

一惟はひとりで考えこみ、ひとりで追いこまれていた。あと二年ほどで神学部のある大学に進み、プロテスタント教会の牧師になる。それは、ほんとうに選ぶべき道なのか。聖書のなかには自分を導くものがまちがいなくある。そのことに疑いはなかった。しかし、聖書のことば全体をおおうようにいるはずの神をまだ実感できないでいた。どんなことがあってもゆるがない信仰など自分のなかには見当たらない。だからこそ神学部に進む、という選択肢もあるだろう。小学生だった自分が東京を離れ枝留にやってくることになった経緯も、農場学校にやってくる少年たちの抱えるさまざまな背景も、たとえば日曜礼拝という一時間あまりのかたちやことばによって救うことができるとはとうていおもえない。

ひとりで黙って読む聖書のことばが教会の牧師である父の声で語られるとき、乳脂肪が抜けたミルクのように血の通わないものに聞こえることがある。静かに頭《こうべ》を垂れる信者にも、そのような疑いが浮かぶことがあるはずだ。だとすれば、教会や牧師から離れて、ひとりでむきあうものとして信仰をまもるほうがはるかに神の近くにいるといえるのではないか。

洗面所で時間をかけて鼻毛を切り、居間の床に新聞紙を敷きステテコ姿で足の爪《つめ》を切り、玄関先で靴墨を塗って革靴を磨いている父は、牧師である父よりも、はるかに父らしい。牧師である父にスプーンひと匙《さじ》ほどの信仰しか残されていないとわかっても、自分はおどろかないだろう。一惟は悪意からではなく、こころからそう感じていた。

それでも父の手伝いで農場学校に行くことをやめずにいるのは、農場学校の礼拝堂の空気が特別なものに感じられるからだった。生徒、教員、職員、寮父母の賛美歌の声が自分の弾くパイプオルガンに重なり、奥行きを深くしながら教会の天井をとおりぬけてゆくように感じる。それは礼拝のあいだ、ごくわずかな瞬間にだけ宿る、特別な感覚だった。枝留教会の礼拝とはなにかがちがっていた。

礼拝の手伝いをつづけていても、農場学校の生徒との直接のやりとりはほとんどなかった。異なる環境で育ち、それぞれにどこか似たような罪を犯した少年たちが故郷を遠く離れ、ここで共同生活をしていることへの十代なりのあやうい義侠心《ぎきょうしん》もはたらいていたかもしれない。大多数が道東で生まれたわけではない彼らが真冬の大雪に隔離されるようにして数か月を送るのも、枝留の森にかこまれた学校ならではの光景だった。一惟もはじめて枝留に来た冬に、東京では見たことのない大雪を見て、おおきななにかに包まれたように感じたのを覚えている。

北方の土地にふさわしいバターが、農場学校のシンボルになればいい。枝留の人たちが日常的に使えば、農場学校との距離も近くなる。父とふたりだけの気詰まりな夕食の席で、農場バターの教会での販売を提案したのは、唐突に聞こえただろう。しかし、一惟にとっては理にかなったことだった。

父とのことば少なな夕食の時間がしだいに苦痛になっていた。空腹を満たすだけの父子の食事は、男だけで狩りに出かけ、ぐんぐん気温が下がる森のなかに急いでテントをはり、背中を丸めてコッヘルをのぞきこみながら薄暗がりでつつく夕食のようだった。年に数回の例外的な食事ならそれもたのしかっただろう。しかし毎日となれば、そそくさとした味気ないものでしかない。

一惟は、ブリューゲルの画集に描かれていた食事の光景を思い浮かべる。旧約聖書に登場するバベルの塔を細密に描いた絵があると父から聞いて、図書館で借りてきたのだ。そこに描かれている食事は、満たされるべき空腹という黒い穴に向かって、食べものの周囲で発生する雑音や動物や穀物のまじりあったよどんだ匂《にお》いが、ただ吸いこまれてゆくだけのものに見えた。あたたかいものを食べさせようという慈《いつく》しみや、食べる様子を見てこぼれる微笑《ほほえ》みなどどこにも見あたらない。

もし元気で生きていたら鬱陶《うっとう》しく感じたかもしれない母の食卓でのふるまいがあらかじめ奪われてしまっているせいで、あてどない夢はかえって一惟を苦しめた。「パンのみにて生くるにあらず」とは一惟にとってそのような意味だった。

誰よりも早くバイクを手に入れたのは、いつでも教会から、あるいは枝留から、北海道から脱出するための準備であり、予告のつもりだった。いっぽうで農場バターの販売が自分を教会にしばりつける原因になりかねないことなど微塵《みじん》も考えてはいないところが一惟らしさでもあった。

性急で思いつめた一惟のバター計画を聞かされた名木野は、つやつやとした笑顔を浮かべながら、「酪農部の石川くんとまずは話してみたら。バター工場にいるだろうから」と言った。そのことばにも表情にも、一惟にあらかじめ何かを警戒させ、身がまえさせる要素はなかった。

一度教えたことをあとあとまで手取り足取りすることはない。あらゆる場面で自立をうながそうとする農場学校の生徒のひとりでもあるかのように、一惟はポンと放りだされた。その感じは悪くなかった。できるところまで自分でやりなさい、それでもできなければ隣人にたずねなさい、隣人もわからなければ、ふたりで相談し、考えなさい。考えてもわからなければ、まずはやってみればいい。

一惟は校舎を出て、北へ五分ほど歩いた先にある敷地内のバター工場へと向かった。黒ずんだ雪のかたまりはすでに消え、春の日差しは確実に足もとの黒い地面を温めていた。踏みしめる地面が柔らかい。冬の終わりを体感した木々は、霜がおりたらひとたまりもなく焼けてしまうだろう小さな若芽を、枝の先にひよひよとつけはじめていた。陽の光で葉脈が透けて見える。日差しにゆるんだ青い匂いがやわらかな風にのった。

て午後の農場学校を包んでいた。

古い木造の平屋を改築した工場は、窓とドアがサッシになっていた。ノックしてから銀色のドアをあけると、乳製品の白い匂いが鼻にとびこんできた。礼拝の気配などみじんも残さず、毅はすでに白いうわっぱりをはおり、白い帽子とマスクをつけていた。バターを製造する機械の内部を確かめるようにかがみこんでいる。一惟の姿を認めると、いったん手をとめ、機械のふたをしてから立ちあがった。一惟の立っている入口に近づきながら、あっさりマスクを外した。同時に、不審そうな声で「なんですか？」と言った。

日に焼けた顔を何か所も横切るケロイド状の傷痕が見えた。作業中になにかが顔に飛んで貼《は》りついたのだと、一瞬、勘違いした。傷とは思えないほどの数だった。顎《あご》の右下と、左頬骨のあたりの傷が内側に陥没しているのに気づいたとき、一惟の目の前に見えない刃物があらわれ、左右に激しく振られるのを見たように感じ、息をのんだ。

毅の傷痕などひとつも目に入らず気づきもしないという態度で一惟は「こんちは」と言った。

舌打ちに聞きまちがえそうなほど短く、毅は「チワ」と小さい声で言った。

一惟とは同世代のはずだったが、はるか年上に見えた。なにかをあきらめた末の落ち着きなのか、誰がどうすることもできないきびしい場所に追いつめられたときの態度が身についてしまったのか。傷について触れないで済むのなら、どんなことでもできそうな一惟は、自分が枝留教会から来たこと、ときどき礼拝ではパイプオルガンを弾かせてもらっていること、枝留教会で農場学校のバターを販売できないかと考えていること、そのためには家庭用サイズのおおきさにして――と口にしたとたん、この場にふさわしくないことばをいま自分が口走ったかもしれないと気づき、頭が白くなった。

「まず、これしてください」

一惟のことばに動揺する様子もなく、毅は白いマスクを手渡した。受け取った一惟が両耳にヒモをかけるのを待ってから、毅自身もマスクをかけた。マスクをかけると、傷痕はほとんど見えなくなった。マスクをかけたままで一惟を迎えてもよかったのに、毅はあえてマスクをはずしたのかもしれない。そう感じた。

搾乳《さくにゅう》から始まって、バターをつくる工程、箱詰めするところまでを、まずは見学させてほしいんです。ひと息つくような気持ちになった一惟は、マスク越しに毅に言った。

次の週に、一惟は高校の美術部をやめた。

毅に都合を聞きながら、ひんぱんに農場学校に通いはじめた。広大な牧場に放牧されているジャージー種の乳牛の見学を皮切りに、清掃が行き届いた牛舎の、季節によって変わる管理全般について、搾乳の方法、遠心分離機を使った生クリーム製造と殺菌の工程、生クリームをねかせる工程、チャーンで攪拌《かくはん》するうちバターができ、成形して包装し紙箱にいれる工程、それらのすべてを毅の説明つきで見せてもらった。毅が現れると生徒の表情や動きがひきしまる。毅は酪農部のまとめ役として力を発揮し、敬意も払われているようだった。

父につれられてはじめて農場学校にきたとき、畑での農作業を見学したことがあった。ひと冬のあいだ眠っていた畑を耕し、鶏糞《けいふん》と堆肥《たいひ》を撒《ま》いてジャガイモの種芋を植える日だった。蔬菜《そさい》部の担当教員から「さわってごらんなさい」と言われ、土のなかに手を差しいれると、東京の家の庭で遊んでいたときの地面とは似ても似つかないものだった。やわらかくほくほくした生きた土の手触り。そのとき、背中になにかが当たった。ふりかえると、生徒全員が畑の土に両手をとられたかのように前かがみになっていた。どんな表情で作業をしているのかすら見えない。このなかの誰かが一惟の背中を狙《ねら》ったのはあきらかだった。今度は反対側から同じように飛んできた。一惟の太ももに当たったのは、怪我《けが》をしない程度の小さな石で、やわらかな土のうえにそのま音もなく落ちた。

つきそいの教員も父も、一惟に向かって石が投げられたことには気づいていなかった。一惟はそのまま黙って畑の作業を見ていたが、たんなるいたずらなのか、悪意の前兆なのか見当もつかず、やわらかい土のうえに立つおぼつかなさも加わって、泣きたいような不安を覚えた。

それからしばらくのあいだ、礼拝堂でパイプオルガンを弾きながら、一惟は、いつなにが背中にとんでくるかわからないとつねに身がまえ、肩と腕をこわばらせていた。もちろん、なにもとんでくるはずはなかったから、その強迫観念はほどなくおさまっていった。しかし、礼拝堂に集まってくる農場学校の生徒ひとりひとりの顔を見ることができないのはかわらなかった。そのとき毅も礼拝堂にいたはずで、おびえる一惟の背中を見ていたにちがいない。

バターづくりの見学のあいだ、どこかから飛んできた石のような洗礼をまったく受けずにいられたのは毅のおかげだろう。

酪農部の仕事にとどまらず、春から秋にかけての農作業はもちろん、軍手づくり、麦わら帽づくり、森の枝払い、下草刈り、大工仕事など、毅はあらゆる作業をこなした。

毅が淡々とした顔をしていればいるほど、怒った顔よりもはるかに強い印象が残る。ふたをかたく締められたジャムの瓶のように、内側の柔らかなものは抑えこまれて外に出てこない。みっしりと詰まったジャムの瓶がなんの匂いもしないように、生な感情に封印をした毅は与えられた仕事に忠実であることにだけ集中していた。

髪に隠れて見えにくいが、毅の頭部には長い傷がある。左の耳朶《みみたぶ》の内側にも耳を切り落とそうとしたかのような傷がある。右手の甲にも二本の傷。それに気づくたびにどきりとした。しかし何度も会ううちに、傷が一惟をおびやかすことはなくなっていった。

考えてみれば、毅が一惟について知っているのは、牧師の息子だということにすぎないはずだ。東京から来たこともあえて話していなかった。家族のこと、故郷のこと、なにを考えているかを話さずにつきあえることは、かえってまっさらな自由を感じる。毅は自分がどこから来たのかを言わない。家族のことも話さない。一惟にも聞かない。おたがいのことをよく知らない毅といる時間が、しだいに待ち遠しくなってくるのを感じていた。

半年がすぎたころ、学校から試作品をつくる許可をもらった一惟は、山林部が切り倒した間伐材を使い、木工部の工場で薄く製材してつくった木の箱を茶色い厚手のハトロン紙で包んだ見本をつくって毅に見せた。札幌で手に入れたハトロン紙は筋目が入った洋風のものだった。そのうえに、大判のゴム印で、牛のかわいらしい顔と、edaru farm butter と英語のロゴが押してある。木のふたをあけると、ジャージー種の紹介と、バター製造の簡単な手順、農場学校の生徒がつくったことを説明する文章を印刷したカードが一枚入っている。文面はなんども書きなおし、最終案は添島歩に見せて添削してもらい、修正版をつくった。印刷は農場学校に出入りする印刷会社にたのんだ。

「これ、誰がデザインしたんだ」

「おれだよ」

気恥ずかしさもあって、一惟はそっけなく言った。

「うまいもんだな」

毅は素直な声でそう言った。

「これで一週間に三つ売れたら、一年で百五十個以上になる」

「なんだ、そんなもんか」

一惟は少しムキになって言った。

「いいんだよ。たくさん売れたほうがうれしいけど、もしも最初の一年でそれだけ売れれば、評判が広がって、二年目、三年目にもっと売れるようになる」

「そんなこと、わかんないだろ」

「わかるさ。だってこんなおいしいバターはないからね」

「それじゃあ計画が立たない。百個や二百個なら全体に影響はない。でも千個も二千個も売れることになったら、マルキタ製菓への納入分との調整が必要になってくる」

一惟は途中から笑いだした。

「なんで笑うんだ」

「だって、まだ一個も売れてないんだよ」

一惟は半年たってはじめて、声をあげて笑う毅を見た。


中学一年になってまもない始は、学校から帰ると毎日のように居間のステレオを独占した。ドアも窓も閉め、ビートルズのレコードばかりおおきな音量でかけた。最初に「アビイ・ロード」を聴いた始は、たちまちビートルズにのめりこんだ。毎月の小遣いをすべてレコードの購入にあて、月に一枚のペースで「アビイ・ロード」以前のアルバムへとさかのぼって手に入れていった。ハンター・デイヴィスの書いたビートルズの評伝をいつも持ち歩いていた。札幌で「レット・イット・ビー」が上映されると聞けば、真冬の朝に家を出て札幌に向かい、満員の映画館に吸いこまれて座りこむと、二回目の上映が終わるまで席を立たなかった。ビートルズが目の前にいて、メンバー同士の険悪なやりとりもそのまま映っていた。かなしい気持ちになった。雑誌の地図を片手に狸小路《たぬきこうじ》を歩き、ロック喫茶をさがしあててもぐりこみ、リクエストした「アイヴ・ガッタ・フィーリング」をかつてない大音量で聴いてから、最終列車に駆けこんだ。静まりかえった枝留に電池切れ寸前の人形のようになって帰ってきたのは十時前だった。シーンという耳鳴りが翌朝まで治らなかった。

札幌の町の匂いと、タバコの匂いと、列車の匂いを羽二重のようにまとって帰ってきた始を、歩がひとりで迎えた。早寝の両親は眠っていた。青白い顔をした始に温かいものを飲ませようと、封をあけたばかりのインスタントコーヒーをスプーンですくってマグカップにいれ、ストーブの上でチンチン鳴っているヤカンのお湯をさした。始は食器棚のなかにひとつだけ残っていたクリームパンを見つけると、黙ってむしゃむしゃ食べはじめた。「ビートルズ、どうだった」と聞くと、始は急いでパンを呑《の》みこんだ。「屋上の」と言ったとたんむせた。「……屋上の演奏シーンがかっこよかった。ロンドンも寒いんだね。ただメンバーのやりとりがなんだか」と言いかけマグカップをフーフー吹きながら語尾を濁した。「バンドって、たいへんなんだな」姉に聞かせるより自分につぶやくボリュームにまで声が落ちていた。

「ヘルプ！」がテレビで放映されたときも、おおごとだった。日本語吹き替えの音までそのまま録音しようとした始は、オープンリールのテープレコーダーをテレビの前に置いて、放送の一時間も前からマイクの設定と録音のテストをくりかえした。ジョニ黒の箱にくくりつけたマイクをテレビのスピーカーの最適な位置に近づけ、コマーシャルになるたびに録音を停止させる始のマメな動きに感心したり呆《あき》れたりしながら、歩もしだいに画面から目が離せなくなっていった。

若々しい演技の皮は薄いから、仲のよい四人の素顔が透けて見える。始の言うとおりであれば、「ヘルプ！」の三年あまりのちにはロンドンの寒いビルの屋上で、「いろいろある」複雑な顔をして演奏することになるのだ。有名になったり、有名であり続けるのはたいへんなことなのだろう。自分にとっての三年先などはるかに遠い未来で、想像もつかない。枝留にはたぶんいないだろう。札幌か、東京の大学にいるかもしれない。大学を卒業したら、そのまま大学のある町で働くこともあるのだろうか。そもそも働くだなんて、想像もつかない。想像もつかないから、具体的な不安もない。

ついこのあいだ一惟にそれとなく、卒業したらどうするの、と訊《き》いてみた。札幌や東京に進学することを考えているのなら、できれば同じ街にいってみたい。一惟と歩のあいだは急速に親しいものになっていたから、自然な気持ちで訊いたのだ。だが一惟はとたんに顔をくもらせ、「そんなことまだわからないよ」と意外なほどムキになった声をだした。一瞬おどろいたものの、牧師の子どもにはいろいろ制約があるのかもしれないと気づき、それ以上話をつづけるのをやめた。

男の子は複雑でもろい。ちょっとしたことで感情を逆立てムキになり、あとに引けないところまでわざわざ自分の足をけりだし、薄い板を踏みぬいてしまう。同級生の男の子がそうであるのと同じように、一惟にもそういう部分があるとわかったのは、うれしくはない発見だった。でもどうしてそうなるのだろう。

父もふだんはおだやかだが、なにかがきっかけで怒りだすと、手がつけられなくなるときがある。父が夢中になる釣りとジロの世話に母がほとんど口を出さないのは、なんとなくの不干渉というより、歩や始のものごころつく前からのやりとりが重なって、口をさしはさまない態度に変わっていったのではないか。歩はうすうすそう感じていた。

ふだんであれば、会社から帰ってきて不機嫌な日があっても、無口なままお酒をのみはじめ夕食をとるうちに、ほどなく顔がゆるんでゆく。ところが北海道犬展覧会にジロを出場させるころになると、父の様子はあきらかにいつもとちがって、声をかけにくくなった。

緊張しながらついていった北海道犬展覧会では、審査結果発表の録音を父からまかされることになった。ソニーのテープレコーダーをテント下に並ぶ長いテーブルの上にセットして、競技の見えにくい奥の席で歩はずっと待機していた。会場にテープレコーダーを持ちこむ人はいなかったから、知らないおじさんが立ち止まってのぞきこんできたり、声をかけてきたりするのが嫌だった。

はじめての優勝を父は確信していた。優勝するからにはジロについての講評を録音して残す価値があるとおもったのだ。ジロは「未成犬部門」に出場し、父の指示にしたがいながらいくつもの審査と競技をくぐりぬけていった。ジロは堂々として、俊敏に動き、来場者の視線を集めた。それでも結果は一歩およばずの準優勝だった。娘の手前もあったのか、さして落胆した様子も見せず、あっさり納得した顔の父といっしょに帰宅した。家で留守番をし、夕食の準備をはじめていた母に父は声をかけ、テープレコーダーの前に座らせて、録音を再生した。いいか、これを聞いているとな、ジロが優勝しなかったのがおかしいくらいだ、と父は言った。やはり悔しさをぬぐえずにいるらしい。

「体躯《たいく》の構成に均整がとれ、顔貌《がんぼう》にも優れ、耳よく締まり、切れよく立ち上がり、胸郭のはり良く……」

抑揚のない呪文《じゅもん》のような講評を聞き終えると、母はめずらしく涙ぐんで「ジロちゃん、たいへんだったねえ」と言いながら席を立った。吸い寄せられるように庭におりていき、犬小屋の前にしゃがみこむと、ジロにむかってながながと声をかけ、頭を撫《な》でているようだった。ジャラジャラと鎖のこすれる音がした。ジロは吠《ほ》えなかった。父はテープをもう一度巻き戻して再生しながら、母のいるほうを見ることもなく、講評の一字一句を手帖《てちょう》に書きこんでいた。

審査会で犬の綱を引いているのは、若い人から老人まで、ほとんどが男だった。おそらくいつもより厳しく、人によってはいつもより甘い声でなだめすかし、犬の力を最大限発揮させようと躍起になっていた。そもそも犬の優劣を競って採点するというのも、男の考えそうなことではないかと歩はおもった。もしも女だけの世界があったなら、優勝だの準優勝だのと決着をつけるような競技はやらないだろう。他人に価値を決めてもらうために努力するなんて、ずいぶん遠回りな奇妙な手続きではないか。ジロに価値があると決めるのは、誰よりもわたしたち家族だ。そのことには誰も口をさしはさめない。母がジロをおもう気持ちに、誰も勝つことなんてできない。ジロに与えられるトロフィーや賞状があったとして、よろこぶのはそれを欲しがる人間で、ジロにいったいなにがわかるだろう。母の背中を見て歩はそうおもい、だんだんと腹立たしさがつのってきた。

食事を終えてウィスキーを飲みはじめ、酔った父はめずらしく能弁だった。

「北海道犬はひたすら血統なんだ。ほかの犬とはまじわらないで、北海道の人間とここまでやってきた特別な生きものなんだ。だからどんな相手とかけあわせるかで、子どもの素質が決まる。今日あらためて、そうおもった。親犬を知ってる仔犬《こいぬ》が何頭も出場していた。親の質を引き継いで、笑いたくなるくらいよく似てる。どれだけ努力したって、いい血統の組み合わせでなければ展覧会で優勝するなんてことはできない。ジロは血にめぐまれている。ほんとうにいい犬と出会った。今日も何人かから声がかかったけどね、うちのはまだですからって断った」

始はめずらしく父の話の途中で席を立ち、トイレにむかった。トイレから出て、ドアを閉める乱暴な音がすると、そのまま二階にあがっていく。足音も耳ざわりなほどおおきい。歩は顔をあげ、壁の向こうで階段をのぼる始の動きを目で追った。

母の片づけの手伝いをしたあと、歩はいつもより長い時間をかけてジロの散歩をした。ジロは展覧会のことを覚えているだろうか。湧別川ぞいの道にはいると、川の音を聞きながら、優勝したってしなくたってジロがいちばん、と声にだして言った。ジロは吠えもせず、歩を見上げることもなく、ただ歩きなれた湧別川ぞいの道を生真面目《きまじめ》な背中を見せながら歩いていく。

始と自分には、父と母の血が流れている。始には誰よりも近い親しさがある。かわいいとおもう。それにもかかわらず、性別だけでなく、なにかが決定的にちがう気がしていた。始が少しずつ大人になるにつれ、自分とのちがいがますますおおきくなってきた。弟と自分は血でつながっていても、どう考えたってちがう人間だとおもう。他人が外から見れば、そっくりなのだとしても。

つい最近までは、弟の考えていることが手にとるようにわかる気がしていたのに、食事のあと部屋にひとりでこもっている始が、ほんとうはなにを考えているのかいまではまるでわからない。始はいつのまにか子どもではなくなっている。口のまわりに薄い髭《ひげ》も生え、アダムズ・アップルというらしい喉仏《のどぼとけ》もできている。背の高さもとうに歩を越え、まもなく父の身長を越えようとしていた。このままいけば一八〇センチ近くなるかもしれない。最近は食卓でのわずかな会話にも加わらず、食べ終わればテレビも見ずに二階にあがってしまう。始の勉強部屋のベッド脇《わき》の壁には、横尾忠則《ただのり》が描いた「アビイ・ロード」当時のビートルズの大判ポスターが、勉強机の前には「ホワイト・アルバム」に封入された四人のブロマイドが貼られてあった。「部屋に入るときはノックしてくれる？」と言われたのを忘れてドアのノブを回したら、鍵《かぎ》がかかっていたこともある。

ジロの展覧会の数日後、歩の部屋のドアをノックして、「ちょっといい？」と言いながら始が部屋にはいってきた。

とりたてて相談ごとや頼みごとがあるわけではないようだった。窓枠に腰かけて、ときおり庭を見下ろしながら始はビートルズの話をした。ジョンは実の父からも実の母からも引き離され伯母夫妻に育てられたこと、実の母はジョンが十七歳のときに交通事故で亡《な》くなったこと、音楽を通じて知り合ったばかりのポールも母を病気で亡くしていること。

「ふたりを結びつけたのは音楽だけじゃなく、母親を亡くした共通の体験があったからなんだ」

始の話はつづく。

「血のつながる母親がいないことが、ふたりを苦しめたんだとおもう。そこから離れるためにもバンド活動に熱中したのかもしれない。でもね、ジョンの父親は商船の乗組員で音楽には縁がない。ポールの父親はジャズを演奏したけど、プロのミュージシャンじゃない。もちろんポールの才能の百分の一もない」

ジョンの祖父はアイルランド人で、アメリカに渡ってプロの歌手になったことを歩は伝記を読んで知っていた。父親も歌が好きだったはずだ。でもそのことには触れなかった。

「演奏、聞いたことあるの？」

「ないよ。レコードになんか、ひとつもなってないからね。影響があるとすれば、ポールの音楽にロックじゃない音楽の要素があることかな。だけどそれは血とかそういうものじゃない。家でくりかえしかけていたレコードをポールが耳で覚えていただけだよ。ポールの才能もジョンの才能も、親の血とはぜんぜん関係ない」

ジョンは、世界一有名なミュージシャンになっても、失われた母から離れられなかった。「ホワイト・アルバム」に入っているギターの弾き語りの「ジュリア」は亡くなった母親の名前で、当時つきあいはじめたばかりのオノ・ヨーコのイメージと重ねあわせている。ビートルズを解散したあとのソロアルバムの一曲目は「母」だった。三十歳のジョンが、「ママ、行かないで！」と叫ぶように歌っている。最後の曲は「母の死」。「苦しい歌ではじまって、絶望的な記憶で終わるレコードなんて、ジョンにしかつくれない」

始はいつからそんなことを考えるようになったのだろう。繰り返し読んでいた評伝に影響されたのか。

「ポールのほうが明るくて図太いんだ。ジョンの詩が深くて、芸術的なのは、ジョンが弱いからだよ」

始は窓の外を眺めながら言った。

「そういうジョンとポールの組み合わせがあったから、ビートルズはあそこまでになったんだ。めぐりあわせだし、組み合わせだし、努力なんだ。人間は絶対、血じゃない」

始が話をしにやってきたのは、北海道犬の血統についての父の主張への異議を伝えたかったからだ。父は間違っている。自分は父のようにはならない。

始のつよい口調を聞きながら、歩はその向こう側に、一惟を二重写しのように見ていた。一惟の父親に対する抵抗は始のようにはっきりしたものではない。始より四つ年上だし、性格も同じではない。牧師の子としてあからさまな反抗にでることができないのだろう。それでは苦しさが充満するばかりではないか。一惟がバイクで農場学校に通うのは、聖書や教会からいっとき逃れるためもあるような気がした。

血統で決まるという北海道犬には、生物学的な父子のあいだに触れあいもなければ葛藤《かっとう》もない。父犬には自分に子どもがいるなどという認識すらないだろう。父子をつなぐのは人間のつくった血統書というはかない紙切れだけだ。

父は父でここのところ、始への不満を日に日につのらせ不穏な表情を見せていた。歩は嫌な匂いをかぎつけるように、父の感情の変化と圧力の高まりを感じていた。

——ビートルズのレコードばかりかけ、勉強をおろそかにしている。小学校の四、五年まではいっしょに渓流釣りにでかけていたのに、六年生になるとすっかり興味を失ったように渓流に行くこともなくなり、中学生になったいまでは出かけるといえばレコード店ばかりだ。レコードを大音量でかける以外はほとんど二階の自室にこもってしまい、家の手伝いもしない。ろくに口もきかない。

晩春の日曜日の午後、父の眞二郎は渓流釣りのシーズンに備えて、道具類をおさめてある小屋の掃除をした。専用の冷凍庫のなかを点検し、魚をさばく包丁を研ぎ、釣り道具の手入れをしていると、小屋のなかにまで大音量のビートルズの音が聞こえてくる。一度注意されてから、窓を閉めたうえにカーテンを閉め、始なりの工夫はしていたが、どうしたって音は漏れる。

夕方になり、家にもどった眞二郎は突然掃除機を持ちだした。玄関や廊下に意味なく掃除機をかけ、最後に始のいる居間のドアを開けた。

「おい、ちょっと掃除するから、レコードをとめろ」

始はうるさそうな顔で眞二郎を見あげた。

「日曜日だよ。レコードくらい聞かせてよ」

「だから掃除機をかけるあいだだけだ」

始は聞こえないくらいの声でうるせえなと言った。

眞二郎は顔色を変えた。「いまなんて言った」

「うるせえって言ったんだ」

眞二郎は掃除機のパイプをはずし、ふりあげて始に殴りかかろうとした。ふりあげたものの、そのまま身動きもできず、ふるえるような表情になって、掃除機を蹴《け》りとばした。パイプを床に放りだすと居間から出ていこうとし、ふり返りざまにパイプを拾いあげると、テーブルの上の「アビイ・ロード」のジャケットに思い切りふりおろした。二度、ジャケットにパイプがあたった。ジャケットは破れることも壊れることもなかったが、二か所にへこみができた。

始はステレオをとめ、へこみができたジャケットにレコードをしまい、二階の部屋にあがっていった。夜になっても始は降りてこなかった。登代子が用意したおむすびとお茶を歩が部屋に届けた。

眞二郎と始はそれから一か月以上、口をきかなかった。

農場バターを枝留教会で販売することについては、試験的という条件つきで、学校の酪農部と理事長の了解を得られることになった。

第一回の販売では、用意した十個がすべて売り切れ、翌週の予約分が八個になった。次の週は予約分も入れた二十個が完売し、教会にも問い合わせの電話が入るようになった。出だしは予想をはるかにこえて順調だった。

数か月がすぎると、十個用意しても半分あまる週がでるようになった。当初の一惟の予想に近い数だけは売れたが、販売が伸びてゆく気配はとくになかった。

信者が帰ったあとの礼拝堂で、バターの売り上げ代金を数えなおし封筒にしまっている一惟に父が声をかけた。

「これからもバターの販売はつづけるのか」

父は牧師の顔ではなく、一惟の父の顔になっていた。

「もちろん」

父は顔を曇らせた。

「きみは教会の仕事と、バターを売る仕事と、どちらが大事だとおもっているのか」

一惟は父親の意外なことばにおどろいた。返事ができず、ただ立ったまま父親を見ていた。

「バターは、バターだ。教会の仕事も聖書の勉強もまだはじまったばかりだ。これ以上バターにかかずらっていたら、なにがいちばん大事なのか、わからなくなる」

一惟のなかで突然、ことばがわきあがってきた。それは長い時間をかけてくりかえし考えつづけてきたことだった。まさかこのタイミングで自分の口からでてくるとは思いもよらなかった。しかもこんな強い口調で言いつのるつもりなどなかった。

「ぼくは、牧師にはなりません。なるとしたら、自分の人生のなかで、最後の最後に、牧師になろうと決心したときです。ぼくはそれまで、ふつうの世の中でみんなと同じように勉強して働く。決められてただ牧師になるんじゃ、神のことばなんて聞こえてくるわけがない」

父はじっと一惟の目を見ていた。一惟は母が亡くなって以来、真正面から父の顔を見たことがないことに気づいた、そのまま父の目を見つづけた。父の目は急速に力を失い、伏せられた。黙ったまま背中を向けると、父は静かにドアをあけ、礼拝堂を出ていった。

6

四人部屋の右奥で、石川毅が音も立てずに片づけをしていた。二畳ほどの小上がりのスペースには、勉強机、引出し、衣装簞笥《だんす》、物入れなど、必要最小限の家具がつくりつけられている。夜は畳の上に布団《ふとん》を敷いて眠る。カーテンや仕切りのない集団生活とはいえ、二段ベッドではないから上から覗《のぞ》きこまれたり邪魔されたりすることもなく、消灯時間までのあいだひとりで本を読んだり、宿題を終わらせたり、手紙を書いたりするにはじゅうぶんな空間だった。

農場学校の寮で与えられた空間を、期待されるように使いこなす者はほとんどいない。自分の居場所がここにある、という体感を与えることが寮生活の第一の目的だったから、整理整頓《せいとん》や机の活用についてはさほどうるさく言われなかった。各寮には住み込みの寮父母がいて、親がわりに日常生活全般の面倒をみていたが、あらゆることに規律が優先していたわけではない。家庭的であることに重点がおかれた寮父母の役割に、看守的な要素はないに等しかった。

酪農部でバターづくりの中心になって働き、自由時間になれば黙って机に向かう毅は、農場学校の理念である「集団生活のなかでの自立」を体現する模範生といえた。同室の生徒たちは年上の寡黙《かもく》な毅には遠慮があり、煙たくもあったので、ほかの部屋に出かけてはおしゃべりをしたり、遊んだりしていたから、よけいに部屋は静かだった。

農場学校に入ってはじめて、石川毅は自分の勉強机と卓上ライトを持つことができた。六畳一間に板の間の台所がついた調布市のアパートで父親とふたり暮らしだった。夜眠るとき以外はテレビが点《つ》いたまま、こたつ兼用テーブルのまわりには日用の雑多なものがあちこちに積み上げられ、崩れ落ち、散らばっていた。たぶん一度も拭《ふ》かれたことのないテーブルの上には、ビールの空き瓶、出前のラーメンの丼《どんぶり》、吸殻があふれた灰皿、味の素や食卓塩、ソースの瓶、乾ききった台布巾《ふきん》、干《ひ》からびたみかんの皮、二つも三つもある栓抜きや錆《さ》びた罐切《かんき》り、小銭、割《わ》り箸《ばし》、紙くず……あらゆるものが入り乱れていた。宿題をやろうにもノートや教科書をひろげる場所がなかった。

夜になると父親はどこかに飲みに出かけた。ひとりでテレビを見ているうちに眠りこんでしまい、気がつけば朝になっていることもしばしばだった。油っぽい菓子パンを牛乳で喉《のど》に流しこむように食べ、「行ってきます」と告げる相手もいないまま、黙って学校に出かけた。ドアに鍵《かぎ》をかけたことも、ドアがあかなかったこともない。

高校に行く金はないし、行く必要もないと父親に通告されたが、毅にはめずらしくどうしても高校には行くと主張した。父親の年下の遊び仲間が毅の年齢をごまかし、夜間の道路工事やビル掃除のアルバイトを紹介してくれた。週に二日、夜から明け方まで働いて、工業高校の学費を自分で稼いだ。働きぶりを認められ、もっと金まわりのいい仕事があると声をかけられ、知らず知らず怪しげな世界に足を踏みいれていった。学費を上回るこづかいが貯《た》まると、職場の先輩にひっぱりまわされて夜遊びを覚え、十五歳の少年には刺激の強すぎる甘だるい経験にのめりこんでいった。肝心の学校は無断欠席が増え、生活指導の教員から電話がかかってきても、誰もいない家の座布団の下で窒息したような音が鳴るだけだった。訪問した教員は鍵のかかっていないドアを開け、その先にひろがる部屋の惨状を見て、たちまち匙《さじ》を投げた。工業高校は一年で中退した。

毅が小学校に入学する前に離婚した母は、家を出て実家のある名古屋で暮らし、数年後に再婚していた。母親からは折々に手紙が届いていたが、アパートのドアに鍵をかけない父親は、集合郵便受けには南京錠《なんきんじょう》をかけ、別れた妻から毅宛《あ》ての手紙を見つけると、封も切らずに駅のゴミ箱に捨てた。だがある日、床の上に散らかるチラシに混じって「石川毅様」という葉書の宛名書きがのぞいているのを毅は見つけた。読み終えると、父親の隠れた行動がありありと透けて見えた。「タケちゃんから一度もお返事ないけれど、きっと読んでくれていると思うから、また書きますね」毅はチラシのうえに顔をおしつけて声をあげずに泣いた。涙が乾いたころには、感情が石のように硬くなっているのがわかった。

毅はその日の夜明けまで、覚えたばかりのウィスキーを飲んで待っていた。酔って帰宅した父が部屋に入ってきたところへ、強く握った右手で殴りかかった。あっけなく倒れた父はこたつの角に激しく頭をぶつけ、そのまま動かなくなった。倒れた父の胸を足で蹴《け》りあげると、肋骨《ろっこつ》の折れる感触が伝わってきた。しばらく放心していたが、頭から血が流れているのを見て、一一九番に電話をした。

父は救急車で運ばれ命はとりとめたが、酩酊《めいてい》状態で受けた頭蓋骨《ずがいこつ》骨折と脳内出血が原因で失語状態になった。毅はそれまで不良行為を重ねていたが、暴力をふるったのはこのときがはじめてだった。未成年であること、初犯であること、酔っていたこと、父親が保護者としての責務を放棄していた状況にも鑑《かんが》みて、少年院行きは免れ、保護観察処分となった。

九州の実家で農家を継いでいた父方の叔父が、失語症の父を引き取ることになった。義兄を引き取ることを夫に勧めた妻はクリスチャンだった。妻の通っていた教会の牧師が、ことの背景を聞き、北海道にある農場学校に預けたらどうかと提案した。叔父の妻は農場学校から入校を認めるという回答を得て、毅の生母に連絡をした。母親は電話の向こうで泣いていたが、そのほうがいいような気がします、申し訳ありません、と言った。保護観察官は、本人は反省している、工事現場でも真面目《まじめ》に働いて評判がいい、もうしばらく様子を見たうえで決めたらどうか、と言い、叔父夫妻はそのことばに従うことにした。毅を農場学校に入れる権限は自分たちにはなく、そもそも毅を説得する自信もなかった。

兄を引き取りに上京した叔父は、退院手続きに向かう前日、いまや毅のひとり住まいとなったアパートにやってきた。

アパートの部屋は見違えるようにきれいになっていた。父親がいたときと正反対に、余分なものがなにもない。広々とみえる畳は、繰り返しの拭き掃除でつるつるしていた。毅は父親の痕跡《こんせき》のあるものをすべて捨てていた。テレビもこたつもなく、古いエアコンも取り外され、無口な相棒か生真面目な監視人のような新品の扇風機が部屋の隅に置かれてあるだけだった。

叔父は以前の部屋の様子を知らなかったから、ちゃぶ台もないがらんとした部屋を見て、失語症になった原因など頭に浮かぶことすらなく、男ふたりの暮らしだとこんなに殺風景になるのか、と素朴に驚いていた。

毅が最後に叔父に会ったのは、いったいいつのことだったか。小柄で、白髪まじりの短髪、下がった眉《まゆ》に日に焼けた顔、朴訥《ぼくとつ》な話しかた。それとは反対に脂《あぶら》ぎった白い顔、ヒゲの剃《そ》り跡が青黒く見え、乱暴で有無を言わせない会話しか成り立たない父。笑顔などほとんど見せたことのない父と、柔和な表情でいる叔父が、同じ血を分けた兄弟とはとてもおもえなかった。あんな事件を起こした自分と、その現場にふたりだけでいても、警戒する様子はない。

「美智代さんは病気で入院していたらしい。退院したばかりでなにもできないけれど、よろしくお願いしますと、言っていてね。そのうちに君にも連絡があるとおもう。とにかく、一生懸命働いて。お母さん、安心させてあげて」

毅は目をふせた。畳がぼやけて見えなくなり、顔をあげられなくなった。叔父も黙っていた。

丁寧に束ねられ引出しのなかにしまわれてあった母からの手紙の束をとりだした毅は、それを風呂敷《ふろしき》で包んだ。この手紙と母が使っていた小さなハンカチのほかに、寮生活でどうしても手放せないものなどなかった。

そもそも毅には、ものを所有したいという気持ちがはなから失われていた。寮生のあいだでひそかに回し読みされ、消灯後に引出しからこっそり取りだされる女たちのグラビアにも関心がなかった。毅にとって女とは、隣にいて、いい匂《にお》いがして、手を伸ばせば触れることができ、触れれば声や態度でこたえ、こちらにも手を伸ばしてくるものだった。反応のない平らな紙きれを見てよろこぶ気持ちがまったくわからない。女をはやくに知ってしまった毅には、寮生たちが子どもじみて滑稽《こっけい》に思えた。

毅の母はきれい好きだった。すべてを散らかしたままにしておく父とはまったく相《あい》容《い》れない性格だった。母に似てきれい好きな毅はそのことを知らずに育った。

消えずに残っている母の記憶はわずかだった。前後の記憶は途切れ、それは突然はじまり、突然終わった。

朝、幼稚園に行く時間になると、「行かない」と言いはり、恒例行事のように泣きはじめる毅のまえに、母がしゃがみこんで目をのぞきこむ。「うさぎさんに会えるでしょ？　タケちゃんに会いたいって、うさぎさんも言ってるよ」細かなピンクの刺繡《ししゅう》にふちどられた白いハンカチで溢《あふ》れた涙を吸いとるようにしたあと、母は毅の手にそれを握らせた。そして笑顔になるともう一度、どうする？　と言って毅の顔をのぞきこんだ。母が家を出てからずいぶん経《た》ったあと、箪笥の引出しの奥にそのハンカチが残っているのを偶然見つけた毅は、自分のポケットに押し込むように入れて、持ち歩くようになった。

もうひとつの光景は真夜中だった。

隣で眠っていたはずの母が、すすり泣いている。部屋には毅と母しかいない。すすり泣きにおさえきれない嗚咽《おえつ》のようなものがまじりだしたとき、毅はにわかに怖くなり、母の脇《わき》の下のあたりに身を寄せて、パジャマにしがみつくようにした。母は毅を抱き寄せた。その胸のなかからくぐもった嗚咽が聞こえてきた。

やはり父のいない部屋での光景がもうひとつある。夕暮れどきで、部屋にはクリームシチューの匂いが漂っていた。母がこたつ兼用のテーブルで毅に背を向けてなにかを書いていた。毅がそこにいることを忘れてしまったような背中だった。

母は家を出るとき、毅に手紙を残さなかった。父が捨てたのかもしれない。あの夕暮れの手紙は、誰か知らない人に宛てて、急いで書いていたのではないか。その誰かとは、父も毅も知らない男の人だったのではないか——あとになって毅はそう考えるようになった。

母がどうやって家を出ていったのか、五歳だった毅は覚えていない。「おまえの母親は、おまえを捨てて出ていったんだ」と父は言い、それは乱暴な嘘《うそ》だと思ったが、その日から母が家に帰ってこなかったのはほんとうだった。

毅は夕食をとったあと、風邪気味なので風呂は入らないと寮父母に言い、部屋にもどると早々にふとんに入った。風呂は部屋単位で入ることになっていた。同室の三人が風呂に向かうと、毅はふとんから出て、柱のフックにかけられたフードつきの防寒コートと毛糸の帽子、マフラーをはずした。財布をポケットに入れ、風呂敷をコートの内側にたすき掛けのようにして巻いた。財布には枝留教会での農場バターの売り上げ金と、最後に母から届いた手紙の、封筒だけが折りたたまれて入っていた。便箋《びんせん》には四枚にわたって、名古屋の病院に再入院したこと、もう病院を出ることはできそうにないこと、会えないまま人生を終わることを詫《わ》びる文が書かれてあった。封筒には病院の住所と病室番号が記されていた。

引出しから日誌を出し、机の上に置いた。今日の分の日誌の最後に、寮父母に宛てた手紙を書いた。明日の朝、自分がいないことに気づいたとき、読まれることになるだろう。

毛布を二枚、円筒状に巻いて、掛け布団の内側に入れた。枕《まくら》の上には新聞紙を丸めて詰めた黒い毛糸の帽子をのせ、ふとんをかけた。同室の生徒が気づいたとしても、寮父母に伝えることはないはずだった。農場学校からの脱走は、「巻きこむな、知らせるな」というのが長年にわたって生徒たちのあいだで守られてきた不文律だったからだ。

農場学校から一時間も歩けば、枝留の駅に着くはずだった。駅から教会まで歩いてどれくらいかかるか、一惟に聞いたことがある。教会と駅がさほど離れていないことはわかっていた。幹線道路から国道に出る昔からのルートではなく、農場学校と駅のあいだにある小高い丘を通り抜けてゆくあたらしい道を選んだ。枝留の小学生が春の遠足で農場学校まで歩いてくるときに使う道だった。高低差があるから運動量はあるが、脚力には自信があった。夜になれば、ましてや冬の夜には、わざわざその道を歩く人はもちろん、クルマで走る人間もほとんどいないはずだった。ここ数日、人目につかず最短距離で駅に向かう道を歩く自分の姿を幾度となく想像するうち、駅に着くまでの逃避行がどこか楽しみにすらなっていた。

寮の玄関で寮母と鉢合わせた。

「あら、どうしたの。風邪気味なんでしょう」

「チャーンの電源を切るのを忘れた気がするんです。ちょっと見てきます」

「そうなの。ずいぶん降ってるよ。気をつけてね」

「はい。消したらすぐに戻ります」

　毅は長靴を履き、口と鼻をマフラーでおおい、手袋をはめて毛糸の帽子をかぶり、そのうえにフードをかけ、寮のガラス戸を開けた。テレビの天気予報どおり、外は激しい雪だった。雪のほうがかえって助かる、と毅は考えた。

　急速に発達した低気圧が道東の上空に接近していた。毅は頭痛を感じていたが、低気圧によるものだとは想像していなかった。風が強いので防寒コートのチャックをいちばん上まであげ、口元をおおうようにした。正門にたどりつくまで、いつもの倍の時間がかかった。ある程度時間の余裕をみていたが、これほどの強い風雪は予想していなかった。正門の外に出て、幹線道路を歩きはじめたときには、コートの前半身と長靴はすでに真っ白だった。

　トラック一台すれ違うことなく幹線道路をしばらく西に進んだ。交差点にきたところで左折する。小高い丘へのあたらしい道がつづいていた。クルマの通った轍《わだち》はなかった。路肩標識だけが目印になる。ときどき懐中電灯で上方を照らしながら歩いたが、雪の勢いが激しくなるにつれ、視界は真っ白におおわれ、二メートル先の路肩標識が見えなくなった。雪の深さはすでに膝下《ひざした》まで達していた。路肩には毅の身長に届くほどの除雪による雪の壁ができていた。毅は車線の真ん中あたりの、深く積もった新雪を一歩一歩踏みしめていった。歩くスピードがますます遅くなる。頭が痛い。

あたたかいことを考えようとおもった。先輩と通うようになった調布駅前のスナックのホットウィスキー、揚げ出し豆腐。菜々子のつくるジャーマンポテトがおいしかった。菜々子は毅を子ども扱いしながら、しだいに気持ちが強く傾いてくると、なんでも面倒をみようとし、少しでも長い時間ふたりでいようとした。ひと回りも年上で姉のようにふるまっていたはずなのに、関係が深まると毅に甘えるようになり、何度目かのラブホテルで、帰らない、ここに泊まるといってきかなかった。土曜日の真夜中で、次の日は仕事も学校もなかったし、父親もいない。毅は菜々子とそのまま泊まって朝を迎えた。

次の週に会ったとき、菜々子は右手の甲に包帯をし、右目の脇に青い痣《あざ》をつくっていた。スナックの閉店を待たずにふたりで店を出て、ラブホテルに向かった。菜々子はいつもとちがい笑顔を見せず、切羽詰まった表情と動きかたをした。どこか乱暴な動きがおさまって、憑《つ》きものが落ちたようにふたりで天井を見ていると、「わたしたち、この町を出ないと」と菜々子が言った。テレビドラマでしか聞いたことのないようなセリフにどう答えればいいかわからなかった。毅は黙っていた。いっしょに暮らす？　菜々子は結婚とは言っていないが、まだ結婚できる年齢にもなっていない。ふたりで町を出たら、どこかでふたりで暮らすということだろうか。いったいどこで、どうやって。

「今日は帰る。でも、タケシ、考えておいてね」

家に帰る道すがら、毅は寝不足とアルコールでぼんやりとした頭のまま菜々子と暮らすことについて考えた。父親が母親と結婚したときは十八歳だったと聞いた。十八歳になれば結婚できるということだろうか。そのとき菜々子は三十歳になっている。こんなに年の離れた男と結婚しなくてもいいのではないか。菜々子にはほかにも、結婚してもおかしくない男がいるにちがいない。いっしょに暮らしているのかもしれない。こめかみの痣も、手の包帯も、毅とのことを知ったその男に暴力をふるわれたのではないか、とふいに想像がおよぶと、毅は冷たいかたまりを飲みこんだようになり、ふらつく足がとまりかけた。

菜々子はいつも甘い香りがした。甘い香りが近づくだけで、毅の感情のスイッチが入った。香水の名前を聞いたがすぐに忘れた。道路工事をしている最中にその匂いがどこかから漂ってきて、シャベルの手をとめて地上に目を凝らした。菜々子ではなかった。親方に「なに色気づいてんだ。怪我《けが》するぞ」と笑いまじりに叱《しか》られた。父親がいっしょに暮らしていたら、毅にうつった匂いをたちどころにかぎつけて、なにかを言ったにちがいない。父親はもうここにはいない。毅は晴れてひとりだった。菜々子とふたりでいるときには深刻になっていても、離れてしばらく時間が経てば、このままでいいと気楽な気持ちが頭をもたげてくる。ひょっとすると菜々子は世間知らずの毅をからかっているだけかもしれない。甘い匂いの菜々子から遠ざかってひとりになると、しだいに冷静になってくるのがわかった。

ひとりで暮らすアパートを見上げると、明かりがついているのはたったの二軒だった。毅の部屋以外の五軒はどうしているのだろう。もう眠りについているのか、でかけたままもどってきていないのか。

郵便受けを見ようとしたところで、うしろから羽交い締めにされ、手袋をした手で口をおおわれた。毅はそのまま仰向けに倒され、アパートの奥にある自転車置き場までひきずられていった。複数の足音がする。コンクリートの段差に腰骨を強く打った。うめき声が出た。「静かにしろ」と押し殺した声が上から降りてきた。一瞬、父親かもしれないと思ったが、声の気配は鋭く、聞いたことのない殺気に満ちていた。父親の声はこれにくらべたら、のんびりした人のいい調子に聞こえるはずだ。有無を言わせぬ迫力が声のまわりに充満していた。

地面に仰向けのままでいる毅の髪の毛を誰かがわしづかみにした。ガムテープが口に貼《は》られた。顔に熱い糸のようなものが強く素早く何度も押しつけられた。「あつい」と叫ぼうとしたが声にならない。目をあけると鈍く光るものが見えた。耳も熱い。顔じゅうが痛かった。男たちは無言で毅を離すと、そのまま足音を立てないように急いでそこから去って行くのがわかった。毅は自由になった手で顔に触れ、ガムテープをはがした。ぬるぬると濡《ぬ》れている。手を目の前にかざすと黒く見えた。自分に起こったことをおおかた理解したとたん、気持ちが悪くなり、音を立てて吐いた。体温がぐんぐん下がってゆくのがわかった。からだの奥から震えがおこり、ガタガタと揺れはじめた。そのまま這《は》いながら郵便受けのところまでたどりつくと、耳におおきなシーンという音が聞こえ、そのとたん真っ暗なトンネルに入ってゆくように気を失った。

雪の勢いは激しくなるばかりだった。一時間以上かかっても、駅までの道のりのおそらく半分すら、はるか先だった。引き返す選択肢はない。列車に間に合うかどうかもわからなかった。駅にたどりつけばなんとかなる、とだけ自分に言いきかせた。風圧が歩みを遅くしているのはわかっていた。雪は前から吹きつけて、うしろの暗闇《くらやみ》へと飛んでゆく。反対方向に進もうとしているのは毅ひとりだった。

風ハ思イノママニ吹ク。アナタハソノ音ヲ聞クガ、ソレガドコカラキテ、ドコヘ行クカハ知ラナイ――先週の農場学校での礼拝で、一惟の父親の工藤牧師が新約聖書の一節を読んだ。イエスがそう言ったのだという。「風は神があらわれる前ぶれなのです」と工藤牧師は説明した。「風に吹かれるのは、あたらしく生まれ変わるときのしるしです」工藤牧師は一度息をのむようにして、つづけた。「風をおそれる必要はありません。風に吹かれるとき、作業の手を休めて、目をつぶって、これまでの自分とこれからの自分を想像してごらんなさい。人生にはときに、なにかにおおきく動かされ、あらたな道が開かれることがあります。それは誰にも説明のつかないタイミングでやってきます。そのためには、毎日が同じだと決めつけることなく、あたらしい風になにかを感じ、あたらしい風に耳を澄ませてください」

激しい雪の粒が毅のなにかをこじあけようとしているかのようだった。目をあけていられなかった。父親を殴りたおしたときも、自分が何者かに顔を切られたときも、菜々子とふたりでいるときも、こんな風は吹いていなかった。神はあのとき、自分を見ていなかったにちがいない。いまは、これほどの風と雪を吹きつけて、自分を見ている。たったいまはじめて、神がここにいると感じる。

毅はこのおそろしいほどの風雪のなか、もはや歩いているのか、足踏みしているのか、わからなくなりつつあった。自分を上空から見ているように感じ、笑いたくなるような気持ちがこみあげてくる。もうなにをおそれることもない。母にこの傷だらけの顔を見られることも怖くない。母はまもなく病院で死ぬことを覚悟している。そんな人が息子の顔の傷におびえるはずがないではないか。それにたったいま、自分の顔は雪におおわれて、傷などひとつも見えなくなっているだろう。毅は咳《せ》きこむように声をあげて笑った。しかしたちまちむせて、目から涙が出た。流れる先から涙が凍りついてゆくことすら毅は感じなくなっていた。指先も足先も顔も、感覚がなくなっていた。

零下二十度を下回る気温と強風が体感温度をいちじるしく下げていた。小高い丘の頂上にたどりつく間際《まぎわ》で毅はゆっくり前向きに倒れた。倒れる音は吹雪が吹きとばし、雪が吸いこんだ。倒れたときすでに意識はなかった。たちどころに吹雪が寄せてくると、すでに真っ白になっていた全身が雪面のわずかな隆起にすぎないものに変わってゆく。風と雪がそれを撫《な》でつけ、ほどなくその隆起さえ平らにならされていった。

丘の向こうから、ひとすじの光が伸びてくる。小さな点のような光は、平らになった雪面をなめるように照らしだしながら、雪の下に横たわる毅に向かって近づいてこようとしていた。白い光の点はふたつあった。その白い光のうえで黄色い金属的な光が激しく回転していた。反対車線の雪を吹き上げながら除雪車が丘の頂上にたどりつく。完全に雪にのみこまれ見えなくなった毅の横を、除雪車は同じスピードを保って通り過ぎてゆく。

農場学校の寮母は、石川毅が工場から戻らないことを内線電話で校長に知らせ、すぐさま構内の建物を手分けして探そうとしたが、猛烈な吹雪に阻《はば》まれた。出がけの毅の顔を思いだし、あっけない直感が「もうここにはいない」と短く告げると、寮母は毅の部屋に急ぎ足で向かった。ふとんがはがされ、事態は確実なものとなった。校長は枝留警察署に行方不明となった毅の捜索願を出した。

毅が乗ろうとしていた夜行列車は先ほどまでの大雪のために運行を見合わせ、枝留駅で停車していたが、ラッセル車による除雪作業とポイントの点検を終えると、一時間遅れで札幌をめざして出発した。乗客の大半は眠りのなかにいて、外界とは無縁の暖かさにまどろんでいた。

枝留教会では夕方からピアノの発表会が行われていた。教会が特注して設置した鋳《い》物《もの》の大型石炭ストーブが、早朝から絶やさず焚《た》かれていたから——火の様子をみて石炭をくべるのは一惟の役割だった——礼拝堂のすみずみまで暖気がゆきわたって、出番を待つ生徒たちも、指先をわざわざ暖める必要がないほどだった。暖められた木の床や木の柱、木のベンチから、長い時間の経過した無垢《むく》の木の、わずかに煙たいような香ばしい匂いがたちのぼっていた。礼拝堂のなかで思い思いに着席している家族や友人たちは、その暖かさに眠気を覚え、演奏者ががっかりしないように、自分の手の甲をつねったり、思い切り目を見開いてみたり、ときおり礼拝堂の外に出て、からだにまとわりついた暖気をすっかり追い払って席にもどったり、それぞれが工夫をして、しのがねばならなかった。しかし今日のようなとりわけ寒気の強い日は、ストーブの火が少しでも弱くなれば、たちどころに床の下や窓の隙間《すきま》から冷気がしのびこんでくるだろう。

歩の演奏は最後から四番目だったから、しばらくのあいだ観客のつもりで窓際の席に座り、奏者の手元の動きをみたり、窓に吹きつける激しい雪を眺めたりしながら、どこか上の空の気持ちでピアノを聴いていればよかった。

シベリアから東へ移動する強い寒気団に枝留はのみこまれていた。記録的な大雪になるでしょう、と正午のニュースが告げていた。教会までは父がクルマで送ってくれた。小学生のあいだは父も母もピアノの発表会に欠かさず来てくれていた。中学に入っていったんピアノをやめて、高校で再開してはじめての発表会には、両親はやってこなかった。

ふたりとも、歩の熱中するものには、いつも不干渉であろうとしているかのようにみえた。弟の始のステレオの占有状態には不快な表情を隠さない父も、ステレオのある居間で歩がピアノを弾いていると、小屋で作業する手をいったん休めてピアノの音を聞いていた。感想は言わない。それでも今朝、歩がジロの散歩に出ようとすると、「ピアノの発表会なんだから、オレが行くよ」と言って手綱をなかば奪うようにして、そのまま川のほうに行ってしまった。母はもう少し素《す》っ頓狂《とんきょう》で、ジロは歩のピアノが好きだという。「ジロちゃんはね、あなたのピアノを聴いているわよ。おすわりしてね、耳を立てて。夕方にピアノをじっくり聴いていた日は食がすすむのよ」歩が笑うと母は真面目な顔をして、「ほんとうよ。イヨもエスもピアノには無関心だったけど、ジロだけはちがうのよ」と言った。

ピアノが二十万円もすると母から聞いて、それが自分の家にとってどれだけの大金なのかはわからなかったものの、当然買ってもらえないだろうと歩はおもった。値段の話になると、条件反射のように「それは高いな」と言う父だった。キャラメルやチョコレートの値段まで確認することがあったから、子ども心に父が倹約家であることを体感していた。ところがいつの間にか北見のピアノ店にピアノを見に行くことになり、何台かの試し弾きをして、歩が「この音が好き」というと、父はそのヤマハのアップライトピアノを買ってくれたのだった。歩が小学二年生のときだ。

週に一日、ピアノのレッスンを受けた。東京の音大でピアノを専攻していた森百合《ゆり》子《こ》先生は冗談も言わず、無駄口もたたかず、ただひたすらピアノを教えようとする真面目な人だった。長らく教えてもらっているうちに打ち解けて、ということすらなかったが、歩の左手の弱点を克服するためのエチュードを選ぶと、毎回、レッスンの最初にそれを弾かせた。歩は自分で弾き、自分の音を耳で聞いて、今日はうまく弾くことができているかどうか、わかるようになった。家でも同じエチュードを弾いた。中学生になると、ピアノをやめた。どうしてもやめたい、ということでもなかったが、森先生のレッスンを受けていると、自分がミシンにでもなったように、決まった運針とスピードでなければ価値がない、といわれているような不自由さを感じるようになり、足が遠のいたのだった。

高校にあがって一惟とつきあいはじめると、一惟の弾くパイプオルガンの音を意識を集めて聞くようになった。一惟の頭やこころのなかにある音楽が、一惟の腕と手と指先の動きで再現されてゆく。一惟の弾くパイプオルガンは、一惟そのものの音として聴こえた。同じパイプオルガンでも、奏者が代われば音も変わる。当たり前のことなのに、それが歩には驚くほどの発見に感じられた。一惟の弾く音楽は、歩がまだ知らない一惟のこころのどこかと結びついている。それが手つかずの無垢の状態で、おもてに音になってあらわれている。一惟の描く絵にも似た、澄んだ細い線を歩は感じた。

そうこうするうちに、歩はまたピアノを弾いてみたくなった。自分のなかで三年以上、動かずに眠ったままでいるものを動かしてみたい。森先生にまたお願いして、毎週、日曜日の午後に習いにいくようになった。森先生は少しだけ歳《とし》をとったが、レッスンの方法も間合いのとり方も、以前と同じままだった。歩の指は、最初の一か月、ほとんど思うように動かなかった。

小学六年のとき、最後に練習したのがモーツァルトのピアノソナタ第11番イ長調だった。森先生もそれを覚えていた。練習は同じ11番から始めた。途中からシューベルトの「即興曲」作品90の第2番も並行して練習するようになった。どちらも教会のパイプオルガンで弾く曲ではない。一惟にはじめて聞かせたとき、「バッハは弾かないの」と言われた。バッハは一惟くんの弾くのを聴けばいいから、と歩は答えた。

発表会のプログラムは順調に進み、歩の番になった。モーツァルトのピアノソナタにつづいてシューベルトの「即興曲」を弾きはじめたとき、教会の外は、枝留で生まれ育った歩でも見たことのない猛吹雪になっていた。真っ暗な空から、見えない雪が激しく吹き降りてくると、教会の窓からもれる光に照らされているところだけに雪が姿をあらわす。一惟は歩の弾くピアノをじっと聴いていた。自分の弾く音とは似ても似つかない。旋律はこの吹雪のように果てしなくつらなっている。弾き終わった歩の両手が鍵盤《けんばん》の少し上で止まったとき、一惟は拍手するよりも先に、外をおおいつくす吹雪を見上げた。教会から出られなくなるのではという不安がきざした。もしもそうなったら、歩も教会にずっといることになる。そうなればいいのにと一惟はおもい、不安が期待に変わった。

雪は発表会が終わるのを待っていたようにぴたりとやんだ。教会の外に並んだ自家用車やタクシーが生徒たちをつぎつぎに回収するうちに、夜空にはすでに星があらわれていた。一惟は迎えにきた歩の父に、ぎこちない挨拶《あいさつ》をして見送った。

石川毅の遺体は二日後に警察によって発見された。葬儀は農場学校の教会でおこなわれた。工藤牧師が祈りをささげ、一惟がパイプオルガンを弾いた。葬式を終え、火葬場からもどった寮母は、白い骨壺《こつつぼ》を自分たちの部屋のチェストの上に置いた。飛行機が欠航したため、九州の叔父は葬式に間に合わず、翌日になってから農場学校にやって来た。

石川毅の残した身の回りの品物のうち、寮母は支給されたものを除いて、私物はひとまとめにして段ボールに詰めた。毅が最後につくった教会用の農場バターを、二重にした新聞紙で箱ごと包んで発泡スチロールのケースに入れた。最後に、毅の机の上に置かれてあった日誌を部屋に持ち帰った。日誌はこのほかにノート五冊分残されていて、ほとんど毎日、欠かさず記されていた。寮母は最後の見開きだけを読んだ。

1月30日（日）

晴れ。礼拝。工藤牧師。風がふき、生まれかわる。チャーン、消毒。床洗い、清掃。一惟、教会の絵。ラジオ。シュウマン。こどもの状景。夕ご飯、ハンバーグステーキ。グリーンサラダ。マッシュポテト。みかん。母、手紙。病院。307号室。

1月31日（月）

晴れ。のち曇り。夕方、雪。バター、黄色ややつよい。目標数、達成。国語、数学、テスト、不合格。漢字、宿題。夕ご飯、カレーライス。焼きりんご。

2月1日（火）

午前、雪。午後、曇。バター、黄色つよい。目標数、達成＋4。天正少年使節団。英語、疑問文。数学、因数分解。衣服、穴、ボタン、ほつれ、喜美子さん、教えてくれる。夕食、おでん。みかん。ラジオ、イヤホン。東京調布、火事。落語。

2月2日（水）

晴れ。朝、零下22度。バター、黄色つよい。目標数、達成＋1。英語、疑問文、過去形。数学、因数分解。滝沢寮長、風邪。就職について。

2月3日（木）

曇。零下18度。バター、黄色つよい。目標数、未達成。チャーン、異音。施設機械部、谷口先生。調整、復旧。授業、不調。居眠り。夕食、ロールキャベツ。ラジオ、だるい。

2月5日（土）

曇のち雪。零下20度。頭痛、ノーシン。夕食、クリームシチュー。焼きりんご。さようなら。

滝沢公二郎様　喜美子様

長い間お世話になりました。農場学校で学んだことは忘れません。毎日、食事をおいしくいただきました。お詫《わ》びしなければならないのは、農場バターの枝留教会での売り上げを持ち出すことです。汽車に乗り、青函《せいかん》連絡船に乗り、宿に泊まるため、すみませんがお借りします。将来かならずお返しします。どうか今回はお許しください。かならずここに戻って、お詫びします。みなさんお元気で。酪農部のバターの担当は、田中浩一君がいいと思います。ぼくだけの考えかもしれません。田中君は計算は苦手ですが、几帳面《きちょうめん》で清潔です。戻ったらまたバターをつくらせてください。さようなら。

石川毅

7

札幌の大学に進んだ歩は、夏休みに入ってもすぐには帰らず、お盆休みのころになってから、ようやく枝留に帰省した。お洒落《しゃれ》のなんたるかをわかっていない始でも、姉がいままでとはあきらかにちがう華やかさを身にまとっているのがわかった。父や母に対する態度も、自分に対する態度も、とくだん変わったわけではない。変わっていないことがかえって、姉のまわりに見えない薄い膜をひろげ、なにかの目隠しになっているようだった。

父も母も、子どものころから歩にはあまり干渉しなかったから、ことばを口にしてさぐりをいれるようなことはしない。それでも始には、両親が細いアンテナを静かにのばし、耳を澄ませているのがわかった。姉の帰省からしばらくのあいだ、始はがたつきのある椅子《いす》に腰をかけているような居心地の悪さをおぼえていた。

いまから一年ほど前、夏休みがまもなく終ろうとするころ、歩は高校に提出する進路希望調査の用紙を登代子に見せながら、「札幌だけじゃなく、京都の大学も受けることにした」とさらりと通りすぎるように言った。登代子は驚いた顔を隠さないまま、「あら、そうなの」と言うのが精一杯だった。どう判断していいのか咄嗟《とっさ》に見当のつかなかった登代子は、となりに眞二郎がいる夕食のあいだもその話題には触れなかった。

始がジロの散歩に出たあとも、歩は食卓のテーブルのうえに新聞をひろげ、黙って読みつづけていた。お父さんをまじえた話になるのならいつでもどうぞ、とばかりに声をかけられるのを待っているとも見える歩に、「お風呂《ふろ》、はいったら」と登代子がうながすと、歩は新聞をゆっくりとたたみ、テーブルを離れて風呂場にむかった。ドア越しにお湯を流す音が聞こえてくるのを合図に、登代子は歩の話を眞二郎に伝えた。

ふだんの歩のコースより遠まわりをした始は、枝留教会の先にある川沿いの公園まで行って、ジロを思い切り走らせようとした。ジロは気のりしない様子で公園に入ることさえ渋り、さっさと帰ろうと言いたげに自宅の方角に目を向けて歩きだし、リードを引っぱるようにした。家に帰ってくると、いつもはそれなりに満足そうな表情で始の顔を見あげるのだが、この日は始のほうをふり返ることもせず、小屋のまわりを行ったり来たりして落ち着かない。

機嫌が悪い日もあるのだろうとおもい、うながして犬舎に入れると、ジロはすぐに水を飲みはじめた。喉《のど》が渇いていたのか。飲みおえると、ぶるぶるからだをふるわせてから、耳を澄ましてなにかをさぐっている顔になった。水を飲んでも、ジロの落ち着きはもどらなかった。

始は水飲み用の皿を引きだし、あたらしい水をくみ、犬舎のなかに差しいれた。ジロは犬舎の決まった場所に横座りすると、からだを床につけ、前脚を前に伸ばした。ようやく体勢が定まると、ジロは小さなため息をついた。犬舎に鍵《かぎ》をかけているとき、背後から眞二郎の不機嫌そうな声が聞こえてきた。居間の窓は半分ほど開いている。

「東京でも京都でもかまわないが、なにを勉強するんだ。理学部が志望なんだろう」

かまわない、と言いながら、眞二郎の声の色はほの暗く低い。電気工学が専門の眞二郎は、歩が理学部に進みたいと考えていることを内心よろこんでいた。工学部と理学部ではかなり色合いが異なるとわかってはいても、長女が自分と同じ理系を志望しているのは、中心点を共有する大きな円のなかにふたりが入っているのと同じだと考えているようだった。それだけでじゅうぶんではないか。眞二郎はこれまでのことのなりゆきに満足していた。

志望している札幌の国立大学の理学部に合格すれば、週末ごとに家に帰ってくることだって無理ではない。京都となると、せいぜい盆暮れの休みに限られるだろう。まだ二十歳にもなっていないのに、空気も水も気候も食べものも、接する人間の気質も北海道とはまるでちがう街で、ひとりでやっていけるのか。登代子の話を聞くなり、眞二郎はみるみる不機嫌になっていった。

三姉妹にむかって延々と保ちつづけている心配に、さらに歩への心配までつけ足そうとしているかのようだった。眞二郎のこの世での存在価値は、心配ごとを背負う分量に比例する、とでもいうように。

眞二郎は風を受けて走る船の、白い帆柱に似ている。客船でもなくボートでもなく大型ヨットほどのおおきさの船に、ばらばらな方角を見ている家族と姉妹が乗り合わせている。帆柱が眞二郎だとすれば、かかげられる帆は、三姉妹や妻、娘と息子が両手両足をひろげ、それらがパッチワークのように繋《つな》ぎあわされてできている。ひとりひとりが受けとめる風で、帆の張りだし具合が変わってゆく。眞二郎の帆柱はしかし、強い風に帆がさらされ、ふくらんで、動力に変わってゆく感触が苦手だった。強い風になればなるほど、帆柱はきしみ、たわむ。ストレスが強くなる。舵取《かじと》りする者もいなければ、行く先もわからない風まかせの船の帆柱は、風をつよく感じるとすぐさま帆をおろそうとした。いまは動くな、といわんばかりに。しかし船にはエンジンがない。風がやんでしまえば、止まって漂うばかりだ。それなりに年季のはいった船は、帆をあげずにたたんだまま、波間に漂い、黒々とした深い潮に流されはじめていた。

乗組員たちは眞二郎を船長として頼りにしているわけではなかった。眞二郎はそもそも船長ですらない。それだけでは役に立たない一本の帆柱にすぎない。そして、眞二郎のほかには中学生の始ひとりが男だった。あとはみな、女ばかり。しかも始は船底に近い窓のない船室に籠《こも》っている。甲板に出て海の匂《にお》いを嗅《か》ぐことすらしない。始がこれからどのように大人になってゆくのかは見当もつかず、あてにもならなかった。どうであれ、この船を始に任せるわけにはいかない――本人に告げる気はなかったが、眞二郎はすでにそのように感じはじめていた。

歩には数学や物理をまるで苦にしない理系の頭があった。それは自分に由来するものだろうと眞二郎は考えていた。歩自身はこのときはまだ、父譲りと考えてみたこともなかった。解釈や想像の余地のない、あらかじめ答えの用意された問題を最短距離で解くことのおもしろさに惹《ひ》かれているだけだった。物干し竿《ざお》にかけた洗濯物が、光と風にさらされてからっと乾けば、日の高いうちにとりこんで、一枚一枚角を揃《そろ》えてたたんでゆき、ひきだしのなかにぴたりとおさめる。歩が嫌いではない家事に、それは少し似ていた。

眞二郎と同じ理系とはいえ、歩が志望しているのは工学部ではなく理学部だった。しかも行きたいのは生物学科だけだった。最短距離で解くことなどできそうにない生きものそのものの生態を、フィールドに出て観察し、研究する。歩にはその程度のイメージしかまだなかったが、生きものをじっと見ることほど自分に向いているものはない、とおもっていた。美術部でジロのデッサンをしているときも、この時間が永遠につづいてかまわない、とさえおもえるほどだった。毛並みや耳のかたち、脚の腱《けん》、鼻筋を見て、一本一本細い線を少しずつ重ねてゆきながら、紙のうえにジロの姿を浮かびあがらせることに、おもしろいほど集中した。

観察したいのは、自分が生まれ育った北海道東部の生きものだった。大雪山の岩場のすきまに巣をつくり、真冬でも冬眠しないエゾナキウサギ。同じ地域に生息し、同じように小さなからだでありながら、一年のうちの半分以上ものあいだ冬眠しているエゾシマリス。眠りを選択する生きものと、眠らないことを選択する生きものがいる。その境目はいったいどこにあるのか。

すでに答えがあるのなら、それを知りたい。その果てに、まだ答えが見えない問いがあるなら解いてみたいとおもう。

犬や猫よりもはるかに小さな生きものを、岩場をわたる風に吹かれながらじっと見ている。自分のその姿を思い描くとき、歩はいつもひとりだった。ちいさな生きものに対するなら、できればまわりに誰もいない一対一のやりとりがしたい。ファーブルもシートンもビアンキも、ひとりでしゃがみこみ、ひとりでじっと待っていたのではないか、と歩はおもう。

解かれる対象にすらならず、気づかれることもないまま太古からつづいている生態や現象、機能や仕組みはまだいくらでもあるだろう——そう考えるだけで歩の胸の奥になにかが点灯し、心筋に微弱な電流がとおり、鼓動がつよくはやくなってゆく。細胞がみずみずしくよろこぶのを感じる。

理科室に置かれてある、遺伝子の二重らせん構造の模型を見るのも好きだった。自分がこの世に生まれるための密《ひそ》かな刻印がなされたころ、ワトソンとクリックが二重らせん構造説を発表したらしいことも、偶然とはいえ特別に近しい気持ちを抱かせた。生命がかたちをなしてゆく過程、生命が引き継がれるための設計図がこのように用意され、切って繫がれてバトンが渡されるとは、なんとシンプルで美しい仕組みだろう。二重らせんの構造と働きをはじめて知ったとき、こんなきれいな仕組みを誰がどうやって具体化したのかと不思議におもった。

他人よりははるかに、姉の歩と遺伝子の顔つきや並びが似ているはずの始は、数学、物理、化学など理系の科目はおしなべて苦手だった。小学校四年のころ、眞二郎は始に算数の問題を解かせながら、これは母親の血をひいたのにちがいない、と早々と判定した。登代子ができるのはそろばんで、数学的な頭はまるでない。始に一問解かせるたびに、眞二郎は内心で溜息《ためいき》をつき、天をあおいだ。どうして姉にはすらすらと解けるものが、弟にはぶ厚い壁と見え、目をつぶって立ち往生するのか。

始は物事を直感だけで判断し、根拠も分析もなおざりにする。数字は苦手だと思いこみ、克服しようともしない。基礎がやっと理解できても、応用篇となったとたん、うすぼんやりとした顔になる。最初からできないと決めてかかれば、解けるものも解けなくなる。わからないかどうか、やってみなければわからないのに、最初からわからないと平気で言ってのける態度は、じつはかなり不遜《ふそん》なものだと眞二郎はつねづねおもっていた。

数字に弱いのに、いや弱いからこそなのか、あとさきを考えず衝動的に買い物をするところも登代子に似ている。月に二千円の小遣いを右から左にレコードに使っているのも、登代子の「あれを買いたい、これを直したい」と同じではないか。

隣に住む眞二郎の三姉妹が、ステレオもカラーテレビも脱水槽つきの洗濯機も、つねに自分の家よりも早く手に入れていたこと、古くなった台所を最新式のキッチンにがらりと取り替えたりしていることを知っていながら、眞二郎は登代子の前ではそれに気づかないふりをしていた。妹の智世が登代子をつかまえて、「あたらしい洗濯機買ったんだけど、やっぱりいいわよ」とあからさまに自慢している場面など、見て見ぬふり、聞こえないふりをする。そんな眞二郎の態度を許しがたいとおもい、登代子は家電製品の買い替えをことあるごとに訴えて、三年遅れ、五年遅れで最後には手に入れるものの、待たされた感情のしこりは消えないままだから、買い物の軋轢《あつれき》のタネはつきず、解消もされない。

室内から聞こえてくる眞二郎の声と登代子の声のほかに、あたりには気の早い虫の声とカエルの鳴き声が響いていた。

「学部のことは聞きませんでしたけど」

「学部のことを聞かなきゃだめだろう」

始が部屋にあがって台所で手を洗っていると、姉が風呂からあがってきた。これから始まることを予期している顔だった。眞二郎はすでに腕組みをしている。

「ちょっといいか」

タオルで髪を拭《ふ》いている歩はその動きをとめて、髪かわかすから待ってね、と言いながら洗面所のほうにもどった。ドライヤーのせわしない音がする。始は黙って二階にあがって部屋に入り、ドアを閉めないまま、入口の手前にすわりこんだ。ドライヤーの音がとまり、まもなく歩が居間に入る気配がした。始は階下の音に耳を澄ませた。眞二郎の声はくぐもって、ほとんど聞こえなかったが、「大学」と「関西」と言っているのはわかった。歩の声はよく通るから、ほとんどそのまま聞き取ることができた。

——希望にかなう理学部がどこにでもあるわけじゃない……国立に落ちたら、札幌には行くべき大学がなくなってしまう……東京の大学は気が進まない……生活費や学費が足りなければ、アルバイトをするから心配はいらない——父への反論はつよい口調ではなく、淡々として筋がとおっていた。ただ、なぜ京都なのかの説明はなかった。眞二郎の声はしだいに低くなり、よく聞きとれなくなっていった。

暗い階段づたいにあがってくる歩の落ち着いた声を聞きながら、自分にはとてもあのように反論はできないと始はおもう。歩が居間を出て、いつもより早い足どりで軽々と階段をあがってくると、始は開いたままのドアからあわてて後ずさり、ベッドに横になって目をつぶった。歩が隣の部屋のドアを閉める音がした。

暗い部屋のベッドのうえで目をつぶると、窓のむこうの夜の空からいっせいにカエルの声がはいりこんでくる。歩の部屋はしんとして、コトリとも音がしない。始は目を閉じたまま、黙って考えていた。

歩の選んだ京都の大学に神学部があることを始は知らない。しかし始はなんとなく、姉が枝留教会の一惟と親しくなるうちに、同じ大学に行こうという気になったのではないかとうたがっていた。工藤一惟が走らせるバイクの後部座席にまたがっている歩を、なんどとなく目にしてもいた。歩は川の手前でバイクを降りて家まで歩いてくるから、父も母もそのことには気づいていないのかもしれない。親なんて、と始はおもった——子どもが考えていることなど、なにもわからない。いつまでも子どもは子どもだとおもっている。

歩はもちろん、中学二年生の始ですら、親がおもうほどの子どもではなかった。

神学部の学生に、とりたてて変わった人間はいない。一惟が親しくなった五人は、ひとりを除いて教会や教団になんらかのかたちで関わりがある者ばかりだった。父親が牧師、という家庭環境にある者は、一惟をふくめて三人だった。講義を受けている姿だけを見たら、いずれの学部の学生かを言い当てるのはむずかしいだろう。学部のなかにいる限り、神学部の学生であることを特別に意識しないでいることができた。しかし、他学部の学生は、目の前にいるのが神学部生だとわかれば、一瞬へえという顔になる。ならないほうがめずらしい。しかしほとんどの場合、その先まで踏みこんで、根掘り葉掘り聞いてくることはなかった。

　大学の沿革をある程度は知っている学生であれば、神学部で学ぶ学生に、建学以来の伝統を感じることもあるかもしれない。もちろん、正反対の場合もあった。突然教室に入ってきたジーンズにTシャツ姿の学生が、長い髪をしきりに掻《か》きあげながらガリ版刷りの青いビラを配り、早口で短い演説をはじめる——いまどきキリスト教を信じるなど、きみたちの純粋さに敬意を払うにやぶさかではないが、しかしそれは、目を閉ざされ、目を啓《ひら》かれることもなく、眠ったままの知性を放り投げ、停滞していることと同じだ。そのまま自己批判もせずに唯々《いい》諾々《だくだく》と生きてゆくうちに、つまり祈りをささげているあいだにだ、資本主義の、ひいてはアメリカ帝国主義のお先棒をかつがされることになる。きみたちがそのままでいいはずがないではないか。カップヌードルだって三分を過ぎたら食べなきゃならない、ぐずぐずいつまでも祈っていたら世界は伸びきって、まるで食べられたものじゃなくなる——おとなしく事態を見守っていた神学部の学生の何人かが、ここでクスリと笑った——いや、笑いごとじゃないんだ。事態は切迫した段階にある。いますぐにでも信仰を捨て、われわれの闘争に連帯してほしい。もう三分は過ぎたんだ。学生会館のBの5にわれわれはいる。いつでも来訪を歓迎する——新幹線の生真面目《きまじめ》な清掃係か、出番のやってきた役者のように、彼はそそくさと下手から退場し、隣の教室へと移っていった。

彼自身、演説の効果などほとんど信じていないのではないかと一惟は感じ、ではなんのためにとおもいながら学生の背中を見送った。イエスも、言ってみれば過激派だった。残されたことばにはアジテーションの響きもある。それでも、イエスにはあって、いまの学生にはないものははっきりとしている。それは祈るということだ。祈ることをなくして、ものごとを変えることなどできるのだろうか。三分を過ぎてしまったとしても、祈ることをやめたらそこですべてはおしまいではないか。しかし一惟は不思議なことに、「いますぐにでも信仰を捨て」というくだりの学生の抑揚に、彼のどことも知れない故郷の景色や親の話しぶりが透けて見えるように感じ、その一節を妙に気に入った。しばらくのあいだ、ときおりそのことばが頭によみがえるたび、一惟はひとりでに笑顔になった。

神学部の学生のなかには、学生運動には冷淡でありながら、マルクスの資本論はもちろん、さまざまな哲学書から人文書までを片端から濫読《らんどく》し、本来の人間性をとりもどすためには神学部生にも可能な闘いがあるはずだ、と主張する同級生もいた。教授陣の講義を誰彼かまわず生ぬるいと批判し、マルクス主義を標榜《ひょうぼう》する学生と議論することさえ厭《いと》わないその学生は、教室にはほとんど姿を見せず、図書館と、学内のどこかにある仲間との拠点のあいだをいったりきたりしているらしかった。

一惟は総じて、大学を退屈な場所だと感じていた。関西を中心に全国から集まってきた学生の、どことは説明のつかないバラバラな地方の気配を最初のうちこそめずらしく感じたものの、それは正月のお雑煮が西と東でどうちがうかを知って驚くのと大差ないのではないか、とおもうようになった。小学校の低学年まで東京にいて、それから北のはずれで育った身には、驚くちがいなどほとんどなかった。ちがうとすれば、それは土地ではなく、育ちかただった。

子どもにはどうすることもできない時期に親から授けられるもの。それがどんなに偏《かたよ》っていても、その籠《かご》から、いや檻《おり》から自力で出てゆくには、よほどの意志と考えが必要だ。しかも出ていったとたんに生きてゆく手がかりを失い、おおきく損なわれることもあるだろう。どんなにひどい仕打ちを受けていても、そこから離れたとたんに安定を失い、上下左右どこともわからない場所に落ちてゆくこともあるだろう。イエスが家族から、故郷から出てゆくことをはっきりと表明したのは、信仰においては血縁によってさまたげられるものがあまりにおおい、と考えたからだ——そのような解釈は父の考えにはそぐわないかもしれない。そう考えて、一惟は頭のなかだけで呟くにとどめ、父に話すことはなかった。

育ちかたのちがいは、つきあいが深くなり、防御が不要となり、盾を脇《わき》にどけ、やわらかく弱い部分を見せてくれたとき、ほんのわずかにかいま見ることができる。犬がころりと横たわり、やわらかなお腹《なか》を見せるときとそれは同じだった。工藤一惟にとってこれまでそのような相手は、添島歩と石川毅しかいない。そして石川毅は、突然この世から去っていった。一惟が教会からいったん離れようと決めた矢先の、足もとが崩れる出来事だった。石川毅の遭難は、神学部には進まないというかたくなに握りしめていた考えをほどき、おおきな波となって、一惟に迫ってきた。父にはいっさい説明をしないまま、一惟は東京以外の神学部のある大学を三校受け、いちばん行きたかった大学に通うことになった。

歩は一惟のもとから去ったわけではなかった。一惟と同じ大学に合格したのだが、簡単には受からないと思っていた札幌の国立大学に合格し、そちらに通うことを選んだ。歩のほうから同じ大学に通おうかと持ちかけながら、歩自身がとりさげることになった。

毎日顔をあわせていたら、どうなっていただろうと、一惟は考えることがある。毎週月曜日か火曜日にかならず届く歩からの手紙を読めば、仮定の話を想像することにはなんの意味も、現実味もないと、いやでもおもい知らされる。薄手のクリーム色の便箋《びんせん》に、青い万年筆で書かれた端正な文字は、よろこびより苦しみをもたらした。

一惟は手紙になにを書けばいいのかわからなかった。大学の生協で売っていたケント紙を手に入れて、4Bの鉛筆で大学構内の桂《かつら》の木を描き、毎日のように弾くことができるようになったアップライトピアノの鍵盤《けんばん》やペダルを描いた。それが自分にとってどのような意味をもつものであるか、短い説明を書き添えて、札幌の歩の下宿宛に送った。歩は毎回、手紙の冒頭で絵の感想を書いてよこした。

アップライトピアノは、学内でのあらたな人間関係の場となった、設立されて十年ほどになる音楽批評研究会にあった。批評の勉強をしようとおもいたったのではない。新入生向けに刷られたチラシに、「ベーゼンドルファーが弾けます」と、ピアノの写真から吹き出しのセリフが飛びだすように書かれてあるのをたまたま目にしたからだ。ベーゼンドルファーを弾いたことも見たこともなかった一惟は、チラシに載っていた簡単な案内図をたよりに部室を訪ねた。

八畳ほどの広さの部室に、古い木目のアップライトピアノが据え置かれてあった。調律師になったOBが半年に一度、わざわざ訪ねてきて調律してくれるのだという。

居あわせた部員にすすめられるままに、一惟はこころの準備をするまもなく弾くはめになった。練習のたびにうんざりさせられたインヴェンションがおのずと浮かび、鍵盤に指をおろせば、遠慮も謙遜もなくおもうままに弾いた。鍵盤のタッチには独特のまるみのようなものがあり、ピアノの音はたおやかで、いままでに聴いたことのない音色だった。自分で弾きながら、音そのものに耳がひきよせられていった。

儀礼だけではない拍手を浴びてふりかえる恥ずかしさもあり、一惟はピアノの椅子に座ったまま鍵盤に向かってコクリと頭をさげた。

「いいね」

ひとりだけ目立つ笑顔の、気の良さそうな男子学生がそう言うと、批評家は誰が好きなのかと訊《たず》ね、黙っている一惟に何人かの名前をあげてみせた。一惟はその名前をひとりも知らなかった。批評を書く気持ちなど、どこを叩《たた》いても出てこない。批評には関心がないこと、ピアノに惹かれてやってきただけであることを正直に伝えると、会長だという黒縁の眼鏡をかけた大人びた学生が、真面目な顔をして、「きみはなにをしていてもいいから、うちで好きなだけピアノを弾けばいい。いやいや、なにも書かなくたっていいんだ。ピアノを弾くことも立派な批評だよ。学部はどこなの」

「神学部です」

「なるほど。じゃあパイプオルガンも弾けるわけか」
「はい」
「そりゃいい。こんど聴かせてくれるかな。礼拝堂の牧師先生は、よく知ってるんだ」

京都に移り住み、日常的にパイプオルガンを弾くことのない生活がこれほど物足りなく手ごたえのないものだとは、と思わずにはいられなかったところへ、こうして偶然のようにベーゼンドルファーが現れた。一惟はサークルからの帰り道、大学構内の礼拝堂に立ち寄った。誰もいないベンチにしばらく腰をかけ、両手を組んで目を閉じた。この大学に入る機会をあたえられたことへの感謝をちいさく口のなかで述べながら頭《こうべ》を垂れると、農場学校の森のなかの礼拝堂に座っていたときに何度となく感じた気配が、一瞬にしてあたりにたちこめた気がした。一惟は目をあけた。礼拝堂は静まりかえったまま、パイプオルガンのパイプが鈍い光を受け、ただ一惟の視線を受けとめていた。

歩が札幌に下宿して大学に通いはじめたことを境にして、眞二郎の家と三姉妹の家との間の微妙な均衡にわずかな乱れが生じはじめた。

目に見えてあきらかだったのは、三姉妹の長女、一枝と、三女の智世が、以前よりもひんぱんに眞二郎の家に顔を出すようになったことだ。一枝と智世が歩を苦手としていた、というわけではないはずだった。歩は一度も三姉妹と対立したことはない。伯母たちも歩のことを、幼いころからかわいがってきた。歩が成績優秀で、教師からの信頼も厚く、眞二郎の自慢の長女であることを認めていたし、国立大学の理学部に合格したときには、眞二郎も驚くほどの額のお祝いを包んで、三姉妹の連名で手渡してくれた。

バランスを欠くほどの金額に別の役割がふくまれていたとすれば、一枝よりも智世の側にその動機がひそんでいただろう。例によって智世は、歩に熨斗《のし》袋を手渡すとき、つやつやと歌うような節まわしで、「歩ちゃんは添島家の名誉を一手に引き受けて、あんなに難しい国立大学に合格して、頭脳明晰《めいせき》を立派に証明して、ほんとうに誇りにおもうわ。できることはなんにもないけれど、札幌での生活の足しにしてくれたら、どんなにかうれしくて、ありがたいか」と澱《よど》みなくしゃべりつづけた。

しかし同時に、大金を渡すことで登代子に対してはもちろん、歩に対しても心理的な優位に立ちたいという目論見《もくろみ》が、まったくなかったとはいえないだろう。これまでも伯母たちから受け取るお年玉やお祝いが、眞二郎と登代子から手渡されるものをつねに上回っていたのとそれは同じだった。カラーテレビやステレオを眞二郎にさきがけて購入することになったことにもどこか似ていた。

始は伯母たちの姿を見かけるとすぐに自室にあがってしまい、一階へは降りてこようとしなかった。登代子は一枝が現れるとお茶だけは出し、あとは台所や風呂場で片づけや掃除をはじめ、会話に入らないようにした。ところが智世が現れると、お茶を出したあと、その場にいっしょに腰をおろし、智世のことばや態度を聞き逃すまいと見逃すまいとするだけでなく、眞二郎のことばの足りないところを短く補足したりもして、緊張のなかにも一家の主の妻としての立場を保とうとした。

一枝は登代子の前でも、眞二郎を「眞ちゃん」と呼び、年下の弟扱いをやめなかった。智世はふだんは訪ねてくる眞二郎を「にいさん」と呼び、面と向かって平気で憎まれ口をたたき、不満をぶつける格好の相手にしていた。しかしそれは、姉妹の家を眞二郎が訪ねたときに限られた。登代子が同席する眞二郎の家では、眞二郎をおとしめるようなことはひとことも言わなかった。「お兄さんに相談しようとおもって」とへりくだり、「お兄さんは忙しくて大変だから」と案じてみせる。「お兄さんが決めてくれたら、わたしはそれにしたがうから」と、三姉妹の家では聞いたこともない従順なセリフをつやつやとした声で気持ち良さそうに言うことさえあった。こころにもないことを言っているわけではない。口から先につるつるとことばが出て、そのことばに智世自身が酔い、それに左右される。こころにもないことを言っていたとしても、言った端からそれが自分の本心であるかのように自己暗示をかける結果となる。登代子が同席している場では、眞二郎をそのような兄としておもうことができ、そのように尊重した物言いをしたくなるのにすぎない。ふだんの貶《おとし》めたような扱いとのあいだにはおおきな落差があるのに、本人にはいっこうにその自覚がなかった。

どちらの家にいるときも、智世は眞二郎に甘えていた。一枝は誰にも甘えることがなかった。眞二郎から相談をもちかけられると、こうしたほうがいい、と言いたい気持ちがたとえあったとしても、「さあ、どうかしらね。そう簡単じゃないわね」と、断定するもの言いを避けた。

教会からの帰り道、歩が一枝といっしょになると、眞二郎の話が持ちだされることがあった。たいていはどこか頼りない弟、という軽い調子の話になった。「眞ちゃんは子どものころから鼻が悪くてね、冬になると朝から晩まで鼻をかんでいて、机のまわりに白い花が咲いたみたいになって」と、すでに何度か聞いたことのある話を、可《お》笑《か》しそうに話し、歩ははじめて聞くように笑った。

一枝によれば、戦時中、眞二郎は空襲が噂《うわさ》される札幌まで汽車に乗ってでかけてゆき、銀行の貸金庫に預けてあった金品を引き出し、風呂敷に包んで枝留に持ち帰ろうとした。当時は誰もがよく事情をわからないままだったが、眞二郎は父の眞蔵が札幌で副業を始めようとした時期に貯《た》めこんだものだと知っていた。札幌に女を囲っていた時期でもあった——この経緯について歩は、あとになって母から聞かされた。

金庫はながらく手つかずのままだったが、空襲が近いと聞いた眞蔵は、銀行もろともすべてが灰燼《かいじん》に帰すことを恐れた。眞蔵は腰をひどく痛めており、肝心なことは伏せたまま、長男の眞二郎に委任状と印鑑証明書をもたせ、金品の引き取りに向かわせた。理由はわからなかったが、妻のよねには知られないうちに済ませてしまおうと考えているらしかった。眞二郎は嫌な予感がした。金品の運搬はさておき、引き出してきたものを枝留の家のどこに保管するのか。眞蔵はなにも言わなかったが、眞二郎はそのことが気になっていた。

金品の引き出しを無事に終え、列車にゆられているうちに眞二郎は居眠りをした。はっと目が覚めたとき、膝《ひざ》のうえにあったはずの風呂敷包みはまるごと消えていた。逆上した眞二郎は跳びはねるように車掌をつかまえて事情を伝え、旭川に停車するひとつ手前で列車を緊急停車させた。列車内に警察がはいって車内をくまなく捜索したものの、風呂敷はついにどこからも出てこなかった。目撃者も見つからず、眞二郎は顔を蒼白《そうはく》にして帰宅することになった。

　金品のはいったそれなりの重さのある風呂敷を、上から伸びてきた手に引きあげられたなら、ふつう絶対に目が覚めるでしょう、と一枝は言った。「あんなに細かいひとなのにね、気がつかなかったって言うんだから」と、声をたてて笑った。「満員の乗客が誰ひとり気づかなかったなんてことがあるのか。まわりもグルだったんじゃないかって、もう何年も言いつづけてたけど、登代子ちゃんと結婚したらぴたりと言わなくなったわね」

　眞二郎の吝嗇《りんしょく》がはっきりした傾向に定着したのは、この事件がきっかけにちがいない、というのが一枝の見立てだった。

　歩が札幌の大学に進み、一枝と智世がひんぱんに家に姿を見せるようになってから、以前にも増して二階にこもるようになった始は、いっそう人に会うことを避け、ひとりでいることを選ぶようになった。出かけるとすればレコード店か古本屋で、友だちに会うのも極力回避しようとした。始は人の目を見て話をすることを苦しく感じるようになった。なぜ人のふたつの目を見ながら話さなければならないのか。見たり、見られたりすることじたいがつらい。目というものが、自分の内側に隠してあるものをそのままむきだしにする穴のように感じられた。人はこの穴を通して自分をのぞきこんでくる。そして自分の目は穴であるばかりでなく、相手を緊張させる得体の知れない、あやしい何かになっている。始の伏し目の角度はしだいに深くなっていった。

お盆で帰省した歩は、始のそのような様子を見て気がかりだったが、「いまはそういう時期なのよ」という登代子のことばにしたがって、とりあえずはそっとしておくのがいいのだろうとおもいなおした。始のまわりには、透明なかたいフェンスがはりめぐらされている。フェンスは外側から壊すものではない。音楽を聴いて、本を読む気力はあるのだから、しばらくフェンスの内側でゆっくりしていればいい。生きてゆくことには苦しいこともあるけれど、細胞のひとつぶひとつぶが沸きたつようなよろこびもある。そんなことをことばにして伝えることはとてもできないけれど。

歩は埃《ほこり》をかぶった自転車のサドルをはたいてからつよくペダルを踏んだ。枝留教会に帰省している一惟に会いにいく。一惟にまずどこから、いまの自分について話せばよいのか、歩のなかであらゆることばが出ては消え、消えてはふたたびあらわれていた。

8

智世はいつからか、夫婦というものに生理的な拒否感を抱くようになっていた。父と母についてはもちろん、兄の眞二郎、登代子夫妻についてはことさらに、ささいなきっかけでことばにならない嫌な感じをおぼえ、自分にまとわりついてこようとする見えないなにかを両手でふり払いたい気持ちになった。洋服ダンスからオーバーコートを取りだしたとたん樟脳《しょうのう》の匂《にお》いがあつかましくただよいはじめるように、あるいはしばらく磨かないでおいた湯呑《ゆの》みの内側にざらざら茶渋がこびりつくように、時間がたてばたつほど簡単には消えないものが、いつのまにかおしつけがましくそこにある。それがあたりまえで、おまえが変なんだと言わんばかりに。

もともとぼんやりした疑いでしかなかったその小さな黒いタネは、妻や母であることより産婆《さんば》であることをつねに優先させていた母と、ふだんは無口でなにを考えているのかわからない父の、夫婦なのにおたがいの顔を見て話すことがほとんどない日常を見て育つうち、智世のなかで芽をふき、根を伸ばしていたのかもしれない。

父はいつも、なにかに怒っているように見えた。朝ごはんの席での仏頂面《ぶっちょうづら》も、いつなんどき切って落とされるかわからない剣幕も、「攻撃は最大の防御」だったのかもしれないと気づいたのは、ずいぶんあとになってからだった。父がながらく隠しごとを持っていたと知ったとき、あのころの無口で不機嫌な態度は、母の感情に目をつぶり、耳をふさぎ、追及の矛先を水際《みずぎわ》で押しかえすための防衛策だったのだと合点がいった。幼いころにはもちろん、そんな舞台裏など想像もできなかった。七歳はなれた一枝姉さんはどこまでなにを知っていたのか。いまだにそれすらわからない智世には、父親とはこわいもの、とだけ刷りこまれて、動かなくなっていた。

助産院で忙しい母よねは、夫とのやりとりには早々に見切りをつけたように、三姉妹と息子にしか声をかけなくなっていた。同じ部屋に眞蔵がいれば、顔を見て本人に声をかけなくとも、伝えたいことは伝わる。それは、こころの振幅がおおきい妊婦をあつかいながら、自然と身につけたよねの知恵であり合理性だった。

眞蔵の不機嫌の原因は自分の身辺のことばかりではなかった。

日米間の衝突の気配が、ぶ厚い雨雲のように頭上に垂れこめ、それがいかんともしがたい重みとなり、大粒の雨を降らせようとしていた。新聞を読んでも日本側のいさましい論調しかわからない。仲買の日系人から聞くアメリカの景気や暮らしぶりから考えると、アメリカの物量、兵器、兵士の数は、日本とは較《くら》べものにならない大きさがあるはずだった。自分たちの製品も、アメリカとイギリスという市場があってこそ、ここまで生産量を増やしてきたのだ。工場の責任者としての不安と苛立《いらだ》ちも日々ふくらんでいた。

真珠湾への奇襲作戦を報道する新聞を読んだとき、眞蔵は頭上のぶ厚い雲の向こうから、重苦しい低音の雷鳴が轟《とどろ》くのをはっきり聞いた。腹の底に響く音。翌日、工場の食堂で、奇襲作戦の戦果についてなかば怒鳴りあうような興奮ぶりで話している社員を見て、自分たちの製品をいったい誰が買っているのか君らはわかってるのか、といまいましい気持ちになった。しかし眞蔵は黙ってその前を通りすぎた。

アメリカとの戦争が始まる数週間前の大雪の日、まだ十一歳の智世は、眞蔵から薄荷にまつわる話を聞かされていた。

「薄荷はな、エジプトのミイラの下にも敷かれていたんだ。殺菌や虫除《むしよ》けにもなる貴重な薬だからな。それだけじゃない。王も王妃も、薄荷を入れた風呂にはいっていた。いまはわからんが、昔のエジプトには、そこかしこに薄荷の匂いが漂っていたんだぞ。

それくらいの歴史がある。それくらい貴重なものなんだ」

自分の仕事について父が話しているのを聞いたのは、後にも先にもこのときしか記憶にない。戦争が始まると、父は経営上の対応を迫られる機会が増え、しばしば会社に泊まりこむようになった。会社のなにかが、そして父が、戦争によって脅《おびや》かされていることを智世は肌で感じた。

枝留薄荷工場で生産される薄荷脳と薄荷油は、ほとんどが輸出用で、行き先はロンドン、ニューヨークが九割を占めた。鎮痛剤、胃腸薬、殺菌剤といった医薬品のほか、石鹼《せっけん》や歯磨き、ガム、飲料水、アイスクリーム、チョコレート、タバコなどに添加される原料として、おおきな需要があった。十九世紀末の明治時代、北海道で栽培が始まったころには欧米で多種多様な用途がますますひろがり、大正の終わりに設立された枝留薄荷株式会社への注文は生産が追いつかないほど増え続けた。枝留周辺の農地や牧草地が、カードを裏返すように薄荷畑に変わりはじめ、技術者も機械もにわか仕込みの小さな工場があちこちにできていった。いつのまにか「薄荷成金」ということばまで枝留の人々の口にのぼるようになった。

内務省から北海道農事試験場に出向するかたちで枝留薄荷株式会社設立の黒子となって働いた眞蔵が、やがて退路を断ち北海道に骨を埋める覚悟を決め、経営の一角に加わって本腰を入れた結果でもあった。

北海道の薄荷産業は、満州事変、盧溝橋《ろこうきょう》事件と続く不穏な情勢のなか、世界一の生産量を誇るようになってゆく。しかし、大東亜戦争に突入すると、まもなく輸出は停止された。

戦争が長期化するうち、政府の食糧増産の方針にそって作付制限が強化され、薄荷は不要不急の農作物の指定を受ける。減反を強いられた結果、薄荷畑の作付面積は最盛期の三分の一にまで落ちこんでゆく。

さらに戦況が悪化し、南方の輸送船のルートがつぎつぎに断たれると、深刻な原油不足が引き起こされた。乏しくなった航空機燃料の代用品として、松根油を原料とした揮発油の精製が急務となった。薄荷工場の蒸留器が、航空機燃料用の蒸留器として転用されることになり、薄荷の生産は機械を止めない程度にまで減らされた。誰も口にはしないものの、もはや薄荷産業は風前のともしびだった。

薄荷にとって最高の気候と農地がひろがる枝留の、地域経済の牽引者だった枝留薄荷は、これからさらに成長しようとしていた矢先、存続の危機に直面することとなった。眞蔵はそんな試練のとき、脳卒中で急死した役員の後任として常務取締役に就任した。

戦争の末期、さすがに鈍感な従業員でさえ、会社の行く先を案じるようになった。しかし眞蔵は好景気で蓄えた原資を切り崩すことによって給料の支払いを滞らせることもせず、工場長や部課長にたいしては「心配するな。ここをしのげば、かならず増産の日々がもどってくる」と強い口調で言った。家では出したことのないような腹の底からの声が出た。しかし、増産の日々がくると本心から思っていたわけではない。

東京大空襲の報せが伝わってくると、枝留の機関区も爆撃されるのではないか、という噂《うわさ》がひろまった。枝留薄荷の工場は輸送の便もあり枝留駅に近い線路沿いにあった。機関区が狙《ねら》われるとすれば、工場も格好の標的になる。戦争の長期化とともに部品の調達もむずかしくなっていたから、いったん設備が破壊されれば、修理のめどは立たない。ただでさえ社業が傾きはじめているところに、このうえ空襲で工場が失われたら、会社の存続はもはやむずかしいだろう。

空襲警報はなんども鳴ったが、爆撃機はいつまでも姿を現さなかった。当初は機械を停止させていたが、停止していようがいまいが爆撃を受ければ同じことだという判断により、機械はそのまま動かしつづけるようになった。

家庭ではごはんに炊《た》きこまれる芋の量が増えていった。食糧事情は少しずつ、しかし確実に悪くなっていた。よねはお世話になった「お産婆先生」として、旧知の農家から野菜や穀物を差し入れられることが少なくなかった。しかし米だけは潤沢な量を確保することができず、手に入ったとしても、よねはそのほとんどを妊婦や授乳中の母親にもたせてしまう。家の台所の米びつは、いつも乏しい状態のままだった。

東京の大学に通っていた長男の眞二郎は、年齢的には学徒出陣の対象だった。ところが工学部の学生は対象から外されていたため、召集を免れていた。めずらしく一度だけ、眞二郎から智世宛《あ》てに送られてきた葉書には、大学の広大な校庭の土手で横になり本を読んでいると、空襲警報が鳴りはじめ、南の空を米軍機が飛んでいるのが肉眼で見えた、などとのんきなことが書かれてあった。智世から葉書を見せられたよねは、呆《あき》れながらも動揺し、「ジユウゴマモレ　ユダンスルナ　ハハ」とすぐさま眞二郎宛てに電報を打った。返信は届かなかった。

空襲の被害を受けることのなかった枝留で、人知れず犠牲になっていたのは、犬だった。兵士の防寒具の素材として、当初は飼育された兎《うさぎ》の皮が使われていたが、次第に不足がちになり、野兎や野犬が狩られるようになった。戦争末期、軍需省が犬皮献納活動の旗振りをはじめると、軍用犬として活用できるシェパードやドーベルマン、そして天然記念物に指定されていた北海道犬などは対象外としながらも、飼い犬の自主的な提供が求められるようになっていった。尻馬《しりうま》に乗った犬嫌いが「この非常時に犬を飼いつづけるとはどういうつもりか」と聞こえよがしにかげ口をたたくようにもなる。空襲の噂が絶えないこともあり、飼い主の不安はいっそう具体的になった。食糧事情の悪化も拍車をかけた。新聞やラジオで「一億玉砕」のことばを目や耳にするようになれば、犬を手放すことへの抵抗があきらめの感情にすり替わるのも無理のない話だった。

一軒一軒で、ひっそり旗をおろすように犬が手放されていった。身の危険を感じながら抵抗もできず姿を消していった北海道犬は全道におよんだ。戦争がさらに続いていたら、純血の北海道犬は激減し、絶えてしまう可能性すらあっただろう。

眞二郎が北海道犬を飼うようになったのは、登代子と所帯を持ってからのことだったから、戦時中の犬の悲劇を目の当《まあ》たりにしたわけではない。しかし保存会の仲間からは、のちのちまで当時の話を聞かされた。最初に飼うことになった北海道犬イヨの「祖父母」の飼い主は山と牧場を所有し、牛糞堆肥《ぎゅうふんたいひ》を研究していた篤農家だったが、戦局が悪化すると山の炭焼き小屋に犬を移し、朝晩に餌《えさ》と水を運びこみ、隠れるように飼いつづけていたという。

灯火管制で電灯にかけていた黒い布が取り外されたのは、八月十五日の夜だった。庭に掘られてあった防空壕《ごう》は、敗戦の次の週、トラックで川砂を運んできた眞蔵があっという間に埋め立ててしまった。わざわざ鉄板を加工してつくった防火扉はとりはずされることなく、そのままになっていた。眞蔵はときどき思い出したように防火扉を開けると、川砂の状態をチェックした。川砂は少しずつ沈下して、一か月もすると扉とのあいだにわずかな空間ができてしまう。いまいましそうに砂を足し、両足で踏んでならし、音を立てて鉄の扉を閉める父のうしろ姿を、智世は黙って見ていた。

空襲を受けずにすみ、まったくの無傷だった工場は、しばらくのあいだ国内向けにかぎって製造と販売を再開した。戦後二年が経過すると、GHQによる経済封鎖が緩和され、民間貿易が再開した。枝留薄荷からも、さっそくロンドンとニューヨークに向けて出荷が始まった。三年前には倒産を覚悟していた眞蔵の、閉ざされていた暗がりに堰《せき》を切ったような明るい光が射し込んできた。

「ここをしのげば、かならず増産の日々がもどってくる」

戦時中の眞蔵のことばを覚えている従業員は少なくなかった。増産体制のなかで、社員たちの眞蔵への信頼と会社への忠誠心が深まってゆくのを肌で感じた。薄荷の品質はさらに向上し、海外での評価もうなぎのぼりにあがっていった。眞蔵の眉間《みけん》の皺《しわ》がゆっくりと解凍されて、肌にも脂気《あぶらけ》がもどり、声にも艶《つや》がでてくるようになった。家に眞蔵の笑い声が響くまでになった。

そうした右肩上がりの好況が巡航高度を保つようになったころ、智世に父との予期せぬ旅がふってわいた。

土曜日の夕食が終わると、こころここにあらずの顔をした父が突然、「明日、札幌に映画を見に行くぞ。朝いちばんの列車で行く。寝坊するな」とだけ言った。

日曜日の朝、智世は夜明けとともに目を覚ました。父は出かける前に、化粧品会社と提携して試作中の整髪料を頭にふりかけ、札幌のテーラーに仕立てさせたスーツを着た。会社の重役という意味がなんとなくわかる気がした。列車の隣に座る父からスウスウと薄荷の匂いがただよってきた。父はめずらしくこわくなかった。

映画館で見たのはアメリカ映画だった。戦争で記憶喪失になった男が病院を逃げだし、たまたま出会った踊り子に同情されて結婚する。しかし男は旅先で交通事故に遭い、ふたたび記憶を失い、自分が踊り子と結婚したこと、その妻とのあいだに子どもが生まれたことを忘れてしまう。その反対に、失われていたはずの戦前の記憶だけがよみがえり、実業家だった父の生家に迎え入れられ、亡父の事業を受け継ぐことになる。男は成功の階段をかけのぼる。夫が失踪《しっそう》したまま帰らず失意のなかにあった踊り子は、自立のため秘書になる勉強を始める。そんなおり、成功した実業家となった夫を新聞記事のなかに発見する。夫の会社で募集していた秘書の仕事に応募し、採用される。しかし夫は、彼女が妻であったことにはまったく気づかない——。

智世が冷たい手で触れられたように感じたのは、愛しあったつもりの妻であっても、いったん記憶を失ってしまえば、単なる見知らぬ秘書でしかなくなる、ということだった。愛しあったことなど、煙のように消えてなくなってしまう。そんなはかないものを、人はなぜ頼りにするのだろう。映画の最後では夫の記憶がよみがえり、ふたりはふたたび愛しあうことになる。しかし記憶がよみがえらなかったら、踊り子の献身的なふるまいはなんの意味ももたないまま終わるのだ。こんな、男にだけ都合のいい話があるだろうか。

眞蔵は映画の最後が近づくにつれ、智世に気づかれぬようひそかに何度も涙をぬぐっていた。しかし智世は、ひとつも感動しないばかりか、わきおこる憤懣《ふんまん》をおさえられなかった。つらい思いをさせられるのは女だ。男は自分のしたいようにしか女を求めようとしない。自分は結婚などしなくてもいい、いや絶対にしない。映画を見た直後は、そうこころに決めるほどの勢いだった。

映画館をあとにすると、少し赤い目をした眞蔵は、智世を札幌の駅まで送った。

「これから取引先との会食がある。遅くなるから札幌で一泊して帰る。おまえはもう子どもじゃないからひとりで帰れるな?」と言い、枝留までの切符を一枚買って、智世に手渡した。まだどこかで憤慨していた智世は、「へっちゃらよ」とつよく言って眞蔵に手をふると、さっさと列車の入線しているプラットホームへと歩いていった。

あのあと父は、家族の誰も知らない女と会っていたのだ——智世がそう思い当たるまでには、まだ何年かの時間が必要だった。

眞蔵は二十歳をすぎた智世を枝留薄荷で働かせることにした。やがて智世は、幾人かの職場の男性に声をかけられ、食事に出かけたり、映画を見にいったりするようになった。はじめて会社の同僚の男と映画に行ったとき、父と見たアメリカ映画の記憶がよみがえった。埃《ほこり》の匂いのする映画館で父と見た、最初で最後の映画。

男と食事をし、並んで映画を見ても、智世の気持ちがひらかれ、なびいてゆくことはなかった。

結婚など、うたかたの結びつきにすぎないと智世はおもっていた。父と母の関係を見ても、ふたりに愛があるとはとても思えない。かつてあったとしても、いまなくなってしまっているなら、それはないと同じだ。

そもそも男の気持ちが、どうしても理解できなかった。男はほんとうに女を大事に思っているのか。ふだんは隠しておいたものをいきなりむきだしにして、自分勝手になにかを押しつけてこようとするだけなのではないか。父と母のあいだには四人の子どもが生まれたけれど、その結びつきは、愛とか信頼とか慈しみとは違うものだったのではないか。夫婦というつながりは、もっと動物的で理不尽なものではないか。

兄の眞二郎は旭川出身の登代子と結婚した。料理もできなければ、賢いわけでもない。たんに笑顔がかわいいというだけで、あっというまに結婚してしまった。「にいさん、トヨコちゃんのどこが気に入ったの？」と精一杯笑顔をつくって聞いても、まあいいじゃないか、と困ったように目尻をさげるばかりで、妻となった女の美点すら、口にすることができない。

見ず知らずの他人がたまたま知りあって、親しくなり、動物のようにくっつけば、子どもができる。かあさんの介助で子どもが生まれる。子どもは泣く。おしめをして、おっぱいをのんで、汗をかいて泣く。泣き声はさんざん聞いてきた。仔猫も仔犬も、あんな大声で泣いたりはしない。子どもなんて、どこが可愛《かわい》いんだろう。

母が長野から東京に出てきて、どうして産婆になったのか、智世はなにも知らない。一枝姉さんだって知らないとおもう。かあさんは、子どもを産むのはこわいもんじゃない、と言った。それから声を低くしてつづけた。こんなこと妊婦さんには聞かせられないけど、太い立派なうんちをするくらいのものだよ。痛い痛いと騒ぐからよけいに痛い。ほんとうはね、するりと生まれるものなんだから。結婚もお産も、頭で考えたらできるものじゃないよ。頭であれこれ考えるから、むずかしくなっちゃうの。誰かとぶつかったとおもったら結婚して、気がついたら子どもができてた、というくらいでちょうどいい。もちろん、ぶつかった相手はよく見るんだよ。

でもお産をする声は痛そうで、だんだん叫び声みたいになる。母さんのいうようにするりと産むひとなんてほんとうにいるのか、とてもじゃないけどあやしいと思う。

男はいい顔をして、やさしい声をかけてくる。狙いは別にある。それを隠したいから、いい顔をする。男がもとめるものは食事、炊事、洗濯、夜のことだ。主人、というくらいなのだから、主従関係の主は男で、女は従うしかない。結婚したら苗字《みょうじ》が変わって、入るお墓も夫の一族の墓だ。そう考えれば奴隷《どれい》みたいなものなのに、トヨコちゃんはヘラヘラして、頼りない感じのまま家事をしている。あれで一人前の奥さんのつもりなのか。

そしてまもなく、眞二郎と登代子のあいだに長女の歩が生まれた。とりあげたのはよねだった。登代子はおっぱいをふくらまし、家事と育児におわれていた。智世には、自分にないものを目の前に並べ、ふりかざしているように見えた。このころから智世は、おとなしい次姉の恵美子に、ささいなことで八つ当たりするようになっていた。

眞蔵にとってはじめての孫が誕生した年、枝留薄荷は過去最高の利益をあげ、株価は急騰《きゅうとう》した。眞蔵はつやつやした顔をして、札幌へ頻繁に「出張」するようになった。週末には家にいないのが普通になり、それはやがて一週間の不在にまで延びていった。歩がまもなく三歳になろうとする年、よねが脳溢血《のういっけつ》で急死した。五十六歳だった。眞蔵はそれを境に体調を崩し、まもなく役員を辞めた。一枝がよねの代わりに家事をするようになった。よねも仕事もいっぺんに失った眞蔵は、車軸を抜かれた自動車のように動かなくなった。あれほど仕立てのいい服を揃《そろ》えていたのに、すっかり着るものにかまわなくなった。

眞二郎は家にいる眞蔵をあつかいかねて、ろくに声もかけなかった。一枝も智世も忙しく働いていたから、昼間は眞蔵のほか、おとなしい恵美子、登代子とふたりの幼い子どもがいるだけで、眞蔵の話し相手になる者はいなかった。眞蔵は朝から晩まで、誰ともひとことも話さないようになり、知らないうちに近所に外出しては、夕方になるとふらりと帰ってくることが増えていった。

眞蔵の表情が失われたと一枝が気づいたときには、すでに惚《ぼ》けがはじまっていた。まだところどころに雪の残る湧別川の堤防をあてもなく歩いていたとき眞蔵は倒れ、そのまま亡《な》くなった。イヨが突然吠《ほ》えはじめ、くさりをひっぱって騒ぐので、散歩用の綱につけかえた登代子が引きずられるようにしていった先で、眞蔵は倒れていた。登代子は眞蔵に触れないまま、イヨと駆け足で家に戻り、電話で救急車を呼んだ。

よねの死後に生まれた長男の始が、幼稚園に入園する直前のことだった。眞蔵の葬儀の日、始はひどい喘息《ぜんそく》の発作を起こし、喪服の登代子におぶわれて家の外に出ていた。始はぜろぜろと喉《のど》を鳴らしながら、家に続々と入っていく弔問客を見ていた。始はその光景を大人になっても鮮明に記憶していた。

「始ちゃん、明日ドライブにいかない？」

土曜日の夕方、エスの散歩に出かけようと始が犬小屋のまえにしゃがみこんでいると、庭の向こうから笑顔の智世がやってきた。いつもより甲高い、芝居がかった声だった。ドライブは特別なことでたのしいから、もちろん行くでしょうと言われている気がした。あらかじめ眞二郎と登代子の許可を得ているとは知らなかったから、小学二年生の始は、いきなりの誘いにどう答えればいいのかわからず、ただぽかんと智世を見あげた。

「ドライブ？」

「そう、ドライブ」

智世が美容院にいってきたばかりで、いつもより華やいだ表情であることは始にもわかった。初夏の枝留は日増しに新緑が濃くなり、風に吹かれる葉ずれの音がした。気温はまださほど上がらないが、日差しは強く、まぶしい。庭の土のうえを蟻《あり》が歩いていた。

週に一度、始は登代子に連れられ、喘息の治療のため病院に通っていた。汽車を降りてバスに乗り継ぐときにはかならず、運転手の左側の先頭、一人がけの座席に座る。バスが動きはじめると自分がハンドルをまわし運転しているつもりになった。ブレーキも踏む。停留所の名前もすべて覚えた。ドライブ？　誰のクルマで？

始はミニカーを集めていた。いちばん気に入っているのがロールスロイスだった。ミニカーのわりにはおおきく、重量感があり、深いグレーの塗装が金属的な光をおびていた。ルーフをつかんで動かすときも、頭のなかでハンドルをにぎっていた。居間のテーブルや、玄関をあがった廊下のうえをしずしずと走らせる。小さなタイヤの匂いをかぐと黒いゴムの匂いがした。

「サロマ湖の原生花園までドライブにいくの。始ちゃん、お花が好きじゃない？　いまの季節はいろいろたくさん花が咲いてるわよ」

花よりも、盆栽のほうがもっと好きだった。幹も葉も枝ぶりも、すべてが本物なのに本物とはおもえない小ささで、ミニカーと似ていた。でも、花も好きだった。ドライブに行けるのはうれしい。始は智世を見あげて、こくりとうなずいた。「行く」

翌日、どのようにダットサン・ブルーバードがやってきて、どうやって後部座席に乗りこんだのか。運転席にいた男がどういう表情をしていて、なんと声をかけられたのか。あとになってみると、始はひとつとして思いだすことができなかった。

気がついたら、始と智世はダットサン・ブルーバードの後部座席に坐《すわ》っていた。智世は香水をつけていた。智世の話しかたはいつもより控えめで静かだった。

「きれいなクルマね。新車？」

「いや、旭川でたまたま新品同様のものを見つけてね」

「ほかにも枝留でブルーバードを走らせてる人いる？」

「いるとはおもうよ。すれ違ったことはないけど」

運転する男はそれからしばらく無言だった。父の運転する黒いトヨペット・クラウンよりスマートで、未来的だった。ダットサン・ブルーバードは真新しいクルマの匂いがした。始は後部座席によりかからず、身を乗りだしてダッシュボードを見つめた。男がハンドルをどのように握り、左右に切るかを観察し、停止してふたたび発進するときには、ギアチェンジでシフトレバーを動かす左手の甲を、じっと見ていた。父よりも運転がうまかった。

智世は半分ほど窓をあけて、クルマの外を見ていた。

ヒューヒューと風の鳴る音がした。

あのドライブから十年あまりが過ぎ、智世はすでに四十代の半ば、一枝も恵美子もふくめた三姉妹はもう誰も結婚しないだろうと皆がおもっていたころ、高校三年生になっていた始は、突然あの日の奇妙なドライブを思いだした。自分はあきらかに招かれざる客だった。なぜ叔母は、大事なデートに自分を連れていったのか。

大学生になって、女の子とはじめて食事にでかけたとき、小学生だった自分が叔母にとっての防虫剤や非常ベルのようなものだったのではと始は気づいた。デートの帰り道、クルマを人気のないところにとめ、暗い車内でなにかを囁《ささや》いたり、腕を肩にまわしたり、それ以上のことを行おうとする魂胆があったとしても、小学生の甥《おい》っ子が同乗していたら、そこまで踏みこむのは無理だ。遊び疲れてぐっすり眠りこんでしまえば、あながち不可能ではなかったかもしれないが。

小さく非力な番犬役だった自分が最初からいなかったら、まったく記憶のない、ブルーバードの男と叔母は、結婚にいたった可能性があるのだろうか。

始はそのような仮定の話にはなんの意味もないと思い、考えるのをやめた。

後部座席の窓から入る風に頬をさらしながら、智世は木々の匂いを感じていた。山内典孝が自分に好意を寄せているのはわかっていた。それでも山内と交際をつづけ、距離を縮め、関係を深めて、結婚を前提につきあおうという気にはどうしてもなれなかった。勤務態度もよく、同僚にもやさしい。裕福な材木商の家で育ち、着ている服も、履いている靴も、札幌のデパートでしか手に入らないようなものばかりだった。枝留薄荷で働いているのは本人の希望で、海外との取り引きが中心の会社を選んだらしい。配属されたのは経理部だった。几帳面《きちょうめん》な性格に向いている部署だった。一度離婚したまま再婚しないでいることについても、本人の問題というより、いまだに影響力を持ちつづけている母親のせいだろう、と言われていた。このままいけば、経理部長になり、そのつぎには経理担当の役員になるのではないかと評価する声も聞こえていた。

ところが、家業を継ぐはずだった二歳ちがいの兄が難病を発症し、まもなく枝留の病院から札幌の大学病院に転院するという。来年には、次男である山内典孝が枝留薄荷を辞めて山内木材に入ることになったらしいという噂《うわさ》が流れていた。本人からはなにも聞いていない。しかし長男の病状によっては、ゆくゆくは家業の山内木材を継ぐことになるのではないか。

思いこみの激しい智世は、妄想へのらせん階段を駆け足でのぼってゆく。

気の毒な話ではあるけれど、山内木材の嫁としてふるまうことなど御免だった。一度だけ山内の母を見かけたことがある。自分は外からやってきただけなのに、大昔から山内家で生きてきたような顔をしていた。若い従業員を呼びつけるときの声も冷たかった。あんな人と同じ屋根の下では暮らせない。病気になった長男には、始くらいの年頃の息子がふたりいるはずだった。奥さんは東京生まれで、大学時代の後輩らしい。もしも病気が長引くことになったら、長男の家族はどうなるのだろう。

自分はもう、子どもを産むような年ではない。山内もそれをわかったうえで近づいてきているのかもしれない。経理部にはもっと若いかわいらしい女子社員がいる。ゆくゆくは長男の息子に家業を継がせるため、次男の嫁には子どもを産まないであろうわたしのような女こそがふさわしい、ということではないか。智世はすぐに、不要なほど頭を回転させ、ものごとを悪いほうへ悪いほうへと考えた。

病に倒れた兄は、東京の大学のラグビー部でレギュラーメンバーだったと聞いたことがある。線が細く、まったく似ていない弟は、大学ではオーケストラに所属していたという。智世はどちらかといえばスポーツの得意なひとが好きだった。ラグビーでも野球でも、泥だらけになって笑顔でいられるひとがいい。

会社の廊下でたまにすれちがうとき、山内がにっこりしてくるのには、けっして悪い気はしなかった。だがそれ以上に近づいてきて、腕を組んだり、抱きしめられたりすることを想像すると、嫌だとおもう。それでもドライブの誘いは受けることにした。悪いひとではないし、断るのは失礼だとおもったのだ。始を連れていけばいい。小学生の男の子がいっしょなら、気詰まりにならないだろう。山内がどう思うかなど、智世はほとんど考えもしなかった。

サロマ湖に着くと、三人はクルマを降り、日本で三番目に広い湖を遠くまで見渡せる高台へと歩いていった。サロマ湖は静かだった。始は幼稚園のころ、父に連れられてワカサギ釣りにきたことが一度だけあったが、日差しにまぶしいほど輝く湖面を見るのははじめてだった。

眺めのいい平らな場所を探してシートを敷き、智世がもってきた三人分の弁当をひろげた。じつは、ほとんどのおかずは一枝がつくったものだった。鶏《とり》のつくね、ポテトサラダ、始の好きな卵焼きと蛸《たこ》ウインナー、たわら形の小さなおむすび、出ざかりのいちご。魔法瓶にはほうじ茶をいっぱい入れてきた。おやつには大福。

始はさっさと弁当をたいらげ、ふたりから離れた場所で花を見たり、虫を見たり、空の雲をみあげたりしていた。始がこのときに覚えた花の名前は、ハマナス、フデリンドウ、センダイハギ、ハマハコベ、エゾスカシユリ、エゾフウロ、ミヤコグサなど、数え切れないほどだった。母にもたされたスケッチブックに、気に入った花をスケッチした。始はそれからしばらくのあいだ、自分のスケッチを植物図鑑で確認し、名前をなんども頭でくりかえしては、こんどは図鑑の絵をそのとなりに写して描く、ということを飽きずにくりかえした。

サロマ湖は夕陽が湖面を輝かせるときがいちばんきれいなんだ、と山内が言い、日没までの時間をつかって、さらに網走までクルマを走らせた。少し離れたところから、網走刑務所を見た。山内は「もっと近くで見られるよ」と言ったが、「だって始ちゃんに見せるようなものじゃないもの」と智世が言って、近くまで行くのはやめにした。始は網走刑務所の煉瓦《れんが》造りの門を見て、きれいだとおもった。絵に描きたかったが、言いだせないままそこから離れた。

気温が下がりはじめていた。サロマ湖にもどるころ、智世がクルマの窓を閉めた。ほとんど新車同然のクルマの匂いのなかに、山内の整髪料の匂いと智世の香水の匂いが混じっている。始は息苦しくなった。しかし原生花園に着いてクルマを降り、涼やかな風も眺めもすばらしい場所に立つと、始はふたたびのびのびと気持ちがひろがるのを感じた。冷たい空気が心地よかった。昼にものぼった眺めのいい高台からサロマ湖を見おろすと、湖全体が夕陽の色に染まっていた。空も雲もどこまでも赤い。

「きれいね」

「きれいですね」

そう言いながら智世を見ている山内の顔を、始は見た。家族ではない大人の顔をはじめてじっと見た——という記憶はのちのちまで残っていたのに、あとから思いだそうとしてみても、夕陽に輝くサロマ湖の逆光の陰に沈んでしまい、山内の顔は輪郭すら浮かんでこなかった。

気温がぐんぐん下がってきた。

ダットサン・ブルーバードに乗って、枝留に向かった。サロマ湖から離れるときにはもう、あたりは真っ暗になっていた。山内も智世もさすがに疲れたのか、口数が少なかった。

「クルマが暗い。電気、つけて」

うとうとしていた智世の腕を押しながら、始が言った。呼吸がしだいに苦しくなっていた。喘息の発作だった。

「え？　なに？」

「暗いから電気つけて」

「山内さん、電気、つけられる?」

智世に答えるのではなく、山内は始に向かって言った。

「あのね、クルマは夜走るとき、なかの電気はつけないんだ。外に向けたライトはつけるけどね」

始は、それはおかしい、とおもった。暗い部屋には電気をつけるのに。

「明るくして」

そう言おうとしても、気管支が狭くなって声が出ない。智世が「あら、どうしたの」と訊《き》いた。

「くるしい」

運転席にも聞こえるほど、ゼロゼロと喉が鳴り、苦しそうな呼吸音がおおきくなってゆく。

「この子、具合が悪いみたい。ちょっと病院に行ってくれる?」

「わかった」

始は座っていられなくなり、後部座席で崩れるように横になった。それでも呼吸は楽にならない。母がいれば、吸入器を用意して、発作用の薬を吸わせてくれるはずだった。智世にはなにもできない、と始はわかっていた。苦しくなって顎《あご》で呼吸をしているうちに、スケッチブックが足元に落ちる音がした。「くるしいくるしい」始は声をしぼって言った。このまま息ができなくなって死ぬかもしれないとおもう。「こまったわね。これから病院に行くから、ちょっとの辛抱。だいじょうぶよ、始ちゃん。がんばって」

気がつくと、始は知らない病院のなかにいた。診察室は薄暗く、妙に高い天井にあるしみが始を黙って見おろしていた。

聴診器を外した不機嫌そうな医師が智世に向かって言った。「心臓に雑音がありますね。今日は喘息の発作をおさえる薬を出しますけど、一度、おおきな病院に行って、心臓の精密検査を受けたほうがいい」

智世は「わかりました」とだけ言って頭を下げた。

始はおおきなコップに水をもらい、発作用の頓服《とんぷく》だという粉薬をのんだ。しばらく診察台で横になっているうちに、始は眠った。そのあとどうやって家にもどったのか、始には記憶がない。

「心臓についてはなんの心配も、問題もないですよ」とかかりつけの医師は、未知の医師の診断を軽く受け流した。始は陰気な診察室のひんやりとした空気と寝台のかたい枕《まくら》を思いだした。それからも母に連れられ、週一回の病院通いをつづけるうちに、始の喘息は潮がひくようにおさまっていった。

智世と山内典孝がそれきりドライブをしなかったのかどうか、始は知らない。智世は独身のままだった。山内木材の後継者であった長男は札幌の病院で亡くなった。次男の典孝は間もなく退社し一族の会社を継いだ。夫を失った兄嫁とその子供は東京の実家に帰ることになったらしい。

始が中学生になったばかりの頃のことだった。家の前で自転車を降りて、暗くなった玄関の横につけようとしたとき、仕事を終えて帰宅した智世が、東側の三姉妹の住む家の玄関に入ろうとするのが見えた。

「ワッ」

男の声がした。智世が「ひっ」と声をあげ、あとずさった。「ごめんごめん」と言いながら、ふたりの男がブロック塀の陰から姿を現した。智世より年下に見える男たち。

「あらやだ！　あなたたちだったの！」

智世は一転して弾んだ声をあげながら笑いはじめた。

おそらく会社の同僚だろう。

始はなんとなく気まずくなり、顔を伏せて、男たちに気づかれることを怖れるようにそっと玄関をあけ、なかに入った。向こうの玄関前からは、まだ浮き立った声がしていた。見たことのない叔母がいるとおもった。始は音をたてないように息をつめて扉を閉めた。

9

自転車の重いペダルを踏みこむ。タイヤはアスファルトの凹凸をそのままトレースする。ハンドルとサドルがふるえる。自転車を漕《こ》ぐあいだ、歩はすこしだけ地上から離れている。

小学校二年のころ、湧別川沿いにある公園のなかで、父のささえなしで自転車に乗ることができたとき、両足が地面から離れていることにおののきとよろこびを感じた。いつまでも地に足がつかない円運動。自転車がからだの一部になり、気軽に乗りまわせるようになっても、その感覚がすっかり消えたわけではない。カーブをおおきく曲がるとき、長い坂道をくだってゆくとき、いま浮いていると感じる。

浮いているときのよろこびとおそろしさは、自分をひとりだと感じることに似ていた。眞二郎と登代子の長女であることから離れ、始の姉であることから離れ、工藤一惟からも離れる。――タイヤの振動やハンドルのふるえを感じているのはわたしひとりだ。自分は誰からも遠く離れてひとりだとおもう。この世に生まれるとき、祖母のよねがとりあげたものはや記憶にはない記憶からも、はるかに遠く離れてしまった。赤ん坊ではない十八歳のわたしが自転車を漕いでいる――。

よねから受け継いだ遺伝子が、歩のどこかの部分で働いているのだとしても、よねが目にしたものや手に触れたもの、黙って考えていたであろうことは、歩のなかにはひとつとして残っていない。赤紫色の肌に白いベールのようなうすい胎脂をまとってこの世にあらわれた歩を、両手で受けとめ最初に声をかけたのはよねだったが、歩はひたすら泣き声をあげていただけだった。ものごころつく前によねは亡《な》くなっていたから、よねの声も、話す表情も、歩く姿も記憶にはない。おぼろげに覚えているのは、亡くなったあともしばらくそのままになっていた、産院の手前の柱の「整理、清潔、整心」という貼《は》り紙だった。読みかたも意味もわからないまま、日に焼けた紙に皺《しわ》をよせているよねの筆文字を、幼児の歩は何度となく見あげた。そしてもとは産院に飾ってあった張り子の犬が、両親と自分たちの家にながらく飾られ、埃《ほこり》をかぶり、所在なげにしていたことも。

ゆるい下り坂にさしかかりペダルを漕ぐのをやめた歩は、フリーホイールの回転する音を聞いていた。マンホールのうえを通ると、段差はないのにゴトンと音がした。晴れたり曇ったりの夏空の下、歩に向かって近づいてくる光景は、左右に分かれてうしろへ遠ざかってゆく。風が髪を持ちあげて、耳のうしろがすうすうする。星が見えない昼間でも、いま、上空には満天の星がひろがっている。地球や太陽をふくんだ円盤状の銀河系の渦が、ゆっくり音もなくまわっている。その銀河系の中心で、おおきな爆発が起きているらしい。太陽が誕生して消滅するまでに使うエネルギーを、たった一年で放出してしまうほどの大規模な爆発。

大学のいちばん広い階段教室で受けている「天文学概論」は、望遠鏡の歴史をたどりながら、人間が宇宙をどのようにとらえ記述してきたかをふりかえり、物理学の進展を見てゆく講義だった。課題もなく出欠もとらず、教養課程ではいちばん気楽に単位がとれるという評判だった。歩は講義の内容ばかりでなく、みごとな白髪で古釘《ふるくぎ》のようなたたずまいの小笠原隆教授の板書に目を奪われた。人差し指と中指に軽くはさんだ白墨を、親指で軽く押すようにしてなめらかに書いてゆく――ほとんど力を入れていないように見える手もとに興味を引かれ、歩はわざわざ教室の最前列の左側に座ってたしかめたのだ――淡く白い文字や図は、一筆書きのようにゆるいのに、どこか品がよく読みやすい。太陽や地球や月などの球体も、軌道の長円も、測って描いたようにバランスがよかった。絵を描くのが好きな歩は、小笠原教授に絵ごころがあることをすぐに見てとった。最前列に座ってもうひとつわかったのは、講義がはじまると、教授の両耳が赤みをおびてくることだった。ちょっとしたことですぐに頬や耳を赤くする始を身近に見ていたから、ひとの耳の赤みにはすぐに目がいってしまう。飄々《ひょうひょう》として余裕があるように見えるけれど、この老先生はほんとうはいまでも人前で話すのが苦手なのではないか。壇上を見あげながら余計なことまで想像する。

むずかしいことばをひとつも使わない小笠原教授は、ガリレオやニュートンを遠い親戚《しんせき》のように語り、それぞれが自説のなかの平仄《ひょうそく》のあわない部分をどうやって言い抜けていたのか、天才たちの人間くさい手口まで、まるで見てきたかのように話したが、それでもなお、ガリレオとニュートンが物理学に果たしたとてつもなくおおきい役割がたしかに伝わってきた。

「宇宙は、数学という普遍的で絶対的な言語でとらえて、書き表わすことができる。この教室に座っているみなさんのなかで、数学をたとえようもなく美しいものだと感じる人がいたとするなら、それは満天の星空を見あげて美しいと感じることと、じつはどこかでつながっているんです。

人間のこころは、とてもじゃないけれど、数式で書き表わし、書き尽くすことなどできません。しかし無限とおもわれる宇宙についてなら、数学で表わすことができる。もちろんアインシュタインの相対性理論も、観測できる現象としてすみずみまで確認されるにはまだ時間がかかるでしょう。いくら理論が美しくても、最終的に観測されるまでは理論の正しさを証明したことにはならない。つまり、宇宙には書き表わされることを待っているものがある、ということです。数学という手袋をはめれば、われわれは宇宙全体を両手でつかむことができるわけです。では、科目登録を済ませたみなさんとは、また来週、会いましょう」

小笠原教授の講義を聞くうちに、生物学科に進もうとしていた気持ちが、引力に影響を受けたようにおおきなカーブを描きはじめるのがわかった。最前列の左側が歩の決まった席になった。

門を入ってすぐの芝生に自転車をとめ、歩は教会に入っていった。教会にノックは不要だから、かえって入りづらいことがある。日曜学校に通っていたころ、そんなふうに感じたことはなかった。教会に入ることに躊躇《ちゅうちょ》を覚えるようになったのは、一惟とつきあうようになってからだ。しかし、夏のあいだはあちこちの窓があいているから、気持ちはだいぶ楽だった。気の早い秋がやってくると、とたんに窓はぱたぱたと閉められて、歩の躊躇がふたたび動きはじめる。しかし、いまはまだ、夏のさかりだった。コンクリート造の大学に毎日通っている身には、木造の教会がこれまで以上に古びてなつかしい場所に感じられる。

まだ牧師ではない一惟には、教会のなかに定位置はない。あえて言えばパイプオルガンの前だが、それも礼拝のあいだのごくわずかな時間にすぎない。パイプオルガンを弾いたあと、一惟はときおり身の置きどころがないというような顔を見せることがあった。

礼拝堂にならぶ椅子《いす》の、真ん中あたりに立っていた一惟は、入ってきた歩をまっすぐに見た。笑顔よりも困惑や不安が先に見えるような、中途半端《はんぱ》な微笑だった。両手には長箒《ながぼうき》が握られている。教会のなかで掃除機が音を立てることはない。いまでも箒とちりとりが使われていた。一惟は以前とおなじようにベンチとベンチのあいだにはさまるようにして立ち、箒をゆっくり動かしていたのだろう。鍵盤《けんばん》に向かうときと同じくらい、一惟が一惟らしく見える瞬間だった。

「ひさしぶり」

歩が声をかけると、一惟は片手だけ箒から離して軽く手をあげた。

「今日、帰ってきたの?」

「うん。一惟はいつから？」

「ぼくは七月の終わりからずっとこっち」

それだけやりとりしたら、つぎに何を話せばいいのかわからなくなった。歩は礼拝堂のいちばんうしろの席にすわった。

一惟はゆっくり筝を動かしはじめる。横顔や腕、背中、頭のうしろを歩は遠慮なくじっと見た。一惟の運転するバイクに乗り、からだに両腕を巻くようにして走ることがまたあるのだろうかと考える。

「どう、大学は」

筝を動かす先に目を向けたまま一惟が訊《き》く。

「うん。おもしろい授業もあるけど、おおむね退屈」

「そう。同じだね」

「京都っておもしろいんじゃないの」

「めずらしかったのは最初の二、三週間だけだよ。なんかこっちよりややこしいところがあって」

「ややこしいんだ」

「相手にどう伝えればいいのか迷うこともあるし、どう解釈すればいいのかわからないときもある」

　歩は立ち上がって一惟のいる場所に近づいた。床においたままになっていたちりとりを手にしてかがみこみ、一惟がそっと運ぶように掃くほこりを受ける姿勢をとった。

「ふうん。こっちにいるより気をつかう？」

「それはね。でも毎日ベーゼンドルファーが弾ける」

「あ、手紙に書いてあったピアノ」

「うん」

　ちりとりを持った歩は立ちあがってゴミ箱に向かった。去年の夏、まったく同じことをしたとき、歩はちりとりを床において一惟にさっと抱きついた。一惟はうろたえて身を固くし、ここはまずいよ、と言って離れようとした。歩はくすくす笑って腕に力をこめ、ぱっとほどく瞬間に一惟の頬に唇をつけた。一惟もそのことを思いだしているだろうと歩はおもう。

「バッハばっかり弾いてるの？」

「だいたいそうだけど、いまはハイドンのソナタを楽譜を借りて練習してる」

　札幌に、急速に親しくなった上級生がいることをどう切りだせばいいか迷っていた歩は、いまは伝えるのをやめておこうとふいに思った。なにがどう進んでいくのか、相手がほんとうはなにを求めているのか、まだわからない。躊躇や遠慮のない態度を、かえって好ましくおもう自分に半ばおどろき、自分のふるまいに気持ちがあとからついていくこともあるほどだった。そんな未整理な状態からいったん抜けだす息継ぎのようなタイミングで、枝留に帰ってくることになった。この事態をいったいどう一惟に伝えられるだろう。

「昼、ここで食べていく？」

箒の動きをとめて一惟が聞いた。

「今日は牧師が夕方まで農場学校だから、家には誰もいないんだ。冷やし中華をつくるよ。農場学校からきのう段ボールいっぱい野菜をもらってきた。トウモロコシ、トマト、きゅうり、卵焼き、ハム、いろいろのせて」

一惟がやっと笑顔になった。父親を「牧師」と呼ぶのをはじめて聞いた。

「じゃあ、ごちそうになろうかな」

教会のうしろに建つ控え目な一軒家が、牧師館だった。飾るという考えが家のどこにも見当たらないのは、男ふたりで暮らしているせいなのかもしれない。黒光りする床、なにものっていない木のテーブル、必要最小限のものいっさいが、あるべきところに片づけられている。教会の延長のような室内だった。歩はいつも、この家に入るとき、ひんやりとした一惟の孤独を感じた。

冷やし中華を食べながら、みっしりと味の濃い、これほどみずみずしい野菜を食べるのは久しぶりだと歩はおもった。麺《めん》をすするたがいの音だけが聞こえている。食べ終わると一惟は冷蔵庫からボウルいっぱいのさくらんぼを運んできた。余市に転勤した信者が送ってきてくれたという甘みのつよいさくらんぼを、ふたりして無言で食べた。自分にとってほとんど気まずくはない沈黙を、一惟はどう感じているだろう。

「神が『光りあれ』と言ったのはなぜかしら」

「……どうしたの急に？」

「地は形がなく、がらんとしていた——というのも、宇宙の誕生の話みたいに聞こえる。いきなりそこから始まるのはなぜなの」

一惟はさくらんぼを口に入れてはタネを出し、しばらく考えるように黙っていた。

「二、三千年前は、いまよりもはるかに光が大事だったからじゃないかな。夜になれば火を焚《た》かないかぎり暗闇《くらやみ》が支配していたわけだろうし、日中とちがっておそろしく冷えこんだだろうし。農作物を育てるのも太陽だからね。……コーヒーのむ？」

一惟に会って話そうとおもっていたことをやめたせいで少し気が楽になった。いっぽうでうしろめたさはそのままかわらない。歩はコーヒーをのみながら自分でも呆《あき》れるほど能弁に小笠原教授の講義の話をはじめた。

――ミリ波望遠鏡という最新の電波望遠鏡は、銀河の一生を解明するためにつくられた。太陽や星の光をプリズムで分解すると、虹《にじ》と同じ七色のスペクトルになるが、星から放出されるスペクトルをミリ波電波望遠鏡で観測すれば、星がどのような物質からできているのか、温度はどれくらいかなどがわかる。さらに宇宙にはどんな元素が存在するかまで刻々と解明されている。とりわけ、誕生したばかりの星の周辺には、あたらしい複雑な元素が集中して観測されることがわかってきた。生命の誕生はこれまで、炭素、窒素、酸素、水素をおもな成分とした複雑な元素が原始の海で合成され、そこから単純なタンパク質のようなものが生まれ、やがて生き物へと進化していったと考えられてきた。ところが、近年のミリ波望遠鏡による観測によって、星が誕生するガス雲のなかに、すでに生命の兆候、生命の足がかりとなる複雑な元素が含まれていることが観測されるようになった――。

前期試験のために覚えた内容だったが、ほとんどそのまますらすらと説明できた。黙って聞いている一惟の顔を見ているうちに、一惟は星空を見あげるのは好きでも、天体望遠鏡で観測することは好きではなかったかもしれない、とおもいだした。

枝留の駅を見下ろす位置に、忽然《こつぜん》とそびえる標高八〇メートルほどの岩山、智脚岩がある。あたり一帯を見はるかす眺望から、旧石器時代にはすでに砦のような役割を果たしていたらしい。樹木の陰になり見えにくくなっているが、中腹には小さな洞窟《どうくつ》がある。火を焚いた痕《あと》や石器も発掘されている。

　歩がまだ小学校低学年のころ、智脚岩に天文台が設置された。高校時代、天文部の友だちに誘われるままついてゆき、季節ごとに天体望遠鏡をのぞいた。こと座のベガ、はくちょう座のデネブ、わし座のアルタイルを結んだ「夏の大三角」、秋には「ペガサスの大四辺形」を、冬にはおおいぬ座のシリウス、こいぬ座のプロキオン、オリオン座のベテルギウスで形づくられる「大三角」を見た。なにより冬の天の川がおそろしいほどきれいだった。絵に描きうつすことなど、とてもできないと歩はおもった。

　一惟と星空を見あげたことは何度もある。町のはずれの丘陵地帯にある広大な牧場に、ふたり乗りのバイクで行って、ライトを消して見あげた三六〇度の星空は、光や電波だけでなく、無音の音が降りてくるようだった。しかし一惟は、秋の観測会に誘ったとき、めずらしく不機嫌な声で「ぼくはいい」とだけ言って、いっしょに行こうとしなかった。歩のほかにも天体観測の仲間がいたからかもしれない。歩はこのあとも、一惟には声をかけずに友人と観測会にでかけた。

「いつまでいる？」

一惟は皿を洗いながら訊いてきた。

「来週まではいるとおもう」

一惟はしばらく黙っていた。勘のいい一惟が、短いあいだになにかを判断しているのがわかった。

「ぼくは八月いっぱいここにいて、九月になったら京都にもどる。よかったらあした礼拝に来て」

「うん、わかった」

歩はお皿を拭《ふ》くのを手伝って、もとのようになにも載っていないテーブルにもどったのを見とどけてから、牧師館をあとにした。一惟が強引にひきとめることを歩はつかのま想像し、そうしないのが一惟だとおもう。一惟は、じゃあまた、とだけ小さい声で言って、歩を見送った。歩は自転車のペダルを強く踏みこんだ。一度くらい振りかえろうかとおもったが、振りかえらなかった。

翌日の礼拝に、歩は行かなかった。

朝食をとって、ジロの散歩を終えたあと、自転車で農場学校まで行くことにした。日焼けどめを塗るのを忘れた腕がぴりぴりし始めたころ、ようやく門の前にたどりついた。敷地内には入らなかった。麦わら帽子をとると、汗をかいた頭がすうすうした。

門のところから礼拝堂の方角を見たが、夏の葉の繁《しげ》る林にさえぎられ、建物の姿はひとつも見えなかった。そこからふたたび自転車を漕ぎ、石川毅が亡くなった丘の道に向かった。のぼり坂がはじまると立ち漕ぎで進んだが、ほどなく自転車を降りて、押して歩いた。道の両側の林ではエゾゼミがしきりに鳴いていた。エゾゼミの鳴き声を聞くと、枝留に帰ってきたことを実感する。森の小人がドリルで何かの工事をしているようなエゾゼミの音色が歩は好きだった。

毅が亡くなった場所はすぐにわかった。農場学校の誰かがときどき花を手向けているらしく、しおれた花束が横たえられていた。路肩に自転車をとめ、しゃがんで手をあわせた。神様に祈るのではなく、死んで灰になりどこかの墓に入っているはずの毅をおもいながら手をあわせた。

死別と生別のちがいはある。母がいなくなったということでは、一惟も毅も同じ境遇だった。一惟にとって毅の突然の死は、歩の想像を超えるおおきな出来事だったろう。毅が死ななければ、一惟は神学部には進まなかったのではないか。牧師である父に反発し、自分の人生は自分で決める、と言ったあとのことだからなおさらだった。神学部に進まなければ、一惟は札幌の大学を選び、歩との親しい関係は途切れずに、もっと深まっていたかもしれない。

別れるということのなかには、遠のく力ともどってくる力とがはたらいているような気がした。気の遠くなるような長円を描く彗星《すいせい》の軌道が歩は好きだった。彗星には二度ともどってこないものもある。二百年をかけてもどってくるものもある。太陽に近づくと、長い尾を引きながら輝いて太陽に顔を向ける彗星。いかなる引力からも影響を受けず、ひたすらまっすぐに進む彗星はひとつもない。自分のうしろに尾がのびているのを想像した。一惟といま別れることになっても、それは別れではないかもしれない。こんな考えかたをするのも、歩のなかに天文学が住みつきはじめたせいだった。

小笠原教授はとりわけニュートンを贔屓《ひいき》にしていた。ニュートンのエピソードを語りだすと、声にいっそう熱がこもってくる。耳の赤みも増してくる。

アイザック・ニュートンが生まれたのは一六四二年十二月二十五日、父はその三か月前に亡くなっていた。未熟児でとうてい生きながらえることはないだろうと産婆《さんば》は予想したが、奇蹟《きせき》的に生き延びることになった。母はアイザックが三歳のとき牧師と再婚した。アイザックは祖母に引きとられることになった。相変わらずからだが小さく、しばしば同級生にいじめられたが、学業の才能を認められ、やがてケンブリッジ大学に進むことになる。

ニュートンはさまざまな実験や観察を行ないながら、天文学、物理学、光学、数学のあらたな領域を切り拓《ひら》いた。ケプラー、ガリレオにつづいて、「創世記」に描かれたこの世のはじまりとは異なる世界の成り立ちを、つぎつぎと明らかにしていった。しかしニュートンは無神論者ではなかった。力学研究を集大成した主著『プリンピキア』ではこのように書いている。

「この太陽、惑星、彗星の壮麗きわまりない体系は、至知至能の存在の深慮と支配とによって生ぜられたのでなければ、ほかにありえようがありません。また恒星が他の同様な体系の中心であるとしたら、それらも同じ至知の意図のもとにつくられ、すべて『唯一者』の支配に服するものでなければなりません。わけても恒星の光は太陽の光と同一の本性を持ち、あらゆる体系はあらゆる体系に、互いに光を送りかわすからです。しかもこの恒星を中心とする諸体系が、それら自身の重力によって互いに落下することのないよう、これらを互いに限りないへだたりに置きたもうたのでした」

ニュートンは晩年、聖書研究に没頭した。なかでも「ダニエル書」と「ヨハネの黙示録」については、天文学、数学による分析を加えながら、聖書に書かれてあることのなかに、世界のはじまりから終末への預言がふくまれているはずだと信じていた。

「ニュートンのオカルトといって片づける人が多いですけれど、現在の宇宙物理学は、大海の波間に一瞬浮かんだ小さな泡の内側を、やっと研究しているのにすぎないんです。潮流も海溝も大海のうえにひろがる大気も、まったく視野に入っていない。百年後にニュートンの言っていたことが、ちがうかたちで証明されることだってありうるかもしれない。なにしろニュートンほどの頭脳をもつ人間なんてほとんどいないんですから。オカルトだといって済ませてしまう研究者は、ガリレオ以前の世界で天動説を信じていたのと同じかもしれません。嘲笑的《ちょうしょうてき》な態度ほど学問的でないものはないと、よく覚えておいてください」

歩がニュートンの研究でいちばん気に入ったのは、光は微粒子でできている、とはじめて主張したことと、それが二百年ものあいだ、誰からも支持されず補強もされずにおかれたらしいことだった。ニュートンの仮説はその後、光は波動であるとする説が固められてゆくにしたがって、いったんは忘れさられる。ところが二〇世紀に入ってまもなく、アインシュタインの光量子仮説が登場することによって、突然のようによみがえることになる。現在の科学の世界では、光粒子説を導くニュートンの理屈には誤りがあったが、結論は正しかった、といってもよいことが明らかになっている。

光の粒は音を立てる。

小笠原教授は光電子増倍管の説明をしながら微笑《ほほえ》んだ。

「みなさんの網膜も、光電子増倍管みたいなものなんです。たった五つか六つの光の粒子が網膜に当たるだけで、あなたの神経細胞は活動して脳に信号を送っています。ただ、光電子増倍管はもっと精度が高くて敏感です。たったひとつの光の粒子にも反応します」

光電子増倍管のなかにある金属板の原子に光の粒がひとつあたることによって、原子はひとつの電子をはじき出す。その電子を受けて反応する別の金属板に電子があたると、今度は複数の電子がとびだす。これを何回もくりかえす仕組みがつくられているのが光電子増倍管だ。はじきだされる電子が電流になるまで電子を増倍させ、そこで発生した電流を増幅器を通してスピーカーへとつなげると、光の粒子がひとつあたるだけで、カチンと音がする。

「どんなに弱い光でも、光であるかぎり、まったく同じ、カチンという音がします」

小笠原教授は用意した録音テープでその音を教室に流した。

はかないような、それでいて硬いものが硬いものにぶつかる確かな音だった。

「何百億光年という気の遠くなるほど遠い星からやってきた弱い光も、ついさっき太陽からとびだした光も、光電子増倍管がとらえる物質としては、まったく同じものといっていい。光とは微粒子であるとニュートンが考えたのは、じつに正しかったわけです」

入学から三か月ほど経《た》った夏休みのころには、教養課程を終えたら物理学を専攻しようと歩は決めていた。そのように気持ちが定まると、眠りに就くまえも、朝目が覚めたときにも、宇宙のなかで光の粒を受けながら、太陽系の、そして銀河系の渦のなかを、ゆっくり回転しながら生きている自分の姿を想像するようになった。添島歩という存在は、宇宙の時間のなかでは瞬《まばた》きにもならないはかない夢のようなものにすぎなかった。

自分は光を放つわけではない。死んで灰になれば、なにも残らない。いやそうではないかもしれない。死んで残るものがあるとすれば、それはことばではないか、と歩はおもう。わたしが父にむかって言ったことば、母にむかって言ったことばは、つかのま空気をふるわせては、端から消えてゆく。それでも父と母の記憶のなかに、いくつかのことばの断片は残るかもしれない。わたしの口から出たことばが、その人が死ぬまでのあいだ、耳の底にとどまる記憶として残ることがあるはずではないか。

歩は春に実家を出るときに、札幌行きの荷物には入れずにおいた新約聖書を書棚から引き出した。赤茶色の表紙の小さな本は、パラパラとめくると教会と同じ匂《にお》いがする。「ヨハネによる福音書」の冒頭は、「初めに言《ことば》があった」だ。はじめにことばがあったのなら、終わりにもことばがあるだろう。わたしが一惟から離れたとしても、一惟はわたしのことばを記憶してくれるだろうか。わたしのことばが光の粒になり、一惟の記憶の増倍管にあたり、カチンと音を立てる。その音を聞くのはわたしではなく、一惟だ。

始は鼻をかんだ。

鼻をかむとそれが刺激になって、いっそう鼻がむずむずしてくる。するとまたかまずにはいられない。父、眞二郎も若いころ鼻炎に悩まされていたと伯母がよく話しているが、始からはすっかりその記憶が抜け落ちている。始は眞二郎を自分とは正反対の人間としか考えていない。

あまりにも鼻がつらくなり、ベッドのうえにごろんと横になる。札幌から帰ってきた姉に、始はあぶなっかしいものを感じていた。なにがどうあぶないのかはわからない。弟の直感だった。

一惟とつきあいはじめたころにも、ことばでは説明のつかない姉の変化をまっさきに感じた。姉はなんにでもすぐに夢中になる。自分にもそういう傾向があるから、よけいに姉の感情の変化を肌で感じる。一惟が相手だからあぶないとおもうわけではない。しかし農場学校から脱走した生徒が吹雪のなかで凍死した事件に、もっとも近いところにいたのは一惟だった。

一惟には閉じたまま開かないでいる扉のようなものがある。扉のこちら側は静かで、素人に警戒心を与えるようなものはいっさいない。ところが、扉の向こう側には、素手ではとても触れられないものが、低いうなりをあげ、煙をたてているような気がする。それをいちばん知っているのは本人かもしれない。厳重に鍵《かぎ》をかけたとしても、音を立て煙をあげているなにものかが鎮《しず》まるわけではない。鍵をかけられるのは扉だけだ。内側にあるかたちのないものに鍵はかけられない。

自分も鍵をかけている。それは内側の激しい何かを抑えるためではない。内側は、たんにからっぽであるかもしれなかった。それでも、外側から入ってこようとするものを、どうしても立ち入らせたくない気持ちはつよくある。父にも母にも、姉にも、入ってきてほしくない。

外が暗くなりはじめたとき、歩は帰ってきた。まもなく二階にとんとんとあがってきたとおもうと、歩は突然、自分の部屋ではなく始の部屋に入ってきて、なんの脈絡もなくこうたずねた。

「ねえ、ガラスって光をどれくらい通して、どれくらい通さないか、知ってる？」

「なんだよいきなり」

「いいから。ガラスを通りぬける光って、どれくらいあるとおもう?」

「透明なガラス?」

「もちろんピカピカに磨いた透明なガラス」

「だったらぜんぶ通すんじゃないの?」

歩は優位に立ったという顔をした。

「ぜんぶってていうのは、一〇〇パーセント、光を通すっていうこと?」

「そうだよ」

「それがちがうの。一部はガラスの表面ではねかえされてしまうんだって。じゃあ、その一部って、だいたいどれくらいだとおもう?」

「わかんないよそんなこと」

「思いつきでいいから。何パーセントくらいだとおもう?」

「うーん……じゃあ一パーセント」

「あのね、平均すると四パーセントなの。何度くりかえし実験しても、四パーセント」

「ふうん」

歩はあっさりした始の対応に、やや不満げにことばを返す。

「不思議だとおもわない？　どうして四パーセントなのかって。だって光はみんな同じ粒なのに。ガラスを通りぬける粒と、通りぬけずに反射されてしまう粒があるって、変じゃない？　そこにある違いってなんだとおもう？」

「ぼくにわかるわけないじゃない」

始は憤慨するように言った。

歩は始の憤慨を素通りして言った。

「ガラスのほうに光を反射させる原因、つまり特別な点や穴のようなものがあるんじゃないか、という説をとなえたひとも当然のことながらいたの。でもそれはまちがい」

始はすでに、姉の話を聞き流そうという顔つきになっていた。姉は自分のすぐ目の前にガラスの板が浮いてでもいるように、始の目ではなく、始と自分のあいだにあるものに視線をあわせていた。

「でもね、ニュートンは自分の手で丁寧にレンズを磨いて望遠鏡をつくっていた人だったから、もちろんそんな説には見むきもしなかった。経験的にそれはちがうとわかってたの」

始は姉がなにに感心しているのか、わからなかった。歩は弟の目に興味につながる光がまったく宿っていないことにやっと気づいて、口をつぐんだ。

歩は小笠原教授が講義のなかでとりあげた最新のミリ波望遠鏡を自分の目で見てみたいとおもっていた。光学望遠鏡では、何十億光年よりも遠くにある天体を見ることはむずかしい。宇宙の果てを知るためには、光の力ではどうしてもおよばない部分がある。そこから先は、電波望遠鏡の仕事になる。

ミリ波望遠鏡は、三鷹《みたか》の東京天文台にあるという。

カリフォルニアのパロマー天文台にある世界最大の反射望遠鏡よりも、口径にして一メートルおおきい、直径六メートルの望遠鏡。

枝留のようには星が見えないだろう東京に、最新の電波望遠鏡があるのが意外だった。光よりも弱いかすかな電波を観測する望遠鏡なのだから、人口の密集する平地より、人工物のない高地にあったほうが環境はいいのではないか、と歩はおもう。講義のあとでそのことについて質問しようとおもったが、けっきょく歩は手をあげず、教室の階段をいちばんうしろまであがってからドアの外に出た。

歩が枝留にもどった日の夜は快晴だった。

歩は窓をあけはなち、明かりを消した部屋で、窓際《まどぎわ》のベッドに横たわった。枝留でなければ見られない、あふれるような星空を眺めていた。数えきれない光の粒が、音もなく歩に落ちてくる。

こんな時間にどこかの家でトウモロコシを焼きはじめたようだった。甘く焦《こ》げる黄色い匂いが、歩の真っ暗な部屋に風にのってはいりこんできた。

10

眞二郎はいつも乾いた手のひらに不安の種を握りしめていた。早朝、忘れものをおもいだしでもしたように、こころここにあらずの顔で起きあがると、毎日おなじ手順でふとんをたたみながら、自分の健康状態を黙って自分に問うていた。腰が重だるくないか、喉《のど》に痛みはないか、頭痛の予兆はないか。食欲はあるか。わずかでも昨日とちがっているところがありはしないか。

昨夜は三回、トイレに起きた。夕食で味噌汁《みそしる》を飲むほかは、ビールもお茶も、水さえ飲まないのに、どうして口にした水分より多い小便が溜《た》まるのか。前立腺《ぜんりつせん》肥大ではないか。

四十代にはいってまもなく糖尿病になり、食事療法を守るようになって以来、タバコをやめ、「ほどほどならいいですよ」と医者が言うまで、酒は一滴も飲まなかった。

要するに生真面目《きまじめ》で心配性で融通が利《き》かない性格なのだ。少しでも喉が痛くなると自分でルゴール液を塗り、誰よりも早く床につく。

大学の同窓会への返信、固定資産税の納入、火災保険、生命保険、自動車保険の更新手続きがあり、残額が刻々と変化して、一度たりとも安心のできない銀行と郵便貯金の通帳がある。会社で受けた健康診断で要精検になったまま日が経《た》ってしまった肝機能検査について、枝留中央病院での受診をうながす通知がある。四畳半の和室の箪《たん》笥《す》のひきだしには、つねに書類が重なりあって、眞二郎を不安にさせていた。

歩はいつまで独身のままでいるつもりなのか。始の就職はどうなるのか。そもそも始は、文学部など卒業してどんな仕事に就けるのか、眞二郎には見当もつかなかった。しかしいずれ、ふたりはそれぞれの家庭をもつことになるだろう。枝留の家にとどまり、ここで死んでゆくのは自分であり、登代子であり、一枝、恵美子、智世の三姉妹なのだ。どんな順番で、それぞれどんな病を得て、死んでゆくのか。

北海道犬も牝《めす》のイヨからはじまって、おなじく牝のエス、三代目ではじめて牡《おす》のジロを飼った。イヨとエスはとうに死んで、写真と血統書だけが残っている。いま犬舎にいるのはだいぶ年をとったジロだった。白く毛づやもいいから老犬には見えないが、歩が年に一、二度しか帰らなくなってから、たたずまいが寂しげになった。ジロは歩のことを親か恋人のようにおもっているのではないか。いまはどこかに出かけてしまい姿が見えないが、帰ってくるのをひたすら待っているとでもいうような顔。もともと途方に暮れたような表情をする犬だったが、散歩をしているときにふと立ち止まると、耳や鼻で歩の気配をさぐりだそうとしている顔になる。歩はジロの写真を手帖《てちょう》に入れて持っているらしいが、ジロにはそのようなものはない。

登代子は十年ほど前に子宮筋腫《きんしゅ》の手術を受けて以来、長いこと不調がつづいていた。ほてった顔をしていたかとおもうと、肌寒い日でもとつぜん額につぶの汗をかき、言いたいことがあっても黙っているしかないという表情で、手にしたタオルでしきりに顔をぬぐっている。あきらかに笑顔が減っていた。

寝室を別にしたのは、眞二郎のいびきがうるさいこと、一度目が覚めてしまうと朝まで眠れなくなることをしきりに嘆いた登代子からの申し出によるものだったが、四畳半でひとり寝るようになった眞二郎はかえって夜更《よふ》かしをするようになり、昼間の生あくびがふえていた。

すぐ下の妹の恵美子はいつの間にか鬱《うつ》を患《わずら》うようになっていた。何年か前の春先のある日、登代子がひとりで家にいると、隣からすすり泣く声が聞こえてきた。いつまでもやまないので心配になり、庭づたいに一枝たちの家の様子を見にいくと、恵美子がソファの袖《そで》に肩を押しつけるような崩れた姿勢で泣いていた。

恵美子は離婚して家にもどってからも、一度も働きに出ていなかった。一枝は老人ホームで管理職をつとめていた。智世は職場を転々としてはいたが、つねに経理や税務関係の仕事に就いていたから、平日の昼間は恵美子ひとりになる。夏休みや正月休みになると、一枝と智世はしばしばふたりで海外旅行にでかけ、恵美子はそのたびに留守番だった。

ことばも動作もゆっくりしている恵美子に、智世はなにかとつらくあたった。家事をやろうにも、「遅い。そんなんじゃ日が暮れちゃう。もういいからほかのことしてて」と言われ、洗濯物を干したり丁寧にたたんでタンスにしまったりする好きだった仕事まで奪われてしまった。料理は智世も苦手だった。「暮しの手帖」で仕入れたレシピをもとに、手早くおいしい食事をつくるのは一枝の担当だった。智世は三姉妹の家計簿をつけ、貯金をし、もともと父から譲られた枝留薄荷の株の売却益を運用し、証券会社としきりにやりとりしては小金をつくり、それを元手に海外旅行のプランをねり、あるいは札幌で輸入服を買いこんで、レストランの食事をたのしんだ。いずれも恵美子は蚊帳《かや》の外だった。

「にいさんはひとりの稼ぎでふたりの子どもを育ててるんだから、もっと上手にやりくりしなきゃだめよ」と智世は言って、歩が大学にあがったころから眞二郎の給与や預貯金、医療費を聞きだし、我がもの顔で家計を把握するようになった。智世の口ぶりで事態を知った登代子は猛然と反発したが、眞二郎は「じゃあ医療費がかさんだら、おまえが確定申告をするのか」と、できないことを知ったうえで怒鳴りつけた。恵美子とおなじく稼ぎもなければ税の知識もない登代子は、自分を呪うしかなかった。

恵美子の鬱状態は夏にはいってもいっこうに改善する気配がなかった。登代子は恵美子の不調を一枝と智世のせいだとおもい、そのように眞二郎に言おうとしたが、頭ごなしに否定され、怒鳴られるのが目に見えているから、なにも言わずにのみこんだ。そのかわり登代子は、ジロの餌《えさ》を恵美子にも渡して、いっしょに世話してくれるよう誘ってみた。恵美子はぎこちない様子でジロに声をかけていたが、最初のうち警戒し、食べようとしなかったジロも、登代子の顔をたしかめるように見ながらおそるおそる餌を食べるようになった。ジロのまえではたまに笑顔を見せるようになったものの、恵美子の鬱状態はその後もつづき、ひどい日にはベッドから起き上がることもできなくなった。かかりつけの病院で処方された薬を変えてもらうと、ひどい鬱状態は落ち着いたようだったが、ことばはいっそうゆっくりになり、反応も鈍くなった。

どうしてこうもちがうのか、と眞二郎はおもう。一枝も恵美子も智世も、そして自分も、姿かたちは眞蔵やよねにどこかしら似たところがある。しかし四人はみな頭の出来も性格も、まるでちがう。

智世の初めての七五三の日に撮影した写真が一枚ある。五十年も前の、よねも眞蔵もいっしょに写っているめずらしい家族写真だった。眞蔵が右端に、その隣から一枚、眞二郎、恵美子、智世が並び、左端によねがいる。眞二郎の目には、三姉妹の気質がすでに顔にあらわれているとみえる。自分の不安げな表情も、我ながら自分らしいとおもう。恵美子の面ざしがどこか不憫《ふびん》だ。一枚は聡明《そうめい》な顔をし、智世の勝気は目と頬のあたりに出ている。このときにはもう、添島の一家をのせた見えない船は底のあたりからじわじわと海水が浸《し》みはじめ、事故や遭難とはまた別の、時間をかけた沈没に向かっていたのだと眞二郎はおもう。


北海道犬を飼うことになったのは、偶然のなりゆきだった。生まれてまだひと月の、ほわほわと転がるように歩く牝のイヨを、眞二郎の勤める枝留薄荷株式会社の上司、谷田幸吉から譲られることになったのだ。

谷田は取締役、眞二郎はその下で働く副工場長だった。取締役とはいえ、谷田は機械の保守整備の現場主任として毎日作業服を着て工場に入っていた。帳簿を精査するときよりも、計器の目盛りの針の動きを読み、バルブのつなぎ目を点検し、機械固有の振動音に異常がないか耳を澄ませているとき、谷田の目の光はいきいきとつよくなった。故障にはかならず小さな前兆がある。機械も人間も、迂闊《うかつ》な見逃しや聞き逃しがいちばんの命取りになる。それが谷田の持論だった。

とはいえ現場をただ神経質に管理していたわけではない。作業員には気軽に声をかけ、冗談をいいながら肩や背中をたたいている姿をよく見かけた。どこか騒々しく明るいという意味では、黙々と電気設備の点検と調整をこなすばかりの眞二郎とは対照的だった。谷田はひとまわりも年齢が上で、おたがいの気質もかけ離れていたことがかえって歩み寄る気遣いを不要にし、気楽にやりとりできたのかもしれない。自分たちの目と耳と手が工場を保守、点検、整備し、品質の高い薄荷脳や薄荷油をつくりだしている、という自負はぴたりと重なっていた。それがたがいの信頼の土台となり、交わすことばの代わりになっていた。

経営陣のひとりである添島眞蔵の長男だということが理由ではなく、谷田の確信に基づいた引きがあったために、眞二郎は若くして副工場長になった。工場勤務では珍しい大学卒の経歴と電気技師の資格のおかげで、表向き異論をはさむ者はいなかった。眞二郎の地道で口数の少ない働きぶりが、敵をつくりにくかったせいもあるだろう。

あからさまな出世欲も眞二郎には感じられなかった。

副工場長になった眞二郎は、谷田に声をかけられ飲みにいくようになった。眞二郎の趣味が自分と同じ渓流釣りだとわかると、谷田は大昔からの友人でもあるかのように眞二郎をあつかいはじめた。釣りの話で谷田をより近しく感じた眞二郎は、谷田の機械をあつかう表情やしぐさまで、腑《ふ》に落ちるような気がしはじめた。

ふたりで釣りに行ったことは片手で数えられるほどしかなかった。それぞれに、釣りはひとりで行くものだと思っていたからだ。谷田はその日に釣ったヤマメを肴《さかな》に、眞二郎を自宅まで呼びだしては、釣った魚より逃した魚の顚末《てんまつ》を熱心に語りながら、飲み食いすることをたのしんだ。谷田の話を聞いている眞二郎の頭には、渓流の岩場の陰で暗い渦をまく水流や、水面におおいかぶさるミズナラの若葉をめくる風、つやつやとかがやくヤマメの肌、俊敏な尾びれの動き、獰猛《どうもう》な口もとがありありと思いうかんだ。

眞二郎は縁側に用意された座布団《ざぶとん》にすわって、ちゃぶ台をはさんで谷田と向き合い、酒を飲み魚を食べながら、ただ頷《うなず》いているだけでよかった。最初に訪問したとき、谷田は明るい声で「女房はいとこなんだ」と言った。眞二郎はわずかに動揺したが、もともと表情がかたいから顔色はかわらなかった。

ふたりに子どもはなかった。谷田の妻は台所でてきぱきと肴を用意してはちゃぶ台に運んだ。春にはウドの酢みそあえやタラの芽の天ぷら、フキやコゴミなどの山菜料理がおいしかった。ビールのあとには燗《かん》をつけ、谷田と眞二郎のやりとりに機嫌のいい顔を見せるばかりで話に加わることはなかったから、上司の妻ということで気を遣わずにすんだ。夫妻の睦《むつ》まじさのなかに、いとこ同士であることがなにか関係しているのかどうか、眞二郎にはわからなかった。

登代子が来客をこれくらい手際《てぎわ》よく気楽にもてなすことができたら、と眞二郎はおもった。登代子は料理をするのも客をもてなすのも要領が悪かった。二、三度、同僚や部下を家に招いたが、登代子はもちろん、眞二郎もすっかり懲《こ》りてしまった。そもそも来客などどうやってもてなしたらいいか、自分にもわからないのだった。谷田の家にいると、こういうことが得意な家と不得意な家があって、真似《まね》をしようにもかなわないのだということが、あきらめとともに納得させられた。

谷田の家を訪ねるたのしみがもうひとつあった。

玄関の左手にある勝手口に向かう途中に犬舎が置かれてあり、北海道犬が一頭飼われていたのだ。飼い主以外の人間には愛想のない犬だったから、手を伸ばしたり声をかけたりするわけではなかったが、感情をあらわにせず、じっと何かを待っているようなたたずまいにたちまち惹《ひ》かれた。

あるとき、久しぶりに谷田から夕食に誘われて家を訪ねたところ、犬舎に犬の姿がなかった。不審におもいながら玄関に入ると、土間の片隅に仕切りがされて、生まれてひと月に満たない仔犬《こいぬ》が四頭、母犬の腹にわらわらと群れて乳を飲んでいた。玄関に獣の甘い匂《にお》いが漂っていた。母犬は途方に暮れたような顔にも見えたが、仔犬たちは動きたいように動いている。よほどたっぷり乳をのんでいるのか、まるまるとしたからだとふさふさの毛なみには傍若無人な勢いがあった。根元が太い円錐《えんすい》状の尻尾《しっぽ》は、パラソルチョコのようだった。

谷田は囲いの前にしゃがみこんで説明した。

「今回はじめて牝を飼ってね。仔っ子を生ませてみたかったんだ。生まれたら生まれたで、誰にどう譲るかが難儀でね。血統書つきだから欲しがる人はいるけど、女房が手放したがらない。離乳までには決めないといけないんだが」

眞二郎は母犬と四頭の仔犬のかたまりから離れたところで、ボロ布がよじれてできた小山をまくらにして、気を失うように眠っている仔犬を見ていた。

「そいつはね、おっとりしていてかわいいんだけど、難があるとすれば、やや腰が重いというか動きが鈍いというか。ちょっと腰幅が広いのかもしれない。牡じゃないんだし、展覧会に出すばかりが能じゃないから、なんの問題もないんだけどね」

眠っている顔がひたすら無防備でかわいいと眞二郎はおもった。口にはださなかった。母犬の胸に突進して顔も見えないほかの四頭は、同じ毛なみのうごめくかたまりにしか見えない。腰幅というのがどう審査に影響するのか、広いとなぜよくないのか、なにもわからなかったが、谷田はくわしい説明をしようとしなかった。とりあえずは聞く必要もないだろうと眞二郎はおもい、なにも聞かなかった。ことばのはしばしから、谷田がこれまでなんどとなく北海道犬の展覧会に出展して、実績もあげているらしいことだけはわかった。

「ほかのにくらべて、ちょっと乳の飲みも悪い。でもしっかり育っていて体格に遜色《そんしょく》はない。毛なみもいいんだ。病気っていうこともないだろう。牝だしね、がつがつしてない。そういう気性かもしれん。熱効率がいいボイラーみたいなもんで」

谷田はそう言うと照れたような小さな笑い声をあげた。

そのときすでに、眞二郎は贔屓《ひいき》の目で、眠っている一頭をじっくり眺めはじめていた。牝と聞けば、牝らしく見えてくる。ほかの四頭の性別は、見てもわからない。

眞二郎は登代子にも相談せず、離乳するのを待ちかねたように仔犬を谷田からもらいうけた。こうして、家にやってきたのが、最初の北海道犬、イヨだった。

イヨを発作的に手に入れたのは、かわいさに気持ちが動いたせいばかりではなかった。眞二郎はイヨにささやかな望みを託していた。眞二郎と登代子が添島の家で暮らすことになってから、古い家のなかに不穏な空気が波立ちはじめ、内圧が静かに高まりつつあった。姉妹のご機嫌をうかがいながら登代子が感じるであろう異和感を、どうすれば減じることができるのか。無邪気な犬が減圧弁になってくれるのでは、という淡い期待があった。

結婚してしばらくのあいだ、眞二郎と登代子は工場から歩いて十分ほどの家族寮に住んでいた。二間しかない狭い平屋だったが、新婚のふたりにはちょうど手頃だった。登代子にとっては、どこか煙たい小姑《こじゅうと》から離れて暮らしていられるのがなによりありがたかったし、うかうかしていると姑の助産院を手伝わされるのではないかと警戒していたから、いっしょに住まないでいられることを内心ではおおいに歓迎していた。

そんな日々はあっけなく終わった。眞二郎は登代子になんの相談もなく、実家に戻ると宣言し、二世帯七人が同居することに決まった。

そのころにはすでに眞蔵が家を離れがちになっていた。札幌の営業所に担当役員としての席が用意されることになり、週に一度は役員会に出席するため枝留の本社にもどったが、いつの間にか札幌に軸足がおかれるようになった。終日工場にいる眞二郎には、帰ってくる父親の顔を見かける機会は減った。眞蔵は長男の眞二郎ではなく、三女の智世を呼びだしては、生活費を入れた茶封筒を手渡しているらしい。どうして眞蔵が札幌にいったきりなのか眞二郎は口を濁し、不機嫌の幕をおろして、登代子にそれ以上の説明をしなかった。

助産院を手伝っている住み込みの野田絹子もふくめて、ひとりも男手のない実家をそのままにしてはおけない。そんな気持ちも眞二郎のなかにはあったはずだ。

眞二郎が実家で暮らすことを決めたのにはもうひとつ理由があった。登代子がはじめての子を身籠《みごも》っていたのだ。となれば当然、助産婦である姑がとりあげることになる。出産は自宅か助産院で産婆《さんば》が介助するのが当たり前の時代で、そのことについては登代子にも異存はなかった。

長男である眞二郎の家へ嫁に入るということは、その両親といっしょに暮らすことだと承知していた登代子は、家族寮で暮らしているあいだは新婚生活に与えられた特別な期間で、執行猶予《ゆうよ》が過ぎた以上しかたない、と自分の気持ちを切り替えた。

しかし登代子の予想に反したのは、義理の姉、妹たちがいっこうに嫁にいかないことだった。

長女の一枝は枝留にあたらしくつくられた養老院に勤めていた。話しかたも動作もゆっくりとしたところのある次女の恵美子は、三姉妹のなかではいちばん緊張を覚えずにすむ相手だったが、結婚はなかなかむずかしいのではと思われた。

三女の智世は枝留薄荷の経理課で働いていた。誰よりも気がつよく、一歳下の登代子にはあからさまなほどの対抗意識をもっていた。三姉妹ではいちばん器量もよく、頭の回転もはやく、社交的で愛嬌もあったから、まもなく結婚するにちがいない、と登代子は楽観していた。ところが、眞二郎が実家にもどる段になってもまだ結婚の気配すらなく、実家の末っ子であることを最大限に生かした、これ見よがしの甘えた声をだし、眞二郎夫妻をあからさまにお客あつかいして、心理的に優位に立とうとした。登代子は登代子で、必要とあらば、一枝や恵美子には見せない態度でさりげなく反論し、自分の陣地を守った。

しかし眞二郎は、姉の一枝にとってはあいかわらず「眞ちゃん」であり、二人の妹たちに兄らしい態度でのぞむこともなく、妻と三姉妹のあいだの調整役を果たす気配はなかった。

ひたすら受け身のようでいた登代子はひそかに、三姉妹に負けることはないという、らしからぬ自信を持っていた。その根拠はお腹《なか》にいる赤ん坊だった。

男の子だという確信があった。腹を蹴《け》ってくるときの力強さ、腹の張り具合、人からは「男の子のお母さんの顔になってきた」とも言われた。眞二郎の跡継ぎは自分が産む。添島と最後まで名乗るのは、夫と自分と子どもたちなのだ。いずれは智世もちがう姓を名乗り、せいぜい年に三度か四度、お客様のような顔で訪ねてくることになるだろう。

八歳も年齢が離れている一枝はこのまま家に残るかもしれない。恵美子の結婚はむずかしいにちがいない。しかし智世が結婚すれば、一枝は恵美子とともに、どこか別のちいさな家を見つけて、そこでふたりで暮らすのではないか。眞蔵とよねが健在であるあいだは、しばらく辛抱するしかないだろう。家族寮でひとりで赤ん坊を育てることを考えたら、姑はもちろん、義理の姉や妹たちがいて助かることだってあるかもしれない。

眞二郎は、登代子よりも悲観的だった。

一枝や恵美子はもちろん、智世ですら結婚するとはとても思えなかった。外向的に見える智世は、ときおり持ちこまれる見合い話を写真や釣り書きすら見ずに断っていた。会社のなかでは経理担当として溌剌《はつらつ》と働いているようだったが、裏を返せば気の強い、あつかいのむずかしい女子社員とみられているにちがいなく、いずれにしても縁遠い状態にあるとしかおもえなかった。三年も四年も先輩の社員を、そろばんが遅いだの帳簿の数字が小さいだのペン先を無駄遣いするだのとつぎつぎにあらを見つけては、眞二郎にまで言いつのってくる。

内心では、会社員なんだから折り合いをつけろ、自分の至らないところをほかの部員が補ってくれているかもしれないんだ、と言いたい気持ちもあるが、その何倍もの力で押し返すように、にいさんはなにもわかっちゃいないんだから、と言われるのが目にみえるようで、ただ黙っているしかない。

よねはそんな娘たちにも長男である眞二郎夫妻にもさして関心のない様子で、助産婦としての日々の仕事に追われていた。眞蔵がいたときも、家から離れたあとも、よねに心境の変化があったようには見えないことは、息子として驚くほかなかった。あるいは眞蔵がいなくなったことをなかば喜んでいるのではないか、と勘ぐりたくもなってくる。かといって、よねが朗らかになったわけではない。産院からときおり聞こえてくる生き生きとした声には、家のなかではまったく聞くことができない響きがあった。

眞蔵のいない家に、眞二郎と登代子が入り、まもなくイヨがやってきた。

母犬をもとめて歩きまわり、鼻声で鳴いていたのも三日と経たないうちに落ち着いて、眞二郎の手を甘嚙《あまが》みしては餌をねだり、からだをこすりつけてくるようになった。

眞二郎は谷田に教えられたように、煮干しの出し殻を細かく切ってごはんにのせ、味噌汁をかけて冷ましてからイヨに与えた。ときには登代子に牛の内臓肉を買ってこさせ、餌に混ぜて与えた。朝晩の気温が十度近くまであがるようになってから、眞二郎は庭先に犬舎をつくった。

一枝も智世もはなから犬には無関心で、恵美子ばかりがイヨの前にしゃがみこみ、たどたどしい口調で話しかけた。イヨちゃんかわいいね、と傍らにいる登代子に恵美子は言い、そうね、かわいいわね、と登代子は答えた。イヨの足どりがしだいにしっかりしてくると、眞二郎は朝晩の長い散歩に連れだすようになった。

登代子はしばらくひどいつわりがあったが、お腹がおおきくなるにつれて食欲がもどった。体重が増えすぎないよう、よねは登代子に歩くことをすすめたが、せいぜいが食料の買い物にでかけて帰ってくるだけだった。

「この子は逆子だね」とよねは分娩室《ぶんべんしつ》の寝台のうえで登代子のお腹に両手をあてながら、ふだんは聞いたことのないようなやわらかい声をだした。「そっちじゃないよ、頭はね、こっちにしなさい。こっちこっち。はい、そうそう、はいそれでいい、それでいい。もっとうごいてみてごらん。そうよ、いいわね。はい、これがいいの。ここにいれば楽に出てこられるからね」

両手をゆっくりと回しながらお腹の子に話しかけた。登代子はそのときのよねの手が、いつもよりあたたかくなるのを感じた。姑の手だという気持ちはなくなり、お腹の子もそのあたたかみを感じているのがわかった。三十分もそうしていると、「ほら、これで逆子じゃなくなった。いい子ねえ」とよねは笑顔で登代子のお腹にむかって言った。家では見せることのない顔をしていた。よねにとって、登代子は赤ん坊を宿した妊婦のひとりにすぎず、嫁だという意識などどこかに忘れてきたかのようだった。よねは「話しかけてやりなさい。お腹のなかにも聞こえてるからね」とくりかえし言った。なんども寝台で横になるうちに、よねが登代子の名前を一度も口にしないことに登代子は気づいた。名前のまだない赤ん坊を宿している妊婦。母と子の、たがいに名のる必要のない時間のなかによねもいた。

妊婦と赤ん坊が、時の流れの先で待っている分娩の瞬間にむかうとき、あらゆる世の中の出来事は、よねにとってとるに足らないことだった。そのようなやりとりを日々つづけているうちに、妊婦と向きあう時間のなかにだけ、自分がみずみずしく生きている実感を得るようになった。よねはしだいに、夫の眞蔵はもちろんのこと、息子や娘たちへの関心さえ失いかけていた。そして、そのことに気づいてすらいなかった。それほどよねは、他人のお腹にいる赤ん坊の様子を知ることに忙しく、その子を無事にとりあげることに忙しく、出産直後の母と子の手当てと指導とに忙しかった。しかしよねは、自分が忙しいとは感じていなかった。助産という仕事そのものに、それほどふかく魅入られていた。よねの寿命はこのようにして毎日、助産婦の仕事に文字どおり少しずつ削られていった。

妊娠している状態に夫婦が慣れてくると、眞二郎は登代子を家においたまま、週末のたびに渓流に入るようになった。岩のうえや水のなかをひと足ひと足踏みしめるようにさかのぼり、目を細めて川の暗い水面下をのぞきこみ、足場をさだめ、腰をすえて竿《さお》をふった。あとは自分の気配を消して、ヤマメが食いつくのを待った。

登代子の夫であることも、生まれてくる子の父であることも、副工場長であることも、釣竿と糸と針のさきにあつめられた意識から流れでて、時計のとまった無心の場所へと消えてゆく。やがて自分そのものも失われてなくなるような感覚に包まれる。眞二郎は釣りに、魚を釣ることのおもしろさを超えて、自分が失われる感覚を求めていたのかもしれなかった。しかし傾きかけた太陽に気づき、時計を見れば、家に帰ろうとおもう。釣竿を片づけはじめながら、登代子と子どものことを考える。自分がひとり家を離れていることを意識する。ここに熊《くま》があらわれたら、とふいに恐怖がわきあがる。うしろをふりかえって息をつめ、耳を澄まし、やおら腰にぶらさげた鈴を振り鳴らす。近くの樹林から、眞二郎の動転ぶりをみていたかのようなオオルリのつやつやとした鳴き声が聞こえた。

眞二郎は毎週、渓流釣りの行き先を変えた。川が変われば、釣れる魚も変わるからだ。農場学校のさらに奥に源流がある小さな川と、枝留の南西に位置する森と丘陵地帯に沿って流れる大きな川とでは、魚の種類も色合いも気質も、まるでちがうように眞二郎には思われた。

「それは関西と関東で人間の性質がかわるのと同じだよ」と谷田は言ったが、眞二郎はそれはちがうのではないかとおもっていた。ことばづかいやふるまいは、まわりを見て学ぶものだ。魚の行動やかたちを決めるのは血と環境だろう。五千年も一万年もかけて、同じ川で産卵し、同じ川で育つ魚。関東に生まれ育った人間でも、五年も関西で暮らせば、まわりに気づかれない程度に同化できる人もいるはずだ。しかし川によってことなる魚の様相は、千年単位でつくりあげられた血のつらなりの果てにあるものだ。おなじヤマメでも、種類がちがうといってもいいのではないか。眞二郎はひそかにそう考えていた。学問的にどうなのかは知らない。しかしどう見ても、あの川のヤマメとこの川のヤマメはちがう。

この夏の終わりに、登代子は自分たちの子どもを産むだろう。自分が父になるという実感はまるでなかった。しかし登代子の腹は、日々確実におおきくなってゆく。生きることには、どうして逆戻りがないのか、と眞二郎はおもう。時が満ちれば産卵し、オスは急いで卵に精子をかけ、卵はやがて稚魚になる。親は力つき、あるいは老いて死んでゆく。

イヨのきょうだいは北海道犬がつねにそうであるように、離乳が済むと一頭ずつばらばらにもらわれていった。

もらわれていけば、親子の関係は血統書のなかにだけ残る。きょうだいに再会したとき、匂いでおたがいの近さを知り、ほかの犬と出会ったときとはちがう情動がわくこともあるのだろうか。親犬に出会ったとき、遠く霞《かす》んだような記憶がわずかにでもよみがえり、吠えたくなるような胸騒ぎを覚えることがあるのだろうか。

めずらしく深く酒をのんだ夜、眞二郎は谷田にその疑問をぶつけてみた。谷田は酔った勢いもあって眞二郎の肩をいつもより強くたたき、笑いながら言った。

「そんなものはまったく残らないよ。犬に過去はないんだ。繁殖はあっても、家族なんてものはない。いっしょに育てて訓練を積めば、ソリ引きの一団をつくることはできる。でもそれは家族とはちがう。群だよ、群。

血統書だなんだと騒いでいるのは人間だけだ。手の込んだ人間の遊びだよ。北海道犬は生涯、血統書を背負って生きるけど、犬のほうはそんなこと知ったこっちゃない。もちろん、展覧会で優勝するような犬にはそれなりの父母がいて、祖父母がいて、というこどになる。しかしそれもだ、北海道犬はこうでなければならぬ、という人間の規定に基づくものであって、そこから離れて、あこの犬がかわいい、誰がどう言おうがこれがかわいい、そう思わないやつがいたら、犬を飼う資格なんかないよ」

そう言うと谷田は口調をあらためた。

「しかしだ、おれはね、展覧会でいずれうちのを優勝させたい。北海道犬を飼うのはこれでたかだか四頭目だけど、ますますその気持ちが強くなってきた。このごろ、血統というものの意味がわかってきたような気がするんだ。どんなにかわいい仔犬でも、血筋が通っていなければ優勝する目はない。じつに残酷で、余地のない話なんだ」

谷田と飲んだ翌日、眞二郎はイヨの血統書を簞笥からとりだし、ちゃぶ台の上にひろげて、はじめてじっくりと読んだ。

二つ折りの通信簿のようなイヨの血統書には、父と母が二頭、祖父母が四頭、曾祖《そうそ》父母《ふぼ》が八頭、玄祖父母が十六頭、名前と登録番号とともに記されていた。イヨの特徴は「右巻尾」とだけ印字されている。

はじめてイヨの血統書を見たとき、眞二郎はおどろいた。人間である自分は、祖父母の名前までしか知らない。ところがイヨは、さらに二世代もさかのぼって、玄祖父母までたどることができる。イヨの親族は、両親までふくめると三十頭も記載されている。寿命の長さのちがいもあるかもしれない。しかし人間であれば玄祖父母、つまり高祖父母ほど離れたら、ほとんど他人のようなものではないか。

イヨは三十頭の親族を知らない。ところが将来、イヨが血統書のある北海道犬とつがうことになれば、すべての仔犬に血統書がつく。

朝晩の空気に秋の気配が漂いはじめた。登代子は予定日が過ぎても、いっこうに産気づく気配はなく、よねも登代子に触れもせず「まだだね」とだけ言った。そして登代子の腹にむかってかがみこんで声をかけた。「まだだけど、そろそろだよ。ながくそこにいても退屈じゃないかい。おかあさんの顔を見てみたいだろう。じゃあそろそろ出ておいで」

その翌日、夜半から陣痛がはじまって、登代子はよねに引きとられた。眞二郎は朝はやくに家を出て、涼しい空気のなかをイヨをつれて歩いていた。湧別川沿いの道に出てしばらくゆくと、イヨが立ち止まり耳をわずかに動かした。なにかが聞こえたようだった。

イヨはおっとりしていたが、音には敏感だった。散歩をしていると、立ちどまってなにごとかを考える顔になる。眞二郎はそれにしたがって耳を澄ますが、イヨが聞いたとおぼしき音が聞こえることはまずない。

イヨは突然、リードを強く引っぱるようにして、もと来た道をもどろうとした。自分からリードを引くことなどこれまでなかった。眞二郎はイヨにしたがって道を引きかえすことにした。イヨは短くフォンと鼻先で吠《ほ》えて、小走りになった。まもなく家に帰りつくと、イヨは庭にまわっておすわりの姿勢になった。

眞二郎は分娩室から登代子の苦しげな声がするのを聞いた。落ち着かないイヨを犬舎に入れ、手を洗っていると、赤ん坊の泣き声が響いた。

産気づいてから数時間で、歩は無事に生まれてきた。

男の子とばかり思っていた登代子は、女の子だとわかって驚いた。自分の味方になってくれるのは、この子だと実感したとたん涙があふれ、男か女かなどまったく気にならなくなった。お腹と腰のあたりのむずむずとして定まらない感触に、登代子のこころのなかに渦巻くつむじ風は、まだ落ち着く先を見つけられないでいた。

歩が生まれたあとも、よねはしばらくのあいだへその緒を切らず、手ににぎったまま拍動をたしかめるようにしていた。それから絹子に指図して鋏《はさみ》をとり、へその緒を切った。

　よねにとって初孫だったが、いつもの手順となんら変わることはなく、表情も同じで、特別なやりとりもなかった。歩が三歳の誕生日を迎える直前に、よねは突然、脳《のう》溢血《いっけつ》で亡《な》くなった。自分の孫をとりあげたのは、これが最初で最後になった。

　長野で生まれ、いったんは東京の他人の家に里子に出され、ふたたび実家にもどったよねは、親族というものを肌では信じられなくなっていた。そのことをつよくかなしむこころも消えていた。一枝にも智世にも、なぜ助産婦になったかを話すことがないまま、数えきれぬほどの出産を介助したよねは、冬のはじまりの雪をみるたびに、ものごころつくまえに馬車のなかから目にした長野の雪を、ふたたびひとりでみているような寂寥感《せきりょうかん》に包まれた。

　しかしその寂しい感情は一度もよねの口からことばにされることがなかった。

11

枝留には雑踏というものがなかった。札幌で大学生活をはじめた歩は、誰からもかまわれない自由を手に入れたことに気づいた。はじめのうちは、まわりにいる人たちを誰ひとり知らないことに多少の不安を覚えた。しかしまもなく、それぞれの学生がてんでんばらばらに大学構内を行き来して、お互いに無関心でいられる光景を、不思議なほど気にいった。

「前へならえ」の朝礼や、音楽にあわせて行進する運動会だけでなく、机と椅子《いす》がマス目のように配置された教室に朝からずっと座りつづけるということが、そもそも自分は好きではなかったのだと気づいた。大学に入ってあらためて、自分にはなにが心地よく、なにが苦手なのか、ひとつひとつ具体的に解かれてゆくのを感じた。夜遅くに到着した宿の、閉ざされていた窓を朝になって開け、目の前にひろがる景色をただ受け身のまま眺めながら、深く呼吸する。そのようにして、札幌でのあたらしい日常に歩は出会っていった。

寮に入るつもりはなかった。いちど好奇心だけで見学にいったら、足を踏み入れる手前で、寮が規律のこわれた村のようなものだとわかった。こういう場所に身を投げだし飛びこんでしまえば、ひとり暮らしでは出会えないおもしろい出来事が飽きる暇もなくつぎつぎと起こるのかもしれない。でも、どれだけ自分がおかまいなしかを競いあうような雰囲気にのみこまれたら、こんどはそれにしばられることになるのではないか。自由のようである不自由から抜けだすのは、よけいにむずかしそうだった。

ひとりになる時間を削られる場所に、望んで属したいとおもうほどの不安は自分のなかに見当たらなかった。大学の学費もアパートの家賃も、最低限は渡せるから心配しなくていいと、父の意向を受けた母から言われていた。叔母の智世は、「勉強に必要ならいくらでも援助するわよ。いつでも言ってきて」と朗らかな声で言い、芝居っ気たっぷりに自分の胸を手のひらでとんとん叩《たた》いた。「札幌のことも、にいさんや登代子ちゃんよりずっと詳しいから。なんでも遠慮なしに聞いてちょうだい」

高校の卒業式より前に、母に渡されたメモにしたがって、父の会社とやりとりのあるらしい札幌の不動産屋に行き、大学から少し離れてはいるが地下鉄と市電を乗り継げば二十分もかからないところにアパートを借りた。

札幌はあてどなく歩いても退屈しない街だった。枝留には、点と点をつなぐ間に立ち寄りたくなる場所、歩くおもしろさを引き立てるものが何もなかった。自転車が、あるいは一惟のバイクが必需品だった。札幌にはスズメの鳴き声のような音を立てて走る地下鉄が南北に通っていたが――スズメの鳴き声は、電気を逃すアースがレールに当たる音だと、しばらくして小笠原教授からきかされた――、一駅や二駅歩くことは、なんでもなかった。

ひとり暮らしであることも、歩の行動の幅を広げた。それは地理的な広さというよりも、感情的なもの、心理的な広さだった。何時に帰宅するのか、なにを食べるのか、誰といっしょにいるのか。毎夜、ここにもどらなければいけないのか――そのすべてを自分ひとりがジャッジする。そのなりゆきを見ているのも自分ひとりだった。

昼寝から半分目が覚めて、アパートの前を通りすぎる子どもの声を天井板の模様を見ながら聞くうちに、まぶたがおりてきてふたたび眠りに落ちる。ひとり暮らしになってから、眠りが深くなったのはなぜだろう。

窓の向こう、少し離れたどこかから、のびのびと透きとおるようなアオジの軽いさえずりが聞こえてきた。懐《なつ》かしい鳴き声。スズメが若草色に染まったような姿のアオジが好きだった。アオジの鳴き声を聞くと、枝留を思いだす。

思いだすといっても、ただ漠然とした場所のひろがりがぼんやり浮かぶだけだった。使い古した愛用の鞄《かばん》が、口をあけて部屋の隅に置かれてあるのをただ見ているような気持ち。捨てる気もなかったが、ワックスをかけるわけでもなく、ファスナーをしめてどこかにしまうわけでもない。いつでも手にできるもの。枝留はそのままそこにある変わらないなにかだった。札幌にいると、両親のことをおもう時間も気持ちも、どこかにしまったまま忘れていることが多くなった。

枝留の自分の部屋には、小学生のころから十年近くの時が流れた痕跡《こんせき》や、日に焼け、風にあたった跡がある。札幌の小さな1DKの部屋にはたったいまの自分が薄く切り取られ、仮りどめされているだけだ。

どんなカーテンをかけるか、テーブルと椅子はどこにおくか——限られた条件のなかでインテリアを整えた。母には味気ない部屋と呆《あき》れられるかもしれないほど、簡素で色合いの少ない眺めになった。歩は枝留の家にいるときより、掃除や片づけに熱心になった。

クラブや同好会にも入らなかった。週に二日だけ、アパートから歩いて十分ほどの商店街にある店でアルバイトをはじめた。地下一階、地上三階建ての赤茶のレンガの小さなビルは、二階建ての多い通りだったから、遠くからでも目についた。二階が洋服店、三階がレコード店で、一階が喫茶店だった。地下はジャズ喫茶で、階段の途中に貼《は》られたポスターを見れば、ときおりライブが行われているようだった。

通りに面した一階は、黒く塗られた鉄骨の枠組みにガラスがはめこまれていて、そのひとつが扉になっていた。扉の真ん中に小さな黒い文字でSEVEN STEPSと印字されている。TO HEAVENが書き加えられれば、歩が最初に買ったレコードのタイトルだった。

窓際に丈の高い観葉植物が置かれてあるから、部分的にしか店内の様子が見えない。気に留めてから何度目かに前を通りかかったとき、ガラスのドアを押してなかに入った。木管楽器のクラシック音楽がかかっていた。コーヒーとタバコの匂《にお》い。六、七人座れるカウンターと、壁際《かべぎわ》に小さな円いテーブルが三つ、つきあたりに薪《まき》ストーブがあり、その左奥に七、八人が囲める大きなテーブルがある。

レンガの壁にはモノクロームの写真が何点もかけられていた。演奏中であったり、歌っていたり、カメラを正面からじっと見ていたりする音楽家のポートレイトだった。

店では自家製のロールパンとサラダという軽い食事ができる。朝いちばんで行くと、パンの焼ける甘い匂いがした。コーヒーと紅茶だけでなく、オレンジ、メロンや西瓜《すいか》、りんごなど季節の果物のジュースもおいしかった。常連客が多いようだったが、話し声も静かで、この店の主役はどちらかというと音楽なんだなと歩はおもった。

三度目に店に入ったとき、壁から剝《は》がし忘れたようなウェイトレス募集の貼り紙に目がとまった。カウンターの向こうで黙々とコーヒーを淹《い》れ、簡単な料理をし、ウェイトレスに指示をだす静かな男――ウェイトレスに「マスター」と呼ばれていた――におそるおそるたずねると、ニコリともせず、しかし「いつからでもいいですよ」と言った。

翌週の火曜日、アイロンのかかった短いこげ茶色のエプロンを渡された。伝票をはさんだ革張りパッドが入るポケットがついていた。ポケットのふちに「SEVEN STEPS」と水色の糸で刺繡《ししゅう》されていた。歩のはじめてのアルバイトは、こうしてあっさりとはじまった。

地下のジャズ喫茶では、午前十一時から夜の九時まで、びっくりする音量でジャズがかかっていたが、防音がしっかりしているせいか、音は一階にまでは聞こえてこなかった。地下に降りてゆく階段が店の外にあるからかもしれない。ほとんどの客は男で、たいていひとりでやってくる。

地下には歩と同じく週に二日やってくるアルバイトがいた。長いあいだ働いているようで、マスターには「シュウ」と呼ばれていた。ひと目でハーフだとわかる顔つきだった。一度、人手が足りず歩が地下に呼ばれたことがあった。シュウは客からリクエストのあったレコードをかけ、コーヒーを淹れ（コーヒーは三種類、六時を過ぎればビールとグラスワインも出した）、カップを洗う。壁一面のレコード棚とオーディオと巨大なスピーカー、ピアノも置かれてあったので、一階よりも少し窮屈な気がしたが、シュウはからだがマスターよりひとまわり大きいわりに動きが敏捷《びんしょう》だったから、圧迫感はなかった。大音量でジャズがかかっているうえにお客がたてこんで、手短なやりとりのほかほとんど話はしなかった。

シュウが一階にあがってくるのは牛乳やコーヒー豆が足りなくなったときくらいで、ほとんど顔をあわせることもなかった。ある日、モカが切れたといって現れたので棚から豆の瓶をとって手渡すと、まっすぐ歩の目を見て、「ありがとう」と言った。顔やからだのかたちから、ぼんやりとした距離を感じていたのに、そのやりとりで急に霧が晴れて、見栄《みば》えのいいおおきな木が現れたような気がした。今度はいつ一階にあがってくるのかと知らず知らず意識するようになった。

歩がすっかり仕事に慣れたころだった。閉店時間の八時になり、店の片づけを終えてからマスターに挨拶《あいさつ》して外に出ると、そこに人懐っこい笑顔のシュウが立っていた。

あ、とおもうばかりで笑顔が間に合わなかった。

「おつかれさま。これから帰るの？」

歩はうなずいて、あわてたせいではっきり出ない声で「はい」と言った。

「今日は、ダウンのお客で来てたんだ」

地下を指さして言った。正式にはSEVEN STEPS DOWNだったけれど、誰もが
「ダウン」と呼んだ。シュウのアルバイトは火、金だったのを思いだした。今日は土曜日だった。

「下は店を閉めて片づけるともう十時でしょう。一時間遅いから、こっちが終わると君はもういない。だから今日は、夕方からお客さんになって下でコーヒー飲んで、リクエストされたアルバート・アイラーやセシル・テイラーを聞いて」そこでシュウは滑稽《こっけい》な顔をして、両手の指をばらばらに動かしながら頭や耳のまわりでくるくるとまわした。「やっと八時を過ぎたから、ここで待っていたんだ」

待っていた、といったあとにこぼれた歯並びのいい口元と、気のよさそうな笑顔には、なんのためらいも見当たらなかった。歩が黙っていても、シュウの表情は変わらない。歩が向かう方角はわかっている、歩きながら話そう、とでもいうようにシュウは動いた。恋人であれば腕をまわしてくるようなタイミングと身ぶりだった。歩がう

しろをふりかえると、ガラスの向こうの薄暗い店内にマスターの姿が見えたが、こちらを注目しているようには見えなかった。マスターはいつも、なにかを見るというよりは、なにかを見ないようにしている人だったけれど。

「理学部なんだって？　ぼくは経済」

顔をこんなに近く、真横から見るのははじめてだった。額や鼻、頬がコテで整えたように真っ直《まっす》ぐだった。瞳《ひとみ》は鳶色《とびいろ》でも、目の表情には東洋人の気配を感じる。もっと年上だとおもっていたが、話をはじめると同世代でもおかしくない幼さがあった。来年、四年生だという。無駄口をきかないマスターは、同じ大学だからといってわざわざ教えるまでもないとおもったのだろう。歩くとなりから、青く透けるようなローションの匂いがかすかにした。そのなかに、わずかな薄荷の香りを歩は感じた。

シュウは大学の寮で起きたらしい馬鹿《ばか》げた出来事を口にして、歩を少し笑わせることに成功すると、歩が枝留から来ていること、理学部では天文学を専攻するつもりだということを早々に聞きだした。「天文学はたぶん、学問の最初、原点みたいなものだよね。いまは宇宙物理学というのかな。世界の成り立ちと法則を明らかにしようとする最先端でしょう。地球が戦争ですっかり変わってしまっても、見上げる星空は変わらない。天文学は太陽の寿命を知っている。経済学なんて十年後にどうなっているのかすら答えられない。天文学にくらべたら、うたかたの学問だよ」宇宙についての誤解を指摘するのは簡単だったが、「うたかた」という意外なことばが耳に残り、歩はただ黙っていた。質問したのと同じ分量で自分について話さなければ、とでもいういきおいで、シュウは自分のことを無駄なく手短に話していった。明るい調子の語り口は、暗闇《くらやみ》に座って聞くプラネタリウムのナレーションをどこか連想させる乾いたものだった。

生まれたのも育ったのも東京で、高校は函館の全寮制の男子校だった。「暗黒時代としか言いようがない。広い敷地のなかに女性はたったふたり。ひとりは母親よりずっと年上の事務員で、もうひとりは三十代の保健の先生。インフルエンザの予防の話を朝礼でするために台の上に立つと、地響きを立てるようなうなり声が校庭いっぱいにひろがるんだ」歩は声をあげて笑った。

経済学部で学んで唯一《ゆいいつ》勉強になったのは、資本主義というものの原動力、推進力がキリスト教、プロテスタンティズムだと知ったこと。ラテン系の国、つまりカトリックの人間があまり働くことを好まない理由がよくわかったこと、大学を卒業したら職種にはこだわらず給料のいい会社を選んで入り、早く資金を貯《た》めて自分の会社をつくろうとおもっていること。身軽にどんどん新しいことをするのが会社の成功する秘訣《ひけつ》だとシュンペーターという学者が言っている、形がととのってきたら、それを壊してつくりなおす、安定を求めたとき、その会社の命運は尽きる。「ちいさな会社なら、自分のやりたいことができる」とシュウは言った。たくさん稼いだら、会社を誰かに売って、自分はニュージーランドかパタゴニアかマダガスカルのどこかに家を建て、あとは遊んで暮らすのが夢、「いや夢じゃなく、目標なんだ」といった。

こんな大学生がいるのかと、歩はただ唖然《あぜん》と話を聞いていた。将来、住みたい国まで考えているなんて。

「どうして南半球なんですか？」

「だってこれまでずっと北半球だったから。残りの人生は南半球、というのがいいような気がして。働くときは北半球、遊ぶなら南半球」

冗談めかしていたが、たぶん本気なのだろう。骨も筋肉も神経の束も、並みの日本人の何倍も頑丈で、荒野に自力で小屋を建てるくらいのことは、苦もなくしてしまいそうだった。しかも、こんなことを言う同級生はまわりに誰もいない。「資本主義」というのはよくないもの、あるいは悪くない選択だとしても解決しなければならない問題があまりに多いもの、歩にさえそうおもわせる言葉のひびきがあった。凄惨《せいさん》な事件がつづいてだいぶ下火にはなっていたものの、学生運動に入りこみ森に迷うように札幌を離れ、東京に行ったままもどらない学生がいまもいると聞いた。一惟の通う神学部のまわりにも、世の中をおおきく変えるにはなにをすべきか、と社会改革をめざす学生がいるらしい。でもそのほうがよほどわかりやすかった。自分の会社をつくってもうけようなんて、いったいどこの学生が考えるだろうか。これほど快活でも、いや快活だからこそ、シュウは大学で孤立しているにちがいないと歩はおもう。

「じゃあ、あなたはラテン系の人なの？」

歩はつづけて質問をした。シュウは笑った。

「そうだね。そうかもしれない。ぼくの父は韓国人でカトリックだった。母はドイツ人でプロテスタント。どっちの要素もあるのかも」

シュウが中学生のときに両親は離婚した。母はドイツにもどり、父はいまも東京にいる。もとの名は金寿桓《キムスファン》だったが、離婚後は母にとっての息子の名、シュテファン・キムと名のるようになった。母とだけ、いまも連絡をとっているという。

「質問していいですか？」

「もちろん」

歩は立ち止まってシュウの顔を見た。

「SEVEN STEPSって、アルバイト料はたいしたことないけど、どうして働くことにしたんですか」

シュウは笑った。

「それはたしかに。ぼくの話とは矛盾している。でも、答えはふたつある。ひとつは、ジャズが好きだということ。でもこれはすでに間違いだとわかった。デューク・エリントンをリクエストするお客は、月にひとりかふたりしかいない。みんなむずかしい顔をしてフリージャズばかりリクエストする。もうひとつの答えはね、きみに会うためだよ」

歩は暗い道で自分の顔が赤くなるのがわかった。赤くなったことをシュウに悟られたくないから先に歩きはじめた。口から先に生まれた男は嫌いだし、そんなことを言うのは軽薄だとおもった。シュウはなにかを察して黙った。歩がなにも言わずに道を曲がると、そこはもう歩のアパートの前だった。

「送ってくださってありがとうございました」

歩はシュウの足元だけを見て、深々と頭をさげ、つとめて素っ気なくそう言い、くるりとからだをまわして、その場から離れようとした。

「明日、また会えないかな」

軽い口調は消えないまま、やや神妙な声でシュウは言った。歩は視線をあげた。歯並びの見える笑顔は消えていた。店の前につながれて飼い主を待つ犬のような目だった。その目を見て、軽薄というよりただ率直なだけなのかもしれないと歩はおもった。

全体を見渡せば、シュウのふるまいは軽薄な感じではなかった。なるべく軽いやりとりをして、歩の警戒を解こうとしていたのなら、それは正しく、適切に機能していた。しかも自分が失敗をしでかしたらしいことをすぐに察している。無理やりなにかを押しつけようとしたり、嘘《うそ》やごまかしで歩をだまそうとしているわけではなさそうだった。

明日はアルバイトも休みだ。月曜日に提出する課題もできている。そうでなかったとしても、もう一度ふたりで会ってもいい、もうちょっとシュテファン・キムの話をきいてみたい、と歩はおもい、明日また会う約束をして、別れた。

朝起きると、ポストのなかに手紙がはいっていた。札幌を歩きまわるので、スニーカーのような運動靴があるといいこと、手ぶらかナップサックがいいこと、天気予報では晴れだから雨の心配はないこと、午後一時にSEVEN STEPSの手前の郵便局の前で、と具体的なことだけが書かれてあった。昨夜のうちに投函《とうかん》していったのか。立ちあがったクマの姿を紋章にしたようなエンボスのある便箋《びんせん》だった。封筒も日本では見かけないようなかたちと紙質だった。青インクの万年筆で書かれたらしい文字は、からだのおおきさにくらべて案外ちんまりとしていた。

ナップサックは持っていなかったが、履きなれたデッキシューズはあった。

日曜日の午後。シュウは、まえの夜とは少しちがう様子だった。笑顔も二割くらい減っている。それでも明るい印象は変わらない。昨夜は酒を飲んでいたのかもしれない、と歩はおもった。ジャズ喫茶は六時を過ぎるとアルコールも出している。空腹のままビールかワインを飲みながら一階の閉店時刻を待っていたのかもしれない。そうおもえば、昨夜の明るいいきおいも理解できる。

やや言葉の少ないシュウは、それでもあいかわらず率直で、快活で、考えこんで滞るような態度は見せなかった。バスと鉄道を乗り継いで野幌《のっぽろ》森林公園に行き、ほとんど人のいない北海道開拓記念館に入った。古いモノクロ写真や古い地図、見たこともないような木製の道具を眺めた。シュウは展示品を熱心にひとつひとつ時間をかけて見て、説明文を読んでいた。それからまた西にもどり、大倉山シャンツェに行った。札幌市内を見おろす展望台に立つのははじめてだった。夕暮れどきの市内は明かりがまばらに点きはじめてきれいだった。おもっていたよりも小さな街に見えた。乾いた風のなかに立つと、きのうと同じ青くすーっとする匂いがシュウの側からやってきた。いい匂いだとおもった。

最後に、札幌でいちばんおいしいから、というドイツ料理の店に行った。店じたいがシュウのように明るかった。ドイツのビールが何種類も置いてあった。ジョッキでのみはじめてまもなく、シュウは口が滑らかになり、笑顔が坂をかけあがり、またかけおりてゆくようないきおいで増えていった。晴れやかで屈託のない顔を見ていると、こんな軽やかな気持ちで男の人とやりとりするのははじめてだと歩はおもった。

それ以来、二人はシュウのペースで急速に親しさを深めていった。週末は親の持ち物だというシュウのマンションで、いっしょに過ごすようになった。意外なことにその部屋には女性の痕跡がなかった。もちろん、つきあいのあった女性がひとりやふたりではなさそうだということは、シュウのふるまいや仕草のすべてからわかる。そんなことは当たり前だと歩はおもう。でもいま自分のほかに誰もいないのであれば、嫉《しっ》妬《と》する必要はない。

いつも適度な空間のある清潔な冷蔵庫をあけ、食材をさっとえらびだし、シュウは使い慣れたフライパンや鍋《なべ》で手早く料理をつくった。野菜も肉もほぼそのままのかたちで、塩、胡椒《こしょう》にレモンやマスタード、あるいは醬油《しょうゆ》といった簡単な味つけが基本だったが、熱の加えかたとかける時間が適切で、なにを食べてもはじめて食べる味がした。

母の登代子はあまり料理が得意ではなかった。生真面目《きまじめ》な顔で包丁をつかい、まぶしそうな顔で炒《いた》めものをした。できあがるまでに時間がかかった。それでも歩は、母の料理したものをおいしいとおもっていた。「ぼくは材料がなんだかわからなくなるような、つぶしたり何時間も煮込んだり、めんどうなものは苦手なんだ」というシュウの料理を母が食べたらどうおもうだろう。

掃除も洗濯もこまめにする。窓がくもって汚れているのがきらいで、洗濯機をまわしている少しの間に磨いてしまう。長い腕がガラスの上をワイパーのようにのびのび動いて、ぴかぴかになる。シャツのアイロンがけもうまい。力の入れぐあいとスピードの緩急、ボタンまわりなどかけにくい部分はアイロンの先を繊細にまわしてゆく。その動きに見とれた。

たぶん目の前の事物が滞って澱《よど》むのが好きではないのだ。迷う時間があればまず動く、やってみて失敗だったらやり直す、それはシュウにとって無謀なことではなく、いたって自然で合理的なことなのにちがいない。

土曜日の夜には歩も料理をつくるようになった。枝留にいるときは、台所仕事をほとんど手伝わなかったから、自信をもってできる料理はなかった。おおきな書店にいって、手順のわかりやすい料理の本を買い、書かれたとおりにまずはつくってみた。

シュウの好物の仔羊《こひつじ》の肉を焼き、つけあわせの野菜をボイルして、ニンジンのポタージュをつくった。鮭《さけ》のムニエル、カルボナーラ、ハヤシライス、炊《た》きこみごはん。シュウはひたすらおいしい、おいしい、といって食べた。料理の才能はあるとおもってたんだ、と歩の目を見た。どうして？　と訊《き》くと、それは内緒、といって笑った。歩はテーブルの下のシュウの足を蹴《け》った。

　自分ではつくろうとしない子ども好みの料理を意外によろこぶことも、そのうちにわかってきた。ハンバーグやロールキャベツもつくるようになった。

　シュウといっしょにいるのは、生きていることを全身でよろこぶ経験だった。これまで働かせてこなかったものが自分のなかにこんなにあるのかとおもった。

　いっしょに住もうと提案されたとき、それはまだ、と歩は断った。あまりにもスピードが速いこと、もしもいっしょに住むとなったら、勉強する時間も、ひとりでなにかを考える時間も、まるでない事態になる。ちょっと考えるだけでも、それが目に見えるようだった。「まだちょっと早いんじゃない」とだけ言ったら、「そうだね。そうかもしれないね。ごめん、気が早くて」といつもの屈託のない笑顔を見せた。

　泊まるのは、いつもシュウの部屋だった。

　もしもこっちの部屋にも来てみたいのなら、いつ来てもいい、とおもったが、そのことはわざわざ言わなかった。

シュウの家からもどってきた日曜日の夜、歩は部屋の壁に画鋲《がびょう》でとめてあった絵をはずした。一惟が描いて送ってきたベーゼンドルファーのピアノの絵だった。蓋《ふた》が開けられ、鍵盤《けんばん》が並んでいる。全体の三分の一くらいの右端の高音部だけが描かれている。ベーゼンドルファーのたぶん金色の文字が鈍く光っている。音が出ていないはずなのに、音が聞こえてくるような絵。一本一本、鉛筆の線を描き加えてゆくうちに、ゆっくり立体があらわれてくる絵。一惟の手の動く様子が見えるようだった。画鋲であいた左右の小さな穴を爪《つめ》でふさぐようにしてから、おおきな使い古しの封筒にそっと入れた。少し考えて、机の広い引き出しのなかにしまった。

神学部で学ぶ事柄が、これほどひろい範囲に枝を伸ばし、深くまで根をはっているとは思わなかった。鬱蒼《うっそう》としている樹《き》全体がどのような輪郭をもっているのかが、よくわからない。梢《こずえ》など見えるはずもなかった。幹や枝をつかんで、素手でよじのぼろうとしても、皮の薄い手のひらはたちどころにすりむけてしまいそうだった。

教授陣は学生をどこかに導こうとしているわけではない。かじりついてくる学生には惜しみなく応対する。これまでひとりで考える習慣を身につけてきた一惟は、教員たちとの対話の糸口さえ見いだすことができずにいた。寡黙《かもく》な羊は中心からだいぶ離れた小さな丘のうえで、所在なげに立ち尽くし、ただ風の匂いをかぎ、ときおり遠慮がちに草を食《は》んだ。

なにを論じているのかすらたどれない本が教科書になる。そこでの議論は、目の前の本一冊から突然あらわれたものではない。時代をさかのぼった暗がりで、古びた何冊もの本が、低い声や太い声を重ねながら同じ問題を論じている。ひとつの本を読みとおすためには、参照すべき本が山ほど控えていることがわかってくる。

講義でなにをどうとりあげているのかまでは見渡すことができるような気がしても、議論そのものの由来や筋道、そこに生じているらしい普遍性が、現在の教会にどんな意味を持ちうるのか。牧師である父の姿と枝留教会のたたずまい、やってくるひとびとの顔は、神学的な議論の核心とどうしても結びつかなかった。

一惟が聞いたこともないヨーロッパの神学者の名前を、いったいいつから知っていたのか、遠い親戚《しんせき》の叔父ででもあるかのように口にして、教授に論争を挑む学生もひとりやふたりではなかった。

ことばと自分の知る現実との隔たりを感じないですむのは、牧会学の講義くらいだった。午後に開講されていたから、居眠りをする学生も少なくなかったし、出席もとらなかったので、回を追うごとに人数が減っていった。あとになってわかったが、最後まで残っていた学生は全員、牧師の子どもだった。

一惟は窓際の真ん中あたりを指定席のようにして、熱心にノートをとった。ノートは定期試験が終わると回収されることになっていた。牧師と信者のやりとりには守秘義務があるから、たとえ本人が誰かをたどることができなくても、口外は許されなかった。「この講義は、単位はだします。しかし、みなさんのなかには跡かたも残らないようにしなければなりません。なぜ最初にそのようにお伝えしなければならないかは、この講義を終えたときには説明の必要がなくなりますから、前もってお話しすることもないでしょう」

坂崎吉郎教授はアメリカ中西部、ウィスコンシンの教会に牧師としてながらく籍をおいていた。アメリカの教会で実際におこなわれた信者とのやりとりの事例には、迫真の手触りがあった。信者の苦悩や訴えを、牧師がどのように受け入れ、対応すべきか。ひとつひとつケースタディをしながら、いっしょに考えてゆくというスタイルの講義だった。

ケースタディということばを一惟はこの講義ではじめて知った。神学からこぼれるものがあるとすれば、それはケースなのではないかと一惟はおもっていた。ひとりひとりの人生は奇妙にゆがみ、奇妙に偏《かたよ》っている。ことばでも、信仰でも、とうてい太刀打ちできないケースは、あふれるほどあるはずだった。

あまりにもむごたらしい出来事がある。信仰が奪われるほどの絶望がある。自分が犯した罪が重大であればあるほど、それによろこびを覚える人間があらわれたとしたら、どうすればよいのか。親から子へ無意識のうちに受け継がれた罪があり、それを悟って断ち切ろうとすれば、拠《よ》って立つ土台のすべてを失うことになる、だとしたら誰がその人を支えるのか。そのとき信仰は、ほんとうに役に立つのか。

「信仰がかならず人を救う、ということは残念ながらありません。個々に訪れる危機に、正解はないんです。つねに、あらゆる場面で、正解はない。もしも信仰よりも先に、光よりも先に、迷える人に届くものがあるとすれば、それは憐《あわ》れみをおぼえるこころでもなく、涙を流す目でもない。ただ聞き入れるだけの耳です。いかに耳を澄ませ、いかに耳を傾けるか。これを間違えると、底なしの井戸に、つるべを落としてしまう。ロープもろともです。二度と引き上げられないことになる。底にあるはずの地下水も、干上がってしまう。聞くことは簡単なようでいてむずかしい。もしも口からことばを出すとしたら、すっかり聴き終わったあと、おそるおそる、であるべきなのです」

一惟は三回目の講義から、ノートをとることをやめた。底なしで、恐ろしいほど浅くもある人間がはたらく犯罪や、病的な嗜好《しこう》や言動は、いったいなにがきっかけとなるのか。牧師はその源流をたどろうとはしない。しかし、耳を傾けているうちに、告白をする側の人間が思わぬ発見をすることがある。それはそのままにさせておく。ただ、牧師は平静に耳を傾けることをやめない。信仰は解決をもとめることを目的とするわけではないからだ。

坂崎教授はピアノを弾いた。

音楽批評研究会の顧問だということを、しばらくあとになるまで知らなかった。坂崎教授が「聞く」ことにあれほど深い意味を見出《みいだ》しているのは、ピアノを弾くことと、無縁ではない気がした。

教会になぜ音楽があるのか。ことばだけでは追いつくことができないものがあるからだ。一惟は神学部にくる前から、そう考えていた。人間が絵を描くことも、ことばにならないものをかたちに仮託している。ことばは不自由だ。

一惟は毎朝、部室に寄った。ベーゼンドルファーの蓋を開け、ひとりでピアノを弾いた。

鍵盤に指をのせ、弾きはじめるとすぐに、今日の自分の調子がわかる。

鍵盤を叩く指がかたい。鍵盤が重い。そんなときは、どれほど指に意識を集めても、音は沈み、くぐもってしまう。そんな日は、専用の布にクリーナーをつけて、鍵盤をひとつひとつ磨いてゆく。鍵盤がつるつるになり、指先のタッチが変わる。それだけでも、音の響きが変わってくることがある。

さっぱり気持ちの沸きたたない日であっても、一音目から、まるで調子がいいこともある。指先から音が離れ、そのまま上昇し、拡散する。壁や天井にあたって、こちらにまっすぐ向かい、耳を、頭蓋骨《ずがいこつ》を、叩いて響かせる。ピアノが弦楽器であり打楽器であると実感するうち、気持ちがすっかり入れ替わってしまうこともある。

ピアノのご機嫌をはかるのにいちばん適しているのは、バッハのインヴェンションだった。どんなに軽やかに、適切なスピードで演奏しようとしても、どこかに弾きにくさがある。バッハは、弾くことに酔うな、と言うがために、これを書いたのではないかとうたがいたくなってくる。

ドアをノックする音がした。

弾くのをやめて、耳を澄ます。誰がノックしたのかはわかっていた。つづきを弾きはじめるべきか、椅子から立ってドアを開けにゆくべきか、一惟は身動きできなくなる。

それを見越したように、ドアがあいた。

「どうしたの」

その声の主は、この男は自分だけが密《ひそ》かに知る相手で、一惟もまた同じように深く自分を知っている、と疑っていなかった。

「きのう電話したのにいなかったのね。でかけてた？」

「うん」

ふりかえると、笑顔もなく、少し疲れた表情をして、それによってあなたはなにかを考えるべきだと主張しているような女性がそこにいた。音楽批評研究会の会長と親密な関係にあることを誰もが知っており、会長もそのことを誰もが知っていてかまわない、とおもっているらしかった。

一惟のなかに眠っていたものが蠢《うごめ》きはじめる。ため息にも似た息を、音をたてずに吐き、鍵盤の上にフェルトのカバーをかけてのばし、両端をととのえて、蓋をし、鍵《かぎ》をかけた。バッハも音楽も消えてゆく。

「あなた、朝なにも食べてないでしょう」

一惟は黙ってうなずいた。

「わたしも食べてない。だから食べよう」

どこで、ということばを一惟はのみこんだ。訊《たず》ねるまでもないことだった。そして朝食よりも先にふたりがことばもなくはじめ、つづけることを、一惟は彼女よりもつよくのぞんでいた。

12

一枝ねえさんは料理がじょうずだ。オムレツとかビーフシチューとかロールキャベツとか。餃子《ギョウザ》、酢豚、春巻きとか。コロッケもトンカツもおいしい。本を見て、食べたことのないものをつくってくれることもある。どう? これ「暮しの手帖《てちょう》」にのってたの。おいしそうだとおもって。一枝ねえさんは、そういうと、いつも最後にふふふと笑う。

どうして笑うんだろう。恥ずかしいのかな。あたらしい料理もおいしいけれど、いつもとおなじのでわたしはいい。一枝ねえさんに悪いからそうは言わないけれど。

一枝ねえさんは魚料理をしない。魚が嫌いだから。お刺身はもっと嫌いだって。どうして? と聞いたら、どうしてかしらね、とひとごとのように言う。魚は食べたいとは、おもわないわね。ふふふ。

登代子ちゃんのところには魚屋さんの御用聞きがくる。「さかなやです」じゃなくて、「あさかなやでーす」と歌うみたいに言って勝手口に立つからすぐにわかる。雨でも晴れでも長靴。円い大きな桶《おけ》のなかに氷がはいっていて、ふたをあけるとちょっとひんやりした魚の匂《にお》いがする。青々としたおおきな葉のうえに魚が並んでいる。キンキの目がおおきくて、ギョロッとこっちを見てるみたい。でもほんとうはなにも見てない。だって死んでいるんだから。なにも見てない魚の目。「きょう、なにがおいしい?」と登代子ちゃんが魚屋に聞く。

かあさんはお産婆《さんば》で忙しかったから、つくってくれる料理はいつもきまっていた。いつもおなじだった。戦争が終わって、それから一枝ねえさんが台所に立つようになると、かあさんはますます料理をしなくなった。一枝ねえさんが途中でかあさんの役になった。

日が暮れるころ、煮魚の匂いがしてくる。ナメタガレイの煮つけはかあさんがときどきつくってくれた。登代子ちゃんはかあさんから教えてもらったのだとおもう。だって登代子ちゃんは、にいさんと結婚するまで料理をしたことなかったんだから。驚いちゃうわね、と智世は言っていた。だけど、登代子ちゃんの煮つけは、いつのまにかかあさんとおなじ匂いがするようになった。濃くて、あまい匂い。

一枝ねえさんも智世も、子どものころは煮つけを食べていた。どうして嫌いになったんだろう。登代子ちゃんの家から煮つけの匂いがするとき、一枝ねえさんや智世は、かあさんのことをおもいださないのかしら。わたしはおもいだす。また食べたいなとおもう。智世はもうすっかり、かあさんのことを忘れたみたいな顔をしている。

智世は料理をしない。そろばんとかお釣りの計算とか、税金とか、数字はお得意だ。でも料理はしない。すぐに、そんなこともできないの、なにしてんの、と怒るのに、自分で料理はしない。

お金の話になると、いきいきして声がおおきくなる。お金の話は好きじゃない。ほんとうはやめてほしい。ケチみたいに聞こえる。でも智世はお金を使うのが好きだ。札幌でおいしいものを食べたり、高い服を買ったり、両手に荷物をさげて枝留に帰ってくると、うるさいくらい機嫌がいい。でも、ふだんは高い服は着ない。登代子ちゃんといっしょになるようなとき、お正月とか、お盆のときには、買ってきた高い服を着る。真珠のネックレスもする。美容院にもいく。いい服を持っているのを登代子ちゃんに見せたいんだとおもう。得意なんだとおもう。

お茶を教えていたときも、高いお道具を揃《そろ》えていた。どれがどういうふうだから高いのよ、と値段の高かった理由をいつも得意そうにしゃべっていた。

わたしは料理も、掃除も、洗濯も、苦手だ。お茶も苦手だ。ほんとうは洗濯は好きだった。ひとつひとつとりこんで、ひとつひとつたたむのが好きだった。洗濯物が乾いて、太陽の匂いがするのが好きだった。でも智世がわたしのたたみかたに文句を言う。ちょっとやだこの人、あれから十分も経《た》ってるのにまだたたんでる、早くしなさいよ、もうほんとに遅いんだから。いやんなっちゃう。

智世がいないときは洗濯物をたたむ。いるときはたたまない。智世のたたみかたは丁寧じゃない。だけど、そんなこと言ったら、もっとひどいことを言われるから、黙っている。

裁縫も苦手だ。小さな針の穴に糸をとおすだけで一苦労だ。手がふるえる。ボタンつけをしていたら、智世が笑った。「そんなんじゃ、またすぐとれちゃう。ねえさんにやってもらったほうがいいんじゃない」わたしが袖《そで》ボタンをつけかけていたブラウスを取りあげた。

「自分のことくらいは、自分でできるようになさい」

一枝ねえさんも智世もいないときに、かあさんはわたしの顔をみて、そう言った。怒っているのかなとおもった。でもかあさんは怒っていなかった。心配して言っているとわかった。

自分のことくらい、というのはわかるけど、でもほんとうに自分のことを自分でやるとしたら、料理だって裁縫だって掃除だって全部だとおもう。でも智世がいないところでなら、できる気がする。時間をかければきっとできる。でも智世は一枝ねえさんよりも家にいることがおおいから、わたしのやることを見て、のろいとか遅いとか言って、とりあげたり、やめさせたりしようとする。

野木《のぎ》三郎《さぶろう》はなんでも自分でできるひとだった。わたしのやることを見て、苦笑いばかりしていた。あんなふうに神経質に、なんでもかんでも自分でやるひとが、どうして再婚しなければいけなかったのか。ああいうことをしたいから、再婚したかったんだとすぐにわかった。亡《な》くなった奥さんがおなじことをしていたのかとおもうと、ますます気持ちがわるくなった。時計屋だから、一日中、一階の店にいる。それもいやだった。あのへんな片目の眼鏡みたいなものも嫌いだった。

お盆のときに一枝ねえさんに相談した。話しているうちにいっぱい涙がでた。一枝ねえさんはかあさんに相談した。かあさんは、あらかじめちゃんと説明してあったんだけどねえ、どうしてもいやならしかたない。帰ってくるように言ってやって、と一枝ねえさんに言ったらしい。

野木三郎は、一枝ねえさんに、あれの精神病を理由にするなら離婚してやる、性格の不一致とやらでは離婚しない、と言った。でもそのことを、一枝ねえさんはわたしに言わなかった。智世がわたしにそう言った。わたしは具合が悪くなると病院に行って薬をもらっていた。だから病気なのは知っている。それが精神病というものなのかどうか、わたしは知らない。

離婚の話がすすんでから、枝留の家に相談に行くと、とうさんが土鍋《どなべ》を庭に投げて割ったところだった。一枝ねえさんが庭におりて割れた土鍋をひろっていた。わたしのことで怒ったのか、別のことで怒ったのか、わからなかった。一枝ねえさんはわたしを見て、「ちょうどよかった。犬の散歩に行ってくれる?」と困ったような笑顔で言った。イヨはかわいい。メスなのに熊《くま》を怖がらないイヨに、おまえもいつか結婚するの、と歩きながら訊《き》いてみたけれど、イヨはわたしが何を言ってるのかわからないみたいだった。どんどん先へ歩いていった。

帰ってきたら、まだみんなの様子がへんだった。とうさんは離婚していいとも、離婚するなとも言わないで、怖い顔をしてずっと新聞を読んでいた。眞二郎にいさんは腕組みをして、黙っていた。わたしは一枝ねえさんと話をした。

離婚したあと、一枝ねえさんに枝留教会に連れていかれた。

牧師さんの話はよくわからなかった。イエスさまが枝留に来て、質問にこたえてくれたらいいのに。だけど、イエスさまはずっと大昔に生まれたひとだから、もういない。それは絶対に無理なのよ、と一枝ねえさんは言った。どういうひとだったんだろう。どんなふうに笑って、どんなふうに怒ったんだろう。なにを食べて、なにをおいしいとおもったんだろう。手と足にくさびを打たれて、どんなに痛かったろう。生きかえったというのはほんとうなのかな。

かあさんはもういない。ずいぶん前に死んでしまった。何年前か、もうわからない。子どもをたくさんとりあげて、死んでしまった。まだお婆《ばあ》さんにもなっていないのに。倒れたその日に死んだ。とうさんは葬式のために札幌から帰ってきた。とうさんを見たのはひさしぶりだった。とうさんも、もういない。近所のおばさんは何人も泣いていた。わたしたちは誰も泣いていなかった。

ムービーカメラの日付と時刻をチェックする。2012. 06. 08――バッテリーはフルだ。撮影を始めてから、今日でほぼ丸一年が経つ。

山小屋は森林限界を越えた高度にある。背丈のある樹木は一本も生えていない光景。灌木《かんぼく》と岩が露出している山肌は、三か月前には白い雪におおわれていた。吹雪になれば、かたちのあるものまで見えなくなる。顔に雪が当たる感触と耳を圧する風のうなり声。それだけが自分と外側にあるものの境を知る手がかりになる。たったいま、山肌のところどころに白いものが見えたとしても、それは残雪ではない。白い花を咲かせる高山植物の群落だ。

山小屋を出たとたん、背中につよい日差しを感じる。太陽の匂いのする乾いた風が、遠慮なく顔を撫《な》でてゆく。ながらく氷雪におおわれていた岩も、瞑想《めいそう》する僧侶《そうりょ》の額のようにぶ厚い沈黙を守ったまま、ただ日差しにあたためられている。女のディレクターも、まだ若い記録係も、ベテランの録音部も、四回目ともなれば、この山のすみずみまでわかったような顔になっている。口数が少ないのは、この仕事が終盤にさしかかっているからだろう。いつかスチルカメラを持ってここにまたやってこようとおもう。身軽にひとりで。

森林が葉を落とし、重なりあって腐った葉が微生物に分解され、湿った柔らかな土になる。それを登山者が踏み固めてゆく。高山の山道にはそのようなサイクルはなく、風雪でもろくなった岩が崩れ砂礫《されき》となったうえを、乾いた音を立てながら登山靴に踏みしめられ、ただ無表情なけもの道めいた物理的な筋となって延びてゆく。

森のなかの道を歩いていると、下方から渓流の音が湧《わ》きあがってくる。どの木とは言い当てられない茂みの暗がりからコマドリの囀《さえず》りが聞こえ、森のなかで反響する。

樹液の甘い匂いや、朽ちた倒木の饐《す》えた匂いがあたりに漂う。高山の山道は、そのようにひとの耳や肌や嗅覚をなだめるのではなく、不要なものをそぎ落として前へすすむことをうながす。森羅万象に宿る神はいつのまにかどこかに置きざりにされる。目には見えない、ふだんは感じることすらない、ことばでは言い表せないなにものかに確実に近づいてゆく感覚。ハイマツのうえのカヤクグリの鳴き声も何もない上空に吸いとられてしまう。そんな気配に支配される場所が高山というものだ。

登山家が八〇〇〇メートル級の山の頂上をめざすのは、そこに樹木がなく、微生物のうごめく腐葉土もなく、空気さえはかなく薄く、囀りや水の流れる音や人のざわめきも耳に届かない場所だからではないのか。からだを通して聞こえるのは自分の呼吸音と心臓の拍動ばかり。生きものの気配は自分を除けば限りなくゼロに近い。あらゆるものが退いて、薄くなり、静まりかえる。

ただひんやりした動かない岩石だけがたしかなものだが、命をつなぎとめるほどにはたしかではない。ときに命をあやうくする頂上の岩塊に立つと、たやすくたどりつくことのできない全方位の光景がひろがる。この眺めはもはや、この世のものではない。登山家は山頂に立ちながら、自分のからだが半分以上、死の側に立っていることを肌で感じる。死は無表情のままなにも言わないおおきな隣人だ。

春が過ぎれば、短い夏が突然はじまる。大急ぎで葉をのばし花をつける高山植物が岩の割れ目や砂礫のうえに群落をつくる。花のわずかな蜜《みつ》を吸いに虫がやってくる。耳もとを虫の羽音が横切ってゆく。

厳冬期の山は、はるか昔のまぼろしだ。目をつぶってみても、太陽の光が肌をあためる筋肉までやわらかくし、固く冷たい冬の感覚はどこからもよみがえってこない。目もあけていられない猛吹雪が何日もつづいた。丸二日間、小屋に閉じこめられた。食料も水もあり、コークスのダルマストーブ、豆炭のこたつもある。それでも山小屋の室温はぐんぐんさがってゆく。録音部はウィスキーを飲んで眠ってしまった。ディレクターはずっと手帖に書きものをしている。記録係は小屋に置いてあった古い本を読んでいる。シュラフにもぐりこみ眠ろうとしても、地鳴りのような風の音、小屋の木材がきしむうめき声、容赦なく雪が叩《たた》きつけられ、砂がいっせいに当たるような音が眠りからひきもどす。おまえはなんのためにここにいるのか。

三日目に高気圧におおわれた雪原を歩いた。スノーシューをはき、やわらかな新雪のうえをゆっくり降りてゆく。

遠目に見れば、白い世界に生きものの気配はない。しかし四百メートルほど下がったあたり、ダケカンバの幹と枝が雪のうえにつきだしているふっくらとした凹凸のある雪だまりに、からだを埋めるようにして頭だけを出し、呼吸をしているものがある。雪からわずかに出ている木の枝の先か、その冬芽か、と見えた黒く細いものは、鳥の目とくちばしだ。それ以外の部分はすべて白い羽毛でおおわれている。

一面の雪のなか、風でわずかに逆立つ白い羽毛だけが生きものの気配をみせている。目のまわりには雪の結晶がはりついたまま、それをふるい落とそうともしない。

こちらも雪原に腰をおろし、しばらくライチョウの頭部だけを見ていた。呼吸をあわせることが大事だ。音を立てないように三脚を固定し、撮影をはじめる。

ライチョウがしびれを切らしたように動きだす。埋もれていた場所から身震いをするようにして出ると、白い羽根を空気を吹きこむようにふくらませる。夏羽のライチョウをふたまわりもおおきくしたような輪郭。脂肪をたくわえてふくらんだのではなく、鳥肌をたてるようにして羽毛を起こし、体温によって温められた空気をまとわせて、低体温をふせいでいる。

そこから少し離れた別の四か所から、同じような大きさのライチョウが出てきた。低くクイーという声を出しあって、雪原をゆっくりと歩きはじめる。足にもびっしり羽毛が生えているから、スノーブーツをはいているようにみえる。

ライチョウはこちらが危害を加えない人間であると承知しているように雪原を歩く。

倒れかかったような枝までたどりつくと、首をのばして枝の先をついばみはじめる。ダケカンバの冬芽だろう。

ライチョウが這《は》いでたばかりの穴にたどりつく。胴体のかたちのままの楕円《だえん》の底に、たくさんの糞《ふん》が落ちている。糞の数を見れば、二日間の吹雪のあいだ、ここでじっとしていたのがわかる。吹雪く前に、このダケカンバの冬芽をひっきりなしに食べていたのだろう。そしていま、おだやかそうにみえる彼らは底なしの空腹なのにちがいない。

しかし厳冬期はライチョウの命を決定的におびやかす季節ではない。捕食者がここまでたどりつかず、食料も確保でき、低温への対策もぬかりない。繁殖期を迎えるまえだから、雄同士のなわばり争いもない。この時期は雄同士がゆるやかなグループをつくって、つかず離れずの関係を維持している。

氷河時代、日本と大陸がつながっていたころから姿かたちの変わっていないライチョウは、厳冬期を冬眠もせずにすごし、温暖な地域へと渡ることもなく、じっと同じ山で冬のなりゆきに身をまかせている。一万年ほど前、氷河期が終わり、日本列島が大陸から孤立するようになっていったとき、日本列島のエリアにいたライチョウの一部は、大陸へと引きあげてゆく仲間を見送り、ここにとどまった。しかし気温の上昇とともに、標高二五〇〇メートルを越える高山へとしだいに棲息域《せいそく》をひきあげていった。人間も、この高度まではたどりつかない。農作物を荒らすわけでもないから人間に狙《ねら》われる理由もなく、ライチョウはやがて神の鳥とみなされるようになった。

歩ちゃんも始ちゃんも、かわいいとおもう。

ほんとうは小さいころのほうがもっとかわいかった。でも人間の子どもがかわいいのは、仔犬《こいぬ》がかわいいのと同じだとおもう。ふたりともずいぶん大人になって、賢そうになった。たまに会うと、いろんなことを聞きたくなる。

この前の法事の食事のとき、始ちゃんが斜め前に座った。待っているあいだ、始ちゃんはどんな女の子がタイプ？と聞いてみた。始ちゃんは困った顔になって、それから赤くなった。にこにこした顔で歩ちゃんが言った。「始はね、タイプなんてないんですよ、たぶん。気難しすぎて。恵美子おばちゃん、かわりにわたしのタイプ、聞いてくれます？……わたしはね、顔やかっこうはどうでもいいの。とにかく男のひとはやさしくなくちゃ」そうね、やさしいのがいいわね、とわたしも言った。歩ちゃんは教会の牧師さんの息子さんの、バイクのうしろに乗っていたことがあるらしい。智世がひそひそ声で一枝ねえさんに言っていたことがある。一枝ねえさんは「あら、そう。イチイくんはとってもいい子よ。やさしくて。お父さんのことをしっかりお手伝いして」とだけ答えた。

男の兄弟は、眞二郎にいさんしかいない。始ちゃんのような弟がいたらよかった。おとなしい弟。勝気でうるさい妹はもういらない。始ちゃんはお洒落《しゃれ》だし、テレビに出てくるひとたちみたいにどこか垢抜《あかぬ》けていて、歩ちゃんがいうほど気難しそうには見えない。

英語の音楽を聴いているのがよく聞こえてくる。外国にいったら、外人と英語で話したりするんじゃないかしら。一枝ねえさんも智世も、しょっちゅう外国に行くけれど、向こうの人とどうやって話をするのと聞いたら、そんなことできるわけないじゃない、英語なんてしゃべれないんだから。一枝ねえさんに聞いたのに、さえぎるように智世が答えた。そういうことは添乗員にまかせておけばいいの。そのために雇ってるんだから。だいいちわたしたちは、ドイツやスイスやイタリア、フランス、北欧にだって行ったのよ。英語ができたって通じない場所がたくさんあるの。わかってる？世界は広いのよ。朝から晩までずーっと飛行機に乗って、やっと着くくらい遠いの。そんな遠い国に行ったら、枝留なんて、世界地図にポツンとも載ってないんだから。

智世は枝留が好きなのか、きらいなのか、よくわからない。あんなに外国、外国って言うなら、外国に住めばいい。けれど、外国に住みたいと聞いたことはない。やっぱり日本のごはんはおいしいわね。ね？　おねえさん。外国から帰ってくると智世はそんなことも言う。一枝ねえさんはすぐに笑顔になる。そうねえ、ごはんは日本がいちばんね。

外国から帰ってくると、一枝ねえさんは写真の整理をする。おおきなアルバムに、一枚一枚、旅行のときの写真を並べてみる。貼《は》る場所が決まると、その脇《わき》に説明の文章を書いた紙を貼る。一枝ねえさんは、几帳面《きちょうめん》だ。ちいさな手帖をひらいて、日記を読みかえして、紙に説明を書く。むずかしいことは書いていないから、わたしでも読める。うらやましくないわけじゃないけれど、知らない国に行ってもどうしていいかわからない。

アルバムのなかのコペンハーゲン。オスロ。ストックホルム。テレビで聞いたことはあるけれど、どこにあるのかはわからない。家の色がきれいだとおもう。レモンのような黄色や、赤カブのような色の壁。テレビでも見たことのないかたちの家が写っている。こうやって一枝ねえさんがつくったアルバムを見ているだけでわたしにはじゅうぶんだ。

飛行機に乗ったことがないのは、登代子ちゃんとわたしだけだ。一度だけ、登代子ちゃんに飛行機に乗ってみたい？　と聞いたら、「全然」と言って笑った。わたしもね、乗りたくないの。登代子ちゃんは、「そうよ、枝留がいちばん。その次が旭川」。旭川は登代子ちゃんの生まれた町だ。旭川は道路がひろい。たくさんビルがたっている。登代子ちゃんはときどき汽車に乗って、お兄さんや、お兄さんのお嫁さん、お兄さんとお嫁さんの子どもたちと話をしにいくのをたのしみにしている。歩ちゃんや始ちゃんもときどき旭川に行く。

冬が終わって春になってきた。でも春は好きじゃない。すっかり雪がとけて、庭の草や木が芽吹いて、鳥がきれいな声で鳴いて、犬の毛が抜ける。いろいろ変わるのがいやだとおもう。わたしだけがもとのままで、駄目なままで、邪魔になっているままだ、とおもう。いなくなればいいと言われているような気がする。

息をするのもおっくうになる。誰も助けてくれない穴倉の真っ暗な底の底に、落ちて動けない、そういう気分になる。

「いつものお薬、だしておきましょう。なにもする気が起こらなくなるまでのまないでいると、かえってよくないです。お姉さんがちょっとつらそうだなと気がつかれたら、すすめてあげて、のんでもらってください」

一枝ねえさんは、ありがとうございました、と言って頭をさげる。わたしもありがとうございます、と言おうとするけれど、声がかすれてうまく言えない。

四月なのに春の気配はまだどこにもなく、見渡すかぎりの雪原のなか、ライチョウの白い冬羽が抜けはじめる。雄の頭部から首にかけて、首からさらに胸まわりに向かって、黒い夏羽がまじってゆく。雪原にはやがて、点々と黒ずんだ影のように、ハイマツや岩の一部が顔をのぞかせはじめる。白いライチョウにまだらに散る黒い羽根は、春の先触れのようだ。

ライチョウの動きも活発になる。森林限界のあたりをねぐらにしていた雄たちは、とたんにそわそわしはじめ、確信ありげに飛びたつと、白い山肌をなめるように羽ばたいて、上昇してゆく。しんとした雪原に、ライチョウの雄の短い鳴き声がしきりに聞こえるようになる。

本来のなわばりがある高度二五〇〇メートルを越えたエリアでは、ハイマツの先端や突出した岩がのぞくあたりで、雄同士のつばぜりあいがはじまる。

真冬には雌雄ともに真っ白な同じ姿だったのに、春が兆《きざ》すとともに、雄の目の上部には鶏冠を連想させる鮮やかな赤い肉冠が菌糸類のようにふくらんでくる。厳冬期にはゆるやかな群をつくって共存していたはずの雄たちは、尾羽を立て、くちばしを突き出し、赤い肉冠をふるわせながら、対立する相手を追い払う。目の前の相手に集中するあまり視界が狭まり、上空への意識がおろそかになると、待っていたかのように急降下してきたイヌワシに瞬間的につかみとられ、餌食《えじき》となる雄もいる。この時期はまだ雪原が優勢だから、激しく動けば上空から丸見えだし、ハイマツの内側にもすぐに潜りこめるスペースがない。

尾根から西へと下がってゆく風衝地《ふうしょうち》から本格的な春がやってくる。風が雪を吹き飛ばすので、もともと積雪量も少なく、雪解けも早い。ガンコウラン、ミネズオウ、コケモモなどの高山植物が待ちかねたように芽をふき、花を咲かせ、実をつける。芽も葉も花も実も、すべてライチョウがつついて食べる餌《えさ》となる。花をめがけてくる虫も、貴重な蛋白源《たんぱくげん》だ。

なわばりが決まるころには、一拍遅れて森林限界からやってきた雌が、雄を選ぶ。羽根の抜けかわりもさらに進んで、雌は褐色と黒が細かな縞《しま》模様を描くキジバトのような色合いとなり、雄はますます黒々としたつやをおび、肉冠もさらにくっきり赤々と目につくようになる。

数万年前の氷河時代に、北極圏の植物が日本列島にも入りこみ、根をおろした。氷河が退潮し、日本列島が大陸から切り離されると、取り残された植物は高山地域にだけ生き残っていった。

高山植物と運命をともにしたのがライチョウだ。ライチョウの棲息数と高山植物の分布のバランスは絶妙に保たれている。株を根こそぎ食いつくすことはないばかりか、糞にふくまれた種が場所を移動して蒔《ま》かれた結果、あらたな株を増やすこともある。灌木と高山植物と岩が地表を分けあって、ゴブラン織りの絨毯《じゅうたん》のような光景に変わってゆく過程には、ライチョウも役目を果たしている。

五月になると背丈の低いハイマツも青々として、つがいとなったライチョウが巣にふさわしい空間を選びだす。ハイマツは姿を隠すのに格好の灌木だ。巣の場所が決まると、ライチョウはそこから少し離れたところから出入りして、巣のありかを悟られないようにする。ハイマツの枯れ葉を利用して、卵が五個から六個ならぶほどの巣をつくる。雌の姿がしだいに見かけられなくなると、六月の抱卵のはじまりだ。

雄はなわばりの監視をつづけているが、雌や卵、あるいは孵《かえ》った雛《ひな》を外敵から守ろうとしている様子はない。関心があるのはなわばりの内側よりも外側であるらしい。抱卵の時期、雌は巣をときどき離れ、餌をついばみ、ふたたび巣にもどる。しかし、そのあいだ無防備となる卵のならぶ巣を限定的に見守り、外敵の侵入を見つけては追い払う、という行動が目撃される例はほとんどない。オコジョ、テン、キツネ、カラスは匂いや気配で巣をさぐりだし、卵を捕食する。わずか四、五分の隙《すき》に、巣の卵が全滅することもある。

七月になり、卵が無事に孵ると、雛は母鳥の体温のぬくもりの下にもぐりこんで濡《ぬ》れた羽根を乾かす。そしてしっかりと目があいて、ものが見えるようになるとすぐ、雛は母鳥のあとを追って巣を離れる。いったん巣立つと、母鳥も雛も巣にもどることはない。雛は親から餌を与えられて育つのではなく、親の食餌行動を真似《まね》ながら自分のくちばしで餌をついばむ。アオノツガザクラ、チングルマ、コイワカガミの花や葉が雛と親鳥の餌になる。花に集まる虫も食べる。生まれたての雛とのこのもっとも危ない最初の遠征に、雄が行動をともにすることはまずない。

まだ体温調節を自分で行うことができない雛は、高山の低温環境では、長いあいだ親鳥から離れていると体温が低下する。眠そうな顔になり、動きが鈍くなってくる。それに気づくと母鳥は雛を呼びよせ、全員をからだの下にいれて、しばらくのあいだ温めてやる。体温がもどると、ふたたび雛は母鳥のしたから飛びだして採餌行動をはじめる。雨がちな冷夏にあたると、雛の生存率はいちじるしく低下する。

上空からの捕食者の攻撃を積極的に防ぐ方法を母鳥はもたない。ただ、チョウゲンボウ、イヌワシ、クマタカがあらわれて、上昇気流にのりながら地上を偵察しはじめると、特別な警戒音をあげ、雛たちにその場から動かないよう命じる。雛たちは催眠術をかけられたように微動だにしなくなり、上空からはその姿を見分けることがほぼ困難になる。捕食者が獲物《えもの》を認められず去ってゆくと、母鳥はまた特別な鳴き声を雛にかける。雛は催眠をとかれたように動きだす。

この時期、まれにつがいの状態で行動をともにしているライチョウを観察することがある。なんらかの理由で雛がかえらなかったつがいであることがほとんどだ。雄と雌では雄の数のほうが多いため、雄とつがうことのできなかった雌はまずいない。あぶれてしまう雄は少なからずいる。

いったん巣立つと、巣に見向きもしないライチョウだが、無事に育った雄が翌年なわばりを定めるとき、もとのなわばりと重なるエリアになることが多い。いっぽう雌は、生まれたエリアから遠く離れたところへ移動することがめずらしくない。生涯の飛行距離は雌のほうがはるかに長いことが観察されている。

ライチョウにとって晴天は、危険な兆候だ。ふだんよりも強くなる上昇気流に乗って、下方からイヌワシやクマタカがやってくるからだ。

高山が濃霧につつまれるとき、登山者は方向感覚を失う。東西南北も、どちらが山頂でどちらが麓《ふもと》かもわからなくなり、足元すらおぼつかなくなる。そんなときは動かずに霧が晴れるのを待つしかない。いたずらに歩きまわると、霧が晴れたときに自分がどこにいたのかもわからなくなる。

そのような濃霧につつまれて、ライチョウの親子は天敵を心配することなく、餌をついばんでいる。

親子といえる関係は、約二か月半ほどで終わりを告げる。十月の初め、粉雪がふるなか、若鳥は独りだちする。親のぬくもりも、兄弟のつながりもやがて薄れて、最初の冬を迎える。

枝留には梅雨はない。

毎日、雨がつづくことなんてない。

それでもたまに、雨が降りつづいて大きな水たまりができることもある。庭につながれた犬がくんくん鼻を鳴らす。空気がしめっていると、犬の匂いがする。

歩ちゃんが札幌の大学に行ってから、始ちゃんが犬を散歩に連れて行くようになった。雨合羽を着て、「ジロ、いくぞ」と言うのが聞こえる。

なにもしないでいるのはわたしだけ。

ただ、テレビを見ている。新聞は読まない。

歩ちゃんは大学を出たら、どこかで働くのかな。それとも牧師さんの息子と結婚するのかな。

一枝ねえさんは老人ホームに毎日いく。日曜日は教会にいく。智世はどこかの会社で経理をしている。なにかといえば「ねえさん、札幌いこうよ」と言って、買い物にいく。おいしいものを食べて、かえってくる。隣の登代子ちゃんは働いていないけれど、ふたり子どもを生んだ。

漫才師がおもしろいことをいうとわたしは笑う。テレビドラマでかなしい場面になると泣くこともある。でもテレビを消すと、みんな消える。

雨の土日が終わって月曜日になった。気温が急にあがった。雨をいっぱい吸った地面から、蒸し暑い蒸気があがってくる。ひたいやのどのあたりに汗をかいた。

わたしは消えていなくなったほうがいい。

一枝ねえさんがふふふと笑うのは、わたしに微笑《ほほえ》んでいるのとちがうとおもう。自分で笑っているだけだ。かなしい気持ちをごまかすために笑っているんだとおもう。一枝ねえさんをかなしい気持ちにしているのは、わたしだ。

わたしはいないほうがいい。

自分じゃないような泣き声がこみあげて出てくる。

ずっと泣いているうちに自分がとけてなくなればそのほうがいい。泣くのはいつまでも止まらなかった。わたしじゃないひとが泣いているようで、そのうちにわたしになった。

「恵美子さん。どうしたの。だいじょうぶ」

犬の鎖の音がして、それから登代子ちゃんの声がした。

わたしの涙はもっとふえて、わたしはどうにもならなくなった。登代子ちゃんはわたしの手にハンカチをにぎらせようとしていた。


ライチョウの数は減少している。

かつては浅間山にも八ヶ岳にも棲息していた。石川県と岐阜県にまたがる白山にも、ライチョウはいた。しかし白山のライチョウは、一九三〇年代に姿を消し、白山を棲息地とするグループは絶滅したとされていた。

二〇〇九年五月、ある登山者が雪のちらつく白山で、一羽のライチョウを目撃し、カメラで撮影した。雌であることが確認できる写真が保護センターに届けられた。

ライチョウは研究者によっていったん捕獲され、羽毛を採集されて、DNAの分析にかけられた。数年後には保護観察のための足輪をつけられ放たれた。ハイマツの下に巣をつくり抱卵の跡も残っていたが、無精卵で相手となる雄がいたわけではない。血液採取によるさらなるDNA解析の結果、白山に単独で棲息するこのライチョウは、北アルプスに棲息するライチョウのグループに属していたであろうことが突きとめられた。

ライチョウの飛行距離は、せいぜい二十キロあまりといわれている。北アルプスから白山まで、いったいどのようにして飛来したのか。北アルプスから白山までのあいだに連なる十を超える山々の山頂部は最長で二十キロあまり離れている。飛んで渡れない距離ではない。この雌のライチョウは、山づたいに白山まで飛んできたのではないかと推測された。それぞれの山頂が雪でおおわれる厳冬期に、白い峰をめざして渡ってゆくことはありうるだろう。そのようにして白山にたどりついたものの、もうもどることはできなくなったのではないか。

雌のライチョウは、いったいなにをもとめて飛んできたのか。研究者にも、その動機を知る手がかりはなかった。

13

ジョン・F・ケネディ国際空港は、リノリウムの床やステンレスの壁にバゲージやカートがこすれ、ぶつかって生まれた無機質な匂《にお》いが漂っていた。そこで立ち止まっているのは制服を着てレシーバーを手にした空港関係者ばかりで、飛行機を降りた乗客は知り尽くした空港内を最短距離の直線を描きながら目的地に向かっていた。

天井近くにあるサインのなかからTAXIでもBUSでもなくJFK EXPRESSを探しだす。上方にばかり視線が行くから、口はやや半開きだった。迷いそうになって急にスピードが落ち、突然方向を変えたりする始の描く軌道は、直線にならない。ご覧のとおり、この若い日本人は、初めてニューヨークに着いたばかりの観光客です、と大書された看板を背負って歩いているようなものだった。

生まれてはじめての海外旅行だった。機内では説明のできない前のめりの興奮状態がつづいて、一睡もできなかった。ところが出入国審査の列に並びはじめると始の呼吸は途端に浅くなり、誰もが働いたり勉強をしたりしている十月一日の水曜日に、「観光目的」で入国しようとしている自分はいかにも不審な人間で、不法就労の可能性を疑われるにちがいなく、しかも働くつもりなどないことを証明する書類も方法も持ち合わせていない、順番が近づくにつれ妄想じみた不安がふくらんで、昂《たか》ぶる気持ちはみるみるしぼんでいった。

手招きした黒人の担当官は始の出入国カードとパスポートに視線を落としたまま想定問答どおりの質問をふたつだけし、かすれた声の返答を聞くと、郵便局と同じ音をさせて入国スタンプを押すやいなや、もはやなんの関心もないという表情でパスポートを返してよこした。税関の審査は素通り同然だった。あっけなく、始は解放された。

いちばん安いチケットがノースウェスト航空の夜の七時すぎ着の便だった。ホテルへのチェックインは九時近くになる。JFKエクスプレスの下車駅を間違えたらおおごとだった。何種類ものガイドブックを手に入れ、繰り返しチェックしたから、マンハッタンまでの路線図はすでに頭にはいっていた。57丁目の駅で降り、地上に出て、2ブロック歩いたところにホテルがある。

ガイドブックどおりの表示を確認してJFKエクスプレスに乗りこむと、胸板の厚みが強調される寸分の隙《すき》もない濃紺の制服を着た警官が立っていた。車内をそのまま睥睨《へいげい》できる高い位置にある顔からは、どのような感情もうかがうことができない。誰を何から守ろうとしているのかすらわからない。始は警官の視野から外れない位置でじっとして、スーツケースから手を離さず、薄汚れてすっかり曇った窓から外を見ていた。一瞬横切るタイル貼《ば》りの駅名表示が目にはいると、頭のなかにある路線図とひと駅ひと駅、対照していった。

57丁目の駅に列車が滑りこんだことに誰よりもはやく気づいた始は、プラットホームに異常がないかを見渡しながらおそるおそる下車した。ここから先、車内の警官の監視は届かない。

姉のさばさばした声が頭のなかで再生される。ニューヨークは危ないんでしょ、大丈夫なの？ ——いや、「アイ・ラブ・ニューヨーク」キャンペーンのおかげで、ものすごく安全になったみたいだ。ブロードウェイも空前のロングランが続いているし、ニューヨーク・シティ・マラソンもすごい人気だし、イースト・ヴィレッジに迷いこんだりしなければ、怖いおもいをすることはないよ。ウディ・アレンの「マンハッタン」見た？ あんな感じなんだよ、いまのニューヨークは。もう「タクシードライバー」のニューヨークとはちがうんだ。そう話すあいだにも始の頭のなかで「マンハッタン」のオリジナル・サウンドトラックが鳴り響いている。ズービン・メータ指揮、ニューヨーク・フィルハーモニックのガーシュウィン・メドレー。甘くセンチメンタルで、しかも活気のある一九二〇年代のアメリカ音楽。弟のジョージはとうにいないが、兄のアイラ・ガーシュウィンはまだ生きていた。

歩に安全だと断言した手前、ホテルに着く前に死んだりしたら、目もあてられない。これまでも歩には、やわらかい口調で言い負かされてばかりだった。二十歳を過ぎても弟あつかいはそのままだった。研究者の道に進み、来年からは三鷹の東京天文台に就職することが決まっている歩が、うしろ向きの始の態度に歯がゆいおもいをしているのはわかっていた。就職活動にも取り組まずニューヨークに行くなどと言いだしたのは、たんなる逃避だと決めてかかっているにちがいない。

始が文学部を受けたいと言いだしたとき、当然のように親と揉《も》めることになった。始はなにがあっても譲らないつもりだった。歩は意外なことに父の側に立った。しかも直接忠告するのではなく、父のセリフとして聞かされたのが始にはよけいに心外だった。

「文学は大学で習うものじゃないと、歩も言っている。森鷗外《おうがい》も安部公房《あべこうぼう》も北杜夫《もりお》も、みな医学部だそうじゃないか。いまさら医学部は無理だろうが。……就職だって、文学部なんかを出て、いったいどこが採ってくれるんだ」

始は裏切られた気持ちがした。父の挙げた三人の本は、たしかに姉の書棚にあった。しかし、三人とも医学部を卒業している、などと姉が言うのは聞いたことがなかった。東京の大学の文学部に入ってまもなく、始は失望した。

あれだけ無理を押して入ったのに、「文学は大学で習うものじゃない」というセリフが骨身に沁《し》みる成り行きとなった。講義は単位を落とさない程度に出て、あとはひとりで本を読み、映画や芝居を見にいった。文学部に失望したとは親族の誰にも言わないまま三年が過ぎ、またたくまに四年生になった。

おもしろいとおもったのは「書物史」というタイトルの大教室の講義だけだった。死海の洞窟《どうくつ》から発見された旧約聖書の巻物の断片から、コデックスと呼ばれる冊子《さっし》状のものがつくられるようになって、現在の書物の原型がどのようにかたちづくられていったか。ゆるやかなカーブを描く革装の表紙の背が、束ねられた本文紙のカーブをつくり、指でめくりやすい曲線を描く「本」の原型が完成するまでの変遷《へんせん》を概観する内容だった。十五世紀になってグーテンベルクが活版印刷術を発明し、まったく同じ本が写本の何倍もの速さでできるようになる。聖典、宗教書として一冊ずつ手書きで特別につくられていた書物が、売買も可能な商品として価値をもつようになってゆく

――その結果、宗教改革が起こり、小説を誰もが読むようになる時代がやってくる――その歴史を追う講義だった。

グーテンベルクが最初に印刷して製本したのは聖書だった。わずか百数十部にすぎなかったが、活字と印刷の発明は、コロンブスがアメリカ大陸を発見するよりも前の、画期的な出来事だった。マンハッタンはまだ、先住民が狩猟で暮らす土地だった。オランダ人が入植するのは、印刷術の発明よりもさらにずっとあとのことになる。

始がニューヨークにやってきたのは、歩の想像どおり就職活動から逃げるためだった。自分はとても社会人にはなれない。働くことなどできないと思っていた。四年生の十月一日に会社訪問が解禁になる。夏までには分厚い就職読本のようなものを手に入れ、綴《と》じ込まれたハガキに必要事項を書いて企業に送る――そこからすべてがはじまるらしいことはわかっていたが、自分が会社というものになにを望むのか、具体的なイメージはまるでなかった。

そもそも会社に入って働くということがどういうことなのかわからない。劇場ロビーの天井の掃除や運送会社の梱包《こんぽう》の補助など、日給のいい肉体労働はアルバイトで経験していたからわかる。しかし、グレーの作業服を着ての作業が月曜日から土曜日までくりかえされる仕事になるのは想像できなかった。その体力も気力も自分にはない。

ホワイトカラーの会社員になれば、どこかの課に配属される。そこには課長や部長がいて、八時間は会社という空間に拘束される。そこから先、つまりそのような空間でなにをするのかが、どうしても想像できない。

同級生を見ていると、その会社でどう働くかというよりも、その会社がなにをつくっているのか、なにを扱っているのかに注目しているようだった。待遇はどうか、転勤はあるのか、離職率はどうか、福利厚生はどうか——フクリコウセイというのがなにを指しているのかすら始はわかっていなかったし、いまだによくわからないままだった——判断材料はいくらでもあるらしい。では実際どのように働いているのかについては、誰も話題にしていない。ホワイトカラーの仕事というものは会社が替わっても似たようなものなのか。まさかそんなことはないだろうと思いながら、じつはそうなのかもしれない、と始は想像する。

肩まで伸ばしていた髪も夏休みが終わるころには切って、床屋のサンプル写真のような髪型にする。紺色のスーツを新調し、いよいよ会社説明会に向かう、という段取りらしかった。面接対策、という言葉もよく聞こえてきた。

働いている自分を想像できない以上、会社員になるための流れにのることはできなかった。アパートで本を読み、レコードばかり聴いていて、出かける先といえば映画館や美術館、劇場しかない人間が、社会の役に立つとはとてもおもえなかった。なにかが自分には決定的に欠けている。社会も、会社も、自分をひと目見ればそうと察するだろう。つまり自分を採用する会社などどこにもないだろう、と始は確信した。

三年生になるころから、本や映画や美術、音楽への関心のフィルターにニューヨークというキーワードがしばしば飛び込んでくるようになった。ニューヨークはそれらのすべてをふくんでいて、しかも自分の肌合いに馴染《なじ》むものの多くがそこから生まれている、と気づけば、あとは妄想がふくらむばかりだった。

しだいに、どうしてもニューヨークに行きたいと考えるようになった。枝留でもなく東京でもないニューヨークには、黒人もアジア人もあふれるほど暮らしている。英語をろくに話せないひとも少なからずいるらしい。自分の英語のレベルでもなんとかなるのではないか。

四年前に漠然と東京に期待していたものがまぼろしであったとするなら、ニューヨークでも同じことが起こるかもしれない。そう呟《つぶや》く声も自分のなかにはある。それでもなお、やみくもに自分を動かすものが鎮まる気配はなかった。

日本語で書かれたガイド本をあらかた読み終えると、今度は洋書店に行き「New York」誌や「The Village Voice」紙を手に入れて見るようになった。レコードでしか聴いたことのないミュージシャン、音楽家のライブやコンサートも日常的にあるとわかってくる。値のはるクラシックホールのコンサートも、当日券なら安く手に入るらしい。映画館、ロックフェラーセンター、ライブハウス、ミュージカル、古書店、デリカテッセン、自然食レストラン……セントラルパークを見渡すことができるのはホテル・メイフラワーの何号室か、ジョンとヨーコはダコタ・ハウスを出てからどの散歩コースを歩いて帰ってくるのか……行ってみたいところがつぎつぎに浮かんでくる。そのリストには、見てきたような映像が想像され、セットされていった。キチネット付きのホテルに長期滞在すれば食費も安くあがりそうだった。十月に行くことができればニューヨーク・シティ・マラソンがあり、ゴールはセントラルパークだとわかった。

枝留から東京にやってきて、いちばん息がつまったのは緑の少なさだった。ニューヨークには巨大なセントラルパークがある。週末は公園に出かけて、デリで買ったサンドウィッチを食べたりすることもできる。公園の東側にはメトロポリタン美術館も、グッゲンハイム美術館も、フリックコレクションもある。ウィリアム・サローヤンの『ママ・アイ ラブ ユー』に出てくるザ・ピエール・ホテルもセントラルパークの真向かいにある。広々としたシープメドウの真ん中あたりに立って、周辺に立ち並ぶ高層ビルを眺めてみたい。どのあたりからどのような光景が見渡せるのかまで、ガイドブックの写真図版で頭に刷りこまれ、実際に目で見てみたいという気持ちはつのるばかりだった。

明るい緑が輝くセントラルパークとは真反対の、暗い檻《おり》の扉のような地下鉄の出口を回転させて、始は重いスーツケースを手で引きながら57丁目のプラットホームの外に出た。油じみた埃《ほこり》と暗い照明で黒ずんで見える階段をのぼると、あっけなく地上に出た。とたんに鼻をつつむ甘い匂い。ニューヨークはつねにどこからか甘い匂いが漂っていた。

マンハッタンは抜けるような夜空だった。映画で聞いたパトカーのサイレンと同じ音が遠くで渦巻くように鳴っていた。どこから人を呼ぶような大声がする。東京よりだいぶ気温が低い。どうしてもマンハッタンに来たいと思い、さんざん調べつくしたのに、ざわつく夜の気配はそんな知識をまるで相手にしない。舗道を照らす照明は暗く、歩道の敷石は分厚く硬い。

スーツケースを右手に、ふわふわとした定まらない気持ちのまま夜の街を歩いていると、目指すホテルが薄暗いエントランスで始を迎えた。想像していたよりも小ぶりなホテルだった。しかしエントランスの奥に見えるロビーには、しっかりと明かりがともっている。

「私はここに予約しています。四十七泊します」

これも何度も諳《そら》んじてきたセリフだった。小さなレセプションに立っていたホテルの受付の男は職業的な笑顔を浮かべながら宿泊台帳を指でたどり、始を見た。「ノープロブレム、ミスター・アジメ・ソエジマ」と言った。

一か月半滞在するので、食事はなるべく自炊をしようと考え、キチネット付きのところを探して選んだゴーラム・ホテルは、週ぎめの料金でぎりぎり予算内に入る古いホテルだった。アメリカの格安旅行ガイドの本で見つけた。案の定、窓を開けて見えるのはマンハッタンの夜景ではなく、隣のビルのレンガの壁だった。異様なほどふわふわするベッドのクッション。バスタブに適正な温度の湯をはるのにも苦労した。それでも無事にホテルの部屋にたどりついたことだけで、今日一日の緊張がほどけてゆくのがわかった。開けたままの窓から、街の騒音が聞こえてくる。ベッドカバーを外し、ぎゅうぎゅうに整えられたアッパーシーツをはがして、始は風呂《ふろ》上がりのからだを横たえた。これからの一か月半が途方もなく長い時間に感じられた。会社で働くための関門からもっとも遠くに、自分は逃れてきた。東京のことはしばらく忘れていられるだろう。

いつの間にか始は深い眠りに落ちていった。

次の日から、マンハッタンの碁盤の目のような街を横に縦にひたすら歩いた。ナップサックのなかには一眼レフとパスポートと地図、小額の紙幣のはいった財布とトラベラーズチェック、ボールペンだけを入れた。

ときにはY字型に穴のあいた銅貨のようなトークンを買い地下鉄に乗った。二度、三度と乗るうちにむやみに緊張する必要はなく、地下鉄が悪さをすることもないと、からだで納得するようになってくる。ステンレス製の三つ指のようなターンスタイルを太腿《ふともも》のあたりで押しまわす感覚に慣れてくると、その冷たく硬い感触まで親しげに感じられる。いつのまにか、自分が臆病《おくびょう》な観光客であったことなどはるか昔のことのようにおもえてくる。

外の景色を眺めながら移動するのがどんな感覚なのかを知りたくなり、バスにも乗った。地下鉄よりもはるかに白人の占有率が高い車内の様子に、始は居心地の悪さをおぼえた。下車するときには、窓の上部にぐるりとわたされた黄色いロープを引っぱると降車ベルが鳴る。ロープ式の合理性や利点がどこにあるのか見当もつかない。けっきょくバスに乗ったのは一度きりだった。

ときおり、香ばしさをふくんだプレッツェルの甘だるい匂いが漂ってくる街のなかを、自分のスピードで歩いてゆくのがいちばんだった。とおりすぎる女性の香水の匂いも、新聞や雑誌を売るスタンドのインクや紙の匂いも、セントラルパークの馬車が落としていった馬糞《ばふん》の匂いも、歩くスピードで近づき、遠ざかってゆく。セントラルパーク沿いの道を歩けば、青々とした緑の匂いや樹木の木肌から揮発するつんとした匂いを感じる。メトロポリタン美術館までひたすらまっすぐ北上するそれなりの距離を歩くことが苦にならないのは、景色や匂いがめまぐるしく移り変わるからだとおもう。

メトロポリタン美術館には何度も通った。

最初に訪れたときは開館の十分前だった。待っている人たちは列をつくらず、入口のあたりや階段に散らばって、所在なく本を読んだり、漫然と空を眺めたり、鞄《かばん》の中身をあらためたりしていた。始のそばに立っていた同世代にも見える女子学生に――彼女はボリュームのあるブロンドの髪を黒いリボンで束ねていた――三十歳くらいの男が声をかけてきた。

ダブルのスーツを着て、ヘアリキッドで撫《な》でつけた黒々とした髪を光らせながらするすると近づいてくると、美術とはなにも関係のなさそうなことを早口で話しかけてきた。そのあいだもずっと彼女の目から視線を離さなかった。きみはなぜこんなところに立っているのか、動かない死んだも同然のものはいつだって見ることができるから、近くにあるできたばかりのすばらしいカフェにいって、おいしいコーヒーでも飲んで、そこでちょっと話をしよう。それからもどってきてもいいじゃないか。そんなことを言っているように聞こえた。

女子学生は無言のまま反対側に顔を向けた。男はそちらに急いでまわりこんだ。歩いて半円を描く先には姶が立っていて邪魔だったたし、彼女の反応もはかばかしくなかったので、彼女にではなく姶には聞こえてかまわない程度のボリュームで素早く小さな舌打ちをした。なだめすかすような彼女への声とはまるでちがう音だった。開館前に美術館の前に立っているような女であれば簡単に誘いにのるものだ、というなんの根拠もない男の思いこみに煙幕をはるように、彼女はハンドバッグからタバコをとりだし吸いはじめた。男は軽く肩をそびやかすと、ふてくされたように階段をおりていった。

開館時刻となって入館すると茫然《ぼうぜん》とするほど広大な空間が広がっていた。外の小さな出来事は風にとばされる埃のように音もなく消えた。

ひと筆描きのように順路にしたがって二時間ほど見て歩くうちに、とつぜん頭のヒューズが飛んだようになった。飽和状態になった始は、それ以上歩きつづける意欲を失った。重くなった足を運んで一階の漠然とひろいファウンテンレストランに入った。味気ない料理を半分だけ食べて退館した。ホテルの部屋にもどりベッドのうえに横たわったとき、メトロポリタン美術館のMマークがついた薄いブリキのバッジを胸につけたままだったことに気づいた。

二度目はどうしても見ておきたいものをガイドブックで調べ直し、点と点で館内を結ぶように歩いたが、未知の作品に偶然出会うことがないからか、解答を見ながら問題を解くような空しさをおぼえた。館内はあまりに大きく広い迷路のようだった。

三度目は冷たい雨の降る日だった。

開館からしばらく時間が経《た》っていたので、始の前で揺れて動くいくつかの傘はそのまま入口近くで閉じられて、人々が吸い込まれてゆく。

エジプト美術をゆっくり見たいと思っていた。

ガラス張りのケースの向こうにぎっしりと棺や副葬品が並べられている。製作年代、意匠の変遷、親族の序列……すべての収蔵品には個別の価値や由来がある。展示品につけられたプレートのことばによる説明がどれほど丁寧であったとしても、ここにこうして置かれてある無言のリアリティにはどうしても追いつけない。

始はひとつひとつを舐《な》めるように見ていった。

ただならぬ気配のかたまりがこちらを圧迫してくる。しかしそのかたまりは始をおびやかさない。死の気配に満ちていても、そこにはためらいや疑い、不信のしるしはない。祭祀者《さいししゃ》にとってはもちろん、王とその一族にとっても、死の意味は明確だったのだろう。死後の世界が、生ある世界よりも深く重くおおきく感じられるなかで生きるとき、日常はどのように感じられたのだろう。

あらたに設計されたガラス張りのスペースには、ダム建設によって水没する可能性のあったエジプトの神殿がおさまっていた。アメリカの技術的、財政的支援によっていったんエジプト国内に移築されたのち、アメリカに寄贈されることが決まり、六百以上のパーツに解体されてニューヨークに輸送され、二年前、ここにふたたび姿を現したらしい。いまやメトロポリタン美術館の最大のコレクションのひとつとなっていた。外の雨は神殿には降りそそがず、ガラス窓の向こう側に水滴をつくっている。

神殿とは対照的なちいさな副葬品からは、膨大な労働量と土木的な技術とは別の、つくる人間の個人的なよろこびが伝わってくる。エジプトの生者たちが日常を営む姿をミニチュアにした副葬品は明るく活気があり、どこかユーモラスでもあった。舟をモチーフにしたものが多い。死者が無事にたどり着くべき岸へと向かう舟を、何人もの漕《こ》ぎ手が漕いでいる。死者を孤独にしないイメージがすべてに共通している。横になったり縦になったりして並んでいる棺に囲まれていると、生きて動いている自分のほうがかりそめのもののように感じられる。

「あなたはエジプトのお墓が好きなの?」

シンプルな英語で、発音に癖もなく早口でもなかったので、始にも聞き取ることができた。自分に向けられたことばとはおもわず、そのまま棺を見ていた。

「聞こえる? あなたに聞いているんだけど」

振りかえると、高校生か大学生かわからない女の子がすぐそばで始を見ていた。まわりには誰もいない。

ジーンズに白いシャツ、生成りのカーディガンをはおっている。褐色のセルロイドのボストン眼鏡。着ている服にも栗色《くりいろ》の髪にも白い頬に散るソバカスにも、本人はまるで関心がないような顔をしていた。ローカットの白いコンバース。

驚いて、イエス、とだけ言った。眼鏡越しの彼女の目を見ると、利発そうな顔をしていた。「あなたは先週もここにいたわね」

そのとおりだった。彼女もたまたま同じ時間、ここにいたのか。

「あなたも、"Society for the Return of Egyptian Sarcophagi"の会員なんでしょう?」

なにを言っているのかわからず、始は彼女の真面目な顔を見たまま、なんと言いました？と聞きなおした。

「エジプトのお墓《サーコファガイ》は、エジプトに、返そう、協会」

彼女ははじめてちょっと恥ずかしそうな笑顔になってつづけた。

「あなたも、メンバーの一人でしょう？」

始は聞いたこともない協会に驚いて、ノー、とだけ言った。

「そうよね。会員はまだわたしだけだから」

始を想像以上に惑わせたことに少しあわてたらしい彼女は、目をそらして棺のほうを見た。

これほどの数の棺や副葬品、お墓そのものが展示されているなんて文明国の恥だ、と彼女はゆっくり言った。ツタンカーメンの発掘でどれだけおそろしいことが起こっていたか、あなたは知っているか、と彼女の考えと主張がいつの間にか質問に変わっていたので、始はふたたびうろたえた。発掘が始まってまもなく、発掘の最中にも、終わってからも、関係者がつぎつぎに亡《な》くなったという有名な話は、興味本位の記事やテレビ番組で見たことがある。誰がどのように亡くなったのかはすっかり忘れてしまっていたが。

「その話は知ってます」

当然でしょうという顔で彼女は頷《うなず》いた。

彼女はメアリー・ヴァンダービルトといい、この近所に住んでいるという。高校三年生で美術系の学校に進学することを決めているらしい。メトロポリタン美術館へは毎週パ、ト、ロ、ー、ル、に来ている、と言ってはじめて笑顔になった。警備員とも知り合いで、自分が活動家《アクティビスト》だと知っているけれど、いまのところ友好関係は保たれている、とつけくわえた。今日は学校が休みで、しかも雨だから来た、という。

「雨は神の怒りを鎮《しず》めるの。展示されたすべてのものたちは雨を感じて、今日はやすらかよ」

始は名前《ファーストネーム》を聞かれた。

「ハジメ？　どういう意味？」

「最初《ビギニング》、始める《スタート》、ということかな」

メアリーの目が丸くなった。じゃあ、ファミリーネームは？

始が答えると間髪をいれず「ソエジマの意味はなに？」と訊《き》いてきた。

始はしばらく考えて言った。

「島に寄り添う《クロース・トゥ・アイランド》、かな」

「すばらしい名前じゃない。つまり、あなたはひとり《アローン》っていうことね」

始とメアリーはメトロポリタンを出て、メアリーが家族といっしょによく行くというセントラルパークイーストのベトナム料理店に向かうことになった。躊躇《ちゅうちょ》する気持ちもあったが、それが当然で、あらかじめ決まっていたことだと言わんばかりのメアリーの様子にひっぱられ、自然についてゆくことになった。

雨はやんでいた。道が雨で清められたように光っている。

雨に濡《ぬ》れた通りをクルマのタイヤがジアジアジアジアと音を立てて通りすぎてゆく。人どおりはほとんどなかった。

通りから小径《こみち》を入った先に重そうなドアがあった。通りすがりに押して入る勇気はとてもでないだろう。メアリーが近づくと、向こうからドアが開いた。

ベトナム式の正装をしたウェイターはメアリーを見るなり、微笑して頷き、白いテーブルクロスが敷かれた奥の席に案内した。聞きとれないほど早口でウェイターになにかを伝えると、ウェイターは静かな低い声で「ウィ、マドモワゼル」と言った。

彼女はテーブルに両肘《りょうひじ》をのせ、始に顔を近づけて小さな声でゆっくりと言った。

「エジプト人もベトナム人も、なぜもっと怒らないのかしら」

省略の多い質問だったから、始はどう答えていいかわからない。

「なぜ、そうおもうの」

「だってそうでしょう。ベトナムなんてあれほど人を殺されたのよ」

ウェイターが近づいてきたので、メアリーは話すのをいったんやめた。大きな白い皿が置かれた。何品かの野菜のオードブルがきれいに盛られている。

「森は、焼けてしまった。それでも時間をかければ、また森になる。怒りや憎しみは、森が吸い取る。雨が降っても、また地面は乾く。だから、人はいつまでも怒っていない」

始は伝わるかどうかわからないまま、たどたどしく言った。

「そうだとしたら、エジプトには森なんてないわ」

「それは、ぼくにはわからない。森がなければ、怒るときがくるかもしれない。古代のナイル川みたいに」

慣れないこと、聞いたふうなことを言っているとおもい、始は話題を変えようとした。

「エジプトにお墓を返すとしたら、たいへんな作業になるだろうね」

「絵だったら盗んで運びだせるのよ。棺がどれくらい重いか、あなた知ってる?」

始は力なく首をふった。

「とても運び出せない重さなんだから」

メアリーは数字を言わず、ただそう言った。

「ガラスケースを壊して棺を運びだせたとしても、メトロポリタンの正面の階段を降りる途中で、重さのあまり息ができなくなって、手を離してしまうわ。そこで作戦終了」

メアリーはしばらく料理に集中した。前菜はどれも食べたことのないようなおいしさだった。メアリーは左ききで箸《はし》を上手に使った。箸に添える指は持ちかたのお手本のようにきれいだった。マニキュアをしていない爪《つめ》。

メアリーは北海道がどういうところなのかを聞きたがった。ニューヨークよりも北にあること、冬は雪が降り、流氷がやってくること、ニューヨークのようなビルはひとつも建っていないこと、マンハッタンにネイティブしかいなかったように、北海道にもネイティブがいた、という話をした。

デザートを食べ終わると、始はメアリーに聞いた。この店のメニューをもらえるだろうか、と。

メアリーは怪訝《けげん》な顔をした。「なぜ？」

「おみやげにほしいんだ。自分がなにを食べたかもわかるから。これまでも食べた店で頼むと、だいたいみんなくれたよ」

メアリーは肩をそびやかし、「自分で聞いてね」と言った。

始はウェイターに頼んだ。ウェイターは一瞬、戸惑う顔になり、早口で始に質問した。メアリーがその質問をひきとり、ウェイターに何かを言った。

やがてウェイターは手書きのメニューを始に手渡した。

始はトラベラーズチェックを出して支払おうとしたが、メアリーは手で制した。

「わたしが誘ったんだから、あなたはお客さんなの。お客さんが支払うのは間違い」

と言った。

店のドアから通りまで歩くと、メアリーはあらためて始に向きなおって、右手をさしだした。

「今度、あなたはいつメットに来るの？」

始はなんと答えたらいいのかわからなかった。さしだされた手をにぎった。ひんやりと乾いた手だった。

「わからない。でも、まだ一か月はいるから、また来るとおもう」

始は手を離した。

「ホテルはどこなの？」

ゴーラム・ホテルの名前を告げた。メアリーは怪訝な顔をして「聞いたことがないわ」と言った。「つづりは？」

「G、O、R、H、A、M」

それでも聞いたことがないという顔のままだった。彼女のような裕福な家の娘は、ピエールやプラザ、ウォルドルフ・アストリアのような有名ホテルしか知らないのだろう。

「じゃあ、こうしましょう。来週の土曜日のお昼ころ、デンドゥール神殿の前で待ち合わせるのは？」

始がいちばん苦手なのは、次の約束だった。曖昧《あいまい》な声でイエス、とだけ言った。

「今度は、ぼくが、ランチをご馳走します」

会計のことが気になっていたから、実現できるかどうかは別にして、そう言った。

メアリーは笑顔でオーケーと言うと、メトロポリタンと反対側に向かって歩きだした。始はしばらくうしろ姿を見ていたが、メアリーは一度もふりかえらなかった。どこかから黒塗りの車が現れることを想像したが、次の曲がり角でメアリーは左に曲がり、姿は見えなくなった。

メアリーと別れた始は、セントラルパークを東から西へと歩いて横断した。そして、反対側のセントラルパークウェストに出た。明日行くつもりの自然史博物館の外観を眺め、インフォメーションで何種類かのパンフレットをもらった。それからセントラルパークウェストを南へ五丁目ほど歩いた。まもなくガイドブックで何度となく見返した古い建物が目に入ってきた。

72丁目にあるダコタ・ハウスの前に立ちどまり、始はただ建物を見あげた。十九世紀に建てられた、マンハッタンではもっとも古い集合住宅のひとつだった。ビートルズの解散後、ニューヨークにやってきたジョン・レノンは、一九七三年からここでオノ・ヨーコと暮らしていた。あと一か月もしないうちに、五年ぶりのアルバムが出るはずだった。おそらくはきのうも今日も、ジョン・レノンはこの建物のなかで眠り、目覚め、生活をしているはずだった。

始はナップサックからカメラを出して何枚も写真を撮った。マンハッタンの住民ではない数えきれない人間が、始のようにカメラを構え、ここを撮影しただろう。始は躊躇なくファインダー越しにダコタ・ハウスをとらえ、自分の立つ場所をなんども移しながら、シャッターを押しつづけた。カメラのボディがそのたびに金属的な音を立てた。その振動が両手を通して伝わってきた。

そのあいだ、ダコタ・ハウスからは誰も出てこなかった。入ってゆくものもいなかった。

ジョン・レノンもオノ・ヨーコも、故国を離れて、ここにやってきたのだ。人は行きたいところに、どこへでも行ける、と始はおもった。

ビートルズのレコードを聴くようになって、ちょうど十年ほどの時間が過ぎていた。こうしてここに立っているたったいまが、これまでの人生でもっともジョン・レノンに近い場所にいる。始はしばらく向かいのビルに背中を預けるようにして、その場所から離れずにいた。夕刻が近づいて肌寒さを感じた始は、それから少し急ぎ足になってホテルに向かった。

帰国して半月ほど経ち、十二月八日になった。

ジョン・レノンを殺害した男は、始と同世代だった。

テレビに映るダコタ・ハウスの周辺には、思いつめたような顔の人があふれ、ひしめきあっていた。泣いている人もいた。カメラを構えている人間は誰も見当たらなかった。

14

全身をすっぽり覆《おお》う半透明のレインコートを着た歩にとって、大粒の雨だれは旋律のない音楽だ。車道の左側、生い繁《しげ》る桜並木の下に自転車の進路を寄せて、ペダルを漕《こ》いでゆく。

リュックには、布袋に入れたモカシン、替えのソックス、タオル、昼の弁当、ほうじ茶のはいった小さな魔法瓶、読みかけの文庫がコンパクトに詰められていた。タオルをクッションがわりにしているから、道の凹凸のたびに中身ががたつくこともない。

東京で暮らすようになって、犬のいない生活もだいぶ長くなった。それでもこんな雨の日には、ジロのけものくさい匂《にお》いが鼻によみがえる。濡《ぬ》れたからだを激しく震わせて水を飛ばす音も。木々の青い匂いのまじる雨のなか、歩は自転車を漕ぎながら、ぐっすり眠りこんだ仔犬《こいぬ》のジロを背負い、動物病院に向かっている自分を想像する。

野川沿いの通い慣れた道は、老人がときおり散歩しているくらいで、いつも閑散としている。今日のような雨の日は誰ともすれちがわない。ここでスリップして転倒しても、しばらくのあいだ誰にも気づかれないかもしれない。天文台長には一度、雨の日の自転車はあぶないよと言われたが、混みあったバスに乗る気持ちにはなれなかった。

昔から二輪車が好きだった。枝留の町を走っていた古い自転車は実家の物置にいまもまだあって、帰省すればすぐに歩の足になる。父がときおり油をさしたり磨いたりしてくれているから、サビはどこにも出ていないし、ベルは軽やかに鳴る。タイヤの空気圧も調整してある。革のサドルもつやつやとし、形がくずれたりしていない。車輪のスポークは、タイヤの円運動を推進力に変える方程式のように整然と放射状に輝いている。問いをさしはさむ余地がないほどうつくしいかたちだと歩はおもう。電波望遠鏡のパラボラアンテナより何千年も前に、名前も残さない誰かによって、車輪は発明された。

自転車の手入れは歩が頼んだわけではない。父、眞二郎の性分なのだ。

余計なことを言わない父は、掃除にしても買い物にしても、ジロの世話にしても、ほんの些細《ささい》な汚れやホツレ、傷やゆがみ、変調を見落とさなかった。魚はもちろん野菜や果物ひとつとっても、母が買ってくるものより父が選んだもののほうが味はいい。母もそれを認めていた。

ただそれは、物を言わないものに限られていた。隣に住む自分の三人の姉妹に対しては、それが働かない。判断どころか、まともに見ようともしない。判断はしているのかもしれないが、その判断をもとに、面と向かってなにかを言ったり、忠告したりすることができないのだ。

始を見ていると、言いたいことがあっても我慢するしかない役まわりは、姉をもつ弟の宿命なのかと感じることもある。弟は優しい。でもそれは、姉にはなにも言えない気弱さの裏返しでもある。

もしもいま、始が自分に対して言いたくても言えないことがあるとしたら、それはなんだろう。恋人はいるのか、そろそろ結婚したほうがいいんじゃないか、と思ったりしているのだろうか。そんな素ぶりを感じたことはなかったが、始はそもそも自分のことで手いっぱいで、姉のことなど考える余裕はないのかもしれない。伯母たちが結婚しないまま同じ敷地に住みつづけることを父がどう思っているのか、見当もつかないのと同じようなものだった。

自分の気持ちですらよくわからないのだから、ひとの気持ちなど、わかるはずがない。ひとの気持ちについて考えるたびに、わからないでよかった、とさえ歩はおもう。わかるなら、犬や猫のように、おたがいの匂いや鳴き声や仕草がたよりのほうがいい。ことばなど、ほんとうの意味では、なんの役にも立たない。信じられるのは抱きしめたり抱きしめられたりしているときの感覚、感触くらいかもしれない。相手がなにをどのように考えているかわからなくても、感覚や感触がもたらすものは、信じることができる。

そのような考えを歩は、父から受け継いだのかもしれない。父は自分の見たもの、手に触れるもの、自分が使う道具とその働き、力を加えたときになにがどう動くか、そうしたことを信じているようだった。釣り竿《ざお》を振り、渓流に釣り針を投げ入れる角度、渓流の深さや流れ、岩の位置を見て、傍目には窺《うかが》い知れないなにかを判断した。手入れされた道具とされない道具ではどう釣果《ちょうか》がちがうかも、父は知っていた。釣り針にヤマメがあたる感触、食らいついて糸をひっぱる勢い。それを感じる父の手は、そのときほとんどヤマメの感覚に近づいているにちがいない。もう子どもではなくなったころ、歩はそのことに気づき、釣り糸が伝えるものを想像するようになった。釣りの上手下手は、敵対する能力ではなく、同化する能力の差ではないか、と考えた。

父が母越しに、短いことばで結婚について様子を聞いてくることもほとんど絶えた。

そのおかげで帰省するときの気持ちの負担がだいぶ軽くなったけれど、それと同時に父のあきらめを感じる寂しさもあった。もうすぐ三十になる。自分が光の粒子なら、夏の大三角のベガ、おりひめ星にとうにたどり着いているころだ。

　雨をレインコート越しに感じながら、歩は少しだけペダルを踏みこんでスピードをあげた。

　ひとりで自転車を漕ぐよろこびは、自分の力で前へ進むよろこびとはちがう。あらゆるものをうしろに置き去りにするよろこびだった。慣性の法則ですでに進行方向へと進んでいる歩は、たったひと漕ぎペダルをつよく押しこむだけで、急速に同じ場所から遠ざかることができる。桜の木も野川の土手も、歩を見送って、そこにとどまるばかりだ。歩をつかまえることはできない。

　ゴアテックスにあたる雨の音。自転車のタイヤが濡れた道をトレースする音。その音は歩の鼓膜や歩の肌に振動をつたえる。たまたま歩に当たった雨粒はゴアテックスにさえぎられ、レインコートの表面を不規則な速度で伝い降り、そのほかの雨粒と合流し、ふくらんで、重力にさからえず地面に向かって落ちてゆく。

　自転車が天文台の門のあいだをとおり抜けるとき、守衛室の鈴森さんが軽く会釈《えしゃく》をするのを歩は目の端でとらえた。鈴森さんは今年いっぱいで定年になるはずだった。

無駄口をきかない鈴森さんを見ると、ときどき父のことを思いだす。

歩が天文台で観測する星からの光や電波は、はかないほど弱い。電波望遠鏡は、それを受信し増幅させて観測する。電波望遠鏡が登場する以前の時代、屈折望遠鏡、反射望遠鏡が最新鋭であったころも、観測し分析する対象はそれこそ星の数ほどあった。とはいえ、星からの光に頼るだけでは、観測の目は宇宙の果てまでとうていとどかない——そのことを天文学者が思い知らされるのは、二〇世紀に入ってまもなくのことだった。

宇宙が爆発的に膨張していることを観測の結果から導きだし、世紀の発見につなげたのはエドウィン・ハッブルだった。歩が生まれる一年前の一九五三年に亡《な》くなった天文学者、ハッブルの名前は大学の講義ではじめて聞いた。その業績はもちろんのこと、小笠原教授から聞いた断片的な横顔を知るにつれ、歩はハッブルに特別な関心をもつようになっていった。

歩が天文台に勤務するようになってから、大規模な電波望遠鏡設置計画が動きはじめた。歩はその推進室に配属となった。複数あげられていた候補地選定の調査のため、鞄持《かばんも》ちのような待遇で室長の海外出張に同行し、最後の旅から先月帰ってきたところだった。ハワイのマウナケア、ヒマラヤの奥地も旅した。そして、南米のアンデス山脈にも足をのばした長い旅の帰途、室長の許可を得て夏季休暇をとり、カリフォルニアに立ち寄った。エドウィン・ハッブルが最後まで観測をつづけていたウィルソン山天文台と、一〇〇インチ反射望遠鏡を自分の目で見てみたかったからだ。

アメリカ、カリフォルニア州の山々の頂に建てられたウィルソン山天文台は、一九一〇年代の後半、世界の最先端であり世界最大級の大きさを誇る一〇〇インチ反射望遠鏡を備えていた。

そのウィルソン山天文台に職を得ることが決まるのと前後して、一九一七年、第一次世界大戦にアメリカが参戦することになると、エドウィン・ハッブルはみずから陸軍に志願し、研究者たちを驚かせた。地球上の一地域で生死をかけて闘う戦争と天文学はあまりにかけ離れている。天文台の同僚や上司はハッブルの選択に少なからず疑問を抱いたが、もちろんそれを公言できる時代ではなかった。従軍はおおやけには賞賛され、ハッブルは復員後の天文台でのポストの確約をとりつけ、戦場に向かった。ハッブルははじめて経験する戦争で、六百人もの兵士を擁する連隊の第二歩兵中隊長として従軍した。

照準器《スコープ》を通して狙《ねら》いを定めることは、ハッブルにとって望遠鏡《テレスコープ》を覗《のぞ》くのと同じようなものだった。円形の標的を狙う軍隊内の射撃競技では他を寄せつけないフルスコアをだし、異例の扱いともいえる短期間で、少佐に昇進した。

ハッブルはなんの根拠もなく、自分が戦闘で死ぬことはないだろうと考えていた。万が一、不慮の死を迎えることになったとしても、宇宙全体の物質とエネルギーの総量にはなんの影響も与えない。妻も子もいない自分は、ひとりで生涯を終え、埋葬される。母は悲しむかもしれない。息子を誇らしくおもうかもしれない。それすらも母の脳内に起こる現象で、神経細胞に発生する活動電位によるものだ。その活動電位を観測し、分析しても、母のリアルな感情の動きを再現し、説明することは誰にもできないだろう。地球の大気圏外にすら、出てゆくことのないかげろうほどの想念は、宇宙全体からみれば、ないも同然だ。

二〇世紀に入って明らかになりはじめた脳の神経細胞の仕組みは、ヨーロッパでもてはやされているフロイトやユングの主張をことごとくひっくり返し、無効にしてしまうにちがいない。十年ほど前にノーベル賞を受賞したカハールとゴルジの神経細胞の研究は、脳という宇宙の、基本的な構造を明らかにする画期的なものだ——ハッブルはそう考えていた。

カミッロ・ゴルジは、神経細胞の一部を二クロム酸カリウムと硝酸銀の水溶液を使った染色によって樹状突起や細胞体の識別を可能にする方法を確立した。神経解剖学者のサンティアゴ・ラモン・イ・カハールは、子どものころから画家になることを夢みるほどの画才があり、観察対象の微細なディテールへの注意力が際立《きわだ》っていた。ゴルジが開発した染色法を用いた研究によって、神経細胞が網状につながっていると考えたゴルジとは真っ向から対立する、神経細胞のニューロン説を唱えた。一九〇六年、ふたりは同時にノーベル生理学・医学賞を受賞する。その八年後の一九一四年、第一次世界大戦がはじまり、三年後にはアメリカも参戦する。

従軍したハッブルは、実際の戦闘を経験することはなかった。ハッブルの率いるブラックホーク中隊がフランスに上陸し、作戦を開始してまもなく、ドイツが降伏したからだ。しかしその直前、ドイツ軍の仕掛けた地雷を踏んだ部下の兵士が死亡する。爆発の近くにいたハッブルは爆風をまともに受けて昏倒《こんとう》し、右腕を負傷した。快復してからも、右腕は思うように曲げ伸ばしができなくなった。しかし、そのことを周囲から気遣われることを嫌い、地雷の爆発で倒れたことを武勇伝のように語ることはあっても、負傷の後遺症が残り、悩まされていることはけっして語ろうとせず、気取られまいとした。

復員して観測、研究にもどったあとも、一九〇センチの長身、八〇キロを超える体《たい》軀《く》に軍服だったコートをそのまま羽織り、軍隊用のブーツをはき、パイプをくゆらせながら観測を行なった。並みの体力ではとうてい耐えられない長時間を費して、一〇〇インチ反射望遠鏡を独占し、天体の観測、撮影をつづけた。

軍隊の任務を解かれても、ハッブルはまだ現役の少佐であるかのようにふるまっていた。それは天文台という職場にはふさわしくない態度だった。それに加え、オクスフォード大学留学時に身につけたイギリスなまりの発音も、あえて母国アメリカの発音にもどそうとしなかった。威圧的ととられかねないこうした態度が、学究肌の同僚や上司とのあいだに、たびたび軋轢《あつれき》を生んだ。陰では名前を呼ばず、「少佐《メイジャー》」と呼んで憚《はばか》らない者もいた。

いったいこのような男が、なぜわれわれのような天文学のフィールドにやってこなければならなかったのか。誰もがそう感じながらも、持久力と直感力に支えられた観測に没頭し、集中を切らさないハッブルのおおきな背中を、やっかいな荷物でも見るようにただ眺めるほかなかった。

高校生のころハッブルは、勉強よりもスポーツで注目されていた。各種の陸上競技に天才的な能力を発揮し、なかでも走り高跳びに関しては、イリノイ州の記録保持者にまでなった。シカゴ大学に入学すると、ボクシングでも頭角を現し、ヘヴィー級のプロボクサーにならないかと誘いも受けた。対戦相手の候補には黒人初のヘヴィー級王者、ジャック・ジョンソンの名前もあがっていたという。

生まれつき恵まれた体格、とびぬけた運動神経の持ち主で学業もトップクラス、一点の曇りもない人生に見えても、幼いころのエドウィンは、浅くはない精神的な打撃を受けたことがあった。アメリカで刊行されたハッブルの評伝を大学の図書館の書架に見つけ、しばらく読み進めるうち、少年時代の出来事に歩は不意を衝かれた。

エドウィンは八人きょうだいの三番目の、次男として生まれた。

六歳のときのことだった。すぐ下の弟のウィリアムと、夢中になって積み木遊びをしていた。時間をかけ、ふたりで協力しながら城をつくり、橋をつくりあげた。完成させると、ふたりはその国の王様になり、兵士にもなった。そこへ、まだ十四か月の幼児だった妹のヴァージニアがやってくると、ふたりの兄の目の前で手足をふりまわし、彼らの難事業の成果であり、想像の王国の中心である城と橋を一撃で崩してしまう。

怒ったエドウィンとウィリアムは、報復とお仕置きの意味をこめてヴァージニアの手を踏みつけた。ヴァージニアは火がついたように泣きはじめた。母親に見とがめられたふたりは、つよい叱責《しっせき》を受けた。

それからほどなくして、ヴァージニアは幼児期に特有の病気に罹《かか》って死んでしまう。

もちろん、手を踏みつけられたことはその遠因ですらなかったが、妹の突然の死は、幼いふたりの兄に、おおきなショックを与えた。しばらくのあいだエドウィンは、罪障感からノイローゼのようになってふさぎこみ、母親を心配させた。

ヴァージニアの死の空白を埋めるかのように、三女ヘレン、四女エンマ、五女エリザベスと、つづいて三人の妹が誕生する。包容力のある母親のおかげもあり、エドウィンは月日が経《た》つうちに快活な少年らしさをとりもどしていった。

エドウィン・ハッブルの人生の最初の危機は、ゆっくり去っていった。傷ついたとみえた壁は、成長する過程で漆喰を塗り重ねるように見えなくなった。しかし、見えなくなっただけで、傷が消えたわけではなかったのかもしれない。ハッブルが無闇《むやみ》にからだを酷使してスポーツにのめりこんだこと、志願して従軍したこと、人一倍観測と研究に没頭したこと、三十四歳になるまで結婚をしなかったことなど、容易に人を寄せつけない狷介《けんかい》な人物としてふるまうハッブルの孤独は、少年時代の傷とまったく無縁ではなかったのではないか、と歩は想像した。

ハッブルが横柄《おうへい》な態度そのままに、しかし密《ひそ》かにこころを許すことができたのは、観測助手のミルトン・ヒューメイソンだった。

ハッブルより二歳年下のミルトン・ヒューメイソンは、もともとはウィルソン山天文台の建設のために雇われた労働者で、天文学を学んだことなどないのはもちろん、高校すら出ておらず、ウィルソン山麓《さんろく》のホテルの従業員として、満ち足りた日々を送っていた。山の自然のなかで暮らすことがヒューメイソンのなによりの望みだった。

初代の台長が選んだ天文台建設予定地は、カリフォルニア州、サンガブリエル山脈に連なる標高一七四二メートルのウィルソン山だった。建設資材や機材を運びあげるには狭い山道を登らねばならず、輸送の手段としてラバが使われた。その使役人として雇われたヒューメイソンは、実直な働きぶりを認められ、のちに天文台の雑用係として採用されることになる。もともと好奇心がつよかったので、天体観測の技術、実作業を、観測のある夜間に手伝いながら、実質的に学んでいった。ヒューメイソンは無駄口をたたかない静かな男だったが、笑顔になると、とたんに人懐《ひとなつ》こい表情を見せた。観測の補助作業を黙々とこなす姿は、アクの強いハッブルとは好対照だった。

ハッブルとヒューメイソンの観測がまもなく十年になろうとするころ、遠方にある銀河ほど、大きな速度で地球から遠ざかっていること、すなわち、太陽系、銀河系をふくむ宇宙が、爆発的に膨張していることを告げる観測結果を得た。これはのちのビッグバン理論につながってゆく大発見だった。

宇宙はなぜ爆発的に膨張しているのか、そして、爆発的な膨張は最後にはどのような結末を迎えるのか。それまで誰も手を伸ばさなかったドアのノブをふたりはつかみ、押し開けたのだ。

歩がいまかかわっている二〇世紀後半の天文学は、ハッブルとヒューメイソンのように、ひとつの天文台のコンビがおおきな発見を導きだせるような牧歌的システムではなくなっている。電波望遠鏡の観測は、数か国の研究者と天文台の技術者が複数の電波望遠鏡をつないで観測し、分析した結果を手がかりに、探究をつづける方法をとっている。しかし、その道を最初に切りひらいたのは彼らなのだ。

ハッブルが最後まで愛用した一〇〇インチの反射望遠鏡は、空に向かって飛びだしてゆこうとする、骨組みだけの機関車のように見えた。おおきさは写真で見ていたからわかっていたが、構造や細部を目の前にすると、いま歩のかかわっている電波望遠鏡とはちがって、ひとが工具を使って手でつくりだしたものという実感がわく。この巨大な反射望遠鏡の席に座り、四時間も五時間も観測をつづけ、ときには数百枚の撮影をこなすのは、屈強なハッブルでなければ難しかったにちがいない。

真冬の観測では、もちろん気温は零下になる。しだいに手指が動かなくなり、凍傷に近い状態になる場合もある。白い息を吐きながらずっと観測をつづけているために、白く着氷したまつ毛が、そのまま接眼レンズにはりついてしまうこともあった。しかしハッブルは、寒さで音をあげることはなかった。同僚に不興を買った軍用の防寒コートは、必要に迫られてのことだったのかもしれない。

歩がウィルソン山天文台を訪ねたとき案内してくれたのは、プエブロ・インディアンの血がまじっているらしい女性研究者だった。おそらく同世代の黒髪の彼女は、少し秘密めいた表情を見せながら「そういえばね」と囁《ささや》くように言った。

「せっかくハッブル博士のリビングルーム兼天文台に来てくれたんだから、特別なエピソードをお話ししておくわね。本気にしないでいい話」

彼女は胸のしたで組んでいた腕をほどいて、小さな深呼吸をした。

「夜になるとね、一〇〇インチの反射望遠鏡のあるこの部屋に、パイプの赤い光が見えることがあるの。なかには、赤い光だけでなく、甘いパイプの匂いまで嗅《か》いだ人もいるのよ。いま天文台のスタッフでパイプを吸う人はひとりもいない。脳卒中で突然亡くなったハッブルは観測の鬼《デーモン》だったから、思い残すところがあったんじゃないかしら」

「それは夏の夜？」

「どうして夏なの？」

「日本では幽霊は夏の夜に現れるから」

「それはおもしろいわね。ハッブルは春だろうが夏だろうが、秋だろうが冬だろうが、いつでも現れるわ」

「あなたは会ったことある？」

彼女は一拍おいて、イエスと言った。

「ハッブルは、天体観測にしか関心がないから、わたしたち人間のことなんて、視界に入っていないみたい。彼から声をかけられたりした人はひとりもいない。だからもう、誰も怖がらないし、実際に怖くないの」

天文台から出て、敷地のなかでいちばん眺めのいい場所に案内された。聴いたことのない鳥の鳴き声が近くの木の梢《こずえ》あたりから聞こえてくる。乾いた風が吹き抜けてゆく。遠くに点々と広がる街並みが見える。南アメリカのアンデス山脈で、人気のまったくない広大な赤い砂漠のような高地を眺めてきたばかりだったから、人が暮らす街が遠く見渡せるだけで、ほっとする気持ちになった。もちろん、この距離があるからきれいに見えるのだ。遠いということには、見たくないものを小さくし、見えなくする作用がある。銀河系も何十、何百光年も離れているから、渦巻状のかたちをうつくしいと感じることができるのだ。

ハッブルもまた、ここから下界を眺めることがあったのだろうか。パイプをふかすのにも絶好の場所。

その夜、特別に開かれたのか、あるいは定期的なものであるのか歩にはわからなかったが、一〇〇インチの反射望遠鏡のある部屋で、天文台に勤務する者が集まって、カジュアルなディナーパーティが開かれた。ゲストである歩はスピーチを求められ、椅子《いす》を引いて立つと、そのままおもったことを話した。

――わたしはいまも、ハッブルが撮影した銀河の写真集をおりにふれて見かえしています。ハッブルはわたしが天文学の世界に入ろうとおもったきっかけをつくってくれたキューピッドでした。あんなにおおきなキューピッドは前代未聞《ぜんだいみもん》ですけれど――出席者からほがらかな笑いがおこった――。いまよりもはるかに精度のおちるモノクロームで撮影された銀河の、多様な渦巻きを見るたびに、ハッブルの息づかいや鼓動を感じることができます。どんなに撮影の精度があがっても、ハッブルが撮ったものと同じものはもう誰にも撮ることができません。憧《あこが》れの天文台にやってくることができて、わたしは天文学を専攻することになった理由に再会することができました。みなさんのご厚意に感謝します――。

ハッブルは三十歳のとき、のちに結婚することになるグレース・リーブと天文台の図書館で出会う。グレースは裕福な家に生まれ、スタンフォード大学の英文科を最優等で卒業し、ハッブルに出会ったときはすでに結婚していた。夫は地質学者だった。

翌年、グレースの夫は炭坑で調査を行っている最中に転落し、不慮の死を遂げた。降下すればまもなく酸欠が始まることは充分予測できたのに、地質学者である夫は酸素マスクを装着せずに炭坑を降りていった。死因は転落なのか窒息なのか、特定できなかった。

その三年後、グレースとハッブルは結婚した。ふたりには子どもはできなかった。さまざまな成果をあげ、もっとも有名な天文学者として名を轟《とどろ》かせたハッブルは、いずれウィルソン山天文台の台長に選出されるものとみずから確信していた。しかし、人望がなかったこと、外遊が増えて天文台にいる時間が極端に少なくなったことなどが要因となり、確信は当てはずれに終わった。ハッブルは深く落胆した。

休暇のたのしみは、グレースとの渓流釣りだった。死の四年前、釣りの最中に心筋《しんきん》梗塞《こうそく》で倒れ、ハッブルはパイプを絶つが、一九五三年、脳卒中で亡くなった。六十三歳だった。

グレースはおそらく夫の遺言にしたがい、当時は珍しかった火葬に付し、密かに葬儀を終えて、どこに埋葬されたかを誰にも語らなかった。いまも、ハッブルの墓がどこにあるのか、あるいはそもそも墓がつくられたのかどうかすら、わかっていない。

「水素、酸素、アンモニアなど、物質はそれぞれ個別の、決まった波長の光を放出している。放出するばかりでなく、吸収もする」

大学一年生の終わりころ、小笠原教授は講義のおしまいにそう言った。

歩は教壇に近づいて、質問いいでしょうか、と言った。黒板の文字や図を消していた小笠原教授は歩の顔を見て、先をうながす顔になった。

「酸素や水素、アンモニアと先生はおっしゃいましたが、人間のからだも物質でできています。つまり、人間のからだからもそれぞれ波長のちがう光がでている、ということですか」

小笠原教授は目尻《めじり》にいつも以上の皺《しわ》を寄せて、なんともいえない笑顔になった。

「きみ、人間のからだは物質じゃなかったら、なんだね？」

物質と聞いて、歩はなぜか火葬された人間を想像した。そのことは一度、調べたことがある。

「燃やされれば灰になります。灰はカルシウムやカリウム、マグネシウム、ナトリウムや鉄もふくみます」

小笠原教授は少し真面目《まじめ》な顔で歩を見た。

「わたしもあと十年くらいしたら、灰だ。どんな光を放出するのか、しないのか。自分では見ることはできない。たしかなのはそれだけだね」

15

そしてエルサレムに来る。そして神殿に入り、神殿で売り買いする者たちを追い出しはじめた。そして両替人の机や鳩《はと》を売る者の椅子《いす》をひっくり返した。そして、人が器物を持って神殿を通るのを許さなかった。そして教えて、彼らに言った、「我が家はすべての民族のための祈りの家と呼ばれるべきである、と書いてあるではないか。あなた達はそれを強盗の巣にしてしまった」。そして祭司長、律法学者がこれを聞いて、どのようにして彼を滅ぼそうかと探った。彼のことを恐れたからである。群衆がみな彼の教えに驚嘆していたからである。そして夕方になった時、町の外に出て行った。

（『マルコ福音書』第十一章15－19　田川建三訳）

そしてユダヤ人の過越《すぎこし》（祭）が近かった。そしてイエスはエルサレムに上った。そして神殿で牛や羊や鳩を売る者、また両替する者が座っているのを見た。そして縄で鞭《むち》を作り、みな神殿から追い出した。また羊や牛も。そして両替人の小銭をぶちまけ、机をひっくり返した。そして鳩を売る者に言った、「こんなものはここから持って出ろ。我が父の家を商売の家にするな」。彼の弟子たちは、「汝《なんじ》の家の熱心が私を食いつくす」と書かれてあるのを思い出した。それでユダヤ人たちが答えて、彼に言った、「こういうことをやるからには、お前は我々にいったいどういう徴《しるし》を見せることができるのか」。イエスが答えて彼らに言った、「この神殿を壊すがよい。そうすれば三日でそれを建ててさしあげよう」。それでユダヤ人が言った、「この神殿は四十六年かかって建てられたのだ。それをお前は三日で建てると？」。彼は自分の身体《からだ》の神殿のことを言ったのである。それで、彼が死人のうちより甦《よみがえ》った時に、彼の弟子たちは彼がこのことを言ったのを思い出した。そして書物とイエスが言った言葉とを信じた。

彼が過越の祭の時にエルサレムにいた時に、多くの者が彼のなした徴を見て、彼の名を信じた。だがイエスの方は彼らを信用して自分をまかせることをしなかった。人々をみな知っていたからである。また誰かが人間について証言してくれることも必要としなかったからである。彼自身、人間の中に何があるかを知っていたからだ。

（『ヨハネ福音書』第二章13－25　田川建三訳）

16

　男子学生が大学の西門の脇《わき》の植え込みに倒れているのを見つけたのは、当直明けの警備員だった。宴会で飲みすぎて植え込みに足をとられ、そのまま倒れこんだのか。私服に着替えたばかりだから目の前で吐かれでもしたらかなわない——そうおもいながら、だいじょうぶかい、こんなところで寝ていたらだめだ……長い髪で隠れて見えない顔に向かって声をかけ、そばにしゃがみこんだ。植え込みの匂《にお》いと土の匂いがした。酒の匂いはしなかった。

　肩に手を置こうとすると、べったり右頰を地面につけたままの男が、歯をくいしばってうめき声をあげた。酔いつぶれて昏倒《こんとう》しているとは思えない切迫した響きだった。あらためて学生のからだを見た。ジーンズのあちこちに濡《ぬ》れたような黒ずんだシミが浮かんでいた。しかも膝《ひざ》のあたりから足首に向かうかたちがあきらかにおかしい。異変に気づいた警備員は、自分の皮膚が粟立《あわだ》つのを感じた。動悸《どうき》がし、生あくびにも似たむかつきをおぼえ、めまいがした。

緊急搬送された病院でレントゲンを見た若い外科医は、ひどいなこれは、と反射的に小さな声を漏らした。スキー場での衝突、階段からの転落、プールサイドでの転倒、自動車事故……さまざまな状況で惹《ひ》き起こされた骨折をくりかえし見てきたものの、このような画像を見たのははじめてだった。両脚の骨が何か所にもわたって砕け、折れていた。

明確な意図と揺るぎない意志を持った人間が、複数の共犯者を伴って行った暴力は、あともどりのできない物理的な傷を残した。実行犯はバールのような硬い金属棒を使い、頭部や上半身にはまったく無関心のまま、ひたすら大腿部《だいたいぶ》より下に位置する脚のあらゆる部分を、繰りかえし何度も殴打していた。職業的ともいえる冷静で限定的な攻撃は、命を狙《ねら》ったものではなかった。恐怖を与え、痛みを与え、数か月の入院を余儀なくさせ、被害者の精神と行動を徹底的に損なおうとするものだった。しかも万が一、逮捕されたとしても、殺人未遂のような量刑は与えられないだろう。

何か所も広範囲に内出血があり、リンパ腺《せん》の損傷も激しかった。両脚の表面は青黒く、部分的には赤黒く変色し、熟れて収穫されなかった茄子《なす》のように、ぱんぱんに腫《は》れあがっていた。痛み止めの鎮痛剤が点滴され、意識が朦朧《もうろう》としている間は別にして、骨折から惹き起こされる疼痛《とうつう》がおさまるには、手術の完了を待たねばならなかった。

塚田徹が緊急入院したことを工藤一惟は同級生から知らされた。その日のうちに病院に行った。薬の効いた塚田徹は白い顔で眠っていた。下半身にはかまぼこ形の覆《おお》いがかけられていたから、両脚の様子をうかがい知ることはできなかった。顔には傷ひとつなかった。一惟は凄惨《せいさん》な状態をとりあえず目にしないですみ、少しほっとした。

塚田がこうして眠っているのを、はじめて見るような気がした。一惟の目の前に現れるとき塚田は、つねに目を見開いて誰かをまっすぐに見ながらなにかを喋《しゃべ》りつづけていた。

ほんのちょっとした議論のとば口を見つけると、塚田は吸い寄せられるように近づいてゆく。藁《わら》の束を重ねておき、慣れた手つきで火をつける。すぐにおおきな炎があがる。

そこで繰りだされる塚田のことばは、ふいごで送る空気のようなものだった。焚《た》きつけられた論争の、赤々とした火の照りかえしを受けながら塚田はますますいきいきとする。本で得た知識を後ろ盾に、どのようにしてか鍛え、組み立てた論理のうえに足場をつくり、敵陣のうちにわずかな隙《すき》や空白地帯を見つけだすと、たちどころに長い梯子《はしご》をするすると伸ばし、その部分に直接あがりこもうとする。それがいつもの彼のやりかただった。

反論じたいが虚《むな》しくなるほどの徹底的で執拗《しつよう》な批判が核心に近づけば近づくほど、当の塚田は冷静になる。ほとんどの論敵は途中で堪えきれずに激昂《げきこう》し、憤然と席を立つか、接《つ》ぎ穂《ほ》を失って沈黙するかのどちらかだった。そこまで来れば、塚田は何事もなかったような顔にもどって相手を見送り、論争が終わる。

終始冷静だった。人格に結びつけて相手を攻撃することはけっしてなかった。しかもつぎに会ったときには、拍子抜けするほど明るく、なにもなかったかのような顔で声をかけてくるから、議論をした相手は反撃の機会や遠ざかろうと身構える態度まであっけなく奪われてしまう。奪われるというよりも、化学変化を起こしたように雲散霧消する。誰かから恨みをかったとしても、このような集団による暴行に結びつくことは考えにくい。

一惟はいつも塚田の議論を遠巻きにして見ているばかりだった。話すとしたら、映画の話か野球の話、マンガの話だった。論争に神経を集中しているときとは別人のような顔になり、気楽でばかばかしいやりとりになった。塚田はよく笑う。無邪気な笑い声に人柄が出ている、と一惟はおもった。塚田が論理だけで組み立てられた人間でないことがよくわかる。ほんとうは論理なんてどうでもいいと思っているのではないか。思想や哲学にあれだけのめりこんでいるのは、それを突き詰めて、いつかそれをすべて放りだそうとしているのかもしれない。どうでもいいような話をしているときのほうが、はるかにいきいきと魅力的だった。

塚田は人間を、遠く動物に及ばないと考えていた。

「人間が不恰好《ぶかっこう》なのはさ、鳥が歌うようには喋れないからだよ」塚田はなかば笑いだしそうな声でつづけた。「『シェルブールの雨傘』みたいに歌って話せばいいんだ。深刻なことも、なにかを頼むときも。ひそかな気持ちを伝えたいときだって。喧嘩《けんか》も歌いながらやったら、すぐにばかばかしくなるさ」

塚田と一惟は大学の学食で向きあい、おそろしくまずいカレーを食べていた。議論するときも歌ってみたらどう？　と聞いてみたい気持ちがしたが、一惟は黙ってカレーを口にはこんだ。

塚田の下宿の壁には本棚がぐるりと並び、思想書、哲学書のたぐいで埋めつくされていた。古本屋の匂いがした。唯一《ゆいいつ》空いている机の前の壁には「シェルブールの雨傘」のポスターが貼《は》られてあった。どこかの名画座に貼られていたのを剝《は》がして盗んできたらしい。カトリーヌ・ドヌーヴの虚無的な目もとは、いかにも塚田らしい好みだとおもったが、その感想は言わずにおいた。

塚田徹はいま白いベッドのうえで、歌うどころか、ことばを発する気配もなかった。ヒゲの伸びた青白い顔をさらして眠っている。ただ目をつぶっているだけの塚田は、台座から外され、横たえられた小便小僧のようだった。目的を失ったその白い顔を、一惟はしばらく見ていた。つまむのにちょうどいいかたちをした鼻翼は、こんな大怪《け》我《が》をしたことを知らないかのように、ゆっくりした呼吸のための出入り口の役割を静かに遂行している。一惟は足音を立てないようにして病室を出た。

ほぼ一日がかりの手術は無事に終わった。病室にもどった塚田の両脚には黒いパイプのようなものが何本も貫通し、それぞれのパイプが構造物のように接続され、ネジで固定されていた。たちの悪い、手のこんだ冗談のような眺めだった。この状態で骨の再生と接続を待つ。骨がつながったことが確認できたところから、機能回復のための本格的な理学療法が始まるのだという。使われずにいた関節や筋肉にふたたび役割を担《にな》ってもらうための訓練。この構造物のようなパイプも、いつかふたたび手術をして取り除かなければならないという。

塚田は人違いで襲われた——過激派学生のセクト間対立がもとで散発的に起こっていた内ゲバの、人違いによる犠牲者であるらしい。そんな噂《うわさ》が広まっていた。いっぽうで、塚田はセクトには属していなかったものの、活動の中心となる特定の人物と交流があったため、対立するセクトからの警告と見せしめで、敢《あ》えて狙われ攻撃されたのだ——と、内情に詳しいことをしたり顔でほのめかす者もいた。

なぜかはわからないが、新聞記事にはならなかった。それまでは西門に一本しかなかった大学構内の外灯が、あらたにもうひとつ設置され、茂っていた植え込みが刈りこまれ、見通しがよくなった。ここで起こったことに対応するものであることはあきらかだったが、学内でもこの事件は起こらなかったかのような扱いを受けているのではないかと一惟は疑っていた。塚田徹が負ったのは重傷だが、しかし死んだわけではない——これ幸いと表沙汰《おもてざた》にならないようにしているのだとしたら、塚田を殺さないようにしてしかし徹底的に痛めつけるのと同じではないか。学内にいるかもしれない事件の関係者を野放しにしてよいはずがない。一惟は他人とは共有しにくいかもしれない感情をかかえながら静かに憤《いきどお》っていた。

右の頰を打たれたら左の頰をさしだせというイエスのことばを一惟はどうしても理解できなかった。徹底した非暴力を説いているわけではないだろう。一方的な暴力を受けたとき、そのうえでさらに相手に左の頰をさしだせば、それは挑発と受けとられかねないではないか。

現実的に考えれば、自分が暴力をふるう相手が頬をさしだす態度を目にしたとき、思わずうろたえて手がとまるというよりも、火に油をそそぐ結果となるだろう。父が一度だけ、枝留教会の礼拝で人の自由を奪うものとしての暴力について語るのを聞いたとき、一惟はイエスの「左の頬をさしだせ」という真意をはかりかね、少なくはない異和感をおぼえた。その記憶は、ずっと一惟の胸にとどまったままだった。

大学で歴史神学の講義を受けたとき、ながらく疑問におもっていたことを、自分なりに理解する手がかりを得た気がした。ローマに支配されていたエルサレムで、古い律法のもとで暮らしていたユダヤ人は、地上のあらゆるものの終末と、やがて神とともにやってくる栄光を待ち望んでいた。その時代と場所に生をうけたイエスという男が、暴力をどのようにとらえることになったのか。一惟はこう考えた――イエスは、現実の世界でおこなわれる暴力を、彼岸からの視点によって、無きものととらえる見かたを示したのではないか。自分の身体《からだ》が滅びても、ふたたび蘇《よみがえ》るというつよい信念もまた、同じ根から生まれたものかもしれない。その信念のまえでは、他者から受ける暴力をないものとみなすことができる。イエスは現実に生きていながら、現実には生きていなかった。

卑劣な襲撃とその実行犯について、塚田はほとんど語ろうとしなかった。警察の事情聴取でも、犯人はおそらく三人で、ヘルメットをかぶり、顔の大部分をタオルで覆っていたから、人相の記憶はまったくないこと、衣服は黒いジャンパーにジーパンのように見えたが、夜更《よふ》けの暗がりだから、ほんとうに黒かったかどうかはわからないこと、誰ひとり声を出さなかったから、声は聞いていないこと、ひとりが途中で咳《せ》きこみ、おおきなげっぷのような音を立てたこと。覚えているのはそれだけだった。

「友人や同級生と議論をすることはよくある。それで恨みをかったことはないとおもう」刑事にはそう答えた。「相手が誰であるかをちゃんとはわかっていないから、こんなことができるのかもしれませんよね」顔見知りの犯行ではないと信じることでしか塚田の不安と恐怖をまぎらわせる方法はないのかもしれなかった。

ベッドのうえでうっすらと笑顔になった塚田は、呟《つぶや》くように一惟に言った。

「あんな腕力と実行力があるやつなんて、俺たちのまわりにはひとりもいない。そう思わないか?」

長い入院生活を塚田は嘆かなかった。一惟が病室に現れるたび、無邪気な笑顔を見せた。ベッドの脇に座り、黒いパイプに貫かれた両脚《りょうあし》の細密なスケッチを一惟が描いていると、悪いけどさ、と塚田は切りだしながら、いろいろな頼みごとをした。

佐世保に住む両親には連絡をしないこと、アパートにやってくる外猫にときどきでいから水と餌《えさ》をやってほしいこと、冷蔵庫のなかにある食料をすべて処分してほしいこと、アルバイトができなくなるのでほんとうならアパートの契約を解除したいが、部屋の片付けもできないからせめてブレーカーを落として、基本料金以外はかからないようにしたいこと。

塚田は病室の天井をみながら、ひとつひとつ一惟に頼みこんだ。一惟はそのつど手《て》帖《ちょう》にメモをした。

そしてそれらのことをすべて引き受け、塚田のアパートに、ときおり自転車で向かうようになった。

一惟のひそかな目的地の途中にアパートはあったから、なんの負担でもなかった。どちらかといえば、自転車で移動する表向きの理由ができたことは、一惟にはありがたい偶然だった。途中で誰かに会ったとしても、「どこへ?」の声に堂々と答えることができる。

最初にアパートに向かったのは、まだ明るい午後のうちだった。万が一、集合ポストの脇から誰かが襲いかかってきたとしても、大声を出して逃げればいい。そう考えたのだ。昼間ならきっと誰かが助けてくれる。

塚田が可愛《かわい》がっていた外猫は、黒とキジ虎の二匹だった。二匹ともメスで、一惟にすぐに慣れ、自転車を停める音がするだけで、どこかから飛んでやってくるようになった。

事件を境にして、いつのまにか一惟は、塚田にとっていちばん気楽な話し相手から、頼りにされる近しい人間になっていった。

病院前のバス停に立ってバスを待ちながら、なぜ自分が塚田と同じ目にあわずにすんだのか、たまたまこれまで運がよかっただけではないのか、という考えがふと浮かぶと、一惟はその考えから離れられなくなった。

北海道の記憶も、地下水のように溢《あふ》れてくる。吹雪のなかで遭難して死んだ農場学校の石川毅が、どこからともなく姿をあらわし、近づいて、見えないますます隣に立っている気がした。毅はなにも言わない。身近にいる人間が、同じようにふたりも、理不尽な暴行を受けるのはいったいどうしためぐりあわせなのか。

石川毅は東京の高校を中退してアルバイトをしていたころ、待ち伏せしていた暴漢に襲われ、顔を何か所も切られ、何十針も縫う傷を負っていた。その理由を本人に訊《たず》ねることはできなかった。女性問題が原因だとあとから噂話で聞いた。東京を離れ、親族の手配で枝留の農場学校にやってきた毅は、仲間とのコミュニケーションは最低限しかとらなかったが、仕事には真面目《まじめ》に取り組んだ。黙々と働いた結果、模範生とみなされて、農場学校の酪農部門の責任者にもなった。枝留教会で販売するバターづくりの共同作業を一惟とはじめ、これも成果をあげていた。吹雪の夜、農場学校を脱走し、枝留の駅に向かう途中で命を落としたのは、生き別れた母に会おうとしてのなかば突発的な行動だったらしい。母と死別した一惟には、その衝動がわかるような気もしたが、死んだ人間にはどうしても会うことはできないのだから、ほんとうのところはわからない。

同じように未知の男たちに塚田が襲われたことに、驚きだけではない感情が重なってくる。それは場ちがいな自責の念のようなものだった。単なる偶然だと割り切っていいはずなのに、偶然ではないと囁《ささや》く声が自分のなかに動かしがたくある。そこには、他人には言えないあらたな理由もふくまれていた。一惟は自分が何者かに襲われる場面をいまはやすやすと想像することができた。

石川毅が顔を切られた原因がそうであったように、一惟もいま、ほかの男の恋人と、ひそかな関係を持つようになっていた。

一惟の日常はいたって静かだった。

誰と議論するわけでもない。牧会学の講義にはかならず出席したが、ほかの講義は単位を落とさない程度にさぼることをおぼえた。それ以外の時間は日によって朝から、寝坊したときには昼休みまでには、学内にある音楽批評研究会の部室に楽譜を持って出かけた。平日はほぼ毎日、ベーゼンドルファーを弾いた。批評を書かないかわりに、きみはピアノを弾けばいい——そのように会長の細川稔《みのる》から誘われて入会したことなどほとんど忘れかけて、自分の弾きたい曲をただ弾いていた。最近は、朝であればバッハを、昼休みであればシューベルトのソナタを、夕刻であればブラームスの間奏曲を、夜になればベートーヴェンのソナタを弾いた。どれも同じような弾きかただった。楽譜にかかれた音符をそのままなぞるように、速くも遅くもなく、フォルテもピアノもつけずに、どこかぶっきらぼうなタッチで淡々と弾いた。パイプオルガンを弾くようなつもりで弾いていた。ミスタッチをしたら、もどってそこから弾きなおす。

月曜日の朝は、ピアノを弾きはじめる前に、部室の灰皿やゴミ箱をきれいにした。掃除は枝留教会で身についたものだから、なんの苦もなかった。木の床はもちろん、埃《ほこり》のたまりやすいソファにも掃除機をかけ、水拭《みずぶ》きと乾拭《からぶ》きをした。埃は湿気を溜《た》めこみ、ピアノには百害あって一利なしだ。もちろん鍵盤《けんばん》もきれいに磨く。掃除を終えてから弾くピアノは音が澄む気がした。毎日かかさずピアノを弾くことは、いまは日曜日の礼拝よりもはるかに、一惟にとって大事な習慣になっていた。塚田が重傷を負って入院してからは、ますますその意味あいがおおきくなった。演奏が終わっても誰も感想は言わない。バッハのエピソードを話す部員がしだいに増えていた。楽譜の筆跡から、バッハがひとりで書いたのではなく、妻であるアンナが書いたものもあるらしいと言いはじめる者——みな一惟の演奏など聴いていなかったかのような顔で話をした。レコードで聴く名演とは比べるべくもないからだ、と一惟はおもっていた。だが部員の多くは、じつは一惟のピアノにこころを動かされていた。ただ、どう批評すればいいかわからなかったのだ。

角井《つのい》依子《よりこ》は音楽批評研究会の部員ではなく、小学校からこの学校に通う文学部の学生で、いくつもあるテニス同好会のうち、付属からあがってきたものばかりが集まる同好会に属していた。神学部の学生には手のでないような服を着て、いつもわずかに香水の匂いをただよわせていた。会長の細川稔は、高校からこの学校に入り、角井とつきあうようになったらしい。別れてはまたつきあう、ということを繰り返す不安定な関係で、その主導権を握っているのはあきらかに角井依子だった。

ピアノを弾き、音が鳴っているあいだだけ、一惟には世の中の音が聞こえなくなる。にぎやかで、ざわついていて、いつなにが起こってもおかしくはない無調のかたまりのようなもの。夜になっても、重なりあい混じりあった雑音がどこかから途切れずに聞こえてくる。枝留は夜が更ければ、人工的な音はほとんど聞こえなくなった。風にのってかすかに聞こえるとしたら、それは湧別川の音だった。遠くから響いてくる列車の音ですら、聞かれることを期待しない自然の音に似ていた。

犬たちも、夜の重いとばりのなかで静かに過ごしていた。夜が明けるまでは、家族の誰もが寝入っていることを知っていたからだ。たまに起きだして鼻を鳴らしたとすれば、それはキツネがこっそり家の裏を横切ったり、遠くからいつもとはちがう生きものの匂いがただよってきたりしたときだった。それでもよほどの異変でないかぎり、犬たちは吠《ほ》えなかった。

大学構内はつねに、興奮したように話さないといけない決まりでもあるかのような騒々しさだったが、話しかたがきわだって落ち着いていたのが角井依子だった。細川のとなりに座って、人の話を注意深く黙って聞いている。ときおりひとことふたこと口をはさむ。一惟はすぐに角井依子の声と話しかたに惹かれていった。

研究会のメンバーと食事のあと二次会に流れると、そこに角井依子が現れる可能性が高いことに気づいた一惟は、かならず二次会についてゆくようになった。そして何度か角井依子の隣の席に座った。一対一になると、おもいのほかよく話すひとだった。

一惟がピアノを弾くことを知ると、角井依子は、姉もピアノの勉強をしていると言い、音楽の話をするようになった。

「アンダンテっていうのは、イタリア人の歩く速さで、ってこと？　日本人が演奏するときは、日本人の歩く速さに合わせるの？　イタリア人と日本人は歩きかたも速さもちがうでしょう。北海道と京都でも、たぶんちがうよね」

こうも言った。

「イタリア人のアダージョは、日本人には耐えられないくらい遅いような気がする。日本人があんなふうにゆったりすることなんて、ないんじゃない？　つまり、日本人であることをいったんやめて、ヨーロッパの人間のように演奏しなさいってことなのかな」

聞けば、イタリアには二度、家族と行ったことがあるという。両親は阪急沿線の夙《しゅく》川《がわ》で暮らしているというが、夙川がいったいどういう街なのか、一惟にはなんの知識もなかった。

肌寒く感じられる秋の夜、二次会で酔いつぶれてしまった細川を、部員がアパートまで送りとどけることになったとき、角井依子は彼らの後ろ姿を見送りながら、うちにあるピアノ弾いてみてくれない？　と何気ない調子で一惟に言った。声を潜めたわけではなかったが、近くには研究会の人間は誰もいなかったから、角井依子の声は誰の耳にも届かなかったはずだ。調律には来てもらっているんだけど、まるで弾いてないからかわいそうで。みんなあなたの弾くピアノを聴いているのに、聴いてないのはわたしだけだし。部員たちが三々五々帰途につく足どりや表情を見れば、深く酔いのまわっていないのはふたりだけのようだった。

　慣れた様子でタクシーを拾った角井依子は、するりと奥の席に移りながら運転手に行き先を伝えた。甘い香りが車内にこもった。角井依子の組んだ腕の、間近にある手首に、細い金のブレスレットが鈍く光っていた。歩は、ブレスレットも指輪もイヤリングもしていなかった。ブレスレットをした腕をつかんだら、どんな感じがするだろう——一惟は一瞬、想像をめぐらせ、目をつぶった。「ほら、眠っちゃだめよ。これからピアノを弾くんだから」

　角井依子がひとりで暮らすマンションは驚くほど広く、一惟のアパートの部屋が四つくらい入りそうだった。去年まで姉とふたりで暮らしていたという。

　開け放したドアの向こうにきれいに整えられたベッドが半分のぞいて見えた。リビングの壁際《かべぎわ》にスタインウェイのアップライトピアノがおかれてあった。姉がイタリアに留学しているあいだ、ちゃんと調律をしてめんどうをみないといけないの、と依子は言った。

「もう夜中の三時だけど、近所迷惑じゃないかな」

部屋のフロアランプの光のなかで依子を見ると、だいぶ酔いのまわった顔をしているのがわかった。声のトーンはかわらない。甘い香りがつよくなった気がした。

「ここに住むお金持ちのみなさんは早寝早起きで、みんなもう泥みたいに眠ってるわ。あの世にいるのと同じ」

依子はわざと表情をくずして、つづけた。「防音がちゃんとしてあるからだいじょうぶよ」

一惟はピアノの前に座り、蓋《ふた》をあけ、楽譜なしでも弾くことのできる曲を思い浮かべた。ブラームスの静かな間奏曲を一曲だけ、いつもよりはるかに遅いテンポで、静かに弾いた。鍵盤のひとつひとつが濁らず、清潔感のある音のピアノだった。ベーゼンドルファーよりも残響が澄んでいた。

曲を終えた一惟は、両手を膝のうえに置いて深呼吸をした。

「いい曲ね」と言いながら、ブレスレットをした手が一惟の肩におかれた。軽い手のひらがはっとするほど温かく、一惟はそれを合図のようにゆっくり椅子《いす》から立ちあがり、ふりかえった。依子の顔が目の前にあった。

ふたりは昼すぎまでマンションにいた。

電話も鳴らず、訪問者もなかった。耳を澄ますと、湖の底にいるように静かだった。ほかには誰も住んでいないのではないかと疑いたくなってくる。

明け方、喉《のど》が渇いた一惟はそっとベッドを抜けだし、カーテン越しに夜明けの光が細く差しこむリビングを通りぬけ、水を飲みにキッチンにはいった。細川がここに来たことがあることを示す明らかな痕跡《こんせき》は見当たらなかった。細川はおそらくいまもアパートで酔いつぶれているはずだった。

もう音楽批評研究会にはいられないと一惟はおもった。辞める理由を誰にどう告げればいいのだろう。そのことを考える重苦しさをはるかにうわまわる手に負えない感情が、依子の眠るベッドのなかでぬくもりになってうずくまっている。ベッドを離れてキッチンを行き来するあいだに冷たくなった一惟のからだを、待ちかまえていたそれが包みこんだ。

依子がシャワーを浴びているあいだにリビングのカーテンを開けた。遠くに低い山なみが見えた。

秋が深まっていた。

きれいな葉や花を見ると以前ならスケッチし、近況を伝える手紙を添え、封筒には歩がよろこびそうな記念切手を貼って札幌に送っていたのに、道であざやかな色の落ち葉を見ても、手が伸びなくなった。塚田の脚の装具のスケッチは完成していたが、それは塚田の退院祝いに渡すつもりだった。

歩からも手紙が来なくなった。最後に届いた歩からの手紙に、万年筆の青く細い文字で「ともだち」と書いてあったのは、おそらく男のともだちだろうと一惟は想像した。歩はたぶん、一惟がそのように想像することを考えたうえで「ともだち」と書いているはずだった。歩はさりげなく一惟になにかを伝えようとしていた。

スケッチブックをひらくことから遠ざかるように、音楽批評研究会の部室のピアノを弾く機会も間遠になっていった。細川稔にはあれから何度も会っていた。もともと、眼鏡の向こうの目から感情の動きがそのままうかがえるタイプの人間ではなかったが、これまでどおりの態度が変わっていないのはたしかだった。依子にあたらしい相手ができたことに勘づいても、それが一惟だとは気づいていないのかもしれない。もし気づいたとして、一惟のいるところでは気づかないふりをしているとしたら、それはかえって怖ろしいことだった。

部室から遠ざかるようになり、依子のマンションに向かう日が増えてゆき、スタインウェイを弾く時間が長くなっていった。依子が講義にでかけて夕方までいない日も、すすめられるままに一惟は、音のしない部屋でピアノを弾き、本を読んで、長い時間をひとりで過ごした。

平日の午後、一惟がピアノを弾いているとき、電話が鳴った。一惟はいったん鍵盤から手を離した。依子が隣の部屋に電話をとりにいき、低い声でやりとりしている相手はおそらく細川稔だった。依子は会えない理由を手短に伝えて、ほどなく電話を切った。依子はリビングにもどってくると、ごめんね、とだけ言い、一惟はもう一度、楽譜の冒頭からピアノを弾き直した。

ピアノを弾きながら、向ける相手のいない怒りのかたまりが突然、胸の奥から黒々とせりあがってくるのがわかった。それは内部から生まれてくる怒りではなかった。どこかから流れ落ちてきて、たまたま自分の胸にやってきた見知らぬ他人の怒りだった。一惟の腕と手と指はかたくこわばって動かなくなった。怒りとおもっていた黒々とした感情が一瞬にして反転し、おおきくうねる波のような罪の意識に変わっていた。そびえ立つ波濤《はとう》がピークに達すると、波全体が一惟に向かって崩れかかってくる。

一惟は知らぬまに全身に冷や汗をかいていた。呼吸もおそろしくはやく、浅くなっていた。ピアノを弾くのを途中でやめ、スタインウェイの重い蓋をなんの配慮も手加滅もなく、ただ手を離すように落とした。おおきな音がした。

「どうしたの」と依子もとげのある声をあげた。

一惟はなにも言わずに依子の部屋を出た。依子は見たことのないものを見るような、怯《おび》えた目で一惟を見あげていた。

一惟は自転車を思いきり深く漕《こ》いで、自分のアパートにもどった。もうすでに、頭のなかでは依子に悪いことをしたとつよく思いながら、そのまま自転車をUターンさせてマンションにもどり、依子を抱きしめることはできなかった。

その日の晩、一惟は夕食もとらず、ひとりでふとんに横たわったまま、枝留教会に依子がやってくる光景を思い描いた。

古い木造の教会の、スノコが渡してある玄関先には、長靴も入るおおきな下駄箱《げたばこ》が並んでいる。角井依子は、あえて選んだ地味な色のアンサンブルを着て、ヒールの低い靴をはいて立っている。イヤリングもブレスレットも外している。香水の匂いもしなかった。それでもなお、枝留教会の玄関先に立つ依子は、あまりにも異質だった。

理学療法室で塚田徹はしかめ面《つら》をしていた。何種類もある機能回復のための運動を、忍耐強く、ひとつひとつこなしていた。少しはなれたソファに座って、一惟はその動きを目で追っていた。塚田がこれほど生真面目に、痛みをこらえて運動に取り組む姿に、一惟はこころを動かされた。

松葉杖《まつばづえ》を器用に使いながら一惟のとなりに座ると、塚田はいつもの笑顔を見せた。

「この創外固定ってやつは、整形外科医がどういう種族かということを一目瞭然《りょうぜん》にするものだね。人間は部品でできていると考えるから、こんな串刺《くしざ》しを思いつくんだよ。粉砕骨折にはこれしかないって説明されたけど、一年後にはまた、これを一本一本、引っこ抜くんだってさ。パイプを通した穴は、引っこ抜いたあといったいどうなるんだ？　プールで泳いであがってきたら、あちこちの穴からジャーッて水が出るんじゃないか」

一惟は久しぶりに自分の笑い声を聞いた。

塚田徹は大学を卒業すると佐世保の実家に帰り、自分が卒業した地元の中学の社会科の教師になった。年賀状には毎年、生徒たちがどれだけかわいいかを、ことばを換えては書いてよこした。

17

初孫の歩をとりあげた三年後に、脳溢血《のういっけつ》であっけなく亡《な》くなった祖母よねの、長野で生まれ、東京で学び、枝留で助産婦になるまでの道のりが、いったいどのようななりゆきだったのか、歩はなにも知らされていなかった。

ものごころつく前に亡くなった祖母の顔は、仏壇におさめられた一枚のモノクロの写真でしか知らない。よねの夫、眞蔵は、そのあともしばらく生きていたが、家にいない時間も長く、無口だったせいもあり、いきいきと話したり、笑ったりする顔を見た記憶がなかった。だから眞蔵について考えるときには、線香の匂《にお》いがしみついた仏壇の遺影ばかりが浮かぶ。眞蔵は額縁のなかで感情のうかがえない顔をして、ただこちらを見ている。よねに至っては、まっすぐこちらを見ている様子でもない。切りぬかれたように顔のまわりが不自然に白いので、なにかの集合写真から切りとられたものなのかもしれない。

黙ってこちらを見ているふたりは、そこで時間が止まっている。よねの声も、眞蔵の声も、聞こえない。生きていたときの記憶がなければ、死んだ人間はただ一枚の写真でしかなくなる、と歩はおもう。

よねが助産婦になるために東京に出て、長野からはるかに離れた枝留までやってきたのは、恩師だった人にすすめられてのことらしい。その恩師とは誰で、どんな人物だったのか。枝留とはいったいどのような縁があったのか。父や伯母たちは、そんなことすら聞かされていないのを多少とも恥じる気持ちがあったのかもしれない。祖母の来歴を一枝に尋ねても、「どうだったんだろうねえ」と他人事《ひとごと》のように、素っ気ない声でさらりと言うばかりだった。

枝留で生きて暮らすことからいったん離れて、過去の記憶にひたる暇などよねにはなく、とりわけ戦後はなにかの蓋《ふた》が開いたようにつぎつぎと現れる妊婦たちの世話をして、追われるように赤ん坊をとりあげるのに精一杯だった――歩に想像できるのはそれくらいのことだった。

「ひと様の赤ん坊にかかりきりで、わたしたちのことなんかこれっぽっちも気にかける時間がなかったのよ」

勝ち誇ったような笑い声をあげながら、智世が法事の席で話していたことがある。智世の話す内容より、なぜ笑いながら話すのか、歩にはそのほうが不思議だった。立ち入ることのできない感情的な秘密がそこに隠れているのなら、笑いの意味もわからないではない。智世の笑いはいつもどこか攻撃的だ。仏頂面《ぶっちょうづら》の写真しか残さなかった眞蔵やよねは、子どもたちの前で、どんなふうに笑ったのだろう。よねには笑う暇もなかったのか。

眞蔵は基本的な生活力に欠けた次女、恵美子を支えようとしていたはずだ。それとはまた別の意味で、末の娘である智世も気にかけていたことは、智世が熱心に通わされていたいくつもの稽古事《けいこごと》からうかがえる。茶道を習って免状をとり、琴を習い、謡《うたい》を習っていたのは智世だけだった。親からすれば、それは花嫁として送りだすときの彩《いろど》り、箱にかけるリボンのようなものだったのではないか。

勉強ができ、性格も穏やかな一枝を、よねはなにかにつけて優先し、引き立て、おのれと共通するなにかを託そうとしていた――と歩は想像した。他家の嫁にやるというより、一生の仕事をもって自立できる長女が、自分のこれまでの人生の裏書をしてくれるようになる――そんな気持ちを祖母がもっていたとしてもおかしくはない。夫となったかもしれない多くの男を戦争で失った世代である長女の行く末をあやぶんでもいただろう。助産婦として働きながら得た職業婦人の感覚や人生のしのぎかたを、長女には伝えたかった。そうした気持ちも想像ができた。

智世は「おねえさんばっかり着物を誂《あつら》えてもらってね。長女っていうのは得なのよ」と、長女である歩にむかって言ったことがある。そのわりには、一枝が着物を着る姿をあまり見たことがなかった。姉の着物について智世が何度となく触れるのを聞くうちに、着物は一枝がひとりで生きてゆく境遇になったとき、なにかの折に換金もできるからと、よねが預貯金代わりにもたせるつもりで誂えたのかもしれない、と考えてみたこともある。

一枝は無駄口をめったにきかない。だから、ほんとうはなにをどう考えているのか、わからないところがあった。歩が枝留教会に通うようになっても、キリスト教について、ああだこうだと押しつけがましく話してくることもなかった。一枝伯母といっしょにいることは苦痛ではなかったし、三姉妹のうちで自分に近いのは一枝伯母かもしれない。そう感じることもあった。

歩はときおり自分がいなかった世界を想像する。歩がいない世界はなんの不足もない。あらたにひとが生まれ、あらたにひとが死んでも世界は変わらない。この世に生を享《う》けて、自分をとりかこむ世界を感じていることのほうが、はかなく、計量のできない、まぼろしにも近い現象ではないか。歩は、ただ暗黒の無音の宇宙を、まっすぐに進む星の光について想像をめぐらせる。誰の網膜にも届かない、観測もされない光が、最後にたどりつくのはどこなのだろう。

イヨもエスもジロも、生まれた瞬間には、先祖からつづいてきた犬のいちばん先頭にいることになる。でもそれは崖《がけ》のふちでもある。子どもをもたなければ、つづいてきたものは、そこで終わる。犬は自分の親がいったい誰なのかなど、考えることも、思いだすこともない。

血統書つきの仔犬《こいぬ》は親犬から切り離され、たった一頭の孤独な価値を生きてゆく。あらたな家に慣れれば、母犬の記憶など数日でぼやけて、消えてしまうだろう。群をつくることはあっても、犬に家族という意識が生まれることはない。北海道犬が飼い主のお供で野外にいるときは、姿かたちのちがう人間を主人、リーダーとして認め、どこまでも従ってゆく。

イヨは三回仔を産んだと聞いた。歩がまだ幼いころ、イヨの産んだ仔犬はつぎつぎに他人に譲られていった。仔犬がもらわれていくことは、幼なかった歩にとって、いつも理不尽なことだった。

家族とはまぼろしのようなものかもしれない。そう感じることがあるのは、北海道犬を身近にみてきたせいかもしれない。おなじ親から生まれた弟の始の、いったいどこが自分と共通しているのかとおもう。目元が、鼻が、口元が、と部分をとりだして、「やっぱり姉弟ねえ」と言われれば、そのとおりかもしれない。それでも、他人が似ているとおもうほどに、自分と弟は似ているだろうか。性格もちがう。運動能力もちがう。歩は数学が得意だが、始はまったく苦手だ。始はときどきおもしろいことを言うが、歩はひとを笑わせるような話をうまく口にすることができない。始よりはるかに率直で、遠慮がない。始はおおむね臆病《おくびょう》で、歩はしばしば大胆だ。箱が似ていても、開けてみれば中身はちがう。そういうものではないのか。

どうして自分がいまここにこうしているのかを考えるのは、絵を見るのか、絵につかわれている画材を見るのか、の違いに似ている。すでに描かれた絵の、ディテールを構成する絵の具の重なり具合や溶け具合が、この色とこの色の混合によっている、と指摘されたとしても、それは、絵そのものの表現を説明することにはならない。絵が絵として見られるとき、絵の具やカンヴァスは、もともとの物質としての質量や価値、意味を失う。画材を組み合わせて描かれたものが絵になったとき、絵は画材から離れ、人の頭のなかだけで、まぼろしを結ぶ。

電波をとらえて天体を観測するのも、画材で絵を見るのにどこか似ている。電波望遠鏡は測定された数値だけを伝えてくる。最初のデータだけでは、星々の姿かたちは現れてこない。

「ひとは数字や計算に溺《おぼ》れやすいんだ。しかしそれは手がかりに過ぎない。恒星、星雲の姿をとらえるときには、いったん数字を離れてみないといけない。離れたら、こんどは想像力だ。点と点を結ぶのは数字じゃない。仮説は想像力からしか生まれない。最後はいつも、さて、どういうおもしろい嘘《うそ》をつこうか、くらいに考えたほうがいい」

メガネをいつも神経質に磨いてばかりいるわりに、会話のどこかに冗談を入れないではいられない天文台の台長は、真面目《まじめ》な声で歩にそう言ったことがある。

夜を徹しての観測を終えてから、歩は帰宅の準備もせずに、ロビーのソファでしばらくのあいだ横になっていた。

冷んやりとする合成皮革のソファに頭をおくと、活発になっていた脳細胞の血流がしだいにゆるやかになり、鎮《しず》められてゆく気がした。日の出の時刻を過ぎると、高い位置にあるガラス窓が白みはじめ、葉を落としてまもない欅《けやき》の枝が見えた。

歩のからだは土曜日の朝の地球の自転にゆだねられ、冷え冷えとする空気と、ガラス越しに降りてくる淡く弱い光に包まれていた。敷地内に棲《す》むスズメやシジュウカラ、コゲラの鳴き声が耳にとどく。数百億光年かなたの無音の銀河は、歩の頭のなかにだけ残っていた。それは脳細胞がとどめているただの幻影であり、しかも地球が誕生する前の、気の遠くなるほど昔の像でしかない。その光が地球に到達するまでのあいだに、ブラックホールにのみこまれ、消えてしまった星も無数にあるはずだ。

歩は、結婚しないとこころに決めていた。

どうしてそうおもうようになったのか、いまとなっては茫漠《ぼうばく》としている。向こうから結婚の気配が近づくたびにそう口にしているうちに、そのようにしか考えられなくなっていた。

しかしことばは、たんに思わせぶりなものにしかとらえられないことがある。思い悩んで沈んでいても、涙を浮かべていても、怒りに唇をかたく閉ざしていても、目にするひとによって、それが生きていることからこぼれ落ちるしずくや光に変換されてしまうことがあるように。どんなありさまも、ことばも、ほかの意味あいを帯びるとすれば、「結婚しない」と声にだして言うことも、男たちの前で思わせぶりにふるまうのと同じになってしまう。

歩はそのことを知らなかった。しばらく、気づきさえしなかった。

自分では気づかない無意識の踊り。とまった指先がたまたまなにかを差し示せば、そこに暗示がうまれる。軽く動いたタイミングで髪の匂いがひろがれば、男のなかのなにかに点火する。二十代のあいだ、歩はそのことに気づかなかった。やがて、そうなのかもしれないと肌で感じるようになり、むやみに「結婚しない」と口にすることをやめた。

それでも、男たちのあつかいかねる感情から自由になったわけではない。どうして男は自分に近づいてくるのだろう。なにをしたいかはわかる。それは味気ないほど、そうでしかないとしても、それがどうしてこの自分でなければいけないのかがわからない。とぼけているのではなく、腑《ふ》に落ちるようにしてそのことを理解することができなかった。

一惟はただひとり、どうしてと思わない相手だった。子どものころから幼なじみのように近くにいたこともあるけれど、一惟のなかにある空洞のようなものが、歩には痛いほどわかっていた。だから歩は一惟を抱きしめ、一惟から抱きしめられるとき、その空洞が小さくなり、つぶれてなくなってしまえばいいと感じた。それは、歩の独得な直感と理解にささえられた愛情で、一惟のほか誰にも与えることのできない何かだった。

空洞はしかし、いつまでもそこにありつづけた。やがて一惟を愛することのなかに、どこか痛ましいという感情がまじるようになった。いっしょにいても、埋めても埋めても埋まらない小さな穴が無数に開いてゆく。そのときことばにできなかった感情を、そういうことだったのだといまならいえる気がする。やがて歩は札幌の大学に進むことになり、一惟は京都の大学に進んだ。物理的な距離は、おたがいの引力を遠くおよばないものにした。

そうしてほどなく、シュテファン・キムが現れた。シュテファンは不思議な男だった。快活で、生命力にあふれ、なにも逡巡《しゅんじゅん》することがないようにみえた。歩はただそのままでいることができ、そこには埋めるべき穴も、空洞もない。自分がこれほどのよろこびをひとに与えられるということを歩ははじめて知った。これほどのよろこびを自分に与えることのできる人間がそばにいる、ということに驚かされ、うごかされた。それは、日当たりのいい芝生のうえに仰向けになり、目をつぶってもなお見える太陽の光のような、強く、暖かく、単純なものだった。

そのうちに、ふたりのいる場所が、あまりにも光量の多い、影のない世界と感じられるようになった。このままここにいても、どこにも出口がないような気がした。歩はしだいに一惟といっしょにいたころの、教会の暗がりのようなものが恋しくなった。

まぶしい光のやってくる方角を見れば、どうやらそれはシュテファン・キムの内側ではないようだった。シュテファンの外側をぐるりと取り囲むように、見えない透明の繭《まゆ》のようなものがある。それは彼の身体的な魅力と分かちがたいなにかだった。彼自身も気づくことのない、彼全体をつつむおおきな空洞かもしれないと歩はおもった。シュテファン・キムは経営学の博士号をとるためにアメリカ西海岸の大学に進んだ。そこでスペイン系アメリカ人のガールフレンドができ、やがて結婚した。それからわずか六年ほどのあいだに二回の離婚があり、再婚があった。そのたびに歩はシュテファンから短い手紙をもらった。別れることになった理由はひとことも書かれていなかった。二度の結婚相手とのあいだに子どもはいなかったが、三番目の妻には小さい女の子がひとりいて、シュテファンははじめて父になった。シュテファンは一度だけ、三人の家族写真を数枚送ってきた。明るい沙漠《さばく》のような屋外の動物園の、巣穴のあるマウンドの上で、プレーリードッグが立ち上がってなにかを見ている写真。それをじっと見ている少女の横顔のアップ。三人が並んだ写真では、シュテファンは少しまぶしそうな笑顔をして、三人を束ねるようにおおきな腕を広げて写っている。空がおそろしいほど青かった。その家族写真入りの手紙を境に、シュテファンからは音沙汰《おとさた》がなくなった。いつかまた、あの写真の母娘と別れる日がくるのか。それとも歩に手紙を出すほどの小さな隙間《すきま》もない、ただ幸せな日々を送っているのか。どちらであっても不思議はなく、それはもはや絵本に描かれた世界と同じだと歩はおもった。

東京の大学院時代にも、歩には親密な相手がいた。プレートテクトニクスと火山の研究をしている一歳年上の院生だった。本郷にある古いクリーニング店のひとり息子で、いつも清潔そうな紺やグレーの服を身につけていた。はじめて面と向かって話したとき、歩をまぶしそうに見る目が、ほんの少しだけ一惟の子どものころに似ていた。

「アイロンのスチームを毎日見てたから、火山に目が行くのかもしれない」

真面目な顔で冗談をいう気立てのいい男だった。アパートを行き来するようになると、シャツにかけるアイロンさばきに目を奪われた。どこかで見たことがあると考えたら、シュテファン・キムのアイロンがけだった。シュテファンよりもだいぶ丁寧で時間もかかったが、仕上がりはさらに上をゆくものだった。火山学者になれなかったら親父《おやじ》のあとを継ぐ、と言っていた彼は、博士号をとったあと、教授の強い推薦もあって九州の大学に籍を得て、どこか颯爽《さっそう》と東京を離れていった。それ以来、年賀状だけは毎年届く。

野辺山の観測所に勤めているあいだに、五歳年上の太陽の黒点の研究者とつきあうようになった。最後の半年は同じアパートで暮らした。無口で不器用な男だったが、その静けさが好ましかった。難しい顔をして、目を開けたままソファにからだを横たえているとき、どうしたのと聞くと、黒点の広がりと移動とフレアの関係を考えていたんだ、という答えが返ってきた。やがて結婚を申しこまれたが、歩は言った。

「ありがとう。でもわたしは結婚しないつもりなの。これからも。ごめんなさい」

黒点の活動とフレアについて考えているときと同じ顔をして、黙って歩の顔を見た。あきらめずにドアをノックしつづけるようにはおもえない表情だった。ちょうどそのころ、歩の東京への転勤が決まった。

歩にはこれまでほぼ途切れることなくボーイフレンド、もしくは恋人といっていい相手がいた。それでも、なにかの外的要因で離れてしまうと、おたがいに追いかけあい、ひきとめあうほどの執着がうまれなかった。それはおそらく自分の側になにかが足りない、欠けているからだと歩はおもっていた。

しばらく時間が経《た》ってみると、一惟のなかの空洞や、シュテファンを外側からつつんでいた空洞が、どうやら誰にでもあるものではないらしい、と歩は感じるようになった。そのことに気づいても、もはやふたりは歩の恋人ではない。

一惟が結婚するまでは、枝留に帰るたび歩は教会に足をはこび、一惟と会っていた。たいていはお茶をのんで、歩が持っていったお土産のお菓子をいっしょに食べて、帰ってくる。それだけのことで寂しくはないか、と誰かに聞かれたら、寂しいと答えるかもしれない。誰と恋愛関係にあっても、一惟とのこうしたやりとりはつづいていた。それが一惟にとってよいことだったのかどうかはわからない。少なくとも歩にとっては、大事なことだった。

東京の天文台に勤務するようになってから、歩にはボーイフレンドがいなかった。黒点の研究者とも、ぱったり連絡をとらなくなっていた。現在進行形の国際共同プロジェクト、南米のチリに建設が予定されている大型電波望遠鏡の計画に若手の研究者としてかかわりながら、野川公園の緑に面した自分のアパートと三鷹の天文台のあいだを自転車でただ往復する日々が、水彩のグラデーションのように切れ目なくつづいていた。歩は三十歳を過ぎていた。

天文台の朝のロビーは肌寒かった。羽織っていたダウンジャケットのジッパーをあげようとして、右手の薬指と小指のあたりが痺《しび》れているのに気づいた。左手で触れると少しだけ冷たい感じがしたが、さすっているうちに冷たさは気にならなくなった。計測機器を確認しながらキーボードを叩《たた》く動作を、ひと晩じゅうほぼ同じ姿勢でつづけていたせいかもしれない。春の終わりころからわずかな痺れを感じることがあったのを伝える相手がいないままに時がたっていた。壁の時計を見上げると、午前六時をまわったところだった。

帰宅したら一合だけご飯を炊《た》く。バスタブに湯をはって、ただ湯につかる。その手順を頭のなかで想像しても、からだが動かなかった。自分がおもっていた以上に、疲れていた。

ソファで目をつぶる瞬間に、こんなところでひとりで何をしているのか、と久しぶりにおもった。土曜日の朝だから、おそらく午後にならないと所員は誰もここにはこないだろう。そうおもうまもなく、歩は眠りに落ちていった。

それから二時間ほど、ぴくりとも動くことなく、歩はソファで眠りこんでいた。目を覚ますと、ガラス窓ごしの太陽の光がまぶしいほど強くなっていた。歩はリュックに荷物を詰めて背負い、いつもよりゆっくりと自転車を漕《こ》いで、アパートに帰った。

土曜日の午後から日曜日いっぱい、歩はなにもせず、ただ音楽を聴いたり、本を読んだりして過ごした。電話も鳴らず、訪ねてくる人もいなかった。ほぼ一日半のあいだに、食事はたぶん三回しかとらなかった。食べることを忘れるほど、食欲がなかった。

つぎの月曜日、天文台長と技術主幹、チリの観測所の推進室長の四人で会食をすることになった。会食といっても、武蔵境《むさしさかい》駅の商店街のはずれにある馴染《なじ》みの焼き鳥屋

「たかぎ」だった。電話を入れておけば空けてくれる小上がりは、四人も座ればいっぱいだった。抗生物質が添加されていない餌《えさ》で育てた地鶏《じどり》なんだ、という台長のセリフを聞くのはこれで二度目だった。そんなことを言われなくても、「たかぎ」のねぎまはおいしい。ねぎまのことを考えると、歩はひさしぶりに空腹をおぼえた。

その日の午後の会議で歩は、大蔵省の担当官に提出する提案書のたたき台の作成を命じられていた。チリの大型ミリ波サブミリ波干渉計の計画はすでに、大枠の予算を獲得できる手前までほぼ算段がついていたが、共同で研究をすすめるヨーロッパとアメリカとのあいだで、計画の主導権と予算額の規模をリンクさせる水面下の戦いがはじまっていた。アメリカは当然のように日本サイドからの出資の増額を要求し、つねに態度を明確にできない日本サイドは、これを大蔵省の問題として解決をまるごと委《ゆだ》ねることとし、すでに根回しを終えていた。

台長は大蔵省に在籍する大学の後輩の技官とひそかに連絡をとりながら、提案書の文言は次世代の研究者、それも女性がなるべくわかりやすい言葉で書いたほうがいい、とアドヴァイスを受けていた。男女雇用機会均等法が施行されたあと、国立の大学や研究所で、男ばかりで組織されたプロジェクトに、すでにいくつも待ったがかけられ、大学のなかでも一部で話題にのぼるようになっていた。台長はそのことに触れないまま、歩に役割をふったのだ。もちろん歩の能力を見込んでのことだった。

焼き鳥の串を口にはこびながら、会議の席とは別人のように気楽な表情になった台長は、男の生来の文章能力の低さについて、かねてから疑問を抱いていたことをなかば放言のようなトーンで話しはじめた。しだいに酔いのまわってきた技術主幹は、台長の脱線ぶりにあわせるように、パラボラアンテナはそもそも女性名詞ではないか、いやそうでなかったとしても、相手から送られてくるものをまず素のままに受け取ることができるのは女性性ではないか、とふだんなら絶対に口にしないような話をし、歩は聞いているようで聞いていない顔をしながら黙って焼き鳥を食べていた。

歩は天文台で働く男たちの乏しい会話能力を、同僚たちから傲慢《ごうまん》な男、口のききかたを知らない男とレッテルを貼《は》られていたハッブルと比較すればこの程度で憤慨することもないとなかば聞き流しながら、久しぶりに飲んだビールで、自分がゆるんでいくのを楽しんでいた。

推進室長が黙ってふたりの放談を聞きながら、歩の前にあるグラスや皿の様子に気を配り、ときどき壁にかかった時計を見あげては、自分のことを気遣ってくれているのが歩にはわかった。

何本目かの串《くし》を大皿から移そうとしたとき、歩の手から串が落ちた。それからまもなく、今度はコップを持ちそこね、テーブルと皿のうえにビールをまきちらしてしまった。さほど残っていなかったので、黄色い泡はテーブルの縁でとまった。コップも割れなかった。台長と技術主幹が驚いた顔でテーブルを見て、それから歩を見た。「ごめんなさい」と慌《あわ》てる歩の横で、すかさず推進室長がコップを立て、「だいじょうぶかい。疲れがたまっているんだろう。きょうはもう早く帰ったほうがいい。台長、ごちそうさまでした。いまタクシーを呼びますから」と言って立ち上がった。時計を見ると八時半をまわったところだった。

店の人に手渡された台ふきんでテーブルの上を拭《ふ》きながら、歩は右手のしびれが土曜日からつよくなっていることをいぶかしんだ。病院に行って検査を受けようとおもった。

台長と技術主幹の乗ったタクシーを見送ったあと、室長が歩を見た。

「しばらくのあいだ自転車通勤はやめたほうがいいよ」

「はい、すみません」

室長は歩が左手で右手をさすっているのを見た。

「いや、謝ることはない。どうしたんだろうね。手はだいじょうぶかな。しびれがあったりするの」

「はい、ちょっと。薬指と小指、それからひょっとすると親指も」

　室長の顔がくもった。

「それは心配だな。……野川病院なら知ってる医者が何人かいる。診てもらったほうがいい。明日は休んで病院に行ったらどうかな」

　室長は内ポケットから小さな手帖《てちょう》をとりだし、一枚やや乱暴な手つきで破って、そこにふたりの医師の名前を書いた。歩のアパートから自転車でも行ける大きな病院だった。

「明日の朝までにどちらかに連絡をとっておくから、受付で、紹介されたといえばいい」

「はい」

　突然に歩は不安をおぼえた。小さな声で「ありがとうございます」と言いながら、なにか重大な変化が自分に起こっているように感じた。室長は通りかかったタクシーをとめ、歩のアパートまで送り届けてくれた。タクシーに揺られながら、歩はチリへの出張のときも終始、室長がこのように気遣ってくれていたことをおもいだした。もう四十代の半ばをすぎて、息子がふたりいる。都内で有数の受験校に通っていると聞いた。こういう真面目な人と結婚して、息子をふたり産み、専業主婦をするというのは、どんな人生だろう、と窓の外の流れる夜景を見ながらおもった。これから帰宅して出迎える妻に、今日のわたしのことを話すのだろうか。できれば黙っていてほしい。ふとそうおもった。たぶん室長は話さないだろう。なぜ自分がそうおもうのかわからなかったが、歩はひそかにそう確信し、室長とのあいだに小さな秘密をもったような気持ちになった。しかし、この小さな秘密は数日のうちに、淡い水彩のような色合いを、急速に失っていった。

室長の高校の同級生だという内科医は、歩をまず脳のCT検査にまわした。昼近くになってふたたび診察室に呼ばれると、内科医は朝よりも慎重な面持ちで、CTの画像を見ていた。

「添島さんは研究者ですから、よけいな配慮をしないほうがいいでしょう。ここを見てください。ここと、ここ。二か所です。小さな影が認められます。これはおそらく、脳にできた腫瘍《しゅよう》だとおもわれます。指の痺れの原因となっている可能性が高いです」

歩はただ黙って、小さく頷《うなず》いた。生まれてはじめて受けたCTで、こんな病気が見つかるとは想像もしなかったが、医師の話を聞くうちに、こうなる可能性を無意識に想像し、準備していた気もしてくるのが不思議だった。

「幸い、まだ極めて小さな範囲の所見です。どのような治療を始めるか、脳神経外科医と相談します。今日はこれで帰宅なさってけっこうですが、明日から検査入院をしていただきます。入院については、あとで看護婦から説明があります」

ひとりで家に帰り、電話で室長に手短に連絡をした。室長は、こちらのことは心配ないから、治療に専念しよう、坂本にはあとで電話をいれておく、と言った。坂本が内科医の苗字《みょうじ》であることを一瞬、おもいだせなかった。

翌日の検査で、肺のレントゲンを撮った。

肺癌《はいがん》が脳に転移した可能性を診断するためだった。前日と同じような表情と声で、医師は肺にも小さな影が複数見つかったことを説明した。その一部は脳腫瘍よりも大きく、数も多かった。

内科医は脳神経外科医と放射線の担当医と検討をして、まず脳腫瘍に放射線をあてる治療を開始したい、と歩に告げた。

ワンクールが済んでから、ふたたびCTを撮り、脳腫瘍の範囲と大きさを見て、その後の治療方法を決める、という説明だった。

自分の手のしびれの原因と、医師に見せられた画像とのあいだになんの矛盾もなかったから、それが最善な処置であるかどうか判断はできないものの、ほんの少し弱気な感じのする内科医の提案に反対するだけの知識や情報が歩にはなかった。ただ、いつまでも内科医が主治医であることに、少し不安をおぼえた。肺癌についてどう対処するかも、説明はなかった。

百円玉をたくさん用意して、病院から枝留の母に電話をし、入院を伝えた。小さな脳梗塞《のうこうそく》が見つかって、治療することになった、心配はいらないから、と歩は声を明るくして言った。母は、「忙しすぎるんじゃないの。ゆっくり休んで、大事にしてちょうだい。病室が決まったら教えてね、必要なものがあったらなんでも送るようにするから」と言った。

母はそのあとすぐに、始に電話をしたらしい。始は翌日病院にやってきた。歩は医師の話を簡潔に伝えた。始の表情が変わるのがわかった。

「かあさんには話してないんだね」

「うん。びっくりするでしょう」

「……でも、どうして担当が内科医なの?」

「天文台の上司の同級生なの」

歩は笑顔をつくろうとしたが、うまくいかなかった。

「治療の方針の説明も、判断も、彼がしているんだよね」

「そうね……たぶん」

「放射線はいつ始まるの？」

「あさってだって」

「……わかった。じゃあまた来る。大事にね」

放射線治療の始まる日の午前中に、始はふたたび病室に現れた。なにかを決めたときの顔をしている、と歩はおもった。

「坂本先生と話してきた。相談しないで申し訳ないけど病院を移ることについて、了解を得ることができたんだ」

「病院を移るって？」

始は少し黙って、それから歩に少し近づくように椅子を引き寄せ、声を低くした。

「ねえさんのいまの状態について、その治療を専門にやっている、最先端の技術を持つ先生がいるんだ」

始は歩の目をまっすぐに見ていた。たった三日のあいだに、始は勤務先の大学の人づてに、脳神経外科の名医をさぐりあて、紹介してもらったという。始の顔を真正面から見るのはほんとうに久しぶりだった。こんな目をしていたっけと少し驚いた。

「じつはもう、その先生と今朝、電話で話すことができた。先生はね……」と言いかけると、さらに声を潜めた。「……放射線治療はクエスチョンだと言うんだ。彼は日本のレーザーメスを製薬会社と共同で開発した医師で、脳腫瘍の手術では日本で有数の腕を持っている。ねえさんの腫瘍は幸い小さい。何か所かあるとしても、脳に負担をかけずに処置できる可能性が高いって。いつでもこちらに連れてきなさいって言ってくれている。勝手なことをして悪いけど、坂本先生からは検査資料も全部渡してもらえることになった」

歩は小さな声でたたみかけるように話す始をじっと見ていた。ほんとうなら、これで助かる、とおもっていい話だった。それなのに歩は、自分は死ぬことになるだろう、と直感的に感じた。

18

三百人を超える後期試験の採点と集計が三つ重なったうえに、研究室の助手がインフルエンザにかかって一週間あまり不在にしたため、まだ安定した立場にはない始にまで、なにかと雑事が皺寄《しわよ》せしてくることになった。本はもちろん、新聞をひらく時間さえなかった。帰宅すると風呂《ふろ》に入るのも億劫《おっくう》で、パジャマに着替え、歯を磨き、顔と足を洗っただけでベッドに入ることもめずらしくなかった。

渋谷区の高台にある鉄筋コンクリートのアパートは、朝にはすっかり冷えこんでいる。冬のあいだ枝留では、居間にある灯油ストーブが二十四時間焚《た》かれていた。東京はどこにいても薄ら寒い。すっかり雪におおわれた枝留にいたときのほうが、気温ははるかに低くても、あきらかに暖かく過ごせた。
三、四時間ほど眠って、ふとんから手をだして目覚まし時計をとめながらその手を横に伸ばし、ステレオのアンプのスイッチを入れる。リビングにつづくキッチンのガスストーブをつけてから、急いでベッドにもどり、照明のない白い天井をしばらく見あげたまま、ピアノとベースとドラムの音をただ聴いていた。

このような日常がつづいていたので、姉の転院先に通うのはさらに負担になりそうだったが、大学の狭い世界から脱けだせることには、ある種の解放感がともなっていた。

姉の病気を知ってから、最短の時間で最良の選択ができたという手ごたえが始にはあった。その自負が日々の疲れを麻痺《まひ》させた。おもえば自分が先頭に立って家族をひっぱってゆくことなどこれまでになかった。親に手を引かれ、姉のあとをついてゆき、教授の指示におもうところがあっても、まずはどこまで我慢できるかと考えて動きだす癖がついていた。

東京で一人暮らしをするようになってから、自分が添島眞二郎と登代子の長男であり、歩の弟であることを、ふだんは意識にのぼらせることもなく暮らしていた。枝留から千キロ以上も離れていることがその感覚をもたらしたともいえるが、電車を乗り継げば一時間もかからない都内に住んでいた姉についても、ほとんど同じようなものだった。おたがいが小さな点になって、ごみごみした東京のなかにまぎれてしまうと、千キロとたいして変わらない遠さになる。

姉の病気について、北海道に暮らす両親は始を頼りにするほかはないと態度を決めたようだった。とりわけ父、眞二郎は、始をながらく理解の外においたままだったから、電話で話をすることなど、これまでには考えられないなりゆきだった。上京するにしても、検査結果が出て治療の方針が決まってからのほうがいいと両親に言った手前、始はほぼ毎日、枝留に電話をかけ、詳細に報告をした。電話の向こうから聞こえてくる父の声や母の声は、深い海底に横たわる長いケーブルづたいに聞こえてくるようなどこか頼りのない響きだった。とりわけ母の声が心もとなかった。ときおりふるえているように聞こえる瞬間があり、そのたびに始は、自分まで黒々としたおおきな影におおわれていると感じた。

もともと登代子は、ものごとをあまり悲観的に考えないたちだった。最悪のケースを先へ先へと想像するあまり、自分を狭く暗い空間へとおいつめてゆくのが眞二郎の流儀だとしたら、登代子は不確定なことがらについては、自分の都合のいいように浅く、ちいさく丸めて理解した。登代子の根拠のない楽観性が、しばしば眞二郎をいらだたせ、ときには一枝や智世にまで侮《あなど》られる理由になっていたが、楽観的であることは、登代子自身よりも眞二郎を救ってきたのかもしれなかった。はるか遠くの西の空に黒い雲が見え、雷鳴がひとつ聞こえただけで、眞二郎は窓をしめようとする。まだこんなに日がさしてるんだから、と言いながら登代子は庭におりてジロに声をかけ、ゆっくりブラシをかけてやる。雨が降りはじめ、風がつよくなるまでは、できるだけ窓やドアは開けておきたい——そうおもうのが登代子だった。閉めてしまったら、ここに閉じこめられ、光も失われ、出られなくなる、とでもいうように。

しかし今回の歩の入院については、その登代子がどうしてか楽観できない様子だった。電話をかけるたび、日増しに声が沈んでゆくのがわかった。

始を乗せた小田急の車両は、ターミナルの新宿駅が近づくとおおきなカーブを描きながらスピードを落としてゆく。車窓には背の高いビルが目につくようになる。やがて長い踏切越しの左手向こう側に、大きな病院が見えてくる。これまで何度となく横を通りすぎていたのに、ここが病院だと気づいたのは歩が入院してからだった。歩の病室があるあたりを見あげても、どの窓かはわからない。始は主治医の荒木医師の説明を聞くために、二十分後にはこのビルのなかにいるはずだった。

歩の原発部位は、ひょんなことから判明した。

最初に入院した病院の主治医は、始の要請にしたがって、検査結果の一式をあっさりと用意してくれた。「原発がわからないんですよね」と繰りかえし、「とりあえず」

脳腫瘍《のうしゅよう》に放射線を当てる、とだけ簡単に説明していた内科医は、担当の脳神経外科医の話を聞きたいと始が言っても、「相談しながらやっていますから」といってことばを濁すばかりだった。転院があまりにもスムースに運んだことにも、始はかえって不信感を抱いた。主治医にとってこの転院は、渡りに船だったのではないか。

何枚ものレントゲンフィルムの入った重い封筒をいざ受け取ると、このまま原発部位がわからないこともあるのだろうか、と始は不安に襲われた。歩は転院を納得している様子だったが、上司に紹介された病院を出ることには申し訳なさを感じているようだった。「始がどうしてもというなら、そうしてもいいけど」と歩は最初、消極的な反応だった。

「だってねえさん、命にかかわる問題なんだよ」

そう言った始は、歩の目に小さな驚きの光がさすのを見た。始はしまったとおもったが、いったん口から出たものはとりかえすことができない。

「わたし、死ぬのかな」

始はぎこちなくても仕方ないとおもいながら笑顔をつくった。そしていちど息をのむようにして、なるべく静かに、ゆっくりと声をだした。

「手術を受けるのはたいへんかもしれないけど、治すためにする手術だからね。心配いらないよ」

歩は始に横顔を見せるようにして黙った。考えに集中するとき、脇《わき》に視線をそらすのが歩の癖だった。

歩はいつもの姉の顔にもどって始の顔を見ると、低いかすれた声をだした。

「わかったわ。始のいうとおり、病院を移ることにする」

歩の目から驚きの光は消えていた。

始は黙ったまま歩の右手を握った。姉の手を握るのは小学校の低学年のころ以来だった。手は冷たくも温かくもなく、乾いていた。始の手は握りかえされなかった。

医療タクシーに歩を乗せ、その隣にボストンバッグを置いてから、自分は助手席にのった。一時間以上をかけて病院に着いたとき、タクシーを降りた歩は不安げな顔でおおきな病院のビルを見あげた。

「だいじょうぶ。この病院の先生なら、最小限の負担で治してくれるから……いや負担といってもお金のことじゃなく、からだの負担のことだよ」

始は冗談まじりに補足しようとして、うまくいかなかった。歩はうん、と小さく呟《つぶや》いた。

荒木医師は名医という雰囲気を身にまとった人ではなかった。枝留中学で技術科を教えていた滝田先生にどこか似ている。滝田先生は中国戦線にいたことがあり、生徒を叱《しか》るとき、「おまえらは脳天破裂《ノーテンファイラー》か」と大声で言った。それでもたいていは機嫌よく、怒鳴ったあともケロリと笑顔になった。眉《まゆ》が濃く、頭頂部がやや薄く、指先は意外なほど繊細にみえた。荒木医師も、やや前のめりになるような勢いがあって、話に虚飾がなく、折々に惜しみない笑顔を見せた。声がよく通るところも滝田先生に似ていた。白衣は清潔だったが、つま先の縫い目が破れたサンダルをおかまいなしに履いていた。

「ああ、こんにちは。思っていたよりはやく原発がわかりましたよ。検査技師のおかげなんだけど」脳神経外科の部長室をひとりで訪ねた始を見るなり、荒木医師は快活な声をだした。

始に椅子《いす》を指し示しながら、座るのもまたずにつづけた。「添島さんスポーツなさってますかって、質問をしたんですよ、検査技師がね」検査技師は薄いブルーの検査服を着た歩の右大腿部《だいたいぶ》のふくらみに気がついたのだという。

「フェンシングとか、なさいますか？」

特にスポーツはしていません、通勤に自転車を漕《こ》いでますけれど、と歩は答えた。検査技師は淡々と「そうですか」と言った。

右大腿部があきらかに左大腿部とちがう。右のほうがはるかに太い。フェンシングの選手ならありうる非対称だが、ふだん自転車を漕いでいるとしたらこのアンバランスはおかしい。そう考えた検査技師は、歩の右大腿部のＭＲＩ検査を追加したほうがよいと判断し、荒木医師に了解をとった。

ＭＲＩ検査の結果、歩の右大腿部を太く見せているものが内部にあり、それが肉腫であり、不明だった原発部位だとわかった。転院した翌々日のことだった。

ちいさく貧乏ゆすりをしながら話していた荒木医師は、それをぴたりと止めると、机の右端にあるスイッチを押して、始に画像を見せた。

「添島さんの癌《がん》は軟部肉腫というもので、日本人ではめずらしい癌です。年間を通じても数百人いるかどうか。筋肉や腱《けん》、靭帯《じんたい》、血管やリンパ管、神経、滑膜、脂肪、からだのやわらかい部分にならどこでもできる。大腿部に見つかることもあります」

荒木医師は一拍おいて、少し同情的な声になった。

「健康診断で腕や脚に腫瘍ができてないかなんて調べないでしょう。しこりを感じたり、不自然なふくらみだと気づいたときには、すでにもうだいぶ大きくなっている。添島さんの場合もそれなんです」

荒木医師はＭＲＩの画像を見せながら説明をつづけた。始が説明に追いついているかどうか確かめようともしない。

「これを見ていただければわかりますが、添島さんの軟部肉腫にはあたらしく生まれた血管が密集しています。軟部肉腫は血管を通じて栄養をもらっておおきくなる。癌細胞は血管の血流にのって転移していきます。肺はフィルターになって癌細胞を受け取りますから、こういう状況になる」

ＭＲＩの画像の隣に、肺のレントゲンが並んでいる。

「豆をまいたように、癌が転移しています。しばらくのあいだ肺でとまっていても、そのうちにフィルターがいっぱいになって、今度は肺から脳に転移する。原発ではない脳腫瘍は肺からの転移が多い」

荒木医師の説明は、まったく遠慮のない話しかただったが、率直に事態を伝えようとしていることはわかった。始は荒木医師のことばのひとつひとつを信頼できるものと感じた。

「脳腫瘍はさいわい、というか、まださほどおおきくはなっていません。これぐらいだったら、手術そのものはまったく難しくない。レーザーメスを使いますから、癌細胞以外の正常な脳細胞を傷つけることもほとんどありません。あとはいま、整形外科の先生と相談を始めていますが、原発の軟部肉腫を摘出しなければならない。そのつぎに、肺の手術をします。これは片肺ずつしかできないので、二回に分けてやる必要がある。こちらについては呼吸器外科の先生と相談しています。術後には抗がん剤も併用することになるでしょう。そして、最終的には添島さんが社会復帰できるようにする。それがわたしの考えているいまの目標です。添島さんは若いし、聡明だから、自分の病状と、どのような手術が必要かを理解して、術後には体力をつけて社会復帰するという道筋、目標を、いまからイメージしておいてもらいたいんですね」

社会復帰ということばに、始は少なからずショックを受けた。入院して退院するという以上の、おおごとのニュアンスがそこにはあった。いったん「社会」から離れる、ということは、歩はいまどこにいて、どこへ向かいかねないのか。歩自身も、「社会復帰」ということばを荒木医師から聞いたのだろうか。

荒木医師は席を立ち、すたすたとサンダルの足で戸棚に近づき、インスタントコーヒーの瓶をとりだし、テーブルのうえにコーヒーカップをふたつ並べた。スプーンで顆粒《かりゅう》のコーヒーをすくって入れ、ポットからお湯を注いだ。せわしなくスプーンでかきまぜると、始の前のテーブルの上に置いた。ずいぶん昔にかいだようなインスタントコーヒーのかおりがした。粉末状クリームの瓶とスティックシュガーがたくさんささっているマグカップをトン、トン、と並べて置く。これまで千回も一万回も繰りかえしてきた動作のように見えた。「コーヒーどうですか？」とも「どうぞ」とも言わない。始はひと口だけブラックで飲んで、それからクリームと砂糖を入れた。荒木医師はブラックのまま飲んでいる。

荒木医師は思いだしたように口をひらいた。

「社会復帰したあとも、再発という問題がついてまわります。わたしの患者さんでいまのところ、いちばん多くて十六回、二十年以上にわたって再手術を繰りかえしている人がいます。かわいそうですけどね。でもね、本人はかわいそうだなんて絶対に言われたくないんだ。癌との我慢くらべ、とおもっているところがある。わたしが励まされるくらい元気ですよ。こういう症例、こういう人はめずらしいけれど、でも、いるんです。添島さんの場合も、再発についてはある程度覚悟してもらったほうがいい」

始はこれまで頷《うなず》くばかりだったが、はじめて口をひらいた。

「先生、姉に再発の話はされてますか？」

「いや、してません」

始はやっと息がつける気がした。荒木医師がつづけた。

「まだ自分がこういう癌なんだということを受け入れるのに精一杯でしょう。今回の手術が成功しても、そのうちに再発する可能性がありますよと、いま言うのはね、それはちょっと酷だ。ただ、家族のかたには、言っておいたほうがいいと思ってお伝えしています。もちろん再発すると決まったわけでもない。まあなんというか、神のみぞ知るというか」

最後のことばは、荒木医師が自分自身に向かって言っているように聞こえた。とたんに電話が鳴り、荒木医師は受話器をとると、ふたことみこと短く伝えてから電話を切った。

「病棟にもどります。また、いつでもいらっしゃい。どんな質問でもかまいません。わたしには遠慮はいりませんから、いつでも聞きにきてください」

「ありがとうございます」

そう言いながら荒木医師はふたりのカップを回収して、流しで手際《てぎわ》よく洗った。そして小さな水切りの上にカップを逆さにして置いた。タオルで手を拭《ふ》くまでに一分とかかっていない。几帳面《きちょうめん》な人だということがわかった。

病室にもどると、歩はベッドの上に上半身を起こして両膝《りょうひざ》を立て、両方の太腿《ふともも》のあたりに便箋《びんせん》をのせて書きものをしていた。始に気づくと便箋を閉じ、横にある小さなテーブルも兼ねたクローゼットの引き出しにペンと便箋をしまった。

「先生、どうだった？」

「うん。これからどうやって治療を進めるかってこと」

「手術をしましょう、ということね」

「うん」

「……ごめんね」

「なにが？」

「だって忙しいのに」

「それはだいじょうぶだよ」

歩はベッドのなかに身を伸ばし、頭を枕《まくら》にのせた。

「添島さんは若くて聡明だからって言ってたよ」

歩はちいさく笑った。「もう若くないって」

「でも荒木先生はお世辞をいうタイプじゃないから、ほんとうにそう思ってるんだよ」

歩は黙っていた。

「説明はわかりやすいし、腕にも自信があるんだとおもう」

「……でも、あんまりはっきりした説明だと、気持ちがおいつかない」

始から連絡を受けた両親は、病院のとなりにあるビジネスホテルに滞在することになった。

翌々日の午後、病院のロビーで待ち合わせた。

遠くからでも両親とわかるシルエットが自動ドアの向こうから入ってきた。眞二郎のオーバーコートも、登代子のオーバーコートも、十年以上着ているものだった。ウールの重たい素材と、時代遅れになった柄とシルエット。枝留で見たらそうは感じなかったかもしれない時間が、コートのうえに浮かんでいた。ふたりの歩きかたの癖は同じだが、わずかに老いの気配が加わっているように見えた。始がずっと見ていることに、ふたりはなかなか気づかなかった。始が近づいていって声をかけると、ようやく登代子が顔をあげ、「ほら、お父さん、始」と少し怒ったように声をあげた。眞二郎は途方に暮れたような顔をとりつくろおうともせず、始のいるほうに向けた。ふたりから枝留の冬の匂《にお》いが漂ってくるようだった。

エレベーターのなかで眞二郎は点滅して階を示す数字をじっと見あげている。登代子は「足りないものがあったら、すぐにデパートに行って買ってこようとおもって」と言うと、あとは黙っていた。「ジロがいたら、ふたりいっしょでは東京には来られなかったね」と始は言った。ジロは一昨年に老衰で死んでいた。十七歳まで生きたのは北海道犬としてはかなりの長寿だった。「そうね。ジロがいたらね」「……ジロの話は、まあいいだろう」眞二郎は神経質そうな咳払《せきばら》いをした。始のうしろについて両親は病室に入った。始が折りたたみ椅子をふたつ、ベッドの脇に並べた。ベッドの脇に座った眞二郎は、「どうだ?」と言ったきり、その先がなかなか出てこないようだった。

「ごめんね。遠いのに。疲れたでしょう」

と歩が言った。

「東京なんてほんとうに久しぶり。だいぶ変わってしまって。人もなんだか増えたみたい。ここ、駅から近くてありがたいね。きれいで立派だし。枝留の中央病院とは、えらいちがいよ。ここならかあさん安心だわ」

そう言いながら登代子の顔は、少しも安心した表情ではなかった。父がやっと口を開いた。

「いまは自分たちでこういう病院を選ぶこともできるんだな」

「始が探してきてくれたの」

歩はわずかに笑顔になった。

「最先端の技術があるらしいな」

「いい先生だよ」

始が歩のかわりに答えた。歩は黙ったまま、わずかに笑顔を保っていた。

三日後、荒木医師の説明どおりに手術が始まった。

脳腫瘍の手術は無事に済んだものの、難航したのは大腿部に関するカンファレンスだった。担当の整形外科医は右大腿部の切断を主張した。荒木医師がそれに真っ向から反対した。社会復帰が厳しいものになりかねないこと、転移性の高い肉腫なので顕微鏡的な完全切除が有効であり、レーザーメスはそのような手術に適合すること——このふたつが荒木医師の考えだった。結果として、まったく異例のなりゆきで、脳神経外科医の荒木医師が右大腿部の手術の執刀をすることになった。

「整形外科の連中は大工みたいなものでね、金槌《かなづち》、ノコギリの世界なんですよ。切って、つなげて、閉じて、おしまい。こればっかりやってるから基本的にやることが乱暴なんだ。こっちは〇・一ミリの範囲の手術ばかりですからね。添島さんの原発部位の摘出は、脳腫瘍なみの精度でやりますから。本人の負担も、社会復帰にも、そのほうがいいでしょう」

歩と始に対して、荒木医師が必要以上のシンパシーをもって対応してくれていると感じた始は、部長室を何度か訪ねた。経過の詳細について質問をし、今後の見通しについても訊《たず》ねた。荒木医師はしばしば脱線し、十数時間におよぶ手術になると、途中でおにぎりを食べ、ビールを飲むことさえある、というような話をした。ざっくばらんで親密な態度を前にするうちに、歩の癌を悲観的に考える必要はないのではないか、と始は漠然と感じるようになっていった。

脳腫瘍の手術が無事に終わって、次に行われた一回目の肺癌の手術の終了間際、手術室から執刀医と助手が現れて、説明があった。眞二郎と登代子は、最初の脳腫瘍の手術直後の説明は聞いたものの、それ以降は、あとで始の口から説明を聞くほうがいい、と言うようになった。母の口ぶりでは、父はどうも荒木医師を気に入らないか、相性がよくないと感じているようだった。

始は手術室の手前にある小さな部屋で、トレーの上のガーゼにのせられた、いくつもの癌細胞を見せられながら、話を聞いた。

「どうしても全部はとりきれないんです」

第一声がそれだった。呼吸器外科の医師は、荒木医師とは反対に物静かだった。余計なことを言わず、かといって大事な説明を避けるわけでもなかった。豆を散らしたような転移性の癌であるため、肺の呼吸機能を保持しつつ切除してゆくとなると、おのずと限界があるという。転移さえなければ、添島さんの肺はとてもきれいなんですけどね、と残念そうな声で言いながら医師は軽く頭を下げた。

再手術の可能性があるという荒木医師の説明の意味はこういうことなのかと、始は現実を前にしながら理解した。

肺の手術を終えて人工呼吸器を外し、麻酔が切れはじめるころ、集中治療室でさまざまなチューブや線をつけられた歩は、自力で呼吸する苦しさのなかにいた。とりきれない癌とはいえ、かなりの数の肺の細胞が切除されたから、それがそのまま呼吸の苦しさになって現れているようだった。手術を受けていない肺が、足りない酸素をもとめているかのように、歩は顎《あご》をあげるようにして、激しく息をしていた。始は歩の腕に軽く手をのせようとしてやめた。目をつぶると、計測器の電子音と歩の呼吸音と酸素マスクの音だけが聞こえてくる。

一週間後に、集中治療室から一般病室に移った。

歩の顔色が少しずつもどってくるのがわかった。眞二郎と登代子が東京に出てきて二週間が経《た》っていた。

点滴の刺さっていない歩の右手に手を置きながら、登代子が話しかけた。

「ジロちゃんがね、夢に出てきたのよ。若いジロちゃんなんだけど、野原を飛びまわるように走ってるの。なにかいいことがあったみたいにね」

天井を見ている歩の目の端に、わずかに涙がたまっていた。

「ジロの話はいまはいいだろう」

眞二郎は登代子を見た。

「……そうね」

「いいの。ききたいな、ジロの話」

聞きとるのがやっとというくらいの声を、歩はあえぐようにしてだした。登代子は歩の手を握った。

「ジロちゃんね、お腹《なか》のまわりとか顔のまわりとか、尻尾《しっぽ》にいっぱい野草の種をつけて帰ってきて、それから喉《のど》が渇いてたのか、ボウルにいっぱいいれた水をごくごくおいしそうに飲んで、ブルブルッてからだをゆすって、わたしを見あげたのよ。歩ちゃんはだいじょうぶですかって。そう顔に書いてあった。しゃがんでジロちゃんを両手で抱えてね、だいじょうぶよ、もう手術も終わったから、だいじょうぶよって」

まだ終わってない、肺をもう一回、それから大腿部をやらなければならないんだ——と始はおもったが、黙っていた。

「ジロちゃん、ほんとうにジロちゃんの匂いがしたよ。だからこのジロちゃんはほんとうのジロちゃんだと思ってね。かあさん一生懸命に伝えたの。歩ちゃん、本当にがんばったからって」

登代子は泣き声はださずに、涙を流しはじめた。それを見た歩の目尻《めじり》からも涙が流れはじめた。眞二郎と始は黙っていた。


通院によるリハビリ期間もふくめ、三か月ほどかかって歩は社会復帰をした。朝晩の食代子がしばらくのあいだ歩のアパートにいっしょに住むことになった。朝晩の食事をいっしょにとり、昼も外食をしなくてすむように弁当を持たせた。行きも帰りも登登代子はバス停まで歩の見送りをした。最初の一週間だけ、歩は松葉杖《まつばづえ》をついていったが、二週目からは少し脚をひきずりながら杖なしでバスに乗った。

始は歩が天文台にいる昼間にときどき電話を入れ、母に様子を聞くようにした。

病院には一か月に一度、通院した。歩の悩みは、椅子に座っていると、ふいを襲われるように大腿部に疼痛《とうつう》を感じることだった。いったん痛みを覚えると、バスの乗り降りが耐え難いほど痛くなる。座ることが怖くなり、家でも椅子に座れず立ったままでいるか、ベッドに横になっているか、どちらかの時間がふえてゆく。「痛くて気がふさぐみたいでね。最初のうちはそっとさすってあげてたんだけど、いまはさするのも痛いって。かわいそうで見ていられない」と登代子は言った。

荒木医師は、おおきな手術だったので、しばらく大腿部に痛みが残るのはやむをえない、痛みは精神的な要因でも増幅されることがあるので、痛みを探ろうとしないこと、なるべくそのように心がけてくださいと言い、鎮痛剤のほかに精神安定剤も処方した。

それでも、痛みはいっこうにおさまらなかった。

荒木医師と歩のあいだに、あきらかに不協和音が鳴りひびくようになった。始は荒木医師にはデリカシーが足りないのではとおもういっぽうで、歩の感じる痛みにも、荒木医師の指摘するような心理的な背景があるのではと感じていた。ときどき歩のアパートを訪ねて、母と三人で夕食をとっていると、歩が痛みの説明から始まって、深みにはまってゆくように、うしろ向きのことを言う。その暗い顔は、以前の歩の表情のなかには見たことのないものだった。

十か月後、歩は再入院することになった。

面談室に呼ばれた始は、呼吸器外科の医師から説明を聞いた。肺の癌細胞が最初に見たレントゲンの映像と同じくらいに増え、そのうちのひとつが予想外のスピードでおおきくなっていた。右大腿部にも肉腫が再発していた。脳にも腫瘍の白い影が現れていた。あらたな脳腫瘍は、視神経を司《つかさど》る位置に接しているのがわかった。

部長室の荒木医師はもう笑顔を見せなかった。歩が若いため、癌細胞の転移と成長が予想していたよりもはるかに早いこと、原発部位の再発も深刻で、整形外科医は大腿部の切断を依然主張しているらしい。しかし、かりに切断したとしても、肺癌の状態、脳腫瘍の増殖をみれば、二か月もしないうちに厳しい状態になることもありうると荒木医師は言って、腕を組んだ。もうコーヒーは出なかった。

始は両親に事態を伝えた。両親は上京することになった。

病院の一階の喫茶室で、始と両親は話をした。

「助からないかもしれないのに、いまさら脚を切るなんて」

眞二郎はそこでいったん唇を結んだ。

「歩にはなるべくつらい思いをさせたくない」

登代子はとまらない涙をタオルハンカチでおさえ、「そうね」とだけ言った。

それから始は部長室に荒木医師を訪ねた。呼吸器外科の医師も同席していた。始は両親の考えを伝え、自分も同じように考えていることを手短に話した。

「わかりました。苦痛をなるべく少なくするという方針で、添島さんのケアに最大限、取り組ませていただきます」

呼吸器外科の医師は淡々と言った。

呼吸器外科の医師が退出したあと、椅子から立ちあがろうとする始を制するようにしてから、荒木医師はいつものインスタントコーヒーを二人分つくった。黙ってコーヒーを飲む荒木医師の前で始はなにを言えばいいのかわからなかった。コーヒーを飲みおえると、「それでは、これからもよろしくお願いします」と言って席を立とうとした。荒木医師はそれには答えず、座ったまま話しはじめた。

「いまこうして話したあと、病院を出た横断歩道で、あなたがタクシーにはねられて、お姉さんより先に死ぬこともある。わたしも明日、手術中に倒れて心肺が停止するかもしれない。お姉さんの生死の可能性を言っている側が、先に亡《な》くなることだってあるんです。それが死ぬことの平等性と……」荒木医師は、ことばのつぎ穂を失ったようにいったん黙った。そしてひとりごとのような低い声で言った。「わからなさなんです」

荒木医師の背後の窓の向こうに、灰色に見えるなにかがちらついているように見えた。始の頭のなかは、空っぽのようで、なにか見えないものがぎっしり詰まっているようでもあった。

部屋を後にし、廊下を歩いて、エレベーターのボタンを押した。すぐにやってきたエレベーターに乗った。

下降するエレベーターのなかで、始はあらためておもった。大腿部の原発部位の摘出手術は適切だったのか。あのとき、脚を切断していれば、姉は助かったのか。しかし……肺癌の手術も、そもそも全体の七割にも満たない癌細胞しか切除、摘出できていなかった。肺から脳への転移も続いていただろう。こうなるのは時間の問題だったのか。

歩の病室に行った。

鎮痛剤の点滴の量がふえていたので、歩は目をあけているようりうつらうつらしている時間のほうが長かった。歩は病室に入ってきた始を見ると、すぐに声をかけてきた。

「あのね、引き出しのなかに手紙がはいってるの」

始は引き出しを開けた。

封筒の表は、歩の字で、北海道紋別郡枝留町の住所と、枝留教会の工藤一惟の名前が書かれてあった。封はされていたが、切手は貼《は》られていなかった。

「それを、出してきてくれる?」

「わかった」

始は病院の外に出て、冷たい新鮮な空気のなか横断歩道を渡った。

粉雪のようなはかないものがときおり頬に触れた。車道をクルマが走り、歩道を人々が歩いている。すべてがまぼろしのように感じられた。五分ほど歩いて郵便局に着くと、局員に手紙を渡し、料金を払った。病院への帰り道、雪景色ですっかり白くなった枝留に歩を連れて帰り、両親といっしょにいられるあたたかい居間にベッドをいれたらどうか、と想像してみる。

現実的な話ではもはやなかった。

次の週明け早々に、一惟は病院にやってきた。

しばらくふたりにしてほしいと歩に言われていたので、始は一惟を病室に迎えいれると、談話室に行った。談話室にはテレビがついていた。驚くほど元気な患者が数人、笑いながら話をしていた。

小一時間ほどして、一惟が談話室に顔をだした。

「今週は金曜日まで東京にいることにしました。歩さんは始さんのことを心配しています。毎日ここに来て大学はだいじょうぶなのか、睡眠時間はとれているのか」

「そんなこと心配してるんですね。だいじょうぶです。いまは試験休みですから」

始はそう言って笑顔をつくった。

「疲れたでしょう。一人でよくここまでなさいましたね。……病気ばかりはおもうようにならないですけれど、あなたのような弟さんがいて、よかった」

一惟は始の肩に手をおいた。

「わたしにできることはほとんどないかもしれない。でも、なんでもいってください」

それから始を両手で引き寄せ、抱きかかえるようにした。始は姉の病気がわかってからはじめて考えることから解放されたように感じた。ことばは何も出てこなかった。

次の週も、一惟は枝留からやってきた。都内の教会に泊まり、毎日数時間、病室にいては帰っていった。

歩の右大腿部は、ぱんぱんに腫《は》れあがっていた。リンパの腫れなのか、軟部肉腫そのものなのか、荒木医師に詳細を訊ねる気にはもうなれなかった。呼吸器外科の医師が病室を訪ねてきて、しばらく歩の診察をすると、廊下で立ったまま始に話しはじめた。脳腫瘍のため右目はほとんど見えなくなっているかもしれないこと、肺も癌におおわれて呼吸にも影響が出ていること、いつきびしい状況になってもおかしくはないこと。そして、痛みを抑えるために意識をゆるやかに落としていくので、話をするのならいまのうちです、とさいごに告げた。

上京した眞二郎と登代子は、となりのホテルに泊まりこみ、交代で病室に入って、歩を見守った。このまま看病がつづけば、ふたりの体調も心配だった。始のおそれは川幅を広くし、暗い水は音もなく下流に向かっていた。

亡くなる三日前のことだった。

一惟はボストンバッグを病室に持ち込んで、歩が手紙に書いてきた希望をかなえるため、本来はカトリックの典礼として行われる最後の祈りを行った。

部屋のなかは静かだった。それでもときおり、ドアのすりガラスの向こうで人影がわずかに動くのがわかった。おだやかな一惟の声が、かすかに聞こえてきたが、なにを言っているのかはわからなかった。

しばらくしてドアが開くと、一惟は上半身に白い服を着ていた。「どうぞ」といって、外で待っていた登代子と始を招きいれた。

部屋のなかにはどこか甘い香りと、枝留の夏の草地を歩くときに鼻をくすぐるような、青々とした匂いとが漂っていた。

酸素吸入器を鼻と口にあてている歩は、目をつぶっていた。始の目には、午前中に見せていた苦痛の表情が消えて、おだやかになったように見えた。

一惟はそれから白い服を脱ぐと、ボストンバッグをさげて、そのまま羽田空港に向かった。

その二日後の夜。呼吸の間隔がしだいに短くなりはじめ、歩の顎が上を向くようになった。

呼吸器外科の医師につづいて、荒木医師も部屋にやってきた。呼吸器外科の医師は「今晩を越えられるかどうかだとおもいます」と言った。荒木医師は歩の額に右手をあてて、黙っていた。

日付が変わってまもなく、血圧が下がりはじめた。六〇になり、五〇になり、四〇にまで下がった。

計測器の赤いランプがついた。

看護婦が急いで入ってきて、「先生を呼びます」と言った。

歩の呼吸がさらに荒く、不規則になっていった。

始が歩の顔に自分の顔を近づけると、酸素マスクの向こうからかすかに声が聞こえた。なにかを言っている。

よいしょ、よいしょ、と繰りかえしているように聞こえた。

まぼろしのなにかを運んでいるのか。それとも山道かなにかをのぼっているのか。

三年だけ家で飼われ、鹿狩《しか》りの猟師にもらわれていった北海道犬のエスを、歩が持ち上げて運んでいるうしろをついていったことがあった。よいしょ、よいしょ、と言いながら歩はエスを運んでいたが、いったいどこに運ぼうとしていたのか。始はなにも覚えていなかった。エスはもらわれていって一年後に、山裾《やますそ》に撒《ま》かれた野犬狩りの毒饅頭《どくまんじゅう》を食べて死んだ。

顎を上下させるように、かろうじて息をしている歩は、ときどきおもいだしたように、ちいさな声で、よいしょ、よいしょと言った。生きたい、という声かもしれないと始の耳は感じていた。それはもう誰にもどうすることもできない。

部屋の隅の椅子に座ったままの眞二郎と登代子に、始は声をかけた。ふたりはベッドのそばに立った。

呼吸器外科の医師が部屋に入ってきた。

心拍の波形が間遠になるのが見えた。始は「声をかけてあげて」と両親に急いで言った。眞二郎と登代子は、まごついた声のまま、息も揃《そろ》わず、「歩ちゃん」「歩」とそれぞれ声をかけた。並んで、歩のベッドの柵《さく》を握りながら。

心拍の波形が平らになるのをみた医師は、心臓に電気ショックを与えた。まもなく波形がもどった。やがて、呼吸がとまった。医師は人工呼吸を始めようとする手つきのまま始を見た。「どうされますか」

「ありがとうございます。もうけっこうです」

歩につながれた計測器はすべて平らな波形となり、血圧も脈拍もゼロを示す、赤いをあてた。
数字になった。呼吸器外科の医師は自分の手で脈をはかり、歩の目にペンライトの光
「二月二十七日午前四時二十五分。ご臨終です」
と言った。看護婦がふたり、深くあたまをさげた。
五年が経ち、十年が経ち、二十年が経っても、歩の臨終の場面を、始はそのままあ
りありと思いだすことができる。
自分が見て、自分が経験したことを、自分の頭のなかだけでことばにするならば、
それはこういうことだった。
家族は家族をぎこちなく送ることしかできない。一惟は、歩が息をひきとる前に、
歩をやすらかに送る手続きをしずかにひとりで、いや姉とふたりで、とどこおりなく
行った。あのとき、すでに姉は死を迎えていたのだ、と。

19

工藤一惟様

ご無沙汰《ぶさた》しています。

教会のアドベント・カレンダー、今年はどんな絵を描かれたのでしょう。カレンダーの日にちの入った小さな窓をあけると、そこに一惟さんの描いた動物たちがいる。日曜学校の子どもたちが声をあげる様子が目に浮かびます。

東京はまだ一度も雪が降らず、空気がカラカラです。カーディガンを脱ぐたびにパチパチ静電気がおこります。そちらはもう雪が積もっているようですね。母から電話で聞きました。雪で白くなった教会の赤い屋根や、庭いちめんの雪景色、長靴と雪のこすれる音がなつかしい。

いきなり驚かせるようで申し訳ないのですが、しばらく前に入院することになり、いま病院のベッドのうえで、この手紙を書いています。

春の終わりころ、指先にしびれを感じるようになりました。さほど気にしないでいたら、秋になってしまいました。寒くなるころからしびれがひどくなってきたので、病院に行きました。検査の結果、脳にちいさな腫瘍《しゅよう》が見つかりました。肺にも白い影がぱらぱら散っていることがわかりました。

想像もしていなかったことなので、とても驚きました。でも、検査結果を自分の目で見ましたから、事実を受け入れるしかありませんでした。

最初に入った病院では、どこかに原発（癌《がん》の発生したおおもとです）があるはずだ、というところで診断が止まってしまい、まず脳腫瘍に放射線をあてる、という治療方針がいったんは決まりました。その矢先に、最新の技術で脳腫瘍の安全な手術ができる先生を弟を通じて紹介され、始からもつよく転院をすすめられて病院を移りました。

そして、先日受けた検査で、右の大腿部《だいたいぶ》に原発があることがわかりました。とてもめずらしい癌で、大腿部胞巣状《ほうそうじょう》軟部肉腫というものだそうです。この癌が肺に転移して、そこから脳に飛んだ、と説明を受けました。

これから順番に手術をしてゆくことになります。まず脳腫瘍で、次が大腿部、最後に肺だと聞いています。主治医はなんだか明るくてせわしない、元気なひとです。手術をすればなんとかなるのかな、と思わないでもないのは、先生のいきおいに押されているせいかもしれません。

自分が知らないうちに、こういうものができていたなんて、驚きです。でも、人間は生きもので、細胞だっていろいろなまちがいを起こすでしょうから、しかたないですね。

からだは自分のものではなく、与えられたものなんだと、つくづくおもいます。マタイによる福音書に「心は燃えても、からだは弱い」というイエス様のことばがありましたね。

以前にも手紙に書いたとおり、わたしは南米のチリで始まった国際共同研究の拠点となる、電波望遠鏡天文台計画の一員として働いていました。でも、しばらくのあいだ仕事から離れることになります。残念ですけど、離れたところからプロジェクトを見守るたのしみをもらったと考えることにしています。

アタカマ砂漠の観測地点は標高五千メートルのところにあって、空気も薄いし、砂漠は赤茶色で、空は異様なくらい青くて、ここはほんとうに地球の上なのだろうか、と思うほどの場所でした。「死の谷」と呼ばれる場所があるのも、そう呼びたくなった昔の人たちの気持ちもよくわかります。

日没を迎える前に、三千メートルのところにあるキャンプ地にまで降りたのですが、そこで見た星空は、光がまぶしすぎる気がして、こんど帰ったら、また枝留の星空を見あげてみようとおもいました。ほんの数年前のことですが、もうはるか遠いまぼろしのようです。

昔、一惟さんのバイクに乗って、いっしょに大牧場に行ったことを思いだします。ヘッドライトを消してエンジンを切ったら、牛も牧場も、わたしたちも見えなくなり、虫の鳴き声だけが聞こえて、頭上がすべて星空になりましたね。あのときの星空は、いまも忘れません。黙ったまま星を見ていられるのが、ほんとうにしあわせでした。

長くなってしまいました。今日はここまでにします。

教会の仕事もあるし、ご家族のこともあるでしょうから、くれぐれもお見舞いにはいらっしゃらないようにお願いします。こんな書きかたはちょっと失礼かもしれませんが、どうかおゆるしください。

病院の消灯は九時で、夜はいろいろなことを考えます。
また手紙を書きますね。

一九八八年十二月十五日

添島歩

一惟が牧師となってから、枝留教会にやってくる人が少しずつだが増えていた。おそらく音楽好きのひとたちで、一惟の弾くパイプオルガンが目当てであるらしい。中古で小型ながら音のよいドイツ製のパイプオルガンを、いくつかの偶然が重なって手にいれた一惟は、礼拝や婚礼、葬儀のあるなしにかかわらず、時間があれば鍵盤《けんばん》に向かうようになった。日曜礼拝と日曜学校を終えると、ときには一時間を超えて演奏をするのが恒例となった。それはむろん演奏会と銘打たれたものではなく、一週間を無事に終えたことへの感謝と、しばらく弾かないでいた曲のおさらいをかねたものにすぎない。北海道新聞枝留支局の記者が、パイプオルガンと一惟の演奏をコラムでとりあげてから、紋別や北見からわざわざ演奏を聴きにくる信者があらわれるようになった。

牧師はオルガニストではない、優先順位をはきちがえているのではないか、という批判の声も間接的に耳にとどいた。面と向かって言われたわけではないので、一惟は意に介さなかった。パイプオルガンのレッスンをしてくれないかという依頼もあった。しかしそれは丁重に断った。

日曜礼拝での説教は、いつも三十分たらずで終わった。聖書の一節を読み、その背景を解説する。説教の原稿は時間をかけて書いた。むずかしいことばは使わない。現代社会の起こったばかりの出来事や事柄をもちだして、聖書のことばを嚙《か》みくだいて説明することもしなかった。すみずみまで鮮明にわからないとしても、なにかひとつでもこころにとどまるのであれば、それで充分という考えが一惟にはあった。

妻の沙良《さら》は、京都時代の神学部の同級生だった。教員の資格を持っていたため、卒業後は札幌のプロテスタント系の学校の聖書科の教員として働いていた。学校にも慣れてきたころ、札幌でのキリスト教団の集まりで一惟と再会し、札幌と枝留のあいだをおたがいに行き来するようになった。

一惟の父が心筋梗塞《しんきんこうそく》で倒れ亡《な》くなったあと、一年が経《た》つのを待って、ふたりは結婚した。まだ二十代半ばのふたりに、まもなく長男、毅《たけし》が生まれた。一惟がたったひとりで暮らしていた牧師館が、三人で暮らす家へと変わった。あわただしい子育てにようやく慣れてきたころ、三歳下の次男、光《ひかる》が生まれた。

男の子はからだが弱いと一般的にいわれるのをなぞるように、毅はしばしば病気にかかった。ベッドに横になった毅の、色白の薄い皮膚の向こうに青く血管が透けてみえるこめかみを見るたび、命名の由来となった友人の遭難を思いだし、一惟は息子の名前にまつわる個人的な記憶を妻に話しそびれることになった。しかし毅は小学校の学年が上がるとぐんぐん体格がよくなり、めったに熱を出さなくなった。あいかわらず無口なのは一惟とおなじだった。絵を描くのが得意なのもおなじだった。叱《しか》られたとき、反論が口から出ないかわりに、わだかまりがふくらみすぎて身動きがとれなくなる毅の表情は、若くして亡くなった母にあまりにも似ていた。淡く記憶に残っている母の、笑顔ではない表情の意味が、毅とのやりとりのなかで浮かびあがってくる。一惟は息をのむような気持ちになった。母がその顔をおさない息子の前でしばしば見せていたのはなぜだったのか。同じ顔を見知っていたはずの父はすでにいない。等身大にも感じられる母が目のまえにいても、声も聞こえなければ、考えていることもわからない。

次男の光は沙良に似て、愛想がよく、笑顔でいることが自然に身についていた。賛美歌を歌えばボーイソプラノがのびやかに響いて、声変わりしてほしくないと沙良が笑いながら言うのも無理のないことだった。学校で光は、同級生の女の子から小さく折りたたんだ手紙をもらったり、かわいらしいリボンがかかった袋入りのお菓子をもらったりすることがあるらしい。日曜学校でも、年下の女の子たちが背中にのしかかったり、膝《ひざ》の上に座ろうとしたりするのは決まって光だった。沙良が「光のせいで風紀が乱れる」となかば本気で苦笑するほどだった。毅とて一度もプレゼントをもらったことがないわけではなかろうが、弟の様子を見てなにをおもうだろうと一惟は考える。

一惟にはきょうだいがいなかった。母が生きていれば、年の離れた弟や妹が生まれていたかもしれない。自分にふたり子どもができて、きょうだいのいる暮らしをにぎやかで好ましくおもう一方で、きょうだいがいることはときに苦しみの種ともなりうるのではないか、ともおもう。

一惟はいまも週に一度、農場学校に通いつづけていた。

いつのまにか、教員のなかにも年下の青年が交じるようになってきた。年々、入学者の数が減っている。農業体験をしながら共同生活をし、社会復帰する、という方法に期待する親が減っているのか、これまでの卒業生の追跡調査の資料を見て、かならずしも立ち直る生徒ばかりとは限らないことがわかっておよび腰になるのか、脱出しようとおもえばいつでも脱出できる開放型の校内施設に不安を覚えるのか、いずれも校長や理事長から聞いた話ばかりだから、保護者や本人がどう考えているのかは、一惟にはわからない。

生徒たちも一惟を牧師としてしか見ないから、過剰なほどぶつかってきたり、頼りにしてくることもなかった。一惟が彼らと同年代だったころ、生徒のひとりである石川毅と親しくなり、酪農部の責任者であった彼と教会でバターの販売を行うようになったことなど、すでに教員でも知らない者がいる。牧師の息子としてただ通っていたときの、熱っぽくなるような、寒気を覚えるような、緊張感のあるやりとりはもうない。

父とふたりで東京から枝留に引っ越してくると、一惟は枝留教会の牧師の息子として、信者をはじめとするひとびとにまたたくまに認識されていった。それからも、ほかの同世代の子どもたちより、自分という存在が家の外側にさらされているように感じることがおおかった。それは父とふたりだけの家から解放されることであると同時に、どこか息のつまることでもあった。そこへ軽々と窓をあけてくれたのが歩だった。たんなる幼なじみであったはずの歩は、同じ高校に進んでまもなく、一惟と急速に親しくなり、一惟を揺さぶるような存在になっていった。

一惟は歩につよく惹《ひ》かれるようになりながら、惹かれるいきおいをかりて、外へとびだそうとした。バイクの免許をとり、中古のバイクに歩を乗せて街中を走るようになったとき、自分がはじめて父から離れたひとりの人間になったように感じた。

しかし大学への進学を境に、遠く離れて暮らすようになると、ふたりのあいだに生まれた熱はゆっくりと冷えていった。ふたりは別々にあらたな相手と出会った。やがて、一惟は結婚し、歩はいつまでも結婚をしなかった。

教会のうしろに建つ住宅には、一惟が父とふたりで暮らしていた牧師館の面影はすでにない。おそろしく散らかるようになり、部屋のどこかから、食べものや飲みもの、生きるものの匂《にお》いがつねにした。木の床にはカーペットが敷きつめられ、そのうえにはミニカーや玩具《おもちゃ》や脱いだままの靴下がころがっていた。就寝前に片づけなかった玩具を深夜に踏んで、痛い目にあうこともたびたびだった。壁にかけられていた額装された一惟の絵はほとんど外され、光の描いたクレヨン画や、枝留の学年別マラソン大会で毅が準優勝したときの賞状に取って代わられていた。ふたりの時間割表と、行事の書きこまれたカレンダーが毎年同じ場所に画鋲《がびょう》でとめられた。

日に二回、洗濯機がまわされ、洗濯ものを干すのは一惟の役割だった。沙良は朝な夕な台所に立ち、料理をする。皿洗いは一惟がした。子どもたちの起きているあいだ、しんと静かになる瞬間はほとんどない。寝入りばなに突然の泣き声で起こされることもある。前日まで駆けまわっていた毅が、翌朝、見えないなにかに飲みこまれ、吐きだされたかのように、四十度近い熱をだす。いっときも気の休まる暇はない。親の庇《ひ》護《ご》がなければ生きてゆけない子どもがいる状態は、一時停止させることができず、ため息をつき背中を向け、投げだしてしまうわけにはいかなかった。つねに追われる日々のなかで、マルティン・ルターの時代まで聖職者に結婚が許されなかったことの意味あいを、一惟は神学的にではなく、日常の感覚として密《ひそ》かに納得した。このような環境で、神と対話し、聖書のことばを信者たちに伝えるのは、よほどのつよい意志と、ある種の鈍感さがなければ、誰にも務まるはずがなかったろう。ルターの時代には子どもが九人も十人も生まれ、そのうちの半分ほどが疫病《えきびょう》などで死んでいたのだ。妻帯し、子を持つことは、聖職者の役割を日々濁らせ、滞らせてしまうものだったにちがいない。

礼拝の前日には、沙良の公認のもと、食事の時間をのぞいて教会の牧師室にこもり、礼拝用の原稿を書いた。沙良が厳しく禁じていたので、毅も光も牧師室に押しかけてくることはなかった。日曜の夕方にはパイプオルガンを弾く。これも本来なら、一惟がひとりになるはずの時間だった。

歩からの手紙は、冬の夕暮れどきにほんの一瞬差しこんでくる奇妙にまぶしい光のようなものだった。一惟は金曜日の午後、教会の掃除を終えてから牧師室に入り、鋏《はさみ》できれいに開封し、手紙を読んだ。

それからしばらくして、退院したことを知らせる短い手紙が届いた。見舞いを断ってきた歩の希望にしたがい、一惟は枝留にいながら恢復《かいふく》を祈るばかりだった。やがて日常に追われ、歩のその後の体調について案ずることもしだいに間遠になっていった。

最初に入院を知らせる手紙をもらってほぼ一年が経つころ、同じクリーム色の封筒の手紙が届いた。宛名《あてな》の文字にわずかながら乱れがあり、封筒の閉じかたにも歪《ゆが》みがあった。一惟は牧師室に入るなり鋏を使わずに手で開封し、引きだした手紙を読んだ。手紙を読み終えると、便箋《びんせん》を封筒にもどさないまま、聖書の一節について考えをめぐらせるときと同じ姿勢で、椅子《いす》の背にからだを預け、目をつぶった。

その日の夜、ふたりの子どもを寝かしつけ、最後に風呂《ふろ》に入ろうとする間際《まぎわ》、一惟は忘れていたことを思いだしたようにさり気なく沙良に声をかけた。リビングは耳がしんとするほど静まりかえっていた。カーペットのうえには一度も開かれていない今朝の新聞がそのままのかたちで落ちていた。新聞を拾いあげテーブルにのせながら一惟は言った。

「札幌のカトリック教会にはたしか、同級生の知り合いがいたんだったよね」

ソファのうえで洗濯ものをたたんでいた沙良は、戸惑うような顔で一惟を見あげた。

「うん……坂川くんの、小学校か中学校時代の同級生でしょう？　いまもそのひとが札幌にいるのかどうか知らないけど」

「ちょっと会って相談したいことがあるんだ。坂川くんの連絡先は同窓会の名簿をみればわかるかな」

一惟は理由を問われる前に、枝留高校の同級生だった添島歩について、なるべく手短に話した。

「ああ……ときどきあなたに手紙を書いてくるひとね」

沙良は以前から歩の名前を気に留めていたらしい。年賀状を寄こすことはないのに、ときおり封筒入りの手紙を書いてくる。待っていたかのような反応のはやさに一惟は少したじろいだ。もう少し詳しく話したほうがいいとおもい、歩について沙良が知っておいてもよいことを選びだしながら話すことにした。

歩が札幌の大学に進み東京で働くことになったので、長らく会っていないこと、国立天文台につとめている天文学者であること、しばらく前に癌がみつかり、一年あまり治療をつづけていること――いったん退院したものの、再入院したことは黙っていた――。それらのことをひとごとのように話した。手紙は、終油の秘蹟《ひせき》を依頼するものだった、と沙良に言った。

「そう」

沙良は洗濯ものをふたたびたたみはじめ、なにかを考えている表情になった。それは歩さんがカトリックの洗礼を受けて、カトリックの司祭から受けたほうがいいんじゃないの、どうしてプロテスタントのあなたが引き受けなければいけないの。そう問われたら、どうこたえられるか考えながら、一惟は沙良の手もとを見ていた。沙良は毅よりもひとまわり小さな光の肌着をたたみながら言った。

「坂川くんの同級生がまだ札幌にいて、理解してくれるのならいいけど、信者でないひとにそんなことしてくれるかしら」

「それは、そのとおりなんだ。相談してだめならば、なんとかやりかただけでも教えてもらって、ぼくがやろうかとおもってる」

もともと自分でやると決めていることを伏せているから、かえってつよい口調になってしまっているのはわかっていたが、沙良はしばらく黙って、ただ一惟を見ていた。

「そうおもうのなら、そうすればいいわね」

一惟は沙良の真意を測る気持ちをおさえて言った。

「そうだね。そうするよ」

風呂場は子どもの使うシャンプーハットや浮かべて遊ぶボート、象の形のスポンジなどが濡《ぬ》れたまま放置され、石鹼《せっけん》の匂いとシャンプーの匂いでいっぱいだった。過剰なほどの生きものの気配。一惟はすっかりぬるくなったお湯を追い焚《だ》きしながら、いつもよりも長く風呂につかった。歩のことを考えているうちに、枝留高校の校歌が耳によみがえった。特別に好きでもない校歌なのに、声にださず、一度もつかえることなく、二番まで歌うことができた。高校の屋上で、美術部員として、歩とふたりだけで絵を描いていたことも思いだす。一惟はなぜ自分が、屋上のフェンスを細密に描いたのか、その理由をまったく思いだすことができなかった。

翌朝、あわただしく家族四人で朝食をとりながら、いつか時間のあるときに、子どもたちの肖像を描いてみようかとおもった。子どもたちのアルバムの写真は、そのほとんどを沙良が撮り、アルバムに並べて貼《は》っていた。一惟は自分を愛情のうすい親ではないか、とはじめて考えた。朝食後、皿を洗ってしばらくすると、沙良が同窓会の名簿を一惟に差しだした。坂川豊彦の連絡先がわかった。

ステンドグラスをひとつひとつ見あげながら、聖堂のなかをぐるりとまわり終えるころ、脇《わき》のドアが静かに開き、坂川に紹介された鈴木司祭が現れた。度の強そうな眼鏡をかけ、見るからに生真面目《きまじめ》そうな顔つきだった。一惟は頭をさげてから名前を言い、挨拶《あいさつ》をした。歩からの依頼については、あらかじめ手紙を送ってあった。

「よくいらっしゃいました」

説教をすれば聞きとりやすそうな声だった。こちらを見る鈴木司祭の表情がゆるむのがわかった。これからの相談が難しいことにはならないだろうと一惟には感じられた。

「主任司祭に工藤さんのことをお伝えしました。よろしければお会いしてお話ししたいと申しております。いかがでしょう」

それから一時間あまり、一惟は案内された主任司祭の部屋で、亡くなった父よりもひとまわり年上とおもわれる老齢の司祭にこれまでの歩の病気の経緯を話した。みごとな白髪と、日本人にしては不思議な青みをおびた瞳《ひとみ》をもつ司祭は、病者に施されていた塗油が、しだいに臨終にだけ行われるようになり、〝終油の秘蹟〟とよばれるようになったものの、二十年ほど前に本来の〝病者の塗油〟に立ち返るべく呼称も改められたことについて、古代から中世を経て、何度かの公会議での定義の変遷《へんせん》までつぶさに説明していった。丁寧な話のすすめかたに、権威をちらつかせる意図はなく、病者の塗油をおおやけのものとしてとらえる公正さのようなものを一惟は感じた。

「ながながと説明しましたが、いま申しあげたように、病者の塗油はこのようでなければならない、という依拠すべきカノンは存在しない、と言ってもいいのです。マルコによる福音書に描かれている塗油も、病弱な人に油を塗って癒《いや》した、と書かれているだけです。——不思議なものですね。あなたのような牧師の方に、このことをお伝えする日がくるとは想像もしていませんでした。

あなたのご友人がどのように終油の秘蹟をご存知であったのかはわかりませんが、信者でいらっしゃらないとしても、キリスト教について、もしくは神について、なにか特別なお考えのある方なのでしょう。プロテスタント教会の牧師だとわかっていながら、あなたに終油の秘蹟を頼みたいというのも、あなたへの信頼があるからでしょう。あなたがご友人の個人的な願いを叶《かな》えられるのは、おなじ宗教者として、感謝のほかありません。

これから鈴木司祭に立ち会ってもらって、彼に記録を残してもらいます。それを参考になさって、添島さんの希望を叶えてさしあげてください。もちろん、一字一句おなじでなければならない、ということはまったくない。あなたが口にできることばに整理して、あらためてくださってかまいません。

……よろしければ神のご加護を」

主任司祭はゆっくりした動作で席から立ちあがり、皺《しわ》の寄った手を一惟の上にかざそうとし、いったん動作をとめて、青みを帯びた目で一惟を見て、了解をもとめた。一惟は迷わず両手を組み、司祭の前に頭をさしだした。司祭のあたたかな手を感じたとき、一惟の目に涙がにじみそうになった。しばらく頭を下げたまま目を閉じてこらえ、涙がこぼれないようにした。

帰り際、主任司祭はちいさな瓶にいれた香油を一惟に渡した。

「これもよろしければですが、乳香と没薬《もつやく》もさしあげます。ご存知のように昔は鎮痛剤としても使われた。これも決まりではないし、わたしの場合は、ということにすぎませんが、これを焚《た》いてから病者の塗油をおこなうと、その場の空気も浄化されるようにおもいます。

もしもご入用なら、わたしの着古しの聖衣をお貸ししましょう。……どうやらあなたとわたしの体格は、似ているようですしね」

主任司祭は人懐《ひとなつ》こい顔になった。一惟はよろこんで司祭の申し出を受けいれた。いつ返してくれてもいいと、聖衣をふくんだ一式を古い革の鞄《かばん》に詰め、司祭は帰途につく一惟の手に託した。

歩の願いが手紙で伝えられなければ、この司祭に会うこともなかった。枝留への帰途、列車にゆられながら、一惟は胸ポケットにしまったまま、司祭に見せることのなかった歩からの手紙を意識した。司祭がこの手紙を読んだなら、もう少しちがう反応を見せたのではないかと想像した。

車窓にはしばらく夜景がつづいたが、街から離れると暗闇《くらやみ》になり、自分の顔が映るだけだった。一惟は目を閉じた。シートの下からあがってくる暖気と、ほどよい揺れと、旅の疲れで、一惟はいつのまにか眠りこんでいた。短い夢のなかに何度か歩がでてきたような感触がおぼろげに残った。目が覚めたときには、それがいったいどんなものであったか、ひとつも思い出せなかった。

工藤一惟様

いかがおすごしでしょうか。

退院して、天文台に復帰したとご連絡してから、ずいぶん時間が経ってしまいました。

医師からはその可能性をあらかじめ言われてはいたのですが、残念なことに、癌が再発してしまいました。

再入院が決まり、個室の壁には、始が持ってきてくれた、ブリューゲルのおおきなカレンダーがかかっています。

一惟さんもブリューゲルは好きでしたね。氷のはった池が遠くにあって、ひとびとが集まって遊んでいる絵です。


きょうは、お願いがあって、この手紙を書いています。

プロテスタントの牧師である一惟さんに、筋ちがいのお願いであることはじゅうぶん承知しているのですが、わたしのために、終油の秘蹟を授けてはくださらないでしょうか。

わたしは洗礼をうけませんでした。

わたしにとって、神様とのやりとりはとても個人的なものです。だから教会に属して祈る必要を感じなかったのです。

それなのにいまになって、牧師の一惟さんに無理を言って、終油の秘蹟をしてほしいだなんて、勝手な話ですね。ほんとうに、わたしもそうおもいます。

いまわたしを救ってくれるものは、ことばではない気がします。救ってくれるものというよりも、望んでいるものでしょうか。いまはただ、両手を組んで祈るとか、誰かがわたしの肩に触れながら祈ってくれるとか、そういうことばかり浮かびます。

それほど遠くないさきに、わたしは誰ともやりとりのできない状態になるでしょう。

お見舞いには来ないようにと書いたわたしがこんなことを望むのですから、望みがかなうころには、もう一惟さんとわからない状態になっているかもしれません。だから、もうここで先にお礼を書いておくことにしますね。

これまでほんとうにありがとう。

いつか予想もできないところで再会できたら、またお話をしたいです。さようなら。

一月十日　　　　歩

もしも間に合わなかったら、それはわたしのせいです。

あなたがそのことで自分を責めたりしないように、くれぐれもおねがいします。

「スケートで一番だったよ」

まだコートも手袋も帽子もそのままに、玄関で靴を脱ごうとしていた一惟のもとに、光が駆けよってきた。

「お兄ちゃんも一番で、兄弟で一等賞なの」

いつのまにか少し離れたところに立っていた毅がまぶしそうな笑顔になっている。

今日の午後が、スケート大会だったことを一惟はすっかり忘れていた。

「先生に、コーナリングがうまいって」

一惟はしゃがみこみ、光の両肩に手をおいた。頬や首に光から立ち上る湯気を感じた。こんな寒いなか、光は熱を発していた。すでに終わった出来事がくりかえしよみがえって血のめぐりを盛んにし、手足の末端をあたためている。頬も耳も赤い。

彼らは代謝をくりかえし、成長をつづけている。死んでゆく細胞もあるだろう。しかしそれは日焼けした皮膚が剝《は》がれ落ちるのと変わらない。彼らにはなんのダメージも与えない。

手袋をはずし、光のさらさらとした髪に手をのせた。一瞬、司祭から受けた按手《あんしゅ》がよみがえる。光の頭は全体が熱をおびていた。一惟は手を伸ばして、隣にいる毅の肩をぽんぽんと叩《たた》いた。「兄弟で一等とはすごいなあ」

毅は頷《うなず》いて、一惟が右手に提げて持っているボストンバッグを見た。「おみやげは？」

一惟はすっかりおみやげのことを忘れていた。

「わるいな。今日は時間がなくて買えなかった。……そのかわり、優勝記念になにかプレゼントしよう」

毅と光はつつきあうように飛び跳ねながら「おー」と獣のような声をあげ、沙良のいるらしい台所へと駆けこんでいった。

数時間前、飛行機が本州の上空を離れて海のうえを進み、北海道に近づくのを機内から見ていた一惟は、これでもう歩と会うことはないだろうとはっきり意識した。これから着陸する北海道は歩がついに帰ることのできない大地だ。

ベッドのうえの歩は身じろぎもせず、ただ横たわっていた。一惟に気づくと、目だけをわずかに向けた。ことばを口にすることはなかった。

聖衣を着て、食事用のテーブルを歩の足もとまで引き下げ、そこに香炉をおき、乳香を炷《た》いた。細く目をあけた歩は酸素マスクをとるそぶりをしたので、一惟は両耳にかかった白いゴムひもを外した。歩はちいさく頷いた。乳香のかおりがひろがった。

　司祭からいただいた聖油はオリーブの香りがした。看護婦に了解を得たとおりに、歩の上がけを脇によけた。

　祈りを捧《ささ》げ、聖書の一節を朗読する。そして歩の頭のうえにそっと手をおき、ふたたび祈った。

　見えないしるしを置くように、まぶた、ひたい、こめかみ、口、耳へ、ゆっくり聖油をつけていった。一惟は塗油をつづけた。水色の寝衣をわずかにずらし、首、心臓のちかく、腕、ひじ、手の甲、手のひら、腰、ふともも、ひざ、すね、足の甲へ、見えない丸薬をのせるように聖油をつけてゆく。

　一惟の指が触れてゆく歩のからだは、すでに歩のものではないように感じられた。歩はここから少しずつ離れようとしている。歩は目のはしから涙を流していた。

　さいごに祈りをとなえて、歩の顔に自分の顔を寄せた。歩はうっすらと、忘れることのできないなつかしい笑みを浮かべていた。口もとに耳をちかづけた。「ありがとう」とかすかな声がした。

　一惟は歩の右手をそっと握り、歩の首筋に口を寄せ、肌にふれ、しばらくそのままでいた。歩の首筋の血管の拍動が一惟の口に伝わってきた。歩はまだこうして生きている。歩の首筋につけた聖油が一惟の頬についた。

顔をあげ、あらためて歩を見ると、歩は目をつぶっていた。

一惟は「つけますよ」と言ってから歩に酸素マスクをつけた。歩はわずかに頷いた。

「没薬はつつんでまくらもとに置いておきます。痛みが少しやわらぐかもしれない。看護婦さんには話してあるから、だいじょうぶ。

また、来ます。

歩、ありがとう。会えてよかった」

また来ると言ったとき、歩はわずかに首を横にふったように見えた。そして口のはしがふるえて皺が深くなり笑顔になった。そうはならないでしょう、とでもいうような、それは動きであり表情だった。

「おつかれさま。おかえりなさい」

毅と光を両脇にかかえるようにして沙良がリビングにはいってきた。

一惟は帽子をとりながら黙って頷くだけだった。いまこの瞬間に声にしてなにかを言うことなどできない。一惟はあらゆるものに赦《ゆる》しを乞うような気持ちで、ただ深く息を吸い、深く息を吐いた。両手で顔を洗うように、自分の冷たい顔の表面全体をこすった。子どもたちの前で泣くことなどできない。頬に残っていたはずの聖油はもうどこにもなかった。

「プレゼントはもう決まったよ」

光の声が、あらゆるものを光の速度で追いこしてゆく。

「そうか。なんだろうね」

一惟は他人の声のように自分の声を聞いた。

20

学生鞄《かばん》を持つ右手に力が入っていたせいで手のひらが白くなり薄赤い皺《しわ》もついていた。玄関で靴を脱ぎ、聞こえないくらいの声で「ただいま」と言った。足音も立てずに階段をあがる。

先に帰っていたらしい始はヘッドフォンの後ろ姿でベッドに足をのせ、レコードを聴いていた。ヘッドフォンから微《かす》かに音がもれている。歩には気づかない。神経質なのに、鈍感な弟。

歩は部屋に鞄を置き、そのまま着替えずに階段を降りた。台所から「歩ちゃん？」と母の声がする。うん、と答えて靴をはき、玄関から庭にまわった。ジロを長い鎖から外して、散歩用の引き綱につけかえた。白いジロは尻尾《しっぽ》をふり、ときどき口をあけ、また閉じる。歩がいつもとちがうことをわかっている。歩の背中に「お散歩ね、いってらっしゃい」と母の声がかけられる。

歩はジロと出かけた。

智脚岩にのぼる遊歩道で、ジロはときどき斜めうしろの歩をふりかえり、すぐに前に向きなおって先へと歩いてゆく。ジロは歩がどこへ行きたいかわかっている。歩の気持ちも。

歩は、ジロの引き綱を手にしたまますでに泣いていた。

頂上ちかくのベンチには誰もいなかった。歩はベンチに座り、ハンカチで目もおさえず涙が流れるままにしていた。ジロは歩の左にいて、ぼんやり白い。枝留の街並みは、青や緑や赤のカビの生えた食パンだ。いつかは死んでゆくお馬鹿《ばか》さんたちは、ただひしめいて、気づきもしない。

こうして泣いている自分を、わたしはいつまで覚えていられるだろう。

父も母も、始も知らない。わかりもしないことで、わたしは泣いている。

ジロはわかっている。ジロにしかわからない。鈍感な人間どもには、わからない。

誰にも言うつもりはない。泣いていることも知られたくない。一惟にも。一惟がいまここにいたら、どうしたの、と言うだけだ。わたしは絶対に答えない。どうしたの、じゃない。

わたしが大人になったら、いまのこの気持ちに、てきとうな名前をつけて片づけるだろう。それは絶対にちがう。だからわたしはこうして泣いている自分に勝手にのしかかってくるものを、ここに全部捨てるためにやってきた。誰にも拾わせないために。ジロが歩に近寄り、前脚をあげ、膝《ひざ》のあたりにのせた。飴色《あめいろ》の爪《つめ》、筋肉におおわれた太い骨の重み。短い白い毛がみっしり生えた、ジロの前脚。

歩はジロを引き寄せて、ジロの白い頬、白い耳の下に顔をおしつけた。ジロの匂《にお》いを吸う。

岩のはるか下から、ディーゼル車の出発する音が聞こえた。

ジロ。ジロ。言うそばからまた涙が流れだす。ジロは歩の頬と口を舐《な》めた。涙もいっしょくたに。いつかわたしが死ねば、この気持ちも永遠に消えてなくなる。だからジロ、舐めておいて。

21

「おかしいな。数があわない」

　そう言うなり眞二郎は椅子《いす》から立ちあがる。電車の吊《つ》り革につかまる老人そのものの姿勢でカーテンの端をつかみ、そのまま横へ移動しながら閉めてゆく。去年よりも、一昨年よりも、はるかに遅くなったスピードで。

　居間のテーブルの椅子にたどりつくまでの何歩かのあいだ、カーテンのかわりに何かをつかもうとする無意識の手が、曖昧《あいまい》に宙に浮いている。つい数年前まで渓流釣りをしていたとはとても思えない腕の動きだった。いまは河原におりてゆくことすらできないだろう。

　テーブルのうえには、銀色やオレンジ色のシート、四角い薬包紙に入った十種類以上の薬が、いくつかのなだらかな丘をなして広がっている。眞二郎はなんらかの分類と整理をおこないながら、薬を数えはじめようとしていた。カーテンを閉めたのは、薬に光が当たらないようにするためだった。

初冬の低い太陽はガラス窓越しに居間の半ばまで伸びて、テーブルの上をまぶしいほど光らせる。クリーム色のカーテンで窓を閉ざすと布地がオレンジ色に透ける。テーブルはただ薄く庭木の影をうつすだけになる。眞二郎は部屋が薄暗くなったことに納得したのかどうかうかがえない表情のまま、薬のひろがりに手をつけはじめる。手帖《てちょう》をひらき、そこに書かれてあるものと対照しつつ数を数え、輪ゴムでとめてゆく。

登代子は淹《い》れたばかりのお茶を居間に運ぶのをやめた。このタイミングでお茶をだせば、「いらない」と邪険にされるのはまだしも、「いまなにやってるか、わかってるのか」と怒鳴られかねないからだ。そんな声を自分から引きだして、わざわざ聞きたくはなかった。台所に立ったまま、ふたくちみくち、苦々しい気持ちで煎茶《せんちゃ》をのむと、湯のみのふたつ並んだお盆を流しの脇《わき》においたまま、朝食で使った食器を洗いはじめた。

眞二郎の関心事は、朝昼晩の血圧測定と、薬の服用、そして夕方以降の水分制限だった。最近は味噌汁《みそしる》をお椀《わん》によそったあと、具だけを残して、汁はすべて鍋《なべ》にもどして出せという。就寝中に五回も六回もトイレに立つのがわずらわしい、というのが理由だった。あとから思えばこのこだわりじたい、変調のきざしだったと理解できるが、水分を減らしたいという眞二郎の主張にとりあえず矛盾はなかったから、登代子は言われたとおりにした。そして金曜日に控えている通院を前に、こんどは薬の種類と数の確認作業がはじまった。午前中いっぱいかけて薬を数える。「おかしい。あわない。医者が間違えたんじゃないか」――昼ごはんができました、という登代子の声がかかると、ぶつぶつなにかを言いながら大きなビスケットの空き罐《かん》に薬を戻してゆく。

確認作業をはじめて、今日で三日目だった。せっかくの午前中の陽光をさえぎりながら作業する眞二郎への不満が、登代子のなかでつのっていった。

登代子にとってなにより好ましい眺めは、午前中から午後にかけて、ガラス窓越しに居間に入ってくる陽の光だった。太陽を背にして居間に座れば、背中ばかりでなく、からだの内側まであたためられてゆく気がする。庭でいちばん日当たりのいい縁側の沓脱石《くつぬぎいし》に、白い毛なみの背中をあずけてすわる老犬ハルも、日の当たるあいだは目を細くして、ただ光を浴びている。暖かい場所を見つけ、そのなかでじっとしている時間を、ハルも登代子も好んでいた。

庭に出て、ハルの首筋を撫《な》でる。表面の毛なみは冷んやりしていても、もぐらせた指先に触れる肌はぬくぬくとしている。ハルもわたしも牝《めす》でよかった、と登代子はおもう。人間の男も、犬の牡《おす》も、日当たりのぬくもりだけでは満足できない生きものだ。なわばりや序列、名誉といったものが男を、牡を駆りたてる。肌に直接とどく日当たりの実感にくらべたら、あってないようなものにこだわり、それが叶《かな》わないと感じれば突然怒りだす。おのれの前に立ちふさがろうとする見えない壁を妄想し、それを攻撃する。男の、牡の攻撃性は、瞬間的に化学反応を起こし発生する意味のわからない黒い煙のようなものだった。登代子には、見えない壁より、太陽光を遮るカーテンのほうがはるかに腹立たしい。

眞二郎の怒りはしかし、攻撃的なものとはちがう。見通しの甘さによる損失を防ごうとし、守らなくてはならないものを守ろうとする、いわば防衛的な怒りだった。妻が高価なもの、無駄なものを買うことへの怒り。始が就職のあてのできない文学部に進んだことへの怒り。前立腺《ぜんりつせん》肥大と頻尿の症状をやわらげてくれない医師への怒り。事前の相談もなく一枝と智世が永代供養《くよう》の墓を買ったことへの怒り。眞二郎が操舵を任されたちいさな船は、魚の群れを追うことより、暗礁《あんしょう》に乗りあげないこと、嵐《あらし》に巻き込まれないこと、無駄な軽油を使わないことを最優先にする。どこかに向かって出航するより、できれば湾内にとどまっていたほうが安全で、費用もかからない、とでもいうように。

午後三時をまわるころには日差しはもう部屋に入ってこない。気温もみるみる下がりはじめる。ハルは犬小屋にもどって散歩の時間をおとなしく待つ。老いてからは、さほど散歩をよろこんでいないと感じる日も増えてきた。

ハルの散歩は、東京から枝留にもどってきた始の役割になりつつあった。ちいさな出版社から本をだすことが決まっていると始は言い——どんな本？　と聞けば「まあ専門書みたいなものだよ」とだけ気のない声で答えた——、高校時代に通っていた町立図書館に毎日のように出かけ、閉館する午後六時までこもっていた。図書館から戻ると、そのまま夕食の七時までハルを散歩に連れてゆく。散歩といっても、湧別川まで行ってしばらく川の流れを見ているくらいのことだった。

始が枝留に帰ってきたとき、登代子がまず驚いたのは白髪が増えていることだった。五十代でこれほど白くなるものなのか。眞二郎はもともと頭頂部が薄く、髪を短くしていたから、白髪の印象がさほど強くなかった。しかし始は若いころの印象がどうしても抜けない。三十代で死んでしまった歩も若い姿のままで止まっているから、始の白髪の進みぐあいはよけいに胸にこたえた。

苦労や心配ごとの多い東京暮らしだったにちがいない。登代子はそのように想像し、この年になって一人で帰ってくることになったのは、よほどのことがあったのだろう、とぼんやり想像した。なにがあったのかは、もう子どもではないのだから聞きだすわけにはいかない。だからいまはそっとしておき、昔と同じように黙ってごはんを食べさせてやるのが自分にできることだと登代子は考えていた。

東京の水があわなかったのではないか。歩の入院のたびに上京し、ビジネスホテルに滞在して、なににいちばん驚かされたかといえば、蛇口から出る水の死んだような味だった。あんな水を毎日飲んでいたら、髪が白くなるのも無理はない。そんなことも知らないのか、といわんばかりの眞二郎から聞かされた、ビルの貯水槽の仕組みなど、すっかり頭から消えてしまった。

帰ってきた姑に眞二郎が訊《き》いたのはたったひとつ、金はあるのか、だった。姑は「子どもがいないし、久美子もずっと働いてるから、お金はまああるんだ」とお茶を濁すような声で答えた。

登代子は姑夫妻が三十代でいるあいだは、まだ淡い期待を抱いていた。しかし四十代に入ってしまうと、添島家の跡継ぎの可能性はほぼ消えたと諦《あきら》めるほかなかった。眞二郎はなにも言わない。外からやってきた登代子がなぜやきもきしなければならないのか。隣の三姉妹から——恵美子ですら関心を持っているのがわかった——遠慮がちにしかし「そろそろかしらね」と遠慮なく聞かれることへの腹立たしさもあった。

それだけでは説明できないもやもやとした感情が、自分の深いところに波紋を描き、可能性がなくなってしばらく時間が経《た》っても、おだやかにしずまることがなかった。

十二歳年の離れた長兄の葬儀で、登代子は眞二郎と始と三人で旭川の実家に行った。同じ敷地に住んでいる甥《おい》の家族と、隣町に住んでいる姪《めい》の家族には、あわせて五人の子どもがいた。着慣れない喪服を着せられたり、学生服やセーラー服を着ている長兄の孫たちの、湯気や埃《ほこり》や匂《にお》いまで立ちのぼるような落ちつかない気配は、葬儀を嫌味のない明るさでつつんでいた。親族のなかで孫のいないのは添島の家だけだった。通《つ》夜《や》の読経《どきょう》のあとの食事の席でも、立ったり座ったりする子どもをたしなめる声のあがらない一角は、添島の三人が座る席だった。そこは波の立たない小さな湖のようだった。登代子はにぎやかな側にも自分は属しているはずだと感じながら、席に座ったまま、親族の旺盛《おうせい》な会話や笑い声を黙って聞いていた。

札幌や東京に散っていった兄や姉の家族には、葬儀に参列しない甥や姪もいたから、通夜の席で耳にはいる近況をとりまとめて暗算をすれば、父母と血のつながる孫は、少なくとも十六人になった。

添島の家にはひとりもいない。眞蔵の兄弟の子どもで、添島を名乗る親族は三人だけいたが、ひとりは独身のままで、ひとりは交通事故で死に、もうひとりは離婚して独身となり、もともと子どもはいなかった。

通夜の席で始は、淡々とした顔で寿司《すし》をつまみ、親族から注がれるビールを素直に頭をさげて飲んでいた。にぎやかなわりに思慮深い親族だったから、同席していない始の妻の消息を不躾《ぶしつけ》に聞いてくる者はひとりもいなかったのが、登代子には救いであり、ありがたく、親族の気質をひそかに誇らしくおもった。眞二郎は登代子の親族の集まりではいつも、借りてきた猫のようにおとなしい。気の利《き》いたことも言えなかった。ふだんはどこか頼りなく感じる始は、こうしてさりげなくいてくれるだけで、気詰まりにさせないクッションになっている。登代子にとって、それは小さくはあるが、うれしい発見だった。

しかし始が葬儀の席でなにを感じ、なにを考えたのか、登代子にはわからなかった。息子がなにを考えているのかわからなくなったのは中学生のころからだ。顔を見ても、覗《のぞ》きこんだ湖面の底には、警戒を怠らず敏捷《びんしょう》に泳ぐ魚もいなければ、水流にそよぐ藻や水草もない。ただぼんやりと水がある。考えてみれば夫についてですら、なにを嫌っているかは熟知していても、なにを楽しみにし、どうしていれば安楽を感じるのか、みえなくなって久しい。若いころは子育てに忙しく、夫も働いていたから、必要最小限の会話しかなかった。休みの日になると、釣りにでかけてしまう。それでも気持ちは通じているという感触があった。ところがそれもいまになると、疑わしいものに思えてくる。

長期間にわたる撮影で家を不在にしているという妻と遠く離れて暮らすことに、始は不都合を感じてはいないらしい。ほんとうはもう離婚しているのではないか、という疑いも登代子の頭をよぎる。とはいえ、いまさら問いただす気持ちにはならないし、かりにそうだとしても、登代子にできることなど何があるだろう。

眞二郎は始について心配することを、何十年も前にやめてしまったようだった。まとまった仕事をするために枝留でしばらく暮らしたいと始が電話をよこしたときも、登代子にあれこれたずねることは一切なかった。夕食も六時までにはひとりで先に済ませてしまうことが多く、風呂《ふろ》に入れば、九時には居間の隣の部屋でいびきをかいている。始と食事をいっしょにとるのは登代子だった。

庭の中央の奥には、この家がまだ古い平屋だった時代からの石灯籠《どうろう》がある。その手前あたりに防空壕《ごう》の入口があったことを知っているのは眞二郎と隣の姉妹たちだけだった。しかし、石灯籠の周囲はすっかり植木に覆《おお》われてしまったので、いまとなっては防空壕の入口を思いだす者もいない。

九十年近く前、石灯籠の位置をここに決めたのは眞二郎の父、眞蔵だった。空き家だったこの家を購入すると、眞蔵は殺風景だった庭をにわかにいじりはじめた。会社の上司の実家が石屋と植木屋を兼ねていたので、相談をして庭木を増やし、石灯籠を置き、飛び石や沓脱石を取りよせた。

母屋につづく東側の部屋と離れを使って、よねが助産院をひらくことが決まっていた。ところが平屋のいくつもある部屋を仕切るものは襖《ふすま》と柱だけだった。幼い子どもが、西の端の部屋から東の部屋に向かって襖をつぎつぎに開けていけば、助産院に入りこんでしまうことになる。かといって、平屋中央あたりの襖を全部外して、わざわざ漆喰の壁を塗り立てるわけにもいかない。助産院との境にある襖を閉めたうえで、桐《きり》の箪笥《たんす》をふたつ並べて行き止まりにした。東西に長くつづく縁側の中央には、一対の籐《とう》椅子を向かい合わせに置き、念を押すように低い衝立《ついたて》を立てた。眞蔵はさらに庭師と相談し、庭の奥の中央に石灯籠を置いて、そこを起点に東西を分ける丈の低い生垣をあらたに用意してもらうことにした。こうすれば、助産院との心理的な境がさらにはっきりとする――そう考えたのだ。

庭の石灯籠は母屋《おもや》からも助産院からも見ることができた。

太平洋戦争が始まるまで、助産院には途切れなく妊婦がやってきた。それでも、ひと息つけるときが日に何度かある。そんなとき、よねはしばしば庭を眺めた。
この石灯籠を、母屋の幼い子どもたちも見ているとよねはたびたび感じた。気がつけば生垣の向こうの縁側に、眞二郎がひとりで座っており、意気消沈したように膝《ひざ》をかかえ、ぼんやりしているのが見えた。よねの視線には気づかない。夕ごはんの時間に「なにかあったの」と聞くこともできたが、よねは訊《たず》ねなかった。眞二郎はいかにも三人の姉妹にはさまれたたったひとりの男の子で、長女の言うことにただ頷《うなず》き、三女のわがままに押されてしたがう。やさしいが、覇気がなく、頼りない子だと感じていた。

眞蔵の希望どおり、大学の工学部に進んだから、戦争には召集されずにすんだ。戦後、数年が経って結婚をした眞二郎は、歩が生まれると、よねが考えていたよりも多少は家長らしくふるまうようになった。ほどなくよねは倒れて、始をとりあげることなく死んだ。

始がまだ幼いころ、古い平屋は取り壊され、一枝たち三姉妹と、眞二郎一家の二階建ての二世帯住宅として新築された。助産院のあった東側が三姉妹の居住部分になった。

石灯籠はかわらず同じ場所にあった。

ある年、眞二郎はその冬はじめてまとまって降った雪で真っ白になった庭を、まだ小学生だった歩と始にも手伝わせ、縁側から石灯籠のあたりまで雪かきをした。三姉妹の家からも石灯籠まで来られるようにした。そして夕暮れを待って石灯籠にロウソクを数本立て、火を灯した。庭の雪がロウソクの光を反射して、雪かきでできあがった凹凸を照らしだした。

「どうだ、きれいだろう」と言って、子どもたちに雪あかりの庭を見せているあいだに、一枝、恵美子、智世もぱらぱらと出てきた。智世がまっさきに「きれいねえ」と声をあげた。夕ごはんの支度をしていた登代子は台所にこもったままだった。「ねえ、おかあさん来て！」と歩が声をかけても「いまちょっと手をはなせないから」と言うばかりだった。

その夜、歩も始も二階にあがって眠ったあと、登代子は居間のテレビを消しながら「おねえさんたちの庭のほうまで雪かきするくらいなら、まずは台所の出入り口や玄関先からにしてください」と言って席を立ち、台所に向かった。眞二郎は離れてゆく登代子の足もとに、いきなり湯のみ茶碗《ぢゃわん》を投げつけた。空の湯のみはただ転がって、登代子を追いぬき、台所の壁に当たってとまった。

眞二郎が怒りだしてものを投げつけるのは、きまって登代子の指摘に筋が通っているときだった。反論できないから、ものにあたる。しかし眞二郎が一枝や智世にものを投げるところなど、見たことがない。眞二郎がものを投げるとき、眞二郎のうしろに、一枝や智世がいるように登代子は感じた。

一枝たち三姉妹と同じ敷地に住んでいるかぎり、登代子のその感覚が消えることはなかった。

歩と始が東京で暮らすようになると、登代子は自分がたったひとりになったと感じるようになった。

歩の病気が見つかり、深刻になってゆくにしたがい、智世はしきりに眞二郎を訪ねてきて、病状を聞きだそうとした。歩はわたしの娘で、あなたたちとは関係ない、と叫びたい気持ちを抑えるのがやっとだった。眞二郎は自分の夫というよりも、三姉妹の兄弟でしかない——登代子はたびたびそうおもうようになった。

二階の狭い物干しのスペースで洗濯物を干すのは恵美子の役割だった。登代子も同じような時間帯に、隣り合わせたスペースで洗濯物を干すことになる。それぞれの物干し場は一メートルほどの間隔があいており、独立したつくりになっていた。登代子と恵美子はやや離れたまま声をかけあうことになる。眞二郎が来ることは滅多になかったし、一枝も智世も庭には頻繁にでてもここに上がってくることはまずなかった。恵美子は登代子を物干し場で見かけると、「登代子ちゃん」と声をかけてくる。どこかゆっくりした、かすれた声で。登代子は嫁にきたばかりのころ、そんな話しかたの恵美子とどんなふうにやりとりをしていいのか戸惑った。しかしいまとなっては、小姑《こじゅうと》たち三姉妹のなかでいちばん気楽に話のできる相手になっていた。

洗濯物を干す手はそのままに、登代子は「なんでしょう?」とわずかに芝居がかった明るい声で応《こた》える。明るい声をだすと、登代子の気持ちも軽くなる。

「ひさしぶりに晴れて、気持ちがいいわね」

恵美子がゆっくり言う。洗濯物を干す手元もどこかぎこちないが丁寧だったし、智世から何度も叱《しか》られたアイロンがけも、時間はかかるが、上達していた。

「そうね。気持ちがいいわね」

恵美子のほうが三歳年上だが、眞二郎の嫁としてなら登代子は恵美子の義理の姉になる。頭の回転も、話しかたもゆっくりしている恵美子には、登代子も自然と対等な口のききかたになった。恵美子もそのことを不快には感じていないようだった。

一枝や智世が海外旅行に出ているあいだ、恵美子の鬱《うつ》がひどくなり、すすり泣くような声が聞こえてきたことがあった。サンダルをつっかけ、庭づたいに隣りをのぞきにいき、声をかけて家にあがると、ソファに座って泣いている恵美子の横に腰かけた。「どうしたの」と登代子がやさしい声できくと、恵美子はもっと声をあげて泣いた。しゃくりあげながら、「わたしなんか生きていたってしようがない。死んじゃったほうがいいの」と言った。なにも言わずに聞いていた登代子は、恵美子の腕に手を添えた。

「そんなことないのよ。お茶碗を洗って、掃除をして、洗濯をして、干してたたんで。恵美子さんがいなくなったら、一枝ねえさんも智世さんもお手上げよ。アイロンがけだって」

しばらく慰めたあと、恵美子が落ち着きをとりもどすと、お茶を淹れてふたりで飲んだ。上等な茶葉を使っているから、家で飲むよりもおいしいと登代子はおもった。湯のみ茶碗も急須《きゅうす》も、はるかにいいものだった。登代子がうちのものとして買ってきたら、眞二郎が怒りだすようなもの。

「戸棚に最中があったけど、いまふたりで食べちゃったら、たいへんでしょ。我慢することにしましょう」

登代子がそういうと、そうね、たいへんよね、とだけ恵美子は言い、少しだけ笑顔になった。

恵美子はつねに姉妹からお荷物扱いされていた。

智世が「姉さん」と呼ぶのは一枝だけだった。恵美子のことは「この人」と呼んだ。眞二郎がそこにいても、呼ぶときは「この人」だった。姉として認めない気持ちが、その言いかたにあからさまに表れていた。眞二郎はそのことで智世を諭すこともなく、黙ってそのままにさせていた。「この人」という言いかたを聞くたびに登代子は、智世によりも眞二郎のほうにより憤《いきどお》りを感じた。

憤慨しても、登代子はそのことを眞二郎に言い募ることはしなかった。恵美子の生まれつきの問題は、自分が立ち入ってどうこういえるものではないと感じていたからだ。

登代子が心配だったのは、子どもたちがどう感じているかだった。中学にあがってまもないころ、なにかの話の流れで、恵美子おばさんかわいそう、と歩がぽつりと言ったことがある。歩はわかっている、と感じ、安堵《あんど》した。中学生になった始は、両親も伯母たち三姉妹も、ときには姉の歩までも煙たい、という態度に変わっていったから、恵美子についてなにを感じているかなど、まったく見えなかった。

歩と始は、東京で働くようになった。歩が死んだあと、始は結婚した。孫を見せる必要や口実がなければ、盆暮に帰省する意味合いもしだいにぼやける。やがて始は忙しさもあって滅多に帰らないようになった。

一枝は老人ホームの園長を辞めてからも理事をつづけていた。しかし、七十の半ばを迎えるころすべての役職を辞した。それからはもっぱら家と枝留教会とを往復する日々となった。智世も会社の事務職を辞めて久しかった。智世は就職であれ退職であれ、永代供養の墓であれ、事前に眞二郎に相談したり報告したりすることはしない。しばらくあとになって判明するのが常だった。

昼間ひとりきりでいることが恵美子のこころの状態を悪くする、と登代子は感じていたが、ともに老いた三人が家に揃《そろ》えば揃ったで、恵美子につらく当たる智世のふるまいがいっそう増えることになってしまった。

還暦を過ぎたころから、恵美子の鬱病は悪化していった。口数が少なくなり、動作も緩慢になって、目つきも定まらない。様子がおかしくなるたびに一枝がかかりつけの精神科に恵美子を連れていった。

七十歳を過ぎてからは鬱であることが常態となり、表情もぼんやりと焦点を結ばなくなっていった。やがてかかりつけの精神科医は、「恵美子さんは認知症を発症していますね」と告げた。

恵美子を連れて帰ってきた一枝は、翌日にはひとりで町役場に行って今後の相談をした。半年ほど待って恵美子は特別養護老人ホームに入居することになった。

それから五年ほど、恵美子はそこで暮らした。一枝と智世は一日おきにバスに乗って面会にいった。登代子にはそれがやや意外だった。あれだけ邪魔者扱いしていたのに、なぜ足繁《あししげ》く通うのか。クリスチャンの一枝が通うのはわかる。老人ホームで働いていた経験から、自分の妹が公営の老人ホームで働いているのか確かめたい、という職業的な意識もあっただろう。かわいそうなことをした、という後悔もどこかに潜んでいたかもしれない。では、智世はどんな気持ちで通っていたのか。

一枝はときおり、眞二郎に恵美子の様子を報告にきた。ときには登代子もいっしょに話を聞いた。

「好き嫌いがはげしいから、ときどき好物のうなぎや明太子《めんたいこ》を持っていくとよくごはんが進むのよ」とか「白内障が進んできたから手術を勧められているんだけど、本人は手術ということばを聞くだけでいやがって、ぎぃーって目をつぶって目薬もさせなくなっちゃうの」とか、話は具体的なことばかりだった。眞二郎は一度ならず、「それで入居費用はいくらかかるんだ？」と聞き、一枝はそのたびにあきれた顔をして、「あなた、これで三回目よ」と断ったうえで、毎月の費用の平均額を口にした。眞二郎は「やっぱり町営だと安いもんだな」と安心した声を出した。

「俺も行ってみるかな」

恵美子が入居して二か月ほど経ったとき、眞二郎は一枝にそう言った。一枝は、「それはありがたいんだけど、鬱と認知症に拘禁《こうきん》反応というのが現れていてね、顔を知ってたはずの職員でも男の人だととたんに怖がってしまって、ひどいときにはお茶碗を投げつけようとしたり、つよい拒否反応が出るのよ」と言った。

登代子はこのままここにいないほうがいいように感じ、「お茶をいれますね」と言って台所に立った。一枝は「ありがとう」と言いながら、やや声を低くして話をつづけた。

「ほら、昔、結婚して散々だったでしょ。どうもね、あのころの嫌な記憶が蘇《よみがえ》ってくるみたいなのよ。たぶん混乱してるんだろうと思うんだけど」

一枝の声はどうしても登代子の耳に届いてしまう。

登代子にとって、いまもわからないのは、眞二郎と登代子が結婚した翌年、かるい知的障害のあるらしい恵美子が、突然見合いのようなかたちで結婚したことだった。それまでの経過をほとんど知らされていなかった登代子にとって、驚くようななりゆきであり、出来事だった。

恵美子を受け入れてくれる人が現れたんだから、そういう人と家庭を築きあげるほうがいいんだ、と眞二郎は自分に言い聞かせるように言ったが、ほんとうにそうだろうか、と登代子は心配した。やがて家にやってきたのは、真面目そうな青白い三十代半ばの男で、隣町の時計屋の跡継ぎだった。ビールを一杯飲んだだけで熟した柿のような顔色になり、白目まで血走り、ほとんど話らしい話もできないまま、畳のうえに寝そべってしまった。

案の定、結婚生活は短期間で終わった。恵美子の鬱病が発症したきっかけは、この結婚生活の破綻《はたん》にまちがいなかった。そして、出戻ってきた姉を、智世はこれまで以上にいびるようになった。一枝と頻繁に札幌にでかけたり、海外旅行にでかけたりするようになったのも、登代子の目には、恵美子の帰還がひとつのきっかけになったように感じるところがあった。先に出ていったのはあなたよ、こんどはわたしたちが出かける番だから。

「しかし俺は恵美子の兄貴だよ。それでもだめかな」

眞二郎は特別養護老人ホームにいる恵美子が認知症に加えて拘禁反応まで現れていると言われても、どういうものか実感をもって理解できずにいた。

「たぶんだめね。長いことお世話になっていた谷内先生が往診にきてくれても、ぎゅーっと目をつぶってね、顔すら見ようとしないのよ。男性は、だれであってもこわいみたいなの」

「そうか……無理してもな」

眞二郎は一枝に素直にしたがって、恵美子の見舞いをあきらめた。

それからしばらくして、登代子はひとりで見舞いにいってみようと考えた。自分は女だし、いびるようなことをしてきたわけではない。大丈夫ではないか。一枝と智世にひとこと断ってから行ってみようとおもうと眞二郎に声をかけてみた。眞二郎は「俺がいかないんだ。登代子だけ行くのはへんだ」と言って、読んでいた新聞をたたんで腕組みをした。「だいいち、一枝も智世もいいとはいわないだろう」と不機嫌な声で言う。どうしてですかと聞くと、「恵美子のことは自分たちで世話をするんだと言っている。そう言ってるのに、おまえが行くことはない」。

眞二郎の話の筋がわからないから、「それはどういう意味ですか」と聞いたとたん、眞二郎は目の前の新聞をテーブルに叩《たた》きつけた。「どうもこうもない。わからないのか、俺の言ってる意味が」

やがて一枝が火、木、土、智世が月、水、金と老人ホームに足を運ぶのがパターンとなっていった。一枝は日曜日、教会に行く。

恵美子の様子を智世が伝えにくることはない。眞二郎はひと月に一回くらい、ひとりで隣の家に行き、なんやかやと報告を受けているらしい。機嫌よく帰ってきたときに、「どんなこと話してたの」とたずねると、俺の病院の話だ、五種類も六種類も薬があって参ってるって話したら、姉さんは薬なんかひとつも飲んでないんだ。智世は心臓の薬と、たまに便秘の薬を飲んでるくらいだってさ。ふたりとも医者嫌いだからな。それでもなんとかなるって思ってるんだから、楽観的というか、気がつよいというか。

なぜそんな話で機嫌よく帰ってくるのかわからなかったが、一枝も智世も、老人ホームへの往復が日常のリズムになり、眞二郎や登代子の暮らしぶりや始の近況にまで気がまわらない状況になっているらしいことはわかって、登代子は少し気が休まる思いがした。

一枝と智世の老人ホーム通いがこのまま永遠に続くかと思われるなか、恵美子は誤嚥性《ごえんせい》の肺炎を悪化させ、わずか一週間のうちに死んでしまった。

葬式は、眞二郎と登代子、東京から駆けつけた始、一枝と智世の五人だけでとりおこなった。

通夜と葬儀を一日で済ませる簡略な式だった。棺に入った恵美子を送るとき、ひとり泣いていたのは智世だった。「恵美子さんがかわいそう。あなたなんで死んじゃったの、どうしてあなたがこんなことになっちゃうの。こんなかわいそうなことってある？」恵美子の棺におおいかぶさるようにして泣き声をあげた。登代子は「恵美子さん」と口にする智世をはじめて見た。「わたしもすぐに行くからね。さびしいでしょうけれど、ちょっと待っててね」

一枝も眞二郎も黙っていた。登代子も始も黙っていた。

車で火葬場に行き、控え室で茶菓子を食べながら永代供養の寺の僧侶《そうりょ》と話をした。僧侶はまだ三十代の半ばで、読経なども誠実な響きがあった。

始は二十年ほど前の、歩の葬儀を思いだしていた。

病院の地下二階の霊安室で眞二郎と登代子が呆然《ぼうぜん》と椅子に座っていると、天文台の上司が訪ねてきた。葬式の手伝いをしてくれるという申し出だった。始は歩から聞いていた上司にはじめて会い、申し出にお礼を言い、名刺を預かった。姉の人生は終わったが、姉にかかわってきた人がこうして来てくれたことで、姉がまだほんとうには死んでない気がした。上司は深々と頭をさげ、「夕方に、あらためて電話をさしあげます」と言った。そして歩に別れの挨拶《あいさつ》をして、帰っていった。

ちょうどそんなやりとりをしていたところへ、心配で上京してきた、という智世があらわれた。上司が去るのを見送ると、ふりかえった両目からぽろぽろ涙を流した。眞二郎はしばらく声もださずに智世を見ていた。登代子は歩に顔を向けたまま、智世をふりかえろうともしなかった。

しばらくすると智世は泣きやみ、始と上司の会話を耳にしていたらしく、「わたし、東京の葬儀社、知り合いに聞いて教えてもらったの。よかったら連絡するからまかせて」と言った。眞二郎は「そうか、東京のことはわからないからな」と言った。智世は霊安室の外に出て、おそらくこうしたときに使うためのピンク色の公衆電話に躊躇《ちゅうちょ》することなく手を伸ばした。

「もしもし、あ、おととい連絡した添島といいます。はい、ご担当の斎藤さま、いらっしゃるかしら」

妙にはりのある声がドア越しに聞こえてきた。

登代子は眞二郎を睨《にら》むようにして見た。始もこの電話はないだろうとおもった。眞二郎は判断を停止したように霊安室の天井を見ているばかりだった。

この手回しのいい電話のあと、東京の葬儀社との打ち合わせで通夜と葬儀の日程を決めてから、枝留の菩提寺《ぼだいじ》に連絡をした。順番が違いますと、住職は憤懣遣《ふんまんや》るかたない声をだした。自分が東京の葬儀に出られなくとも、同じ宗派の、昵懇《じっこん》にしている寺もある、葬儀というものは、まず寺に相談するのが順序というものです。

結局、葬儀社の組んだ日程はそのままで、斎場を変更し、菩提寺の住職が紹介してくれた寺の住職が、読経をすることになった。

歩が死んで、通夜、告別式とつづいた日に、自分がどこで睡眠をとっていたのか、始にははっきりとした記憶が残っていない。骨壺《こつつぼ》を抱いて飛行機に乗り、枝留に帰ってきたことは憶《おぼ》えている。飛行機が滑走路に着地する軽い衝撃のなか、姉の旅が終わったと感じたことも。

恵美子の葬儀で涙を流したのは、智世だけだった。一枝も眞二郎も沈痛な面持ちではあったが、泣きはしなかった。

恵美子が火葬にふされている待ち時間に手洗いに立った登代子は、ひとりになったとたん涙がでた。

手洗いから出たところで、一枝に鉢合わせした。

「登代子さん……ありがとう」

一枝は登代子の目を見て言い、頭をさげた。

「あなた、恵美子にずいぶんやさしくしてくれたわね。恵美子から聞いてたの。ひとりで留守番させてたとき……お世話になりました。ありがとう」

登代子はふたたび涙がこみあげてくるのをおさえようとした。一枝は登代子の腕に軽く手をおくようにしてから、洗面所に入っていった。

火葬場の待合室から、智世の笑い声がかすかに聞こえてきた。

登代子は深呼吸をしてから、待合室にもどった。

22

日曜日の朝、午前九時になるのを待たずに、一枝は家を出る。枝留教会の長老会の一員であり、女性信者の集まりであるシオン会の相談役も引き受けていたから、礼拝がはじまるよりはるか前に教会に着いても、手もち無沙汰《ぶさた》になることはなかった。

一枝は几帳面《きちょうめん》で辛抱強い性格だった。弟の眞二郎も生真面目《きまじめ》だが、それは周囲の状況に過剰に反応してのことなのだと、一枝は子どものころから気づいていた。所帯をもってからもその性質は変わらないようにみえた。

金銭への不安、病気への不安、親族が世の中からこぼれ、はみだしてゆくことへの不安——眞二郎をたやすく左右するものに、一枝は不思議なほど影響をうけなかった。それはたぶん信仰心のためではない。もとより鷹揚《おうよう》な気質なのだ。家計は妹の智世にまかせていればよかったし、来年には九十歳を迎えるものの、常用する薬はひとつもない。最後に病院にいったのはいつのことだったか。自分になにか守らなければならないものがあるとは考えたこともなかった。

教会に着くなり一枝は、ロビーや集会室で誰彼となく声をかけ、淡々と話の聞き役にまわったが、日曜学校に集まる子どもたちの顔を見て、声を聞くのが、なによりたのしみだった。一週間前に会ったばかりなのに懐《なつ》かしく、胸がはずむ。黙って見ているうちに顔がほころんでくる。無遠慮に子どもを凝視している自分にふと気づき、はっと我にかえると、あわてて近くにいる仲間に声をかけ、気持ちを落ち着かせることもたびたびあった。

自分は結婚をしなかった。子どもも産まなかった。九十歳になったからといって、イサクを産むこともないだろう。アブラハムという名の夫はいないのだから。添島の家のまわりには、気がつけばひとりの子どもの姿もなかった。姪《めい》の歩は結婚することなく死んだ。甥《おい》の始は結婚したが、子どもができなかった。五十歳を過ぎて大学を辞め、東京からひとりで帰ってきたのはどうしてか。家にもどってきた息子について眞二郎がほとんど何も話さないのは、息子を理解できないからにちがいないと一枝はおもう。息子を理解できないばかりでなく、他人がなにを考え、どう感じているかを想像するのは、もとより眞二郎の苦手とするところだろう。

若いころから眞二郎は、姉や妹の話に相槌《あいづち》を打つことは少なく、かわりに「そうかねえ」と釈然としない様子で応《こた》えた。一枝にとって「そうかねえ」は「おれにはわからない」と聞こえた。姉や妹がなにを考えどう感じているか、ほんとうのところはなにもわからない。川にひそむ魚の気持ちはわかるのに、ことばも表情もある人の気持ちがわからないとは、かわいそうなことだと一枝はおもう。

ある時期から父はたびたび家を留守にするようになった。産婆《さんば》の仕事に追われる母に代わって、一枝は眞二郎、恵美子、智世の面倒をみた。よねはときおり一枝の手を引っぱるようにして呉服屋にいき、当人の意向などおかまいなしに着物を誂《あつら》えさせた。ふだん母親らしいふるまいができずにいること、かわりに一枝が弟妹の面倒を見ていることを性急に埋めあわせようとしているかのようだった。増えてゆく着物をみて、これではたんなる甘やかしではないかと、思春期のただなかにいた一枝は感じた。

一方、眞二郎は、ほんとうならつよく叱責《しっせき》され、それに抵抗したり反発したりすべき日々に、ほとんど父親が家に寄りつかなかったため、ぼんやりとした不安のなかにただ放置された。騎手を失った馬が曖昧《あいまい》にゆっくり馬場を周回し、やがてそれにも飽きて、立ちどまってしまうように。

イエスは家族から離れ、故郷からも離れた。神から託された使命を背負ってゆくとき、強靭《きょうじん》なこころと意志をもつイエスに家は必要なかった。イエスに従う使徒たちは家族とはまったく異なる他人である。イエスと使徒たちの世界には、無駄なもの、緩んだもの、愚かなもの、憩《いこ》うものは存在しない——一枝が昔読んだ本に、そのようなことが書かれてあった。だからこそイエスを裏切るものが登場する、とその本は指摘していた。善《よ》きものだけで信仰を守ることはできない、と。では、身近に家族しかいない世界で生きるとしたら、どうなってゆくのだろう。その本を読んだ昔、一枝は水の出入りのない湖を想像した。穏やかな水面は夏のあいだに徐々に水位をさげ、透明度を失い、どんよりと濁りはじめ、やがて水底がのぞくだろう。ひび割れて、水もなければ植物も生えない、白々とひろがる窪《くぼ》みになってゆくだろう。

しばらくのあいだ枝留から東京の教会に移っていた牧師の工藤一惟は、おととし枝留教会にもどってきた。工藤牧師の子どもとして枝留にやってきたのは、もう五十年近く前のことになる。髪はだいぶ後退し、笑顔になると目尻《めじり》の皺《しわ》が深くなった。かつての工藤牧師のような貫禄はまだないが、やさしい風貌《ふうぼう》は父をしのぐものがある。バイクのうしろに歩を乗せて走るのを見たとき、あ、と声が出そうになったのをいまでもよくおぼえている。歩が生きていて、牧師となった一惟と結婚し、子どもを産んでいたら、いまごろはそのまた子どもが生まれていただろうか。

一惟のふたりの息子はそのまま東京に残って働いていると聞いた。長男は病院で終末期医療のカウンセラーとして働き、忙しくしているらしい。大学を途中でやめた次男は、仲間とともに選んだ音楽の道に進んだものの、それで食べているわけではないようだ。枝留に帰ってきたという話もとんときかない。教会の雑事は息子たちの母がひとりで担《にな》い、日曜学校のとりまとめを明るくこなしている。歩が同じことをしている姿を想像しようとしてみるが、歩は若い娘のままで、像を結ぶことはない。

枝留の人口は五十年前の三分の二ほどになっていた。それでも一惟が専任の牧師に復帰してからは、教会に通う者が少し戻ってきた気がする。礼拝堂に並んで座る人々のうしろ姿に、白髪や禿頭《とくとう》の割合がずいぶん多くなっているのは、しかたのないことだろう。日曜学校に通う子どもの数はあきらかに減っていた。一枝をただ老婆とおもうだけかもしれない他人の子どもたちを、一枝はただただ、いとおしくおもう。

日曜学校のリーダー格とおぼしき六年生の女の子が一枝に近づいてくる。一枝は一年生のときから知っているその子の名前を口にしようとする。しかし頭のなかは真っ白なままで、名前はどこにもみつからない。

登代子が老犬のハルにブラシをかけていると、庭の向こうの道路を赤い警告灯を点《つ》けたパトロールカーがゆっくり横切るのが見えた。サイレンを鳴らさず無音なのも、かえって目を引いた。ハルも振りかえり、耳を立て、尻尾《しっぽ》をピンと伸ばした。まもなく隣のチャイムが鳴るのが聞こえた。智世の「はい」というくぐもった声が隣の室内のどこかから聞こえた。男の声がしているのは警察官だろう。何事かとハルまで全身を緊張させている。登代子は立ちあがり、居間にいる眞二郎をガラス戸越しに見た。眞二郎はソファで居眠りをしていた。朝から図書館に出かけた始が不在なのはわかっていた。

庭に面した隣のガラス戸が開けられた。とたんに智世のよく通る声がした。

「ここからじゃないんです。そうじゃなくて、この上の欄間の窓から入ってきたの」

「いまは閉まってますね」警察官の落ち着いた低い声がした。「鍵《かぎ》もかかってます。泥棒がここから出入りするのを、目撃されたんですか」

警察官に質問されると、智世の声はとたんに不明瞭《ふめいりょう》なものに変わる。見たわけではないらしい。もうひとりの警察官がガラス戸の外へ顔をだし、庭全体を見渡すようにした。登代子の姿を認めると、軽く頷《うなず》いた。登代子は不安な表情のまま頭を下げた。

ハルが鼻を鳴らしたので首を軽く撫《な》でた。智世の声がつづく。

「だって、ここから茶色い鞄《かばん》みたいなものをパッと投げて、床に落としたのよ。それから部屋にあがりこんだんだとおもうけど」

「なくなったのは、家計簿なんですね？」

登代子は居間にあがって、眞二郎をゆり起こした。居眠りを中断させられて不機嫌な眞二郎に経過を説明しているうちに、玄関のチャイムが鳴った。迷惑げな顔のまま眞二郎は玄関に向かい、ドアを開けた。しばらく聞き取りにくい声で応対していたが、警官はほどなく帰っていった。「おい、ちょっと隣に行ってくる」そのまま玄関でサンダルをつっかけ、眞二郎は姉妹の家に向かった。最近はほとんど隣の家に行っていない——登代子はそうおもいあたり、嫌な感じがした。

小一時間ほど経《た》って眞二郎がもどってきた。釈然としない顔で隣の様子を説明しながら何度も「おかしいな」と呟《つぶや》く。家計簿が盗まれることなんてあるのかね、しばらくあがらないうちに部屋がずいぶん散らかっている、どうなってるんだ、姉さんも寝ぼけたことを言って。ひとりごとになってゆく眞二郎の疑問に別の手がかりを与えるように、智世が警察官に向かって訴えていた泥棒の話を登代子はさりげなく伝えた。癇《かん》にさわらぬよう、何も断定しないように注意しながら。

「庭に面した欄間の窓から入ったたって、智世さんは説明してましたけど」

「……そんなこと言ってたのか」

眞二郎は隣の家から戻ってきてはじめて、登代子の顔を見た。

外から梯子《はしご》をかけたとしても、欄間のガラス窓は頭を横にして入るかどうかの狭さで、頭が入ったとしても、猫じゃあるまいし、そのままからだが入るとは思えない。くぐりぬけられたとしても室内に足場はない。天井とほぼ同じ高さのそこから飛び降りれば、どこか骨折してもおかしくない。そして盗まれたものは、数十年分の家計簿だという。

その日の夕食の席で、登代子は泥棒騒ぎについて姑にも淡々と伝えた。「それはへんだよ。侵入経路も家計簿の話も」と驚いたように姑は言ったが、眞二郎が黙っているのを見て、口をつぐんだ。眞二郎が黙っているのは方策が思いうかばないからだ、と姑はわかっていた。だからといって、このままにしておいていいはずがない。

同じ週の土曜日の午後、今度は婦人警官をともなって警察官がやってきた。眞二郎が昼寝をしていたので登代子が応対した。これで四回目の通報で、今日はお茶の道具が盗まれたと言っているらしい。念のためですが、不審な物音など聞かれていませんか——と、智世の主張そのものを疑わしく思っている口ぶりだった。

庭に面したガラス戸の枠がすべて木製であること、ねじ締まり錠が古び、木枠の歪《ゆが》みもあるため、かかりにくくなっていること、「お年寄りにも開け閉めが楽で、防犯もたしかなサッシになさるとか、せめて補助的な鍵をつけるとかなさったほうが……」と言いながら、職業的な表情のなかにわずかに笑みが浮かんでいる。口には出さずとも、もはや事件性がないのは明らかだと断定した表情だった。登代子はすでに義妹の認知症を疑いはじめていたが、眞二郎には警察官から聞いた報告だけをした。

隣の家に出向いて、補助の鍵の説明と設置をするのは、ホームセンターで品物を調達してきた始の役目になった。始は日曜大工など苦手だったが、木枠につける補助の鍵くらいならなんとかなるだろう。あらかじめ電話を入れておいたのに、玄関のチャイムを鳴らしても物音がしない。三度目のチャイムでやっと玄関脇《わき》の窓のレースのカーテンが少しだけ動いた。「どなた?」と智世の警戒する声がした。「始です」「ああ、始ちゃん」二か所にある鍵があけられる硬い音がし、ドアチェーンが外されて、玄関のドアが開いた。

「こんにちは。補助の鍵を持ってきました」

「あら、ありがとう。助かるわ。どうぞ」

始のうしろに人がいないかを確かめるように、智世は首を傾け、覗《のぞ》きこもうとした。玄関をあがった左手にあるコートかけには、ジャケットやワンピースが何枚も重ねてかけてあった。いちばん上にかかっているプラスチック製の黒いハンガーは、重ねた服のふくらみで、いまにも弾け飛びそうだ。洋間の床には金槌やノコギリの入った道具箱が開いたまま置かれてある。ノコギリはすっかり錆《さ》びて、使えるようには見えない。伯母たちが金槌やノコギリを使っているところを始はこれまでに見たことがなかった。大小さまざまの乾電池、防錆・潤滑用の赤いスプレー罐《かん》が三つ、散らばるように転がっていた。新聞とチラシが束ねられないまま積み重なっている。白い壁にかけられていた印象派の複製画は——始がまだ高校生のころ、伯母たちが札幌のデパートで買ってきたお気に入りのものだった——壁から外され、なぜか裏返しに立てかけてあった。

伯母の家にあがるたび、自分の家より贅沢《ぜいたく》な家だと子ども心に感じていた。本棚やソファ、ステレオセットなど、うちにあるものよりはるかに上等だった。部屋はいつも隅々まで片づき、きれいに掃除機がかけられ、ガラス戸もぴかぴかに磨かれていた。和室には炉が切ってあった。床の間の掛け軸も花入れも、始の家にはないものだった。床の間の横には黒い仏壇があり、その上に神棚もある。子どものころは意識しなかったが、こうしてみると、古く格式のある仏壇で、添島家のもともとの仏壇はこちらではないかと思われた。しかし、祖父の位牌《いはい》も祖母の位牌も、ふたりの遺影すら伯母の仏壇にはない。それらはすべて始の家の仏壇にある。

この家を建て替えたのは東京オリンピックのころだから、戦後まもなく洗礼を受けたという伯母はすでにクリスチャンだったはずだ。それなのに仏壇ばかりかこんな立派な神棚まで設《しつら》えたのはどうしてだろう。恵美子叔母がそのようなことを言いだすはずがないから、智世叔母の主張したことなのか。

床にいろいろなものが落ちて散らばっているのを気にもせず、智世は興奮した口調でしゃべりながら歩いていた。

「ほんとうにこまっちゃう。もう何回も泥棒に入られて、おちおち眠っていられないの。二階のベッドの枕元《まくらもと》にバットを置いてるのよ。いざとなったら叩《たた》きのめしてやろうとおもって。えい、こらって」

腕を振る様子を見て、昔よりだいぶ痩《や》せたと気づく。二の腕はこんなだったか。夏になると頬を赤くして額に玉のような汗をかき、派手な柄のワンピースを着て、あちこち出かけていた姿をよく覚えている。少し太り気味の智世は、心臓を悪くして倒れ、札幌の病院で冠動脈にバルーンを入れる処置をした。あれはいつのことだったか。いまはすっかり脂《あぶら》の抜けた、粉っぽく白い顔をしている。髪ぜんたいが白くなり、ボリュームも落ちていた。

そのまま庭に面した座敷に入ると、昔はなにひとつ載っていなかった漆のテーブルに卓上カレンダーや飲みさしの湯のみ、新聞、雑多な書類や郵便物が入った箱などが押し合うように並んでいた。テレビが大きな音量でついている。そのテレビの前で、座布団《ざぶとん》を三つ長方形に並べ、一枝が横になっていた。

ぎょっとした始は「だいじょうぶですか」と一枝に声をかけた。一枝はむっくりと起きあがり、「え? あなた誰」と言った。「始です」始をじっと見た一枝は「あら、始ちゃん、どうしたの?」と眠そうな目で問いかけた。

地域包括支援センターに連絡をとり、ケアマネージャーと相談しながら、ふたりを病院に連れていったのは始だった。

一枝も智世もレビー小体型認知症の診断を受けた。

症状はつるべ落としのように悪化した。泥棒ばかりでなく、見知らぬ老夫婦が庭に佇《たたず》んでいるのを見るようにもなった。一枝の徘徊《はいかい》も始まった。

自分たちがおかしいという自覚はなく、日常的な会話もほぼ成り立つ。幻視を頭から否定せずにやりとりする必要があったから、かえって厄介だった。急いで介護認定を受け、ヘルパーの手配をし、日常の介護体制をととのえはじめたが、徘徊や幻視を止める根本的な対策にはならない。

一日一回ヘルパーの訪問があっても二十四時間のうちの一時間しかふたりを見守る

目はない。眞二郎はヘルパーや介護の様子を聞くばかりで、以前のように隣の家を訪ねることをやめてしまった。一枝と智世の面倒は、始とケアマネージャー、ヘルパーの手に委《ゆだ》ねられた。


短い秋の終わりが近づいていた。

本格的な雪がふりはじめる前の深く青い空の広がりの下、山林の一面の黄葉のなかに常軌を逸したような紅葉が点々とまぎれこんでいる。天気予報では週末は雪の可能性があると言っていた。月曜日の午前中、クルマでの買いだしからもどった始が、隣家のポストに目をやると、新聞が投函《とうかん》口からおおきくはみ出している。ポストの中には、手つかずの新聞がもう一部入っていた。

玄関のチャイムを鳴らす。一度で出てくることはないから、二度、三度と鳴らし、ドアのノブを回してみる。鍵がかかっていた。自宅にもどると、居間のソファで登代子が再放送のテレビドラマを見ていた。眞二郎は新聞を読んでいる。

「伯母さんたち、旅行にでもいってるの?」

登代子が始を見あげて言った。「旅行? でかけるときはかならず声をかけていくけど」

らしい。

「どうしたんだ?」耳が遠くなった眞二郎は、始の言っていることが聞こえなかった
「一枝ねえさんたちが旅行にいってるかって」そうおおきな声で言ってから始に向き直った登代子は、「そういえばきのうは一日、なんだかずいぶん静かだなとおもった」と言った。週に三日来ているヘルパーは、土、日は休みだった。

始は嫌な予感がし、今度は庭の側に降りて、サンダルで隣の家に行った。ガラス戸の向こうの障子が閉まっているので室内は見えない。ガラス戸に耳をつけてもしんと静まりかえっている。この時間帯であれば大音量でテレビがついているはずだった。

始はとんとん、と最初は軽く叩いた。無音。さらに強く叩いてみる。振動でおきた風圧で向こう側の障子がバサバサと音を立てた。ふたたび無音。

いったん戻ってたずねると、隣の家の鍵はこちらでは預かっていないという。眞二郎は「それはおかしいな」と言って、困惑した顔を見せて動かないから、動くのは自分しかないと始は悟り、鍵屋を探して電話をかけた。

ライトバンでやってきた作業着姿の係は、鍵をあけて室内に入るのには警察官の立ち会いが必要です、と言った。智世からの通報で何度となく来訪している警察官に連絡をとり、事情を説明して立ち会ってもらうことになった。

ほどなくして婦人警官をともなった見覚えのある警察官がやってきた。いつもとはちがい笑顔ではなかった。始は警察官の表情を見るなり、一枝と智世がすでに息をひきとっている場面を思い浮かべた。

業者が二か所ある鍵を解錠した。内側のチェーンはかかっていなかった。室内は薄暗い。「一枝さん」と始はおおきな声をあげた。「智世さん」と呼ぶ。反応はなかった。警察官が「ここでお待ちください。わたしたちが室内を見てきます」と言った。始は「お願いします」と頭をさげた。驚いたことに、警察官ふたりは靴のまま室内にあがっていった。

始はたじろぎ、いったん玄関の外に出た。心拍が速くなっている。業者が携帯電話で途中経過を事務所に報告しているところだった。始の顔を見ると、遠慮するようにゆっくり背を向けて、そのまま電話をつづけた。始はふたたび玄関に入った。

二階を靴で歩く音がしばらくして、警察官が階段をゆっくり降りてきた。

「風呂場《ふろば》やトイレ、押入れ、タンスのなかも含めてすべて見ましたが、伯母さまがたはいらっしゃいませんね。どこかに出かけたまま戻っていないようです。二階のベッドのなかも、一階の座布団、毛布も冷え切ってますし、台所のシンクや風呂場、洗面所の乾き具合から考えても、丸一日以上お宅を離れている可能性がありそうです」

「そうですか」

一拍おいてから警察官は始を見て言った。

「行方不明の届けを出されますか？　そうすれば道内のすべての警察署に連絡が入ります」

始は父に相談する余地もないと考え、届けを出すことにした。書類に記入しているあいだも、警察官の携帯無線はスイッチが入ったままになっていた。ガサガサした音で連絡をとりあう声が聞こえてくる。自分がなにか事件を起こしたような錯覚を覚えた。

「もしも伯母さまが帰宅されるようなことがありましたら、ご一報をお願いします」

始は家に戻り、登代子ではなく、眞二郎の顔を見ながら報告をした。

「札幌に行ったかな」

眞二郎はそう言った。

始はさっそく札幌市内の主要なホテルに電話をかけた。昔からよく名前を聞いていたグランドホテルのほか、五軒のホテルに問い合わせた。フロントによっては個人情報保護の名目で答えられないというところがあったが、警察に行方不明の届けを出していることを伝えると、宿泊していないとあっさり教えてくれた。

札幌のホテルには泊まった形跡がない。この寒いなか伯母たちはどこに行ってしまったのか。

「定山渓《じょうざんけい》かもしれないな」

眞二郎がそう言うと、登代子が嫌な顔をした。眞二郎は登代子の表情になど気づくそぶりも見せず、「最近は行ってないとおもってたけどな」とつづけた。札幌郊外の温泉を唐突に話題にする意味がわからず、始は「どうしてそう思うの」と聞いた。するとと眞二郎は、始がまったく知らなかった事情を口にした。——伯母たちは札幌駅から南西へバスで約一時間の定山渓に温泉付きマンションを持っているのだという。歩と始が東京で暮らすようになってしばらくした頃、一枝と智世は通いなれた札幌の中心部からさらに足を延ばして、定山渓にしばしば出かけるようになった。そのうちに温泉付きのマンションを見つけて気に入り、別荘として購入したのだという。

その日の夜、眞二郎が風呂に入っているあいだに登代子は、「三人で定山渓で暮らしたいって、一枝ねえさんが言っていたこともあるのよ。でも智世さんが、別荘だからいいんじゃない、わたしは枝留を離れるつもりはないって言いだして」とつけくわえた。最初に眞二郎が定山渓と言うのを聞いて、登代子が渋い顔をした理由がわかった。一枝伯母は恵美子と智世、ふたりの妹を連れて、この家から離れようとしたことがあったのだ。

登代子が控えていたマンションの電話番号にかけてみても、呼び出し音がなるばかりだった。管理人の電話番号もわかったが、こちらも不在だった。

九時を過ぎたころ、管理人に電話がつながった。早口の管理人は、始が一枝たちの甥だとわかると、飛びつくようにして声の調子を変え、一気にまくしたてた。

「いやあ、よかった。困ってるんですよ。添島さんのところは以前にもボヤをだしましてね、鍋《なべ》を火にかけたまま眠っちゃったんです。ドアから窓から黒い煙がもうもうとあふれて、私がマスターキーで飛び込んだら、鍋から火と煙が立って、部屋の壁に燃えひろがる寸前ですよ。廊下の消火器持ってきて、すぐに消し止めたんですけどね。あんな煙のなか、よく眠ってられるもんだって。組合の理事長もさすがに怒りましてね、親族に連絡したいって言っても、『そんな必要はない』の一点張りでしょう。ほんとうに、いやもうほんとうにね、困ってたんです。長いあいだ気持ちよく使ってくださって、これまではなんの問題もなかった、少なくともこの十年なんの苦情もないんです。今年に入ってからですよ。ちょっと普通じゃなくなってきたのは」

そこまで息もつかずまくしたてると、咳払《せきばら》いをした。

「きのうは窓を見上げたら明かりがついてました。昨晩まではいたはずです。いったん電話を切って、部屋を見てきます。いやあ、困りましたね。でもそうも言ってられないですね。とにかくいったん切りますよ」

　五分としないうちに電話がかかってきた。

　部屋は足の踏み場もないほど散らかっており、食事の途中らしい皿や茶碗《ちゃわん》がテーブルのうえにそのままあったこと。台所も風呂場も給湯のスイッチがはいったままになっていること。ここまで話すと、管理人はそこで気づいたように「心当たりがあります。買い物にはいつもタクシーを呼んで出かけていたんで、行き先のスーパーはわかってます」という。またこちらから電話をするので待っていてほしい——そう言うなり、電話は一方的に切られた。せっかちで人の話をろくに聞こうとしない人だったが、頼まないでもここまで動いてくれるのはよほどの親切だと始はおもった。

　電話を待つあいだ、定山渓のある札幌市南区管轄の警察署に電話を入れると、「添島」と名乗る高齢の女性がふたり、定山渓交番で保護されていることがわかった。

　スーパーまでタクシーで買い物に行ったふたりは、帰りのタクシーを呼ばずに通りを歩いているうちに自分たちのいる場所がわからなくなり、豊平川《とよひら》を渡る橋のたもとで呆然《ぼうぜん》と立ちつくしていたらしい。不審に思った中年の女性が交番まで連れてきてくれたという。

管理人に電話を入れようとすると、ちょうど向こうからかかってきた。始は伯母たちが見つかったことを手短に伝えた。

「そりゃあよかった。じゃあですね、私、いまから交番に引き取りに行きますから。ああよかった。じゃあ電話切りますよ」

ひとつの躊躇《ちゅうちょ》もなく早口でそう言った。管理人にそこまで頼っていいのかと一瞬戸惑ったが、枝留から定山渓まで今日中にたどりつくことは不可能だった。「ありがとうございます、お手数をおかけしてすみません」と始は受話器を握ったまま頭を下げた。

「いえいえ、そんなのはいいんです。添島さんにはね、お世話になってますから。だけどね、人間年をとると、自分たちだけでなんでもできるとおもったらだめですね。あんな上品な立派な人たちでも、部屋はぐちゃぐちゃで鍋空焚きしちゃうんだから。まあ甥御さんにこんなことというのも失礼かもしれませんけどね。じゃあ今日はまあそういうことにして、明日おいでになりますか？」

始は「はい、うかがいます」と答えた。

夜十時をまわって、いちだんと気温が低くなってきたころ、ふたたび管理人から電話があった。ふたりは無事である、明日の午前中に定山渓から札幌駅行きのバスに乗せることにしたので自分も同行する、バスターミナルまで送り届けますから迎えにきてくださいという。そこまでしてくれるのは異例だとふたたびおもったが、定山渓ではなく札幌駅までの迎えなら、始としてはだいぶ楽になる。ありがたく厚意を受けることにした。

眞二郎は「無事でよかった。やっぱり定山渓だったか」とほっとしたように言い、登代子はただおし黙っていた。

始は枝留を朝いちばんで出発した。家を出ると吐く息が白い。列車に乗っているあいだ、始はほとんど眠っていた。

札幌駅に着くなりデパートに向かい、少し大きめの菓子折りを買いもとめた。

定山渓からのバスを降りてきた一枝と智世は、やつれた顔をしていた。ふたりの荷物を両手に提げ、つづいて降りてきた管理人は始より年かさに見えた。バスのなかでこの三人を親子と親族だとおもう人もいただろうか。管理人にははた迷惑な話だろうと申し訳なくおもいつつ、ちょっと笑いだしたくなる気持ちも浮かびかかり、始はあわてて神妙な顔をつくった。

「いやあ、遠いところご苦労さまです。管理人の井村です。いやあほんとうによかった、これでようやく安心です。おふたりはまだ釈然とされてないみたいですけど、でも……もう、ちょっと無理ですから」管理人は「もう、ちょっと無理ですから」のところだけ、声を小さくした。「これからのことは組合の理事長の考えもありますし、あらためてご相談させてください。お電話します。今日はおふたりもお疲れでしょうし、枝留に帰って、ゆっくりやすませてあげてください。甥御さんが迎えにきてくれて、ほんとうに助かりました」

バスの往復料金に多少プラスして用意した足代と菓子折りを手渡すと、管理人は何度も頭をさげ、「いやあ、すみませんね」と言ってから、押し戴《いただ》くようにした。始のお礼の言葉に、管理人は「いえこれも仕事のうちですから」と何度も言った。伯母たちはひとことも口をきかなかった。一枝はぼんやりとした表情をし、智世は不満げな顔のまま口を閉ざしていた。

「添島さん、それじゃあ気をつけて帰ってくださいよ」と言いながらバスに乗る管理人の後ろ姿を見て、ここまでしてくれたのは、もはや仕事の範疇《はんちゅう》ではなく、あきらかに個人の善意によるものだとあらためておもった。始は別れ際《ぎわ》、もう一度深々と頭をさげた。伯母たちを「添島さん」と呼ぶ管理人の声のトーンに、十年ではきかないかもしれない長い年月の関係を始は感じた。しかし伯母たちの変調から、その関係もくずれかけている。

帰りの列車でしゃべりつづけていたのは智世ひとりだった。

一枝が突然「定山渓に行く」と言いだして、ひっぱられるようにでかけたこと。新聞の折り込み広告に定山渓の「ホーム」が載っていて――話から類推すれば介護付き老人ホームのようだった――そこがあまりに気持ちよさそうなので、見にいこうと一枝が言いだしたこと。ひろい温泉もあるし、うしろは朝日岳、見下ろしたところには豊平川が流れていて、向かいには夕日岳、ここならふたりで暮らすのもいいかなとおもったのに、入居前に健康診断を受けさせられることになって、検便しなきゃだめだの、この指定の病院に行けだの、嫌がらせを言われて――だってそうでしょ、建物を買うのに検便するなんて聞いたこともない。すっかり嫌になって、こんなひどい目にあうくらいならもうやめましょうよお姉さん、と相談したところだったの。管理人の井村さんも長いつきあいなのに、なにが気に入らないのか知らないけど、料理をしないでくれとか、火の用心だとか、急にわあわあ言いはじめて、ほんとうに失礼しちゃう。もう定山渓になんてもどりたくない。

智世の勝気な語り口はいつもと同じだったが、話の内容があきらかにおかしい。鍋を火にかけたまま眠りこみ、ボヤをだしたことはわかっていないのだろうか。「部屋もぐちゃぐちゃ」という管理人の話は、枝留の伯母たちの家にあがって驚いた乱雑ぶりとたぶん同じだろう。老人ホームに入ろうとしてやめたという話も妙だった。目の前の現実を見て、物事を認識し、対応することができなくなっている。あれほどきれい好きだったふたりが、部屋を片づけられなくなっているのは認知機能のあきらかな不調をあらわしているのだろう。

次女の恵美子叔母が死んだことを境に、きょうだい四人をつなぎとめていた見えないバランスが崩れてしまったのではないか。始はそのように感じていた。おそらく眞二郎にも同じような変調があらわれている。一日に何度も血圧を測り、夕方以降は極端な水分制限をする。薬の数を繰りかえし数え直す。登代子だけがその影響を受けていないように見える。始をのぞいた全員がすでに八十歳を越えている。いつなにがあってもおかしくはない。しかしいつどのように終息するのかは誰にもわからない。

列車に揺られるうちにほどなく居眠りをはじめた一枝は、旭川で目を覚ますと、列車の窓から町を見ながら「旭川？　ずいぶん変わったわね」と言った。進行方向を背にして座る始の前で、列車が動きだすとふたたび眠りに落ちてゆく。一枝の右側にある車窓の光景は、スピードをあげながらうしろへうしろへと遠ざかってゆく。姉の左隣に座る智世は外の景色にはなんの関心もないようだった。

旭川をすぎると車窓は森林を分け入るように進みはじめ、まっすぐ黒々とのびた木々が間近に迫ってはつづいてゆく。木々のあいだから石狩川が視界に入りはじめる。森林を抜けると見慣れた農地、牧草地が、ゆるやかで単調な波を描いて広がり、波間に浮かぶ小さな舟のような農家、納屋《なや》が姿をあらわす。赤い屋根のサイロ。錆びたトタンの小屋。ひとりが渡り歩けるだけの狭い農道。その向こうにつらなる山々は、黄葉と深緑でくっきりと色分けされ、茶色や赤の紅葉がとびとびに顔をのぞかせている。広大な畑でたったひとり、なにかの作業をしている老人が瞬《また》く間に遠景となり離れてゆく。遠くの山肌を、おおきな風がなめて通り過ぎたようだった。吹きぬけてゆく方向に大量の黄葉が舞い散って、地面に着地するまでの短い時間、太陽の光を受けて金色に輝いている。

脈絡のない話をつづける智世に曖昧な相槌を打ちながら、自分はここからどこに向かおうとしているのかと始は考えていた。黙っていても枝留駅には時刻表どおりに着く。乗って揺られているあいだは、ただ受け身でいればいい。しかし目的地に着き、伯母たちの荷物を両手に抱え、席を立って、プラットホームに降りることを想像するだけで胸が苦しくなってくる。時刻表も動力も線路も持たない自分が、ここから先はもう一歩も動きたくないと決めたら、どうなるのか。惚《ぼ》けている伯母たちは、なんと言うだろう。ぼんやりした頭で、ふたりは家に帰りつくことができるのだろうか。列車の暖房が始にも、あらがいがたい眠気を催させてゆく。意識が落ちる間際まで、目をつぶっている始に向かって智世は、かまわずなにかを喋《しゃべ》りつづけていた。

まもなく書き終える一冊の本が無事に刊行されたとしても、それは多くの人に求められるものではないと始は知っている。ヨーロッパの書物の歴史に分け入りながら、それぞれの時代になんらかの役割を演じた人物の生涯をスケッチすることが、始の執筆を支えつづけたひそかなよろこびであり、本のおおきなモチーフでもあった。たとえば活版印刷を発明したグーテンベルクが、借金の未返済や婚約の不履行で裁判所に訴えられたこと。秘密裏に印刷機の開発を進めるため、工房を葡萄酒の醸造所として登録したこと。あるいは宗教改革の発端を担ったマルティン・ルターが、カトリック教会を批判する文書によってついに国外追放と同等の処分を受けることが決まり、しばらく身を隠そうと馬車で移動しているとき、通り過ぎる街ごとに、自分の著作物の所持を禁止するまったく同じ体裁の勅令が貼《は》りだされているのを見て、処分の厳しさにおののくよりも、活版印刷の威力に興奮を覚えたこと。それからまもなく始まった一年におよぶ隠遁《いんとん》生活のなかで、新約聖書のドイツ語訳を完成させたこと……いずれも始の関心は、どこかバランスの悪い、しかし異様なほどの熱意に動かされる人物が、誰も試みたことのないあたらしい何かに取り組み、それがもとで周囲と軋轢《あつれき》をひきおこし、その風圧が歴史のページをめくったところにあった。その場にいた人間の呼吸、顔つき、こころの動きこそを描きたいとおもっていた。

論考というより、文学や小説にかぎりなく近い、体温の感じられる歴史を書きたかったのだ。大学や学会にも自分の籍はすでにない。学問としては想像力に頼り過ぎている、方法が古いと皮肉られ、あるいはあっさり無視されるとしても、それは覚悟のうえだった。

これさえ書きあげられれば、つづいて書きたいものはない。つぎつぎに本を書いて名を残す、などという気はすこしもなかった。あとは両親と伯母たちをひとりひとり見送りながら、枝留の町で添島の最後の人間として生きてゆければ、それでいい。しかし、自分が最後になるとはかぎらない。家をたたむのが自分になるかどうかは神のみぞ知る、だ。

消えてゆく準備――それは大きな輪を、中くらいの輪に縮めること。小さな輪をさらに中心点に向かって縮めてゆくこと。輪だったものはやがて点になり、その小さな点が消えるまでがその仕事だった。始の背中から伸びた見えない線の先にある消失点は、いま枝留の町のどこかに、これ以上はもう動かないよう、ピンで留められているはずだった。

子どものころ、さかのぼれば赤ん坊のころは、誰もが母かそれに準ずる存在によって、無償で、一方的に、守られ、育《はぐく》まれていた。生まれたばかりの赤ん坊は、あまりに無力だ。その最後もまた、さまざまな人の手を借り、あるいは煩《わずら》わせながら、息をひきとるまで誰かに見守ってもらわなければならない。大学生だった歩に「わたし、お父さんとお母さんの面倒はみられないから、始ちゃん、たのむわよ」と言われたことを、四十年近く時間が経っても、始はまだ忘れられずにいた。

23

古い家の床下を静かに食んでゆくシロアリのように、一枝と智世の脳細胞の異変は音もなく進んでいた。微細な異変であっても、ふたりの感覚や行動にはおおきな変調があらわれた。

定山渓から戻ってきたあとも一枝の徘徊《はいかい》はおさまらなかった。むしろ頻繁になり、さらにそこへ転倒が重なるようになった。ほんのわずかな段差や傾斜であっけなく転んだ。倒れている一枝を見かけた人が警察に通報してくれたおかげで、パトロールカーが家まで送りとどけてくれることもあれば、始が呼びだされ、クルマで迎えにいくこともあった。家に帰るなり、「いやあねえ、お姉さん、どこいってたの」と智世はあからさまにがっかりした声で迎える。一枝は一瞬、どことなく気まずい表情になるが、なにも答えない。徘徊なのだから行き先は本人にも朦朧《もうろう》としている。智世の険しい声や表情にたいして、ただ受け身で守りの反応をみせるのが精一杯なのかもしれなかった。

転倒するのは路上でばかりではない。自宅のトイレを出たところでも転んだ。浴室の脱衣所で、あるいは座布団《ざぶとん》をまたごうとしたとき、玄関に並ぶ靴のうえでも転んだ。そのたびに智世が一枝を抱きおこし、よいしょ、よいしょとどこか芝居じみたかけ声をかけ、居間へと連れてゆく。体重が軽くなり動作も緩慢だから、倒れたときの衝撃が軽いのか、あるいはもともと骨が丈夫なのか、老人に多いという転倒による骨折はなかった。本人もさほどダメージを受けたようには見えないのが救いだったが、徘徊にブレーキはかからなかった。

一枝だけに異変があらわれたのではない。そこにないはずのものを見るようになったのはおそらく智世のほうが一枝よりも先だった。智世が幻視する時間帯は昼夜問わずに増えてゆき、幻視するものも多様になり、しだいに大掛かりなスペクタクルになっていった。

深夜、二階の寝室で眠っていた智世が物音で目を覚ますと、庭が明るく騒がしい。ガラス戸を開けて見おろした庭に、会ったことのない若い男女がおおぜい集まっている。トルコかどこかのにぎやかな音楽にあわせて踊ったり歌ったりしている。石灯籠《どうろう》に手をついて踊りを眺めている女の子もいる。いろいろな色の光が彼女の顔にあたっている。札幌で苗木を買ってきた、ホオノキの幹によりかかる男の子。恋人同士もいるらしい。庭の木のあちこちに色とりどりの風船がくくりつけられている。とろんと酔った顔をしている若い男女に「あなたたち誰なの？」と智世が声をかけても、聞こえないのか顔をあげようとしない。「あらいやだ、あたしは親切だから特別に許してあげるけど、ほんとうは他人の家なんだから、勝手にはいってきちゃだめなのよ」と智世はひとりごとのように言う。

始に向かって「夜の騒動」を熱心に告げても、始は曖昧《あいまい》な顔で黙ったままだ。智世は助け舟をもとめるように一枝をふりかえり、「ねえ、お姉さん、このあいだの夜、若い人でいっぱいだったのよね、庭が」と言う。一枝は「そうね、いっぱいだったわね」とおとなしい声でこたえる。妹の話を聞いているうちに、姉も同じものを見た気になっているのかもしれない、と始はおもった。

家の鍵《かぎ》がなくなったと言って智世が訪ねてきたこともある。室内のどこかに落ちているのではと、始は隣の家に探しにいった。ほどなく仏壇の経机の脇《わき》に置いてあるのを見つけた。仏壇の前にあったはずの恵美子の遺影は、床の間に移動していた。額縁から外された写真だけが、不安定なバランスで違い棚に立てかけられている。恵美子さんの写真はここでいいんですか、と始がたずねると、智世は質問には答えず、「恵美子さんがね、ふたまわりくらい小さくなってね、そこの棚に腰かけていることがあるのよ」と言い、写真のおかれた違い棚を見た。「その写真から出てくるの、恵美子さんが。でもなにも言わないの。そこにちょこんと座ってるだけで」智世はそのことを奇妙だとおもう様子もなく、怖いともおもっていないようだった。「なんで小さくなっちゃったのかしらねえ」

「恵美子叔母さんは、亡《な》くなりましたよね」

始はなるべく静かな口調でそう言ったが、智世は即座に目を丸くした。

「えっ、亡くなったって、死んだの？　いつ？　どうして？　いやだあたし知らなかった。ええっ！　なにがあったの？」

なかば叫ぶように言い、ぽろぽろと涙を流しはじめた。始はよけいなことを言ったとおもいながら、亡くなった経緯や葬儀の様子について、さらには納骨された永代供《く》養《よう》の墓についても、時間をかけて説明した。聞いたそばから抜け落ちてしまうかもしれないとおもいながら、説明せずにはいられなかった。

始の話の腰を折るのもかまわず智世は恵美子が死んだことを何度も確かめ、問いただした。そのたびに、自分は知らなかった、誰も教えてくれなかった、と針のとんだレコードのように繰りかえし言いつのる。認知症による記憶の欠落ばかりでなく、恵美子の死という出来事をおさめる適切な箱が智世のなかにないのかもしれない。恵美子と智世をつなぐ細い糸が、恵美子の死でするりとほどけ落ちても、それを拾いあげ、まきとる糸巻きがない。その糸をほかの誰かが拾って納める箱もない。

一枝は日々弱っていった。脚力と平衡感覚があやしくなり、ベッドのある二階まで階段をあがることができなくなった。ふたりは一階の和室にふとんを敷いて眠るようになった。やがて一枝が横になる時間に昼夜の境がなくなった。炉の切られた和室には、座布団や毛布やバスタオル、洗濯物、新聞紙や折り込みチラシが重なって散らばり、その上でふたりは雑魚寝《ざこね》をするようになった。隣の洋間のソファの上には一枝の着物がたとう紙からひきだされた状態で積み重なっていた。一日一回やって来るようになったヘルパーは、洗濯と食べもの飲みものの用意、最低限の掃除を決められた時間内にするのが精一杯だった。テレビは昼夜、大きな音でついたままになった。昼はまだしも、静まりかえる夜になれば、おそらく眞二郎も壁一枚向こうのテレビの音を毎晩聞かされているはずだった。

「もう、お姉さんの面倒はみきれない。兄さん家《ち》で面倒みてくれる？」

ある夕方、チャイムのなった玄関の向こう側に、オレンジがかった夕空を背にした智世が立っていた。当たり散らすような声をあげながら挨拶《あいさつ》もなく家にあがってくる。始のうしろに立っていた登代子は憤慨した顔を隠さず、無言のまま二階にあがり、歩がつかっていた部屋に入るとドアをしめた。居間のテーブルで新聞を読んでいた眞二郎は「なんだ、どうしたんだ」と言った。智世はテーブルの反対側に座った。

朝、昼、晩、一枝ねえさんのやることなすことめちゃくちゃで、ちょっと目を離したすきにどこかに出かけてしまう、ご飯もつくらない、洗濯もしない、ひとりでお風《ふ》呂《ろ》にはいれない、トイレだってわたしがよいしょよいしょっていっしょに連れていかないといけない。一日中、姉さんの世話をしていたら、自分のことなんてひとつもできやしない──あちこちに話が飛びながら智世はそのようなことを言った。にいさんのうちには登代子ちゃんもいるし、始ちゃんもいるんだから、三倍も人力があるじゃない、男の人がふたりもいるんだから。こっちには病気のお父さんがいるだけなのよ。

智世の「お父さん」ということばを耳にしたはずだが、眞二郎は微塵《みじん》も動じなかった。新聞をたたみ、腕組みをした。

「そう言ったって、俺もこんなだから、姉さんの世話なんか無理だ」

「じゃあどうしろっていうの？　あたしが全部やらなきゃいけないの？　これから死

ぬまでずっとやらなきゃいけないの？」

「ヘルパーさんが日常のことならたいてい手伝ってくれます。通ってくれる回数も増やせます」

父のかわりに始が補足する。ヘルパーがすでに来てくれていることもわかっていないようだった。

「誰がやってくれるって？」

「ヘルパーです」

「誰、それ？　日本語で言ってくれる？」

始はひと呼吸おいて言った。

「こういう仕事を専門にしているお手伝いさんです」

「お手伝いさん？　じゃあ、キヌちゃんが帰ってきてくれるのかしら。そうなら母さんもよろこぶわ」

智世は突然、虚空《こくう》になにかが浮かんでいるのを見ているような表情になった。

「……姉さんが呼んでる……帰るわね」突然立ちあがった智世は玄関で靴をはきながら「いやんなっちゃうなあ、もう！」と捨てゼリフのように言い、ふりかえらずに隣の家にもどっていった。始の耳には一枝伯母の声は聞こえなかった。

眞二郎は何事も起こらなかったというような顔で新聞をひろげ、黙って読みはじめた。始は眞二郎に言った。

「一枝伯母さんだけでも介護付き老人ホームに入ってもらわないともう無理だとおもう。ぼくが準備するけど、いいですね？」

登代子が二階からおりてきたが、話に加わる様子も見せずに台所にはいっていった。

「ああ……たのむ」

新聞から顔もあげずに眞二郎はそう言った。始は頭に血がのぼるのを感じたが、鼻から息を吐き、口から出そうになったことばをのみこんだ。

始は、包括支援センターを通じて介護認定の区分変更の申請をした。あきらかに要介護の等級があがっているはずだった。

提出する書類の「本人との関係」を書く欄に何度も「甥」と書き入れながら、子どもや親族が身近にいない認知症の高齢者はどうするのだろうと、始は自分の三十年後をはじめて警告されたように感じた。

毎日、朝、昼、夕方と三回、ヘルパーが家を訪ねてきて、食事、洗濯、掃除、一枝の入浴のサポートをしてくれることになった。手続きが進み次第、一枝は介護付き老人ホームに入ることになっていたが、智世はそれをまったくの他人事《ひとごと》としてとらえていた。「わたしが入るときって？　お姉さんのことでしょ？」智世は笑った。「どこも悪くないもの。なんでも自分でできるわよ」と言った。「わたしはこの家で暮らすから」

半月後、車椅子《いす》に乗った一枝は、介護付き老人ホームに入居した。ひとりになった智世のサポートは、日に三回訪問するヘルパーにゆだねられた。しかし、一日二十四時間のうちの二十一時間は、混乱した頭のままの智世がひとりで隣の家にいる。始はなにかを待っている犬のように、隣の物音に耳を澄ませている自分にたびたび気づくと、こんなことをいつまでやらなければならないのか、と誰にも訊《き》くことのできない質問を頭のなかでくり返した。

姉妹の暮らしが他人の手でなんとか保たれるなかで、眞二郎もまた、動物園の檻《おり》のなかを行きつ戻りつしつづけるシロクマにも似て、顔から表情が失われていった。

血圧測定をはじめると、「テレビ、ラジオ、パソコンのスイッチを消してくれ」と登代子や始に命じた。電子機器から発生する電磁波が血圧計の数値を狂わせる、というのがその理由だった。「そんなバカなこと、あるもんか」と始は父のいないところで断言したが、もともと電気技術者であった眞二郎が、そんな反論になど耳を貸すはずもない。眞二郎が血圧を測りはじめると、始は二階に退散し、登代子は台所に立つようになった。一日に四回も五回も血圧を測り、そのたびに眞二郎は細かく震える手で古い手帖《てちょう》をひらき、鉛筆で数字を書きこんだ。それ以外の時間は居間のテーブルに陣取り、薬を数え、あるいは年金関係の書類の束、保険の証券、古い預金通帳の束をひっくり返し、起きているあいだじゅう、自分をとりまき、自分を守り、自分をおびやかす「数」にとらわれていた。

疲弊する登代子を見て、始は健康診断の一環だからと眞二郎を説得し、枝留中央病院の脳神経外科を受診させることにした。認知症の診断の基準となる対面テストを受けると、眞二郎はおそるべき集中力を発揮した。検査医とのやりとりのあいだ、別人のように背筋をのばし、ハキハキとした態度で臨んだ。引き算をくりかえすテストでは、同席した始も黙って暗算をしてみたが、眞二郎の答えは全問正解だった。りんご、自転車、とんぼなど、ばらばらの単語を並べて聞かせ、時間をおいてから思いださせるテストでは、正答率が極端に低くなった。聞いて間もない単語をすっかり忘れてしまったことに眞二郎は苦笑いをし、頭をひねった。その笑いは眞二郎の自尊心のあらわれだと始はおもった。

瞬発的な努力ではカバーしようのないCTスキャンの画像では、脳の萎縮《いしゅく》が認められた。アルツハイマー型の認知症の初期状態だと医師は診断結果を伝えた。そう告げられても、眞二郎の表情は変わらなかった。耳に聞こえはしても、その意味を理解する前にシャッターを下ろしてしまったのかもしれない。病院を出たあと帰宅するまで、眞二郎はなにも言わなかった。眞二郎が思春期の始の考えを理解できなかったように、いまは始が、眞二郎の頭のなかを理解することができなかった。

診断がくだされたことが号令ででもあったかのように、こんどは眞二郎の徘徊が始まった。

朝食を終えると突然、簞笥《たんす》の前で着替えを始め、もう滅多にすることのないネクタイまで締め、「役場の年金課にいってくる」と言って家を出た。行き先も告げ、身なりもきちんとしていたから、外出を止める理由は見当たらなかった。

三時間経《た》っても帰ってこないので、心配した登代子が役場に電話をかけると、ずいぶん前にお帰りになりましたと言う。登代子が警察に連絡したほうがいいのではと口にしはじめてまもなく、眞二郎から電話がかかってきた。北見の公衆電話からだった。列車に一時間半あまり乗って、北見にある年金事務所までわざわざ出かけていったらしい。「これから帰る」とだけ言うと、電話は一方的に切れてしまった。

眞二郎が帰ってきたのは夕日が隣家の壁にあたりはじめたころだった。あとで聞けば、まず町役場に足を運んだものの、おそらく要領をえない眞二郎の質問に、職員があたりさわりのない答えを返したのだろう。それを「枝留の役場では話にならない」と憤慨し、北見の年金事務所まで足を運ぶことにしたのではないか。

血圧を測ったあと、憔悴《しょうすい》した表情のまま夕食をとると、眞二郎は早々と床につき、まもなくおおきな鼾《いびき》をかきはじめた。

姉や妹のことが頭から消えたように、眞二郎はかわいがっていたハルの世話も登代子や始にまかせきりになり、庭の外に目をやることすらしなくなった。

まがりなりにも一家の主《あるじ》であったはずの眞二郎は、もはや自分のこと以外、関心がないようだった。三人の姉妹を同じ敷地内に引き受け、娘と息子の進学、進路を気にかけ、よりすぐった北海道犬を四頭も育て、渓流釣りに犬たちを同行させてきたことも、もはや意識のうえにはないのではないか。

歩が死んだことを、眞二郎はどのように覚えているのだろう。始は考えはじめてすぐに考えることをやめた。

「歩いて九十歩を過ぎると、胸が苦しくなって、それ以上歩けない」

川べりを歩いてくる、と言って二十分もたたずに帰ってきた眞二郎は、居間の椅子に座ると、重苦しい声で始に言った。足が弱っているのにもかかわらず、徘徊なのか散歩なのかわからない外出が以前より増えていた。外を歩いて帰ってくると、眞二郎はわずかに口が軽くなった。登代子は外出のたびに心配したが、たぶん大丈夫だよ、と始は言った。

「布団に入っても、朝までに五回も六回も目が覚めて、そのたんびにしょんべんにいかなきゃならないんだ。医者に言って、薬を出してもらっても、ちっともよくならない」

十種類以上ある薬のなかに、前立腺《ぜんりつせん》肥大に対応する薬も入っているのを始は知っていた。

「冷えもよくないからね。お腹《なか》のあたりにホカロンを貼《は》って暖かくするとか。それで楽になることもあるよ」

「そうかねえ」

白内障用の目薬を二種類目にさすために天井を見あげながら、眞二郎は気のりがしない、間延びした声をだした。なにかの薬が効いて楽になった、という話を眞二郎から聞いたことがなかった。医者にもつねに不満があるようだった。それでもあふれるほどの薬を律儀《りちぎ》にのみつづけている。

やがて「五十歩で息切れがする。足もあがらない」と言うようになった。始は転倒防止のピボットチップが先端についた杖を通信販売で手に入れたが、眞二郎は一瞥《いちべつ》するなり、使わないという顔をした。見栄《みば》えが気になるらしい。使いたくないのであればしかたないが、八十代後半の男が気に入る見栄えとはどのようなものなのか。

自分の歩数を数えて、なにかを判断しようとする態度と、人目を気にして杖を使わない、という判断をそれぞれ眞二郎らしいと始は感じた。現状を変えることより、維持しようとする。自分のなかにもそのような傾向があるのではないか。そのことを遠慮なく指摘する人間はかたわらにはいない。登代子はなにかにつけ「始はね、これっぽっちもお父さんに似ちゃいないわよ」と言うが、始はそうはおもっていなかった。

歩かないときも胸の苦しさを訴えるようになった眞二郎を始は病院に連れていった。冠動脈に詰まりかけた部分があり、いつ心筋梗塞《しんきんこうそく》を起こしてもおかしくはない、という診断だった。胸を開くのではなく、鼠《そ》蹊《けい》部《ぶ》の動脈からの処置が可能なステント治療を勧められた。治療を受けるための承諾書の説明を受けているとき、挿入後に血栓が脳にとび脳梗塞になる場合があると医師の口から聞かされると、眞二郎は顔色を変えた。いや、それは困ります、ステントはやめにします、と眞二郎は言った。心外そうな表情に変わった医師は「いや、これは万が一ということで、このようなことはまず起こりません。それよりも冠動脈を詰まらせて心筋梗塞を起こして亡くなるリスクのほうがずっと、はるかに高いんですよ」と説明したが、眞二郎の表情は硬いまま変わらなかった。始は二十年以上も前の、歩の担当医とのやりとりを思いだしていた。眞二郎についての判断はあれほど難しくない。始はそうおもって口を開いた。

「父はもう八十代の後半です。本人がこう言ってる以上、心筋梗塞が起こったとしても、しかたないかもしれません」

医師はそれには答えず、眞二郎の心臓と血管の画像を見て言った。

「ここはかなり太い血管なんです。完全に詰まったら致命的です。しかしステント挿入のリスクは高くない。ステントを入れるのは、手術ではなく留置といいます。リスクはほんとうに低いんですけどね」

それを聞いてもなお、眞二郎の気持ちは動かなかった。

ステントの留置は見送られ、薬がまた一種類、増えた。

医師の危惧《きぐ》したとおり、まもなく発作は起きた。

夜中の二時すぎに登代子に起こされた始が、階段をおり、眞二郎の寝室に入ると、眞二郎はふとんのうえに座りこんだまま、気管支をぜろぜろと鳴らしながらあえぐように呼吸していた。小児喘息《ぜんそく》を患《わずら》ったことのある始は、その苦しさがわかった。冠動脈の梗塞による症状を、あらかじめ本やインターネットで調べていたから、眞二郎の気管支がいまどんな状態にあるのかも想像がついた。心肺機能が低下した結果、肺に水がたまり、からだの内側で溺《おぼ》れかけている音ではないか。このまま死んでしまうかもしれないと始はおもった。

父の最期《さいご》に立ち会う限られた時間が突然はじまったと感じ、自分の意識の背後にも、意識の前方にも、がらんとした真っ暗な空洞だけがひろがったように感じた。救急車を呼んで待つあいだ、始は眞二郎の背中をさすろうとした。眞二郎は始の手を弱い力で払いのけるようにした。……いい……このまま……と断片的に、しぼりだすような濁った声で、眞二郎は言った。始は手を離し、眞二郎から少し離れた。まもなくやってきた救急隊員たちに搬出の作業をまかせ、救急車に乗りこんだ。登代子はそれを見送り、家に残った。

眞二郎の入院は三か月におよんだ。

ＩＣＵから一般病棟に移ってすぐに、認知症の老人に起こりやすい拘禁反応が出た。真夜中に眞二郎は点滴と酸素マスクをすべてむしり取って、ベッドに腰かけていた。かすれた声で「家に帰る」と看護師に言った。なだめようとする看護師が肩に手をおこうとしたとき、その手を払おうとする眞二郎の手が頰にあたった。

始は病院から連絡を受け、拘禁反応などで暴力的になるときは、本人の治療と安全確保のため一時的にからだを拘束することを承諾する、という書類にサインをした。ベルトはベッドを勝手に降りられないように胴回りと、からだにつける管や線を外さないよう、両手首にはめられる仕組みになっていた。日中は胴回りのベルトにくわえ、扁平《へんぺい》で大きなミトンのようなものを両手にはめることになった。これをつけていると、自力で管を抜いたりすることができない。眞二郎はときおり虚《うつ》ろな目でミトンをはめた自分の両手をかざして眺めていた。そして外そうとする。が、外れない。「それは治療のためだから外せないんだよ」と言っても、ほどなく団扇《うちわ》のような手をしきりに動かしてはがしとろうとするが、事態はなにも変わらない。看護師には「ご家族がいらっしゃるあいだは取ってさしあげてかまいませんから」と言われていたが、始はそうしなかった。

肺の水が抜け、心臓の状態が改善されると、拘禁反応がさらに悪化した。見舞いにいくと、ベッドではなく、ナースステーションの壁を背に、横長のベッド用テーブルで挟まれるようにして椅子に座っていることが多くなった。その状態で居眠りをしている。「夜、活発になられて、腕をふりまわされたりするので」と笑顔で看護師は言った。「なるべく昼は起きておいていただこうとおもうんですけど。添島さん！ 添島さん！ 息子さんがいらっしゃいましたよ！」

拘禁反応が常態化してからは、起きていても、眞二郎との会話は成り立たなかった。表情が失われ、目の焦点もあわないままだった。ベッドで横になっていると、眠っているとき以外は呼吸のたびに顎《あご》をあげ、喉《のど》を伸ばすようにしながら、呼吸にあわせ、うー、うー、あーとうめき声をあげるようになった。看護師にたずねると、呼吸が苦しいのではなく、ただうめいてらっしゃるだけなんです、ときどきいらっしゃいます、ご高齢の患者さんで、と言った。「お父さん」とおおきな声で呼びかけると、一瞬目を開け、声のする方向を探すようにし、うめきがとまる。「どうして声をあげてるの。どこか苦しいの」と聞くと、眞二郎は静かになるが、呼びかけをやめると、呼吸のリズムであー、うー、あー、うーと規則的にうめきはじめる。

見舞いにゆくたび、眞二郎がうめき声をあげるのを見ているうちに、赤ん坊が泣き声をあげ、不安や不満、空腹を知らせているのと同じようなものではないか、と気づいた。赤ん坊を育てたことのない始は、子育てでノイローゼになるという事態は、たとえばこういうことかと想像した。しかし始は眞二郎に食事を与えることも、おしめを替えることも、からだを洗ってやることもしていない。ただ小一時間、泣き声ならぬうめき声を聞いているだけだ。それでもこんなに気がふさぐのだ。登代子は会話の成り立たない見舞いを始にまかせるようになっていた。

一般病棟に移ってからも、口から食事を摂《と》ることができないまま二か月が過ぎ、病院から胃瘻《いろう》の提案を受けた。点滴の栄養に頼っている現状のままでは栄養状態がさらに悪化し、全身の衰弱につながるという説明は、あらかじめ始が調べていたケーススタディのなかにはいっている事柄だった。

心臓の状態から考えて、恢復《かいふく》して退院し、日常生活を送れる可能性はほとんどないだろうと始は考えていた。つまり、そのような状態で胃瘻を始めるのは、かえって本人の苦しみを長引かせることになるのではないか。始は登代子に自分の知る胃瘻の実態を説明した。心臓の疾患でしだいに衰弱してゆく道筋は、自然な坂道をおりてゆくのに近い、と言った。登代子は、「お父さんに聞いてみて」と言った。

始は眞二郎のベッドの横に椅子をおいて、声をかけた。うめき声のくりかえしが止まるのを待った。

「お父さん、どう?」

眞二郎は薄く目をひらき天井を見るようにした。

「いま、口からごはんを食べてないよね。そうすると、だんだん痩《や》せてくるんだ。点滴で栄養をとってるけど」

唾液《だえき》が乾いたような匂《にお》いが眞二郎から漂ってきた。始は自分の唾《つば》の匂いに似ていると気づき、うろたえた。

「胃瘻って聞いたことある？」

眞二郎は目だけを横に動かし、どんよりした目で始を見た。

「栄養をしっかりとるために、胃に小さな穴をあけて、パイプを通して、そこから直接栄養を入れる処置。そうすれば、いま手足がだいぶ細くなったお父さんの、栄養状態が改善されると先生から説明を受けたんだけど、どうおもう？」

眞二郎は始から目線をはずし、ただ上空を見あげるままになった。

「そうしてほしい、とおもうなら、それを病院に頼むことにする。そうしてほしくない、とおもうのなら、断る……どうしようか」

始はそう言って、黙った。

なにを言われているのか、わからない可能性のほうが高い。始はいったん椅子から離れて病室の窓際《まどぎわ》に立ち、外を眺めた。湧別川は見えないが、山が見えた。向かいの建物の上空をトンビがゆっくり旋回している。眞二郎はふたたび呼吸にあわせた規則的なうめき声をあげはじめた。始は椅子に戻り、少し大きな声をかけた。

「お父さん、お腹に小さい穴をあけてもらって、胃に直接栄養を入れてもらう？」

眞二郎は弱々しくかすかに首を横にふった。入院してはじめて始にもわかる反応だった。たまたま首が動いただけなのか。

「胃瘻はしたくない、ということ?」

眞二郎はぎこちなく頷《うなず》き、あーと呻《うめ》いた。始は念のために質問を変えた。

「胃瘻をしてもらいたい?」

眞二郎は枕《まくら》のうえの頭を動かさなかった。

「……ぼくも胃瘻はしないでいいとおもう。じゃあ、そう伝えることにするね」

ミトンをしたままの眞二郎の左手をとんとんと軽く叩《たた》くようにした。そんな気安い挨拶《あいさつ》は、これまで一度もしたことはない。

翌日の面会で担当医に声をかけられた。別室で話をした。

「これ以上の改善が認められず、胃瘻もしない、ということですと、申し訳ないですが三か月を超える入院はできないことになります。胃瘻をしない状態で受け入れる病院があるかどうか、ソーシャルワーカーがお探しします」

なんらかの治療をしなければ病院とはいえない、というのは筋が通っている。かといって、自然のなりゆきで家で死を迎えるのは、家族の負担がおおきすぎる。それでも、昔はみな家で死んだのだ。

ソーシャルワーカーがいくつかの病院に連絡をして、北見にひとつだけ受け入れる病院が見つかった。クルマで一時間ちょっとかかる場所だった。

病院を移ってからも、眞二郎のうめき声はやまなかった。枯れ枝のように細くなっていた脚が、転院後しだいに腫《は》れてきた。医師の説明では、心臓がだいぶ弱ってきている、ということだった。全身が弱った状態で点滴をつづけているのだから、点滴の水分の排出がされにくくなり、腫れてしまうのだろう。

転院した日に、担当医との面接があり、無理な延命措置は望まない、と伝えてあった。しかし、二週間目にはいったところで、担当医は厳しい表情で伝えてきた。

「肺に水がたまりはじめています。このままではご本人が苦しい。せめてドレーンで体外に水をだす処置をしたほうがよいのではとおもいますが、いかがでしょう」と言う。

肺にたまった水で溺れたように亡くなるのはいかにも苦しいだろうと始は考えた。即日、眞二郎の脇腹に水を抜くドレーンが入れられた。

二日後の朝、病院から電話が入った。危険な状態になったのでいらしてください、と電話の向こうで看護師が緊迫した声で言った。

出かける前に気づいて、あわただしくハルに餌《えさ》と水をやった。ハルはふた口だけ餌を口にすると、あとは水だけを飲んで、それ以上は食べなかった。始はハルの首筋をひと撫《な》ですると、登代子をクルマに乗せて病院に向かった。

眞二郎は酸素マスクをしていた。顎を前にだすようにして苦しげに呼吸をしていた。血圧もすでに四〇台まで下がっていた。始は歩が息をひきとった日をおもいだした。登代子もおそらくおもいだしただろう。眞二郎の手も足も、すでに死体のように冷たかった。まもなく眞二郎の脇についていたはずのドレーンがなくなっていることに気づいたが、それは担当医の判断だろうと始は考えた。もう終わりなのだ。

一時間あまりの時が流れて、眞二郎はあきらめたように心肺を停止させた。担当医が脈と瞳孔《どうこう》を確認し、臨終を告げた。


「お湯を」とよねは言った。

絹子はマッチを擦り、手際よくガスコンロに点火した。ボッと低い音をたて、青い炎が円を描いてならぶ。マッチの硫黄の匂いが絹子の鼻にとどく。

井戸水でいっぱいになったおおきな重い薬罐《やかん》を両手で持ちあげた絹子は、青い炎の円陣の中央にそれをのせた。産湯《うぶゆ》用の盥《たらい》を用意し、ガーゼを四枚、桐《きり》の箪笥の抽斗《ひきだし》を開けて取りだし、盥のそばに並べた。

よねは先生から教わった出産の覚えを、少しずつ絹子に伝えていた。

（産湯は本当は必要ないんだ。赤ん坊の胎脂は外気に慣れない肌を守る役割もあるから、そのままにしておいてかまわない、空気の乾く冬はとくにね。いずれ自然に落ちる。目や鼻や耳のまわりについた胎脂をぬぐう程度で充分だ。産湯につけるなら湯温に気をくばること。胎内の羊水と同じ三十七度くらいがいい。大人の湯加減ではびっくりして泣く。それを元気な赤ちゃんだというのは愚かな話だよ）

先生のことばや低い声が、よねのなかに残っていた。

足袋に白衣姿の絹子はふたたび離れの分娩室《ぶんべんしつ》にもどり、空気の入れ替えのために開けてあった窓を閉め、カーテンをひいた。南と西の縁側にある障子も閉めた。急がず、なるべく音のしないように。部屋がほの暗くなり、夜明けを先取りする鳥たちのにぎやかな鳴き声が、わずかに小さくなる。

（犬も猫もひなたで産んだりはしない。薄暗いなかで産むほうが、母も子も安心する。つよい光は赤ん坊を怯《おび》えさせるだけだ。母の目にもよくない。明け方まえくらいの暗さがちょうどいい。あとは雨戸や障子、カーテンで調整すること）

（まわりを走らない。風を入れない。なるべく物音をたてない。声はしずかにゆっくりだ。産婆《さんば》が落ち着かないと母子ともに落ち着かない。手伝う者はけわしい顔をしない。産婆が慌《あわ》てれば、妊婦も慌てる。お産は病気じゃないってことを忘れないよう

に）

分娩室の中央の寝台には登代子が横たわっていた。いったん陣痛の波がひいて、眉《み》間《けん》の皺《しわ》は平らかになっている。額やこめかみに髪がはりついている顔は、なにかを探しているような表情だった。過去にひきかえすことも、現在をとめてしまうこともできない時間の流れに押されて、登代子はもうなにも考えられなくなっていた。分娩室にはいったのは明けがた近くだった。陣痛がはじまってからすでに五時間あまりが経っていた。登代子が喉の奥を鳴らした。ふたたび陣痛が始まった。

登代子にとって初めての出産だった。よねの初孫を、よね自身がとりあげようとしていた。何度か逆子の状態になったが、そのたびによねが胎児に声をかけ、向きを直していた。よねが確認すると、子宮口の向こうにあるのは生まれてくる赤ん坊の頭だった。登代子の呼吸音がしだいにおおきくなる。

（君はこんな冷たい手で赤ん坊をとりあげるのかい？　産婆の手が冷たかったら、赤ん坊が生まれて最初に感ずるのは冷たい、怖いになる。手はあたたかくしておきなさい）

（こちらの都合で自然はうごかない。降っている雨を、海の波を、誰がとめられるかね。妊娠はもちろんだが、産ませよう、産まなければ、という気持ちが難産になる。

予定日より二か月近く遅くなる出産だってある。長いあいだ母のなかで育ったからといって難産にはならない。出産は待つことだ)

分娩室の桐の箪笥の上に置かれた張り子の犬が、よねの一連の動作を見るともなく見ていた。丸い両耳はピンと立って赤く、頭は縁どりされたように黒い。円い瞳《ひとみ》のまわりは灰色の縁どりがされて、張り子なのに意思を持つかのように見えるのは、この縁どりのせいだとおもう。笑顔のようで笑顔ではない顔は、ただ無邪気に前方を見ている。張り子の犬はでんでん太鼓を背負っている。赤ん坊をあやすためのものだというが、その由来が本当なのかどうか、よねは知らなかった。よねはうす暗い長野の家の、囲炉裏のある板の間の部屋の煤《すす》けて黒くなった箪笥のうえに、張り子の犬がのっているのを見た記憶があった。背中にはでんでん太鼓ではなく、カゴのようなものを背負って。よねが東京に里子にだされ、しばらくして長野にもどってきたとき、張り子の犬はいなかった。もとからいなかったのかもしれない、という気もしたが、どこかで見たのはたしかだった。自分を迎えてくれた両親に、張り子の犬について聞くことはなかった。

子宮口がさらにひらきはじめていた。陣痛の間隔も短くなり、呼吸といきむタイミングがおのずと揃《そろ》うように、登代子はよねのやわらかな声の指示に気持ちを集めた。

呼吸を整え、頭が右回転でまわりながら出てくるのをおもい描く。ふう、ふーう、ふう、ふーう。登代子は自分の声なのに、自分の声ではない気がした。ほうら、でてきた、でてきたよ、いい塩梅《あんばい》だよ、そうそう、いまはいきんでいいわよ、はい、ほらほら、もうでてきた。もうゆるんでいいよ。いきまないでいいよ。でてきたでてきた。そうそう、それでいい。登代子は自分のものではないような、ひきつけを起こしたような声を頭のなかで聞いた。生まれたとわかった。よねのやわらかい声が聞こえてくる。

——まあよくきたね、あんた、よくいらっしゃいましたね、ほうらほら、さあさあ、はい楽にして、ほうらほらほら、うまれたわよ。おんなのこなのね。おめでとうさん、おつかれさん。よくいらっしゃいました。

登代子はよねの声を聞きながら、自分が泣いているのに気づいた。下半身からなにかがすっぽりと抜け落ちて、腰のあたりがよりどころのない脱力感におそわれていた。おんなのこが泣いていた。わたしの赤ちゃんの声。

——くうきはおいしいねえ、もうこれで楽に空気がすえるねえ。よくいらっしゃいましたねえ。

よねはこんなやわらかい声もだすんだ、と登代子は上の空で聞いていた。

よねはへその緒をつつむように握り、脈をはかっていた。脈が感じられなくなったとき、へその緒をゆっくりしごくようにしてから、絹子の手をかりて処置をした。

「このこはしっかりしてるよ。いい顔してる。やさしくて、芯《しん》がしっかりして。——あんた、いいこを産んでくれたね」

(出産する最中はそれほど神経質になる必要はないが、生まれてしばらくは、産婦の目に光があたるような部屋には入れないほうがいい。産婦に針仕事をさせたり、新聞を読ませたり、細かいものを見せてもいけない)

歩と名づけられたおんなのこは、はいはいをするようになった。畳のうえではいはいするのと、廊下の板の間ではいはいするのとでは、板の間のほうが好きだった。畳のうえよりも進みがはやいし、板の間のほうが気持ちがいい。

不思議な匂いがした。おっぱいの匂いに似ているのに、もう少し濃いつよい匂い。はいはいで進むと、まぶしいところに近づいた。それは玄関のふちだった。このまま進めば下に落ちて怪我《けが》をする、ふちのぎりぎりにたどりついていた。

ガラス戸の玄関に差し込む午後の光のなかに、まぶしいかたまりがいくつももつれあうようにしている。生まれてまもない仔犬たち。むんむんと濃い匂い。母犬がガラス戸を背にして仔犬たちを見守っていた。光がまぶしくて歩には仔犬たちがよく見えない。まだ歩にはことばがないから、仔犬ということばも知らず、ただ見て、ただ聞いていた。歩は、うう、あー、うう、と言った。

うしろから母の短く叫ぶ声が聞こえた。

床をどすどす揺らせて大急ぎで近づいてきた母は、有無をいわさず両手で歩をすくい上げた。歩の視界から仔犬が消え、歩ははげしく泣きはじめた。

始は枝留の馴染《なじ》みの床屋のぎしぎしいう椅子のうえで仰向けになり、髭《ひげ》を剃《そ》られていた。蒸しタオルで顔全体を蒸されながら、レビー小体型認知症の患者の平均余命について考えていた。本に書かれてあったとおりなら、あと数年で智世叔母は死ぬ。一枝伯母もおそらく天に召されているだろう。そのころには自分も還暦を過ぎている。家に残っている三人の老婆と一人の初老の男の誰が先に死ぬかはしかし誰にもわからない。

中学生の始の髭を最初に剃ったとき、まだ三十代だった床屋の田中さんは、もう七十のなかばを過ぎていた。田中さんは左手で頬や顎の下の髭を押し出すようにしながら、右手に握られた剃刀《かみそり》をじりじりと当ててゆく。若いころは髭剃りのあと、頬や顎の下が赤くなった。いまはどんなに強く剃刀を当てられても、赤くはならない。

始は昔、本で読んだエピソードを思いだしていた。まだ二十歳そこそこの詩人が、敬愛する小説家に会いにゆく。前のめりで訪ねてきた若い詩人は、小説家に「おい君、その無精髭を剃れよ」と言われる。「男の本質はやさしさ、マザーシップだよ……おい君、その無精髭を剃れよ」のちに入水した小説家は、死んだ日の朝、髭を剃っただろうか、それとも無精髭を生やしたままだったろうか。ぼんやり考えるうち、始は眠りにおちていった。

＊主要参考文献

朝永振一郎『物理学とは何だろうか』（上・下　岩波新書）
R・P・ファインマン『光と物質のふしぎな理論』（釜江常好・大貫昌子訳　岩波現代文庫）
森本雅樹『望遠鏡をつくる人びと』（岩波科学の本）
家　正則『ハッブル　宇宙を広げた男』（岩波ジュニア新書）
Edwin Hubble: Mariner of the Nebulae, Gale E. Christianson（Farrar, Straus and Giroux）
ハッブル『銀河の世界』（戎崎俊一訳　岩波文庫）
大林道子『助産婦の戦後』（勁草書房）
野口晴哉『育児の本』（全生社）
野口晴哉『誕生前後の生活』（全生社）
野口晴哉『女である時期』（全生社）
高瀬善夫『一路白頭ニ到ル』（岩波新書）
留岡清男『教育農場五十年』（岩波書店）
渡辺洪『北海道犬の話』（北海道出版企画センター）
『北海道犬』（社団法人天然記念物北海道犬保存会）
中村浩志『二万年の奇跡を生きた鳥　ライチョウ』（農文協）
水越武写真集『雷鳥　日本アルプスに生きる』（平凡社）
『北見薄荷工場十五年史』（北海道販売農業協同組合聯合会）
井上英夫『北見の薄荷入門』（北見ブックレット）
田川建三訳著『新約聖書　訳と註　1　マルコ福音書／マタイ福音書』（作品社）

解説

江國香織

添島家のゆるやかな終焉《しゅうえん》。この小説をひとことで表せば、たぶんそういうことになるだろう。三代にわたる登場人物たちは、みんなごく普通の人々だ。歴史を動かすことも世界を変えることもなく、だから彼らを知っている人の記憶に残る以外には、後世に名が残ったりしない人々。そして、それすらもいずれ途切れる。子孫を残さないとすれば。

人はみんな生れて、いずれ死んでいく。そのあいだに起る大小さまざまな出来事、悲喜こもごも、感情の揺れや思考のすじみちは、家族にさえすべてはわかり得ない。互いを大切に思っているとしても、家族も個人の集合体なのだ。「しかしその寂しい感情は一度もよねの口からことばにされることがなかった」という一文が本書にはあるのだが、それはもちろんよねに限ったことではないだろう。口にされないこと、誰にも説明できないこと、一人の人間の内面の多くは、そういうものでできている。

これは家族の小説であると同時に家という枠組みの小説でもあると思う。昔から連綿と続く家という制度の、そして家という建物の持つ時空間自体の。だからここでは建物そのものがとても丁寧に描写される。添島一家の住む「二階建ての棟割長屋のような」家はもちろん、敷地内にかって産院としてあった「古い平屋」、登場人物の一人が幼少期に暮した蠣殻町《かきがらちょう》の家や、おなじ人物がのちに通う「整心整軀研究所《せいしんせいく》」という日本家屋、札幌の小さな1DKの部屋や、牧師一家の住む牧師館、登場人物の一人が四十七泊するニューヨークのホテルの部屋に至るまで、広さ（狭さ）や気配、掃除のゆき届き具合、家具調度や装飾の有無、窓外の景色などが印象的に語られる。まるで、家や部屋それ自体が重要な登場人物であるかのように。

たぶんそうなのだろうと私は思う。家というのは空間であると同時に時間でもあり、家族がそこで生きる時間も、誰かが一人で暮す時間も有限だ。ましてこの一家のように産院があるなら、人はここで生れ、育ち、やがてでて行く（あるいは死んで、いなくなる）。家が体現している限られた時空間と、その外側にある世界の途方もない広さと果てしなさ。その対比の鮮やかさに、私は一読、息を呑《の》んだ。なにしろここに描かれる外の世界というのは、小説の主な舞台である北海道枝留《えだる》町の四季や景色にとどまらず、東京やニューヨークのそれにもまったくとどまらず、ブリューゲルの絵や教会のパイプオルガンや、天体望遠鏡で見る星空を介してはるかな過去や宇宙まで広がり、「氷河時代、日本と大陸がつながっていたころから姿かたちの変わっていない」ライチョウの生態や、「エジプトのミイラの下にも敷かれていた」薄荷の匂《にお》いを浮かびあがらせる。松家仁之という作家の射程範囲はおそろしく広い。そして、その広い世界の空間としては片隅、時間としては途中（にして、いまのところ果て）に添島一家がいる。

小説の最初に登場し、大学で教鞭《きょうべん》を執っている始を基点に考えると、祖父母、両親、姉、三人の伯母（叔母）たち、というのがこの一家の構成要員だ。一人一人の放つ生気は静かだけれど圧倒的な厚みと確かさを備えていて、この人はこうでしかあり得ないのだというありようで一人ずつが存在している。

添島家の人間だけではない。枝留教会の牧師の息子であり、始の姉にとって特別な友人となる工藤一惟《いちい》にしても、その一惟が農場学校のバタービジネスを通じて出会う、不良だったらしいという石川毅にしても、ある時代のある場所で、唯一《ゆいいつ》無二の生を生きている。

小説は、時系列にそっては描かれない。中年男性として登場した人物が少年になったり大学生になったりするし、死期の迫った人物の病床が描写されたすぐあとに、おなじ人物が「真新しい教科書の匂い」や「体になじまないセーラー服」と共にみずみずしい健康体で登場したりもする。だから読者は何度も新しく彼ら彼女らに出会う。そして、過去としてではなく現在進行形で、その生を目撃する。

個性も気配も違う三人の伯母（叔母）が興味深い。未婚のまま実家の離れに住んでいる二人と、いったん結婚したものの、離婚して戻ってきた一人。彼女たちが互いをどう思っているのかはわからない。たぶん誰にも（本人たちにさえ）わからないまま、何十年もいっしょに生きているのだ。わからないと言えば、いったん養女にだされたよねが実家に戻された理由もわからないし、よねの夫の眞蔵が、娘の智世の目に「いつも、なにかに怒っているように見えた」理由もわからない。人生のなかで、わかることなどそもそもそんなにないのだ、というふうに、小説はただ淡々と進む。結果として、幾つもの生の営みの、心もとなさと取替えのきかなさ、それ故《ゆえ》の奇跡性（とでも言うべきもの）があぶりだされる。

家のすぐ外側にある自然界の描写と、生活の濃《こま》やかなディテールが楽しい。読んでいて、五感が外に向ってひらかれるようだ。枝留町の冬の澄んだ空気や、サロマ湖のまぶしい湖面（そのときに憶《おぼ》えたたくさんの花の名前）、「無音の音が降りてくるよう」な星空や、「おおきな薬罐《やかん》がチンチンシューシュー鳴って、焚《た》き口の蓋《ふた》をひらくと赤々とした石炭の炎がゴーと低い音をあげる。静かなようで、騒々しくもある冬の音」、焼きトウモロコシは「黄色い匂い」がするのだし、洋服ダンスからとりだしたオーバーコートからは、樟脳《しょうのう》の匂いが「あつかましく」ただよう。「やわらかくほくほくした生きた土の手触り」や、「ことばだけでは追いつくことができないもの」をはらんだ教会の音楽。世界はこんなにも豊かなのだ。そして、犬たち——。添島家では長年北海道犬が飼われているのだが、イヨ、エス、ジロ、ハルという毛色も性質も異なる、コンクールに出たり他家にもらわれたりした物言わぬ四頭の生涯——。

小説の終盤、老いた登場人物たちには介護が必要になるし、冒頭の一文、「添島始は消失点を背負っていた」が改めて胸に迫りもするのだが、彼らの人生のあれこれ(そして彼らの見た世界のあれこれ)を目撃したあとでのそれは、悲しみよりもむしろ祝福に似た余韻を残す。謎《なぞ》は謎のまま、ほどけていく感じというのだろうか。この小説が本質的に持つひろがりのなかでは、一つの家がゆるやかに消滅していくこともまた循環の一部であり、安心して身を任せていいのだと思える。

(令和六年十二月、作家)

この作品は平成二十九年十月新潮社より刊行された。

江國香織著　きらきらひかる

二人は全てを許し合って結婚した、筈だった……。妻はアル中、夫はホモ。セックスレスの奇妙な新婚夫婦を軸に描く、素敵な愛の物語。

江國香織著　つめたいよるに

愛犬の死の翌日、一人の少年と巡り合った女の子の不思議な一日を描く「デューク」、デビュー作「桃子」など、21編を収録した短編集。

江國香織著　すいかの匂い

バニラアイスの木べらの味、おはじきの音、すいかの匂い。無防備に心に織りこまれてしまった事ども。11人の少女の、夏の記憶の物語。

江國香織著　神様のボート

消えたパパを待って、あたしとママはずっと旅がらす…。恋愛の静かな狂気に囚われた母と、その傍らで成長していく娘の遥かな物語。

江國香織著　東京タワー

恋はするものじゃなくて、おちるもの——。いつか、きっと、突然に……。東京タワーが見える街で繰り広げられる狂おしい恋愛模様。

江國香織著　号泣する準備はできていた　直木賞受賞

孤独を真正面から引き受け、女たちは少しでも前進しようと静かに歩き続ける。いつか号泣するとわかっていても。直木賞受賞短篇集。

向田邦子著
寺内貫太郎一家
著者・向田邦子の父親をモデルに、口下手で怒りっぽいくせに涙もろい愛すべき日本の〈お父さん〉とその家族を描く処女長編小説。

向田邦子著
思い出トランプ
日常生活の中で、誰もがもっている狡さや弱さ、うしろめたさを人間を愛しむ眼で巧みに捉えた、直木賞受賞作など連作13編を収録。

向田邦子著
男どき女どき
どんな平凡な人生にも、心さわぐ時がある。その一瞬の輝きを描く最後の小説四編に、珠玉のエッセイを加えたラスト・メッセージ集。

向田邦子著
碓井広義編
少しぐらいの嘘は大目に
―向田邦子の言葉―
没後40年――今なお愛され続ける向田邦子の全ドラマ・エッセイ・小説作品から名言・名ゼリフをセレクト。一生、隣に置いて下さい。

妹尾河童著
河童が覗いたヨーロッパ
あらゆることを興味の対象にして、一年間で歩いた国は22カ国。泊った部屋は115室。旺盛な好奇心で覗いた〝手描き〟のヨーロッパ。

妹尾河童著
河童が覗いたインド
スケッチブックと巻き尺を携えて、〝覗きの河童〟が見てきた知られざるインド。空前絶後、全編〝手描き〟のインド読本決定版。

さくらももこ著　**そういうふうにできている**

ちびまる子ちゃん妊娠!?　お腹の中には宇宙生命体=コジコジが!?期待に違わぬスッタモンダの産前産後を完全実況、大笑い保証付!

さくらももこ著　**憧れのまほうつかい**

17歳のももこが出会って、大きな影響をうけた絵本作家ル・カイン。憧れの人を訪ねる珍道中を綴った、涙と笑いの桃印エッセイ。

さくらももこ著　**さくらえび**

父ヒロシに幼い息子、ももこのすっとこどっこいな日常のオールスターが勢揃い!　奇跡の爆笑雑誌「富士山」からの粒よりエッセイ。

さくらももこ著　**またたび**

世界中のいろんなところに行って、いろんな目にあってきたよ!　伝説の面白雑誌『富士山』(全5号)からよりすぐった抱腹珍道中!

岡本太郎著　**美の呪力**

私は幼い時から、「赤」が好きだった。血を思わせる激しい赤が——。恐るべきパワーに溢れた美の聖典が、いま甦った!

岡本太郎著　**美の世界旅行**

幻の名著、初の文庫化!!　インド、スペイン、メキシコ、韓国……。各国の建築と美術を独自の視点で語り尽くす。太郎全開の全記録。

羅生門・鼻

芥川龍之介著

王朝の説話物語にあらわれる人間の心理に、近代的解釈を試みることによって己れのテーマを生かそうとした〝王朝もの〟第一集。

地獄変・偸盗《ちゆうとう》

芥川龍之介著

地獄変の屛風を描くため一人娘を火にかけて芸術の犠牲にし、自らは縊死する異常な天才絵師の物語「地獄変」など〝王朝もの〟第二集。

蜘蛛《くも》の糸・杜子春《とししゆん》

芥川龍之介著

地獄におちた男がやっとつかんだ一条の救いの糸をエゴイズムのために失ってしまう「蜘蛛の糸」、平凡な幸福を讃えた「杜子春」等10編。

奉教人の死

芥川龍之介著

殉教者の心情や、東西の異質な文化の接触と融和に関心を抱いた著者が、近代日本文学に新しい分野を開拓した〝切支丹もの〟の作品集。

戯作三昧・一塊《いつかい》の土

芥川龍之介著

江戸末期に、市井にあって芸術至上主義を貫いた滝沢馬琴に、自己の思想や問題を託した「戯作三昧」、他に「枯野抄」等全13編を収録。

河童・或阿呆《あるあほう》の一生

芥川龍之介著

珍妙な河童社会を通して自身の問題を切実にさらした「河童」、自らの芸術と生涯を凝縮した「或阿呆の一生」等、最晩年の傑作6編。

太宰治著　斜陽

〝斜陽族〟という言葉を生んだ名作。没落貴族の家庭を舞台に麻薬中毒で自滅していく直治など四人の人物による滅びの交響楽を奏でる。

太宰治著　ヴィヨンの妻

新生への希望と、戦争の後も変らぬ現実への絶望感との間を揺れ動きながら、命をかけて新しい倫理を求めようとした文学的総決算。

太宰治著　人間失格

生への意志を失い、廃人同様に生きる男が綴る手記を通して、自らの生涯の終りに臨んで、著者が内的真実のすべてを投げ出した小説。

太宰治著　走れメロス

人間の信頼と友情の美しさを、簡潔な文体で表現した「走れメロス」など、中期の安定した生活の中で、多彩な芸術的開花を示した9編。

太宰治著　お伽《とぎ》草紙

昔話のユーモラスな口調の中に、人間宿命の深淵をとらえた表題作ほか「新釈諸国噺」「清貧譚」等5編。古典や民話に取材した作品集。

太宰治著　パンドラの匣《はこ》

風変りな結核療養所で闘病生活を送る少年を描く「パンドラの匣」。社会への門出に当って揺れ動く中学生の内面を綴る「正義と微笑」。

夏目漱石著
吾輩は猫である
明治の俗物紳士たちの語る珍談・奇譚、小事件の数かずを、迷いこんで飼われている猫の眼から風刺的に描いた漱石最初の長編小説。

夏目漱石著
坊っちゃん
四国の中学に数学教師として赴任した直情径行の青年が巻きおこす珍騒動。ユーモアと人情の機微にあふれ、広範な愛読者をもつ傑作。

夏目漱石著
三四郎
熊本から東京の大学に入学した三四郎は、心を寄せる都会育ちの女性美禰子の態度に翻弄されてしまう。青春の不安や戸惑いを描く。

夏目漱石著
それから
定職も持たず思索の毎日を送る代助と友人の妻との不倫の愛。激変する運命の中で自己を凝視し、愛の真実を貫く知識人の苦悩を描く。

夏目漱石著
こころ
親友を裏切って恋人を得たが、親友が自殺したために罪悪感に苦しみ、みずからも死を選ぶ、孤独な明治の知識人の内面を抉る秀作。

夏目漱石著
文鳥・夢十夜
文鳥の死に、著者の孤独な心象をにじませた名作「文鳥」、夢に現われた無意識の世界を綴り、暗く無気味な雰囲気の漂う、「夢十夜」等。

竹山道雄著

ビルマの竪琴

毎日出版文化賞・芸術選奨受賞

ビルマの戦線で捕虜になっていた日本兵たちが帰国する日、僧衣に身を包んだ水島上等兵の鳴らす竪琴が……大きな感動を呼んだ名作。

田辺聖子著

文車日記

古典の中から、著者が長年いつくしんできた作品の数々を、わかりやすく紹介し、そこに展開された人々のドラマを語るエッセイ集。

田辺聖子著

朝ごはんぬき?

三十一歳、独身OL。年下の男に失恋して退職、人気女性作家の秘書に。そこでアラサー女子が巻き込まれるユニークな人間模様。

田辺聖子著

孤独な夜のココア

心の奥にそっとしまわれた甘苦い恋の記憶を、柔らかに描いた12篇。時を超えて読み継がれる、恋のエッセンスが詰まった珠玉の作品集。

田辺聖子著

新源氏物語(上・中・下)

平安の宮廷で華麗に繰り広げられた光源氏の愛と葛藤の物語を、新鮮な感覚で「現代」のよみものとして、甦らせた大ロマン長編。

田辺聖子著

田辺聖子の古典まんだら(上・下)

古典ほど面白いものはない!『古事記』『万葉集』から平安文学、江戸文学……。古典をこよなく愛する著者が、その魅力を語り尽す。

沢木耕太郎著　深夜特急（1～6）
地球の大きさを体感したい――。26歳の〈私〉のユーラシア放浪の旅がいま始まる！「永遠の旅のバイブル」待望の増補新版。

沢木耕太郎著　人の砂漠
一体のミイラと英語まじりのノートを残して餓死した老女を探る「おばあさんが死んだ」等、社会の片隅に生きる人々をみつめたルポ。

沢木耕太郎著　一瞬の夏（上・下）
新田次郎文学賞受賞
悲運の天才ボクサー、カシアス内藤。その再起に自らの人生を賭けた男たちのドラマを〝私ノンフィクション〟の手法で描いた異色作。

沢木耕太郎著　バーボン・ストリート
講談社エッセイ賞受賞
ニュージャーナリズムの旗手が、バーボングラスを傾けながら贈るスポーツ、贅沢、賭け事、映画などについての珠玉のエッセイ15編。

沢木耕太郎著　チェーン・スモーキング
古書店で、公衆電話で、深夜のタクシーで――同時代人の息遣いを伝えるエピソードの連鎖が、極上の短篇小説を思わせるエッセイ15篇。

沢木耕太郎著　彼らの流儀
男が砂漠に見たものは。大晦日の夜、女が迷ったのは……。彼と彼女たちの「生」全体を映し出す、一瞬の輝きを感知した33の物語。

光《ひかり》の犬《いぬ》

新潮文庫　ま－67－3

令和七年四月一日発行

著者　松《まつ》家《いえ》仁《まさ》之《し》

発行者　佐藤隆信

発行所　株式会社新潮社

郵便番号　一六二―八七一一
東京都新宿区矢来町七一
電話　編集部(〇三)三二六六―五四四〇
　　　読者係(〇三)三二六六―五一一一
https://www.shinchosha.co.jp

価格はカバーに表示してあります。

乱丁・落丁本は、ご面倒ですが小社読者係宛ご送付ください。送料小社負担にてお取替えいたします。

印刷・株式会社精興社　製本・加藤製本株式会社

ISBN978-4-10-105573-2 C0193